ROYCE BUCKINGHAM

IM ZWEIFEL FÜR DAS MONSTER

ROMAN

Deutsch von Hans Link

blanvalet

FSC www.fsc.org MIX Papier | Fördert gute Waldnutzung FSC® C014496

Klimaneutral* Druckprodukt ClimatePartner.com/14044-1912-1001

Penguin Random House Verlagsgruppe FSC® N001967

1. Auflage 2022

Neumarkter Straße 28, 81673 München
Redaktion: Alexander Groß
Umschlaggestaltung: © Anke Koopmann | Designomicon
Umschlagmotiv: © Elm Haßfurth | elmstreet.org
HK · Herstellung: sam
Satz, Druck und Bindung: GGP Media GmbH, Pößneck
Printed in Germany
ISBN 978-3-7341-6286-2
www.blanvalet.de

Anwaltsleben

Ich bleibe stehen und blicke zum Belltown Tower hinauf. Der moderne Monolith aus Glas und Stahl erhebt sich hoch in den dunklen, erwachenden Himmel von Seattle wie eine Rakete, die im Morgengrauen starten soll. Er ragt hinter dem neuen Biodome von Amazon auf, der wie eine bunte Glasmütze für King Kong aussieht. Der trostlose alte Betonbunker der Stadtverwaltung, ein Stiefkind der Architektur, stammt aus den siebziger Jahren und hat schon bessere Tage gesehen. Er hockt – ein Wort, das passenderweise das Bild eines im Wald scheißenden Bären heraufbeschwört – leer und ungenutzt meinem Turm gegenüber und ist mir eine Mahnung, dass ich mich glücklich schätzen kann, hoch oben über den Bausünden der Stadt in einem Wolkenkratzer zu arbeiten. Die Sonne ist noch nicht aufgegangen, als ich ihn mit meiner Schlüsselkarte betrete.

Im Aufzug nach oben verkündet der Lauftext auf einem Computerbildschirm die Nachrichten des Tages. Börsenzahlen. Schusswaffentote. Verrücktes Zeug, das unser Präsident verzapft hat. Ich beachte es nicht. Wenn ich mich nur noch für ein Jahr zusammenreißen und mich auf die Arbeit konzentrieren kann und wenn es mir gelingt, die anderen erfolgshungrigen Mitarbeiter auszustechen – vor allem zwei von ihnen –, bin ich ein gemachter Mann.

»Guten Morgen, Mr Becker.«

Das ist Miriam. Empfangsdame. Verlässlich. Professionell. Hat einen Magister in Dichtung oder Kinderliteratur oder einen ähnlich nutzlosen Abschluss, der als Vorbereitung auf die Arbeit als überqualifizierte Sekretärin dient. Ich habe sie mal in einem Café im Queen-Anne-Viertel gesehen, als sie ein Gedicht vorgetragen hat. Drei andere Schriftsteller heuchelten Interesse, während sie sich Latte reinzogen und darauf warteten, dass sie an die Reihe kamen, um ihre eigenen hochtrabenden Sonette, rätselhaften Haikus und unanständigen Limericks vorzulesen oder was sie sonst in ihre kleinen Ledernotizbücher geschmiert hatten, die sie in den verschwitzten Händen hielten. Heute Morgen nickt Miriam mir zu, als ich vorbeigehe. Das bedeutet, dass ich vor meinen beiden Erzrivalen zur Arbeit erschienen bin. Die zwei sind nicht direkt Feinde. Das heißt, Bricklin vielleicht doch. Sie hat meine Recherchen mal »aus Versehen« durch den Schredder gejagt, und ein andermal hat sie mir die falsche Adresse für meine Beförderungsfeier genannt, sodass ich zu spät gekommen bin und alle Partner eine Stunde lang warten ließ. Ich habe zwar keine eindeutigen Beweise, aber einen durchaus begründeten Verdacht …

Heute bin ich der Erste im Büro. Ich gehe an Pearsons riesiger Drehtür vorbei, damit sie mich auch wirklich sieht. Pearson ist eine Partnerin. Bei der Tür handelt es sich um eine Sonderanfertigung aus dem Holz eines alten Schiffes. Wenn ich morgens nicht der Erste bin, schleiche ich mich an ihrem Büro vorbei, damit sie sich nicht sicher ist, ob ich der Erste oder der Zweite oder, Gott behüte, der Dritte war.

»Hi, Caroline.« Ich winke Pearson zu. Sie grummelt. Ich wurde zur Kenntnis genommen. Das reicht mir. Heute gewinne ich.

Ich komme an Fiona vorbei. Sie ist unsere externe Weiterbildungsberaterin in Sachen Ethik. Sie lächelt mich an und tut so, als wäre nichts zwischen uns. Es stimmt – man kann es nicht als Beziehung bezeichnen –, aber wir kennen den praktischen Wert des anderen und respektieren uns gegenseitig für die harte Arbeit, die wir sowohl in unserem jeweiligen Beruf als auch im Schlafzimmer ihrer Penthousewohnung leisten, wo wir nach Kräften ethische Bedenken ignorieren, wann immer es der Terminkalender erlaubt. Wir passen gut zusammen – sie hat einen Abschluss in Unternehmensphilosophie von der UCLA und kleidet sich wie ein Nordstrom-Model für Business Outfits, während ich das Zeug zum Partner habe, nur ohne Wohlstandsbauch. Wie immer sieht sie tipptopp aus. Ich muss unbedingt in meinen Terminplan schauen und sie anrufen, wenn ich eine Lücke entdecke.

Mein Tee wartet auf mich. Er ist noch heiß. Kleine Dampfwölkchen steigen zur Decke empor wie Rauch aus einem acht Zentimeter Einschussloch. Ich hebe die Tasse und trinke. Fettarme Milch und zwei Löffel Zucker. Perfekt. Der erste Koffeinstoß durchströmt mich. Ich brauche das, um mein Gehirn in Gang zu bringen. Juristisches Denken erfordert Konzentration und Energie. Es ist anstrengende geistige Arbeit, wie ein zehnstündiges Schachspiel gegen sich selbst. Jeden Tag. Mit einer halben Stunde Mittagspause.

Ich setze mich auf meinen Stuhl und schaue aus meinem Fenster über die Stadt, die berühmt ist für die Space

Needle, Bigfoot, hundertzweiundfünfzig Regentage im Jahr, Microsoft, Amazon, Google und ein Dutzend weiterer boomender Technikfirmen, die jedes freie Grundstück bebauen. Ihre Kräne heben die Skyline von Seattle zu neuen Höhen und treiben die Grundstücks- und Immobilienpreise dermaßen nach oben, dass sie normale Menschen verdrängen. Ich bin kein normaler Mensch. Ich bin Rechtsanwalt.

Ich verdiene sechsstellig und lebe auf einem Hausboot auf dem Lake Union. Meine Anzüge sind maßgeschneidert, ich könnte jeden Monat ein anderes Auto fahren, wenn ich wollte, und ich arbeite im Stadtzentrum bei Fury, Styles, Anderson und bla, bla, bla, toter Partner, toter Partner etc. Es ist eine große Kanzlei mit großen Mandanten. Wir haben 1999 den Prozess um den Einsturz des Kingdome-Stadions geführt, als während der Nationalhymne ein busgroßer Teil des Daches auf die Gastmannschaft der Boston Red Sox fiel und die gesamte Startaufstellung auslöschte – das Team hat geklagt, die Familien haben geklagt, selbst die traumatisierten Fans haben geklagt, nachdem ihre Kinder mit ansehen mussten, wie ihre Lieblingsspieler an der ersten Baseline zerschmettert wurden. Sehr unschön, das alles. Wir kümmern uns außerdem um sämtliche Datenschutz-Streitsachen von Lookbook, und wir haben den Verkauf der Space Needle an Bi-Di abgewickelt, den neuesten Technikgiganten. Wie ich schon sagte, große Sachen.

Nur die Top-Kandidaten schaffen es in die großen Kanzleien von Seattle – die besten fünf Prozent der Juraabsolventen, die in ihrer Jugend zu den besten fünf Prozent der Collegeabsolventen gehört haben. Die besten

Jurapraktikanten bei Fury und Styles werden als Mitarbeiter übernommen, und die besten Mitarbeiter werden schließlich Partner. Sie haben die Spitze der Karriereleiter erreicht, so wie ich. Na ja, fast. Nach fünfzehn Jahren mit Fünfzig-Stunden-Wochen, langen Wochenenden im Büro und Tausenden von juristischen Schriftstücken stehe ich kurz davor, Partner zu werden. Es ist der Höhepunkt meines Lebenswerks. Ich habe im Wesentlichen zwei Ziele im Leben, und bei Fury und Styles Partner zu werden ist eins davon.

»Guten Morgen, Phil.«

Ich spreche, ohne aufzuschauen, weil ich weiß, dass unser Praktikant wie ein wachsames kleines Erdhörnchen in meiner Tür steht. Er hält die Hände wie eifrige Pfoten vor der Brust. Phil ist Student der Politikwissenschaften an der Universität von Winnipeg und hofft – berechtigterweise –, für das Jurastudium zugelassen zu werden. Er wohnt auf dem Capitol Hill im Herzen der LGBT-Gemeinschaft. Kleidet sich fast so gut wie ich, obwohl er nicht mehr besitzt als zwei Anzüge von der Stange, fünf taschenlose Sporthemden und ein Sammelsurium von Vintage-Krawatten aus Secondhandläden, die bei ihm tatsächlich gut aussehen.

»Wie ist Ihr Tee?«

»Perfekt. Falls wir dich nicht einstellen sollten, hast du eine große Zukunft als Barista vor dir.« Ich beobachte sein Gesicht und warte auf eine Reaktion. Nichts. Er ist die Gelassenheit in Person.

»Damit verdiene ich mir am Wochenende was dazu.«

»Bezahlen wir dir nicht genug?«

»Ich bin freiwilliger Praktikant.«

»Und jeden Penny wert.« Er lässt sich immer noch nicht aus der Ruhe bringen. Phil wird von mir grundsätzlich verarscht. Nicht so schlimm, dass er eine Klage wegen Belästigung am Arbeitsplatz einreichen würde, aber genug, um ihn davon abzubringen, Anwalt zu werden. Er ist einfach zu nett für das konfliktreiche Leben eines Anwalts.

»Ich habe für Sie die Wettbewerbsverbotsklauseln recherchiert«, sagt er.

»Langweilig.« Ich setze mich und rolle auf meinem Ballstuhl vor und zurück. »Aber notwendig. Hast du eine Liste der Möglichkeiten erstellt, sie zu umgehen?«

»Ja. Es gibt zwölf legale und eine illegale Methode, die aber anwendbar ist, wenn wir unsere Mandanten davon überzeugen können, ohne ihnen dazu zu ›raten‹.« Bei dem Wort »raten« malt er mit den kleinen Fingern Anführungszeichen in die Luft.

»Ganz großartig, aber ich werde es als meine Idee verkaufen müssen. Das verstehst du doch, oder?«

»Ja.«

Immer noch ungerührt. Was für ein toller Junge. »Gut, dann lass die Liste hier und geh. Ich muss eine Stunde meiner Zeit nur für die Durchsicht deiner Recherchen in Rechnung stellen.«

»Sie brauchen meine Arbeit nicht zu prüfen. Sie wissen, dass alles stimmt.«

Das tue ich. Er ist äußerst gewissenhaft. »Ja, aber ich bin für dich zuständig. Ich bin moralisch verpflichtet, deine Recherchen zu überprüfen, wenn ich für einen Jungen vom College die Kosten eines Anwaltsgehilfen in Rechnung stellen will. Außerdem wird auf deiner Arbeit mein Name stehen.«

Marlin Goucher sucht sich diesen Moment aus, um wie ein Rhinozeros in mein Büro gestampft zu kommen. Er bleibt nicht an der Tür stehen, um bedeutungslosen Smalltalk mit mir zu machen oder mit seinen Streberkindern zu prahlen – sie gehen auf die Northwestern University in Chicago und das Whitman College in Walla Walla –, daher weiß ich, dass sein Besuch einen ernsten Anlass hat. Das ist gut. Marlin verteilt die Fälle. Er sichtet sie, wenn sie hereinkommen, und trifft sich dann in der Bibliothek am »Erwachsenentisch« mit den Partnern, um zu besprechen, wem diese Fälle zugeteilt werden. Die Art, wie er die Lippen kräuselt, ist ein verräterisches Zeichen – sie sagt mir, dass ich etwas Großes bekomme.

»Es ist ein neuer Fall hereingekommen«, beginnt er.

Bingo! »Ausgezeichnet. Ich brenne darauf, mehr darüber zu hören.«

»Wenn Sie die Nachrichten gesehen haben, haben Sie schon davon gehört.«

Wow. Interessant. »Ich bin ganz Ohr«, sage ich und falte die Hände vor mir auf dem Schreibtisch, um den Eindruck völliger Konzentration zu erwecken. Dafür bin ich hier bekannt – nachdem ich mein Koffein bekommen habe.

»Der Dampfer-Prozess«, sagt er schlicht.

Davon habe ich tatsächlich gehört. Zwei Jugendliche wurden entstellt, als ihnen E-Zigaretten im Mund explodiert sind. Die Dampferindustrie ist zwar erst wenige Jahre alt, aber schon jetzt treten bei Dampfern rätselhafte Gesundheitsprobleme auf. Das schreit geradezu nach einer Klage, und es scheint, dass wir die glückliche Kanzlei sind, die sie im Staat Washington einreichen darf.

»Warum nicht Bricklin oder Sachma?« Eine gute Gelegenheit für mich, Einblick in das Wettrennen um den Posten des Partners zu gewinnen.

Marlin kräuselt die Lippen. »Die Partner haben Sie dafür ausgewählt. Sachma hätte damit … philosophische Probleme.«

»Warum? Es scheint ein gerechter Prozess zu sein. Diesen armen Kindern ist das Gesicht weggerissen worden. Sie werden für den Rest ihres Lebens aussehen wie ausgewickelte ägyptische Mumien. Und es gibt bereits Berichte über weitere Gesundheitsprobleme.«

»Weil Dragon Vape, Undertaker Vapor, Volcanic, Magic Cloud und Vixen Vapor sich zusammengetan haben, um sich gemeinsam verteidigen zu lassen, und weil sie uns hinzugezogen haben. Wir verklagen sie nicht. Wir verteidigen sie.«

»Oh.«

»Das ist doch kein Problem für Sie, oder?«

Ich muss mir einen Moment Zeit nehmen. Aber nur einen Moment. »Nein. Kein Problem.«

»Wie sehen Sie die Sache von der anderen Seite?«

Das ist ein Test. »Nun, wer sagt denn, dass die Jugendlichen ihre E-Zigaretten nicht umgebaut haben? Sie könnten die Gefahr selbst erzeugt haben. Sie waren noch nicht einmal alt genug, um zu dampfen; wie können verantwortungsbewusste Firmen für das leichtsinnige Handeln risikofreudiger Jugendlicher und Gesetzesbrecher haftbar gemacht werden? Und ungeklärte gesundheitliche Probleme sind genau das – ungeklärt. Das ist die einfache Seite der Klage.«

»Erstaunlich. Ich weiß nicht, wie Sie das machen, aber das ist der Grund, warum man Sie ausgewählt hat.«

»Ich bin dabei.«

»Gut, denn die Sache wird in nächster Zeit Ihre volle Aufmerksamkeit erfordern. Einige Ihrer unwichtigeren Fälle werden neu vergeben werden müssen. Für diesen Fall müssen Sie klar Schiff machen. Er könnte uns in naher Zukunft definieren.«

»Das ist gut möglich«, stimme ich zu. Die Kanzlei, die dem Dampfen dabei hilft, die nächste Tabakindustrie zu werden. Reizend.

»Dann werde ich den Partnern ausrichten, dass sie von Ihnen eine Bestleistung erwarten dürfen?«

»Ja.« Das ist mein Ticket zum Partner. Ich muss nur gute Arbeit leisten, so einfach ist das. Ein Rechtsanwalt braucht übrigens nicht immer zu gewinnen, um seine Sache gut zu machen. Gute Schadensbegrenzung ist ebenfalls wichtig, daher ist die Beilegung aussichtsloser Fälle in unserer Welt eine wertvolle Fähigkeit. Dieser Fall könnte auch so einer sein. Aber sollte ich tatsächlich gewinnen, Mann, das wäre wirklich beeindruckend. Marlin nickt, als er sicher ist, dass ich mit an Bord bin, dann wendet er sich zum Gehen.

Phil macht, dass er aus dem Weg kommt, und flieht vor Rhinos beträchtlicher Leibesfülle wie ein Insekt vor einer heranrasenden Windschutzscheibe. Marlin rauscht an dem mageren Praktikanten vorbei, als wäre er gar nicht da.

Phil schaut mich an. Der beeinflussbare junge Mann wartet auf meine Reaktion. Marlin gegenüber habe ich ein Pokerface bewahrt. Bei Phil lächle ich jedoch. Es gibt keinen Grund, mich zurückzuhalten – er ist nur Praktikant. »Ich habe den verdammten Jackpot geknackt!«

»Wie meinen Sie das?«

»Du wurdest gerade Zeuge, wie Karriere gemacht wird.«

»Mit nur einem Fall?«

»Jepp. Der Sieg im richtigen Fall ist wie die Verleihung des National Book Award – jeder in der Branche hört davon und will den Autor kennenlernen. Und die Partner haben mich auserwählt, dieses spezielle Kapitel der amerikanischen Rechtsgeschichte zu schreiben.«

»Haben Sie keine Angst, es zu vermasseln?«

Ich stoße ein verächtliches Lachen aus. *Unverschämter kleiner teekochender Lümmel.* »Ich gehöre zu den besten fünf Prozent. Ich habe vor gar nichts Angst.«

Monster

Ich reiße die Augen auf. Es ist dunkel. Ich rolle mich herum und schaue auf meinem Handy nach, wie spät es ist: ein Uhr früh. *Verdammt.* Als ich klein war, ist mir das oft passiert – ich bin mitten in der Nacht ohne erkennbaren Grund aufgewacht und konnte nicht wieder einschlafen. Ich muss schlafen. Morgen stürze ich mich in den Dampferfall.

Ich kneife die Augen zusammen und lasse den Blick durch die Kabine meines Bootes schweifen. Es ist so dunkel, dass ich nichts als Schatten erkennen kann. Die Lichter der Stadt, die hinter dem See im Nieselregen von Seattle verschwimmen, sind zu schwach, um meine Kabine durch das offene Bullaugenfenster zu beleuchten. Dunkle Wolken verdecken den Mond.

Was hat mich geweckt?

Der See ist wild heute Nacht. Der Wind aus dem Süden heult wie ein verängstigter Hund. Ich spüre, wie er auffrischt und in meine Richtung weht. Gleich darauf rauscht eine starke Böe zornig über das Wasser auf mich zu. Sie bringt mein Boot zum Schaukeln, und etwas kratzt oben übers Deck. Ein Stuhl? Nein, die Stühle habe ich vor zwei Tagen zusammengeklappt und weggeräumt. Eine Festmacherleine? Nein, die kratzt nicht, die knarrt. Ein Mann, der zur Kabinentür geht und ein Bein nachzieht? Das ist ein beunruhigender Gedanke. Manchmal überwinden Herumtreiber die Absperrung des Yachthafens, um Boote an ihren Anlegestellen auszurauben. Aber es gibt keinen Hinkenden; es ist der Wind, dessen bin ich mir zu neunzig Prozent sicher, daher werde ich hier liegen bleiben und nichts tun, während das Wasser an meinem schwankenden Heim leckt wie eine große, nasse Zunge.

»Es ist nur der See«, sage ich und bin überrascht, wie laut meine Stimme in der dunklen Kabine klingt. Mir wird bewusst, dass ich ein erwachsener Mann bin, der im Bett liegt und versucht, sich selbst zu beruhigen. Dumm, ich weiß. Da ist niemand bei mir oben an Deck, und ich spiele unter meiner Zweitausend-Dollar-Gänsedaunendecke von Nordstrom nicht Verstecken. Aber es widerstrebt mir trotzdem, aufzustehen und das Licht einzuschalten. Ich misstraue der Dunkelheit, schon seit meiner Kindheit. Dunkelheit ist der Inbegriff des Unbekannten, und etwas nicht zu kennen macht Kindern und Rechtsanwälten Angst.

Und dann spüre ich, wie sich etwas Schweres auf mein Bett setzt.

»Hallo, Danny.«

Mir bleibt fast das Herz stehen. »Scheiiii …?«

Das Geräusch, das aus meinem Mund kommt, soll das »Sch«-Wort sein – ein Wort, das ich als Kind nicht sagen durfte –, aber stattdessen kommt es wie ein Quieken heraus, und ich ziehe mir instinktiv die Decke über den Kopf. Nicht sehr erwachsen, ich weiß, aber so funktioniert Instinkt nun mal.

Die Stimme im Dunkeln wartet, bis ich mit Quieken fertig bin. Sie ist ruhig, ungezwungen und furchteinflößend, sogar unmenschlich – das leise Summen einer Wespe, die den Kopf umkreist. Und sie kennt meinen Namen.

»Komm unter der Decke hervor, Danny. Ich will mit dir reden.«

Wir Männer sehen uns oft als Actionhelden und schwelgen in Fantasien, wie viele Gegner wir erledigen würden, wenn wir uns in lebensbedrohlichen Situationen wie Banküberfällen und Flugzeugentführungen wiederfinden würden – oder zum Beispiel bei einem unangekündigten nächtlichen Besuch durch einen Eindringling. Wir malen uns aus, wie wir den Schurken, ohne zu fackeln, mit bloßen Fäusten windelweich prügeln. Aber so funktioniert das leider nicht. Wenn ein Raubtier aufs Bett kriecht, erstarrt man und hofft, dass es weggeht. Wie ein Reh oder ein Häschen. Wie ein Beutetier.

Ich bin nicht der Typ, der mit einer Waffe unterm Kopfkissen schläft. Leute, die eine Waffe zu Hause haben, haben ein doppelt so hohes Risiko, erschossen zu werden, wie Leute ohne Waffen. Blöde Statistik. Mein Handy liegt neben mir. In der Dunkelheit kann ich vielleicht danach greifen, ohne gesehen zu werden. Ich könnte den Eindringling mit dem Blitz blenden. Oder versuchen, jemanden anzurufen. Oder vielleicht ist ein Telefon auch nur das beruhigendste Gerät, an das ein moderner Mensch sich klammern kann. Ich lasse die Hand lautlos auf den Nachttisch gleiten. So weit, so gut. Nur noch ein paar Zentimeter und …

Etwas packt meinen Arm. Kalt. Rau. Reptilienhaft. Es legt sich um mein Handgelenk, und ich spüre, wie sich nadelfeine Spitzen in meine Haut bohren. *Heiliger Gott, es ist eine Klaue!* Ich versuche, die Hand zurückzureißen, aber das Ding hält sie fest wie ein Schraubstock.

Plötzlich begreife ich, was es ist. Ich weiß es, ohne hinzusehen, und ich sehe *nicht* hin. Ich kann gar nicht hinsehen – zu dunkel, zu verängstigt. Ich hatte recht – es ist kein hinkender Einbrecher. Es ist etwas Schlimmeres, etwas viel Schlimmeres. Ich kauere mich unter meinem luxuriösen Bettzeug zusammen, meiner altbewährten Rüstung. Mir ist klar, dass das nicht sonderlich erwachsen von mir ist, aber meine Bettdecke hat mich als Kind immer beschützt, wenn dieses Mistvieh aufgetaucht ist. Ich habe überlebt, indem ich mich vor ihm versteckt habe.

Es ist schwer. Sein Gewicht drückt die Matratze herunter, sodass meine Beine zu ihm hin rutschen. Es ist noch nie auf mein Bett gekommen. Es hat immer *unter* dem Bett gelauert oder im Schrank gewartet oder sich hinter meiner großen Spielzeugtruhe versteckt, oder es ist einfach in meinem Zimmer herumgewandert, aber es hat sich nie auf mein Bett gesetzt. Das ist neu. Das ist schlecht. Es hat mich auch noch nie zuvor gepackt. Natürlich war ich als Kind auch nie so blöd, die Hand unter der Decke hervorzustrecken. Mein erwachsenes Herz schlägt mir in der Brust bis zum Hals, während ich darauf warte, dass es mich unter meiner feinen Bettdecke hervor auf den Boden zerrt, wo es mich mit Sicherheit ausweiden und dann verschlingen wird.

Stattdessen sitzt es einfach nur da und hält meine Hand.

Diese verfahrene Situation beschwört lebhafte Erinnerungen an meine Kindheit herauf. Im Geiste sehe ich den Schatten der großen Spielzeugtruhe vor mir, die ich als Zehnjähriger jeden Abend mit zitternden Händen mit einem Vorhängeschloss versperrt habe, damit meine Werwolf-Actionfigur nicht herauskonnte, während ich schlief. Ich höre das Klicken der dämlichen Vampir-Uhr, deren spitzzähniger Bewohner um Mitternacht heraussprang, um mit schlechtem transsylvanischem Akzent »Guten Abend« zu sagen. In heißen Nächten pflegte meine Mutter in mein Zimmer zu kommen, während ich schlief; wenn ich aufwachte, stand mein Fenster offen, und die Vorhänge flatterten im Wind wie Zwillingsgeister. Heute Nacht habe ich mein Bullaugenfenster offen gelassen – *so ist es hereingekommen*. Ich schaudere. Ja, ich bin jetzt ein erwachsener Mann, aber ich fühle mich wie als Kind, wenn ich Angst hatte.

Ich weiß nicht, wie lange ich dort gelegen habe, erstarrt in seinem Griff. Eine Minute? Zehn? Im Dunkeln lässt sich die Zeit schwer einschätzen. Durch die Bewegung des Bootes und die Geräusche des Sturms kann ich nicht sagen, ob das Ding sich bewegt hat. Mein Arm ist von der verdrehten Haltung eingeschlafen. Als ich diese unbequeme Stellung schließlich nicht mehr halten kann, verändere ich vorsichtig meine Position.

»Ich kann das die ganze Nacht«, sagt es. »Das weißt du.«

Scheiße! Das ist keineswegs Angeberei. Einmal, als ich neun war, hat das Ding von Sonnenuntergang bis Sonnenaufgang auf meiner Kommode gehockt, ein großer, immer wacher, persönlicher Gargoyle. Er hat eine Höllengeduld, und er hat mich in der Hand. Er kann hier auf meinem Bett wie ein regloser Vogel sitzen, den Kopf zur Seite geneigt, und darauf warten, dass die Bettdecke verrutscht, damit er mir die Augen auspicken kann.

Es ist ein Monster. Mein Monster. Das weiß ich jetzt

ganz sicher. Mein zehnjähriges Ich hat es gewusst, und dieser verängstigte kleine Junge hatte recht! Damals hat es mich nie erwischt, aber es hat all die Jahre gewartet, und jetzt ist es wieder da.

»Nein!«, rufe ich plötzlich. »Nein!« Ich versuche, trotzig zu klingen, aber ich schreie unter der Bettdecke.

»Nein, nein, nein!«, verhöhnt es mich, fast schon gelangweilt. »Scheiße, scheiße, scheiße. Igittigittigitt. Sei bitte still. Ich werde dich nicht fressen. Hör mich einfach an.«

Ich habe mein Handy fallen lassen, als es mein Handgelenk gepackt hat. Es war ohnehin ein lächerlicher Plan, die Bestie zu blenden, so was funktioniert nur im Film. Das Ding wartet jetzt wieder und hält geduldig meinen entblößten Arm fest. Es ist sinnlos, es austricksen zu wollen. Es weiß, wo ich bin. Es weiß, dass ich mich nicht wehren werde. Es weiß, dass ich zu große Angst habe, um die Decke zurückzuwerfen und zu fliehen. Es kennt mich. Persönlich.

»W … w … warum bist du wieder da?«, frage ich.

Ich bin beeindruckt, dass ich den Mut habe, meinen Peiniger direkt anzusprechen. Als Kind habe ich das Monster nie zur Rede gestellt, habe es nie besiegt. *Das ist es!* Ich muss es jetzt tun, als Erwachsener; das ist meine Buße dafür, dass ich es als Kind nicht geschafft habe, mich meiner größten Angst zu stellen. Ich träume natürlich, aber was nutzt einem diese Erkenntnis, wenn man nicht aufwachen kann? Ich konnte damals nicht aufwachen, und ich kann es auch jetzt nicht, da kann ich mich kneifen, so viel ich will. Ich muss da jetzt durch. Wenn man in einem Traum stirbt, stirbt man angeblich auch im echten Leben, daher wird man am Morgen vielleicht meine Leiche mit einem zersprungenen Herzen finden. »Er ist vor Angst gestorben«, wird der Sanitäter mit ernster Miene sagen. Stichwort für die Musik aus *Twilight Zone*.

Die Bestie wiederholt meine Frage und grübelt darüber nach. »Warum ich zurückgekommen bin? Hm. Ja, warum eigentlich? Nun, ich werde dir sagen, warum. Danny, ich brauche deine Hilfe.«

»Meine Hilfe?«

»Du bist doch jetzt Rechtsanwalt, oder? Einer der besten der Stadt, wenn die Gerüchte stimmen.«

»Ich bin Anwalt, ja.«

»Mann! Du warst immer schon schlau. Ein Weichei, aber schlau. Ich wusste, dass du etwas bringen würdest.«

»Es *zu* etwas bringen«, korrigiere ich ihn.

»Und immer noch ein kleiner Klugscheißer, wie ich höre. Aber egal. Ich bin nicht hier, um über die Vergangenheit zu reden.«

»Was?«

»Nimm die Decke runter, wenn du mich nicht verstehst. Verdammt, tu sie einfach weg. Das hier ist wichtig.«

Es ist ein Trick! »Die Decke bleibt, wo sie ist.«

Wenn ich sie wegnehme, wird das Ding mein Gesicht fressen. Ganz bestimmt. Ich werde diesen Traum einfach unter meiner Decke aussitzen, bis er zu Ende ist oder die Sonne aufgeht. *Aber es hat immer noch meinen Arm.* Was bedeutet das? Ich habe die Grundregel gebrochen; ich habe einen Arm rausgestreckt. Ich habe mich gezeigt und bin erwischt worden. Jetzt bin ich am Arsch. Dämliche Erwachsenenidee, nach dem Handy zu greifen. Wen wollte ich denn anrufen? Die Polizei? Stellen Sie sich meinen Notruf vor: »Hallo, ich stecke gerade mitten in einem Albtraum aus meiner Kindheit, könnten Sie bitte einen Streifenwagen vorbeischicken, damit er auf dem dritten Boot an Anleger zwölf nach dem Rechten sieht? Ich bin der erwachsene Mann, der sich unter der Bettdecke versteckt.«

»Danny, ich habe deinen Arm. Wenn ich ihn loslasse, redest du dann mit mir, von Mann zu Mann?«

»Du bist kein Mann.«

»Dann eben von Mann zu Bestie. Von Mann zu mir.«

»Gib mir meinen Arm wieder.«

»Abgemacht.«

Er hält Wort und lässt meinen Arm los. Ich reiße ihn überrascht unter die Decke und taste ihn nach Verletzungen ab.

»Alles klar zwischen uns?«, sagt es.

»Das ist nicht genug.«

Ich kann es verärgert knurren hören. »Okay, ich werde dir das ultimative Friedensangebot machen.«

»Und das wäre?«

Ich spüre, wie die Matratze sich hebt, als die schwere Kreatur aufsteht. Dann höre ich die Krallenfüße über den Kabinenboden kratzen. Es klingt genau wie das Scharren oben auf dem Deck. Hab ich's doch gewusst! Es war nicht der Wind. Unter der Decke höre ich ein vertrautes Klicken auf der anderen Seite des Raums – das Geräusch, das der Lichtschalter an der Kabinenwand neben der Luke macht, wenn man ihn umlegt. Mein Gott, das Ding, das sich während meiner ganzen Kindheit im Dunkeln versteckt hat, um mich zu quälen, hat gerade das Licht angemacht!

»Ist das dein Ernst?«, frage ich.

»Ja.«

»Aber nicht Buh machen.«

»Ich mache nicht Buh.«

»Ohne Scheiß. Wenn du mich erschreckst, ist dieses Gespräch vorbei.«

»Ich erschreck dich nicht, Ehrenwort. Kleiner-Finger-Schwur.«

»Fick dich! Das ist nicht lustig.«

»Nein, du hast recht. Es wird höchste Zeit, dass wir reden, Danny.«

»Bleib da drüben.«

»Gut. Hier bin ich.«

Ich spähe durch die Finger. Es ist ein Moment, um sich in die Hose zu machen. Ich kann immer noch nicht gut sehen. Im Raum ist es jetzt hell, und meine Augen müssen sich erst an das Licht gewöhnen, aber ich kann erkennen, dass neben der Luke zum Deck etwas auf zwei Beinen hockt. Es ist eine schauerliche Silhouette mit mächtigen Schultern und breiten Hüften, die durch eine unglaublich schmale Insektentaille verbunden sind. Ein großer, schräger Kopf. Lange, tief herabhängende Arme, die in Klauen enden. Mein Monster. Ich sitze immer noch in der Kabine meines Bootes fest – das Monster blockiert den einzigen Ausgang –, aber wenn es zuschlägt, werde ich genug Zeit haben, mir wieder die Decke über den Kopf zu ziehen. Es bleibt, wo es ist. Meine Pupillen verengen sich, und dann sehe ich es zum ersten Mal in meinem Leben klar und deutlich.

Bisher habe ich nur kurze Blicke auf das Monster erhascht – kriechende Schatten, durchsetzt mit aufblitzenden Krallen, wogendem Fell oder dem Schimmer leuchtend grüner Augen. Den Rest hat immer meine Fantasie ergänzt. Jetzt steht es hell erleuchtet und offen da. Mir kommt der Gedanke, dass es sich entblößt fühlen muss, so wie ich, wenn ich zum Bett gerannt bin, nachdem ich das Licht ausgeschaltet habe. Gut. Geschieht ihm recht. So ist es nicht ganz so furchteinflößend. Es ist immer noch schrecklich, da gibt es kein Vertun. Aber es ist nicht so … unbekannt.

»Okay, rede«, sage ich. »Und ich hoffe, dass du dich dafür entschuldigen wirst, dass du mich jahrelang in meinen Träumen gequält hast. Denn genau dorthin verbannt dich jetzt mein erwachsenes Ich für immer. Das Licht geht endlich an, und du schrumpfst zu nichts.«

Aber mein Monster schrumpft nicht. Ich sehe, wie es sein sabberndes Maul öffnet. Speichel tropft mit einem feuchten Platschen auf die Holzplanken meines Bootes. »Ich fürchte, nein«, schmatzt es. »Ich stecke nämlich in leichten Schwierigkeiten. Die Sache ist die, man wirft mir etwas vor, das ich nicht getan habe. Und, nun ja … Ich brauche einen Anwalt.«

»Wer klagt dich an?«

»Die Behörden.«

»Welche Behörde? Die Polizei von Seattle? Interpol? Wer?«

»Größere Mächte in meinem Reich. Echter übernatürlicher Scheiß. Du würdest es nicht verstehen, jedenfalls jetzt noch nicht.«

»Okay, und was wirft man dir vor? Erschrecken ohne Lizenz?« Ich muss zugeben, dass ich mich langsam ein wenig entspanne und mich zum ersten Mal in dieser Nacht amüsiere.

»Ich soll ein Mädchen getötet haben.« Es runzelt die Stirn. »Ich soll es angeblich in seinem Bett gefressen haben.«

Nicht witzig. Um ehrlich zu sein, es raubt mir den Atem zu hören, dass das Monster, das mich als Kind verfolgt hat, im Verdacht steht, Kinder zu töten. »Wahrscheinlich hast du es wirklich getan«, sage ich ernst und ziehe mir die Decke wieder bis ans Kinn.

»Ich habe es nicht getan, das versichere ich dir!« Es ist jetzt ganz aufgeregt, geht auf und ab, öffnet und schließt die Krallen. Seine Reißzähne klappern aufeinander, lauter als der Wind draußen. Es ist nicht zornig. Es wirkt eher, als wäre es verzweifelt. Ich ermahne mich, dass verzweifelte Tiere die gefährlichsten sein können. Es bleibt stehen und wirft frustriert die Arme hoch. »Wenn ich nicht beweise, dass ich es nicht getan habe, wird man mich für tausend Jahre in eine Flasche sperren. Eine kleine, wie eine Shampooflasche. Reisegröße. Du bist Rechtsanwalt. Du solltest mich für unschuldig halten, bis meine Schuld bewiesen ist.«

»Das gilt für Geschworene, nicht für einen Rechtsanwalt. Ich beurteile einen Fall auf Grundlage der Fakten, und die Fakten sind nun mal die, dass du junge Menschen verfolgst und mit sämtlichen körperlichen Werkzeugen eines Fleischfressers ausgestattet bist.«

»Komm schon, Mann, ich habe dich nicht gefressen, obwohl ich oft genug Gelegenheit dazu gehabt hätte.«

»Das ist nicht beruhigend.«

»Ich kenne dich, Danny. Du warst ein guter Junge. Du hast immer anderen geholfen und das Richtige getan. Ich weiß noch, wie du einmal eine Brieftasche mit zwanzig Dollar darin gefunden und sie ein Jahr lang aufbewahrt hast, nur für den Fall, dass der Besitzer auftauchte. Du hattest einen starken Gerechtigkeitssinn.«

»Ich bin nicht mehr dieser Junge.«

Die dicke Braue über seinem gelben linken Auge zuckt, dann sackt sein grotesker, missgebildeter Körper zusammen. Wenn man einen traurigen Werwolf mit einer Gottesanbeterin kreuzen würde, dann würde das Ergebnis ungefähr so aussehen wie das, was da an meiner Bootsluke schmollt. In dem Moment wird mir klar, dass ich nicht mehr so große Angst vor ihm habe. Ich verlasse noch nicht mein Bett – so weit sind wir noch nicht –, aber jetzt, da ich etwas über das Monster weiß, kann ich zumindest den Mut aufbringen, mich ihm zu stellen, wenigstens verbal. Ich habe »nein« zu ihm gesagt. Es schaut für einen Moment zu Boden, als würde es über schlechte Lebensentscheidungen nachsinnen, dann spricht es wieder.

»Hör zu, du bist der Einzige, den ich kenne, der mir helfen kann. Ich habe nicht viele Freunde.«

»Natürlich nicht. Du bist ein Arschloch. Und du bist nicht echt. Außerdem bin ich nicht dein Freund. Was immer du getan hast, es geht auf deine Kappe. Ich werde jetzt weiterschlafen, und wenn ich aufwache, wirst du einfach nur eine unwillkommene Erinnerung sein.«

Es starrt mich einen Moment lang an, dann nickt es; keine Ahnung, warum. »Du wirst mir helfen, Danny, weil du weißt, dass ich unschuldig bin. Und wenn du darüber nachdenkst, wirst du wissen, warum.«

Mit diesen Worten macht es das Licht wieder aus. *Scheiße!* Ich hätte nicht gedacht, dass ich noch mal Angst kriegen könnte, aber ich gerate fast in Panik, als ich es durch den Raum huschen höre. Dann sehe ich, wie sein Schatten sich dem Bullauge nähert, und es ist fort.

Ein neuer Tag

Der Klingelton meines Digitalweckers ist das Gebell des Nachbarhundes in meinem alten Haus in Wallingford. Der Hund, ein panischer schokoladenbrauner Labrador, brüllte frei übersetzt: »Da, genau da! Sieht denn niemand diese beschissene Krähe auf unserem Zaun? Sie ist doch genau vor eurer Nase! Wuff-Wuff-Wuff-Wuff-Wuff!« Lucy und ich haben diesen hysterischen Hund als Vater-Tochter-Scherz aufgenommen, als sie mir geholfen hat, den Wecker einzustellen. Der Scherz geht auf meine Kosten. Lucy wohnt jetzt bei ihrer Mom, und ich weiß nicht, wie ich das verdammte Ding anders einstellen kann. Technik wird an der juristischen Fakultät nicht gelehrt. Meine Ex-Frau hätte gewusst, wie es geht. Sie hat an der Universität von Winnipeg Computerprogrammierung studiert, als das Fach noch eine Männerdomäne war. Klug. Zu klug, um bei mir zu bleiben. Das Positive daran war, dass ich von ihr einiges übers Scheidungsrecht gelernt habe.

»Ist ja gut, Hund, ich bin wach«, brumme ich.

Ich hatte eine Scheißnacht. Verrückte Albträume. Am liebsten würde ich im Bett unter der Decke bleiben, aber der Hundewecker meiner Tochter zwingt mich, aufzustehen und mich der Welt zu stellen. Er ist meine Version der Glocke im Boxring, und ich kämpfe jetzt schon fünfzehn Jahre jeden Werktag und die meisten Wochenenden mit ihm. Mein Handy ist weg. Ich krieche auf dem Boden herum wie der Hund in meinem Wecker, wenn er die Witterung von Eichhörnchen aufgenommen hat. Das verflixte Ding muss während des Unwetters vom Nachttisch gefallen sein. Es war ein heftiger Sturm. Das Boot schaukelt heute Morgen immer noch – der Wind hat sich noch nicht gelegt. Mir ist leicht übel. Das Leben auf dem Lake Union ist nicht so romantisch, wie es sich anhört, glauben Sie mir. Aber das Boot hat nur ein Zehntel dessen gekostet, was ich für das Haus meiner Frau in Wallingford hingeblättert habe, und es ist das Immobilienäquivalent eines Schokoriegels im Kleinformat, daher hält es mich davon ab, zum Hamsterer zu werden. Außerdem habe ich es nicht weit zum Büro.

Der Holzboden ist kalt, aber wenigstens ist er fest und *real*. Ich brauche Koffein. Ich werde mir über dem Campingkocher Teewasser heiß machen müssen – der Herd funktioniert nicht. Die Kabine ist für ein Boot dieser Größe geräumig. Licht fällt durch das offene Bullauge herein, himmlische Strahlen, die den Morgennebel in Bänder zerschneiden. Ich werde im Fitnessstudio des Belltown Tower duschen. Die meisten meiner Kleidungsstücke befinden sich drei Meilen entfernt in einem Lagerraum. Zwei Anzüge und eine Handvoll weißer Hemden hängen in dem kleinen Schrank, viel mehr passt nicht hinein. Meine Jacketts hängen an der Rückseite meiner Tür im Büro. Aber ich habe eine Menge Krawatten, einen ganzen Korb voll davon, in dem sie wie in einer bunten Schlangengrube durcheinanderliegen. Wenn man genug verschiedene Krawatten hat, kann man den Anschein eines wohlgefüllten Kleiderschranks vermitteln. Und niemand merkt es, wenn man wie ich jeden Tag dieselben Schuhe trägt.

Heute werde ich zu spät zur Arbeit kommen. Das ist sorgsam geplant. Ich wähle jede Woche einen Tag dafür aus und stelle sicher, dass die Partner mitbekommen, dass ich abends länger bleibe, um die Zeit nachzuholen. Heute werde ich später kommen, weil Lucy ein Fußballspiel hat, und die verpasse ich nie. Eine Beziehung zu meiner Tochter zu haben ist mein anderes Lebensziel. Im Grunde habe ich dieses Ziel in dem Moment erreicht, in dem sie geboren wurde, aber sie verändert sich ständig, vor allem jetzt, da sie ein Teenager ist, daher ist es eine permanente Aufgabe. Eigentlich soll ich nicht zu ihren Spielen gehen. Ein Teil des scheidungsbedingten Erziehungsplans weist diese Zeit meiner Frau zu. Aber ich liebe Fußball, und ich tue nichts lieber, als Lucy spielen zu sehen. Ich mache es so: Der Parkplatz vor der Fußballanlage bietet einen guten Blick auf das Spielfeld. Ich fahre mit einem Gebrauchtwagen hin, den niemand kennt, und schaue von der anonymen Behaglichkeit des Vordersitzes aus zu.

Unsere Kanzlei hat mal einen Gebrauchtwagenhändler namens Victor Gianopoulos vertreten, der ein kleines Steuerproblem mit dem Staat hatte. Und mit der Stadt. Und auch mit der Bundespolizei. Na jedenfalls, ich habe seinen Fall bearbeitet. Ich habe ihn vom Großteil seiner Probleme befreit, doch nach den ganzen Bußgeldern hatte er ein wenig Mühe, seine Anwaltsgebühren zu bezahlen. Also habe ich mit ihm die kostenlose Nutzung seiner Gebrauchtwagen ausgehandelt; entweder auf Lebenszeit oder bis er pleitegeht. Wenn ich einen brauche, gehe ich einfach auf den Parkplatz und suche mir einen aus. Es ist ein toller Deal – ich brauche in der Stadt kein eigenes Auto, und Victor hat alle Autos auf dem Platz für »Testfahrten« versichert, sodass ich auch keine Versicherung zu zahlen brauche. Heute nehme ich einen schwarzen Cadillac Escalade mit getönten Scheiben. Er sieht aus wie ein Regierungsfahrzeug von der CIA, vor allem, da ich eine Sonnenbrille tragen werde, die im regnerischen Seattle grundsätzlich ein verdächtiges Accessoire ist. Victor runzelt die Stirn. Er denkt immer, dass das Auto meiner Wahl an dem Tag verkauft werden wird, und drängt mich mit seinem griechischen Akzent, mir ein anderes auszusuchen. Das tue ich nie. Wenn ich mich von ihm beschwatzen lasse, weniger zu nehmen als das, was ich ausgehandelt habe, wird sich die Abmachung zu seinen Gunsten verändern. Das ist eine Anwaltsregel – wenn man nicht auf sein Recht pocht, verliert man es.

Der vierundzwanzig Hektar große Fußballkomplex ist ein surreales, in sich geschlossenes Fußballuniversum. Drei Parkplätze, sechs Imbisswagen, zweiunddreißig saubere Dixi-Klos und vierundzwanzig Fußballfelder für die Junioren. Es ist der Heimatplatz des Crossfire Fußballclubs. Es gibt zehn Firmensponsoren, darunter Microsoft, Amazon, Lookbook und Bi-Di, Seattles große Technik-Schwergewichte. Ihre riesigen Schilder hängen an den Maschendrahtzäunen rings um die Spielfelder, während Gruppen herumlaufender Kinder ihnen als wandelnde Reklametafeln dienen: Firmenlogos prangen auf ihren Uniformen wie geometrische Parasiten – farbige Quadrate für Microsoft, ein gebogener Pfeil für Amazon, verschlagene Augen für Lookbook und die miteinander verschmolzenen Buchstaben d und b von Bi-Di. Ich frage mich immer noch, wie zum Teufel sie es geschafft haben, zwei Kleinbuchstaben markenrechtlich schützen zu lassen. Unser eigenes Schild von Fury und Styles hängt neben den

Technikbannern und ist fast genauso groß. Frances Fury, die Partnerin, die für das Management verantwortlich ist, ist eine große Anhängerin und Förderin, Gott segne ihr philanthropisches Herz. Sie hat ihre eigenen Kinder seit deren achtem Lebensjahr durch das sorgfältig aufgebaute Crossfire-Fußballsystem geschleust, und nun durchlaufen ihre Enkel das Programm. Sie sitzt sogar im Vorstand von Crossfire.

Die Größe der Spielfelder ist den Altersklassen der Spieler zwischen acht und achtzehn Jahren angepasst. Das Können reicht von Freizeitkickern, die einfach nur schießen und rennen, bis hin zu der statistisch unbedeutenden Zahl ultra-ehrgeiziger Kinder, die in einem überfüllten Strafraum eine Ecke mit dem schwachen Fuß in einen Fallrückzieher verwandeln können. Sie werden umgehend in die Mannschaft der Seattle Sounders Development Academy aufgenommen und auf eine mögliche Profikarriere vorbereitet. Von den Tausenden, die hier durchgeschleust werden, hat es vielleicht sieben oder acht von diesen potenziellen Profis gegeben, aber keiner von ihnen hat es tatsächlich in die Profimannschaft von Sounders geschafft. Lucy befindet sich da irgendwo in der Mitte.

Ich parke den Escalade am Ende von Platz 5 zwischen einem Honda-Odyssey-Minivan mit Aufklebern einer Zeichentrickfamilie, die von einem T-Rex gejagt wird, auf der Heckscheibe und einem höhergelegten GMC-1500-Truck, dessen Räder die Größe von Treckerreifen haben. Diese Wagen bieten mir gute Deckung. Ich kurbele die Fenster herunter, um das Spiel zu hören. Eve, meine Ex-Frau, sitzt fünfunddreißig Meter entfernt mit einem roten Tuch um den Kopf. Nach der Scheidung hat sie ihren Stil geändert, irgendwie Pseudohippie, pseudoprogressiv. *Merkwürdig.* Als wir noch das Musterbeispiel eines Karrierepaars unserer Generation waren, hat sie das Kanzleileben mit Anzug und Krawatte geliebt. Sie sitzt auf einem Klappstuhl am Spielfeldrand, zu weit entfernt, um mich durch den Maschendrahtzaun, die getönte Windschutzscheibe und die Sonnenbrille zu erkennen. Hoffe ich jedenfalls. Links und rechts wird sie von anderen Müttern flankiert. Kein Mann. Noch nicht. Ich bin mir nicht sicher, wie es mir damit geht. Vor allem bin ich erleichtert, dass ich mich heute nicht damit auseinandersetzen muss, wie es mir damit geht. Ich hatte eine harte Nacht.

Ich lehne den elektrisch verstellbaren Sitz zurück und mache es mir bequem, um mir das Spiel anzusehen. Lucy spielt außen, eine Position, wo der Spieler Zeit zum Nachdenken hat, anders als im Mittelfeld, wo es schnell und heftig zugeht. Sie ist klein, wie ich es in dem Alter war, und ihre »Fußballintelligenz« ist wahrscheinlich ihre beste Waffe. Sie trifft gute Entscheidungen. Ich hoffe, dass das auch für außerhalb des Fußballplatzes gilt. Sie hat jetzt fast das Alter erreicht, in dem sie Dates haben wird. Ich bin mir auch nicht sicher, wie es mir *damit* geht. Ich lasse den Blick über die Zuschauer an der Seitenlinie schweifen und suche nach möglichen festen Freunden. Es ist eine andere Art von Eifersucht – die halb besorgte, halb unsichere Art, wenn eine Tochter anfängt, Jungs mehr zu mögen als ihren Dad. Zwei junge Burschen in ihrer Altersklasse lümmeln im Gras, aber da die Mannschaft aus achtzehn Mädchen besteht, sind die Chancen gering, dass sie wegen Lucy hier sind. Sie könnten auch einfach nur Brüder sein.

Das Spiel beginnt. Die andere Mannschaft ist stark. Sie spielt nicht so gut, aber härter, schneller, mit mehr Körpereinsatz. Wir liegen schnell ein Tor im Rückstand. Mist. Aber Lucy ist gut. Sie ist flinker als die stämmige Linksverteidigerin der anderen Mannschaft und lässt sich nicht einschüchtern. Mit einem Eckstoß bereitet sie das Kopfballtor ihrer Stürmerin vor und sorgt damit für den Ausgleich. *Braves Mädchen.* Ich messe Lucys Spiel an zwei verschiedenen Erfolgskriterien, wenn ich ihr zusehe. Nummer eins: Die Mannschaft gewinnt, und Lucy spielt gut. Nummer zwei: Lucy hat Spaß. Heute ist bisher an allen Fronten ein guter Tag.

Es geht hin und her. Die gegnerische Mannschaft liegt einen Tabellenplatz vor uns, und der Frust wächst. Lucy erhält einen Pass hinter der dicken Linksverteidigerin. Eine andere Verteidigerin in der gegnerischen Hälfte befindet sich näher an der Torlinie, es ist also nicht abseits. Lucy rennt los, direkt auf mich zu, ihre Gegnerin hinterher. Sie ist schneller, aber sie lässt das dicke Mädchen glauben, dass es sie einholen wird. Ich kenne diese Taktik – Lucy wird den Ball in die Mitte zurückspielen, wo man einen besseren Schusswinkel aufs Tor hat. Es ist die pure Freude zu sehen, wie meine Tochter zwei Schritte vorausdenkt, wie sie einer Tänzerin gleich mit dem Ball über den Platz schwebt, Haken schlägt und …

Die Dicke knallt voll in meine Tochter rein. Das ist keine Ballabnahme, es ist eine Ganzkörperblockade. Lucy fliegt durch die Luft und schlägt hart auf dem Boden auf. Heilige Scheiße! Der Schiedsrichter ist sofort da und pfeift ab. Danke, Schiri. Es folgt ein angespannter Moment, in dem ich darauf warte, dass Lucy aufsteht, das allgemein gültige

Zeichen dafür, dass sie unverletzt ist. Ich brauche nicht lange zu warten. Sie kämpft sich auf die Füße, bevor man sie bemitleiden kann. Zähes Mädchen. Puh! Enttäuschendes Ende für einen guten Gegenangriff, aber zumindest bedeutet es für sie nicht das Ende der Saison. Allerdings ein verdammt hartes Foul. Ich frage mich, ob … Der Schiedsrichter redet mit dem anderen Mädchen. Jepp! Da ist die Karte. Gelb. Der Gerechtigkeit ist Genüge getan.

Eine fette Frau in der Nähe johlt. Zuerst denke ich, dass sie meiner Tochter Beifall klatscht, weil es Tradition und höflich ist zu klatschen, wenn ein verletzter Spieler aufsteht. Aber es gibt keine Verletzung. Seltsam. Jetzt brüllt sie: »Gut gespielt« und »Toll gemacht!«, und dann wird mir klar, dass sie gar nicht für Lucy jubelt. Sie ist die Mutter des dicken Mädchens. Sie ist auch dick. Und aggressiv. Starke Ähnlichkeit. Es besteht kein Zweifel. Außerdem sitzt kein Ehemann neben ihr – ebenso wenig wie bei meiner Frau. Sie brüllt immer noch wie eine Kuh. »Gut gespielt! Gut gespiiiielt!«

Meine getönte Scheibe ist bereits unten, und sie ist in Rufweite. »Entschuldigung«, spreche ich sie höflich an. Ich brauche drei Versuche, bevor sie sich zu mir umdreht und mich mit offenem Mund angafft, eine dunkle, substanzlose Höhle. Als ich ihre Aufmerksamkeit habe, fahre ich fort: »Wenn ein Spieler eine gelbe Karte sieht, ist das ganz sicher *kein* gutes Spiel. Es ist ein Vergehen, für das die Mannschaft bestraft wird.«

»Ich weiß, was eine gelbe Karte ist«, blafft sie. Es erstaunt mich immer wieder, wenn Kotzbrocken noch einen drauflegen und diejenigen anschreien, die sie davon abbringen wollen, sich wie ein Kotzbrocken aufzuführen.

»Dann wissen Sie ja, dass man dafür keinen Beifall klatscht.«

»Wer sind Sie, der Parkplatzwächter?« Sie schnaubt, als wäre das witzig. Ist es nicht.

»Ich bin der Vater der Spielerin, gegen die Ihre Tochter sich unsportlich verhalten hat. Und da Ihre Tochter die Regeln nicht zu kennen scheint, dachte ich, ich sag es Ihnen, damit Sie es unterlassen können, Ihre Tochter in ihrer irrigen Meinung und ihrem mangelnden Sportsgeist zu bestärken. Sie könnten durchaus etwas lernen. Sie lernen von mir, bei einem Foul nicht zu jubeln.«

»Die Kleine?« Sie sagt »klein« auf eine Weise, die Minderwertigkeit aufgrund von Körpergröße impliziert. Ich habe das schon mal gehört. Von größeren Kindern, als ich klein war. Von Schlägern. Ich mag Schläger nicht. »Es war wirklich ein gutes Spiel«, sagt sie, wenn auch mit weniger Überzeugung. »Meine Tochter hat den Lauf gestoppt.« Sie sieht eine andere Mutter neben ihr hilfesuchend an, die sich klugerweise raushält.

»Ach, tatsächlich?«, antworte ich. »Es ist ein gutes Spiel, weil sie einen Sololauf brutal gestoppt hat? Großer Gott! Und dabei ist der wirkliche Grund, warum sie meine Tochter von hinten angegriffen hat, der, dass meine Tochter sie besiegt hat und sie dumm dastehen ließ. Aber loben Sie nur weiter ihre Aggressivität, damit sie ja keine goldene Gelegenheit verpasst, einer Mitspielerin das vordere Kreuzband zu zerreißen. Bravo! Sie haben sich wirklich als Mutter bewährt, Sie fette Sau.«

Ich hätte nicht »fette Sau« sagen sollen. Ich hätte überhaupt nichts davon sagen sollen. Ich blicke auf. Die Leute starren mich an. Ich bin aus dem Wagen ausgestiegen und habe es nicht einmal bemerkt. Ich benutze außerdem meine laute Stimme, meine Gerichtsverhandlungsstimme. Und Mama Fetti … weint. *Scheiße!* Die Spielerinnen, die im nahen Strafraum stehen, starren mich an. Der Schiedsrichter starrt mich ebenfalls an. Selbst die dreißig Meter entfernten Eltern an der Seitenlinie starren mich an, was bedeutet, dass Eve mich auch anstarrt. Und Lucy.

Ich springe zurück auf den Fahrersitz des Escalade. Meine Sonnenbrille ist mir halb von der Nase gerutscht. Ich ignoriere den Sicherheitsgurt und taste nach dem Startknopf, aber ich bin mit dem Wagen nicht vertraut und schalte stattdessen die Scheinwerfer ein. Sie beleuchten die weinende Frau wie ein Punktstrahler. *Verdammt!*

Als es mir gelingt, den SUV anzulassen, kommt ein Fußballoffizieller in einer gelben Weste auf mich zu. Sein Auftreten und seine Kleidung verleihen ihm etwas von einem Militärpolizisten. Das entbehrt nicht einer gewissen Ironie, denn nun bin ich derjenige, der gleich einen Vortrag über Erziehung zu hören bekommen wird. *Nein, werde ich nicht,* denke ich, lege den Rückwärtsgang des Escalade ein und stoße kiesspritzend zurück, wobei ich den Spiegel des Vans neben mir absäbele. Wahrscheinlich ist es Fettis Wagen, denn sie ist genau der Typ für geschmacklose Aufkleber auf der Heckscheibe. Der Spiegel des Escalade ist auch kaputt und hängt an den Drähten herunter. Mann, wird Victor sauer sein.

Zu spät

Die Schwingungen in der Innenstadt sind anders, wenn man zu spät zur Arbeit kommt. Ich bin zu Fuß schneller als die Autos in der verstopften Straße. Zwei Teslas und drei Nissan Leafs hintereinander – die reichen und die armen Versionen der Elektroautos, die die Technikszene von Seattle am liebsten fährt. Es ist schon unheimlich, wie die Elektroautos verstummen, wenn sie stehen bleiben – kein Benzinmotor im Leerlauf. Die Autoschlange kriecht im Schritttempo voran, aber die Fahrer bleiben seltsam höflich und respektvoll. Es ist ein Nordwest-Ding – die Leute fahren hier nicht aggressiv oder hupen ständig wie in Boston oder New York City an der Ostküste. Kaffeetragende Fußgänger drängen sich an den Ecken von Elliot Ave, Broad Street und Battery Street. Jede Menge formlose Pullis und weite Hemden über T-Shirts. Nur sehr wenige Frauen in Kostümen oder Hosenanzügen. Noch weniger Krawatten bei den Männern – sie tragen eher Mützen. Seattle kleidet sich nicht gut.

Es ist nicht wie an den Tagen, an denen ich früh unterwegs bin. Dann sausen überraschend wenige Autos die steilen Hügel von Seattle hinauf und hinab, und es schlendern nur vereinzelte ehrgeizige Typen wie ich über die nassen Bürgersteige, um der Konkurrenz zuvorzukommen. Wir tragen Anzüge. Wir trotten an Ladenbesitzern vorbei, die sich auf den Tag vorbereiten, an ein paar Schichtangestellten, die zu den seltsamsten Stunden arbeiten, und an vereinzelten Obdachlosen, die zum Schutz vor dem Regen in Hauseingängen schlafen.

Ich gehe zügig durch die langsamere Menge. Eine Gruppe älterer Frauen bedenkt mich mit frostigen Blicken, als ich sie überhole – in dieser Stadt gilt es als unhöflich, sich vorzudrängeln. Als ich am Belltown Tower ankomme, habe ich deswegen und wegen meiner Verspätung ein schlechtes Gewissen. Meine Schlüsselkarte funktioniert beim ersten Mal nicht, und auch nicht beim zweiten Versuch. Ich fluche laut. Einer unserer Stamm-Obdachlosen späht mir über die Schulter und meint, dass ich sie verkehrt herum halte. Ich schaue hin. Er hat recht. Ich bedanke mich bei ihm und gebe ihm drei Dollar, genug für einen kleinen Kaffee. Er bedankt sich seinerseits bei mir. Wir nicken einander zu und sehen uns für einen Moment an, und jeder fragt sich, wie er da gelandet ist, wo er ist.

Ich hatte nicht vor, Rechtsanwalt zu werden. Es ist irgendwie passiert. Ein Freund von mir hatte ein Buch, wie man sich auf die Aufnahmeprüfung der juristischen Fakultät vorbereitet. In dem Buch gab es hinten eine Tabelle, der man entnehmen konnte, welche Universitäten einen mit guten Prüfungsergebnissen aufnehmen würden. Ich bin gut in Prüfungen, also sagte ich: »Ich wette, das schaffe ich.« Und ehe ich mich's versah, hatte ich das Examen zur Zulassung zur Anwaltschaft abgelegt. Rückblickend hätte ich etwas anderes tun sollen, *irgendetwas* anderes, aber jetzt, zwei Jahrzehnte später, ist es zu spät für mich, noch den Beruf zu wechseln.

Zu spät. Der Aufzug fährt immer langsam, wenn man es eilig hat. Ich muss im Umkleideraum im Keller duschen und mich umziehen. Ich stelle fest, dass ich heute Morgen auf dem Boot die falsche Krawatte ausgesucht habe. Sie beißt sich mit der Farbe meiner Hose. Und nicht nur das, es ist auch noch eine Weihnachtskrawatte. Mit Elfen. Und der Dezember liegt in weiter Ferne. In meinem Schlafzimmer war es dunkel, als ich heute Morgen danach gegriffen habe, und ich war abgelenkt von diesem Traum – *diesem verdammt seltsamen Traum*. Was hatte das alles zu bedeuten? Hing es mit meiner Kindheit zusammen? Mit meinem großen Fall? Meiner kaputten Ehe? Eve würde es als Omen oder als Zeichen oder sonst einen Schwachsinn deuten; für einen Computernerd ist sie seltsam abergläubisch geworden – das hat sie von der Kultur in ihrem Büro. Aber ich glaube nicht an diesen Kram. Meiner Meinung nach sind Träume nur ein wahlloses Wirrwarr übrig gebliebener oder unvollendeter Gedanken, die unser Verstand zu sortieren versucht und in eine zusammenhängende Erzählung presst – wie die übrig gebliebenen Punkte auf der mentalen Checkliste des Tages, die unser Gehirn sich selbst erklären und durchstreichen muss.

Die Aufzugtüren öffnen sich, und ich gehe mit langen Schritten in die Lobby. Miriam blickt auf und wirft mir ein gequältes Lächeln zu. Oh-oh.

»Was ist?«, frage ich ohne Begrüßung.

Sie mustert mich. »Geht es Ihnen gut?«

»Ja. Wieso?«

»Phil meinte, Sie hätten einen Autounfall gehabt und seien deshalb spät dran.«

»Einen Autounfall …« Das ist verwirrend. Klar, ich habe

einen Spiegel verloren, aber das war doch kein Unfall. Und woher wusste Phil das überhaupt? Und warum sollte mein Praktikant mein Zuspätkommen entschuldigen?

»Jetzt, da ich hier bin, ist alles in Ordnung mit mir. Ich habe alles im Griff.«

Aus ihrem gequälten Lächeln wird ein Stirnrunzeln.

»Stimmt etwas nicht, Miriam?«

»Alles bestens«, beteuert sie. Aber sie klopft nervös mit dem Bleistift auf den Tisch, wie immer, wenn sie lügt. Ich habe sie dabei gesehen, wenn Mandanten am Telefon sind und fragen, ob ein Partner zu sprechen sei, und sie ihnen mitteilt, der Partner befände sich in einer Besprechung, obwohl er in Wirklichkeit nur einen halben Meter entfernt steht und abwinkt und mit den Lippen das Wort »Nein« formt.

»Miriam, wir sind doch ein Team, oder? Spannen Sie mich nicht auf die Folter. Was ist passiert?«

Sie rutscht auf ihrem Stuhl herum, als müsste sie pinkeln, dann sprudelt alles gleichzeitig aus ihr hervor. »Die Dampfermandanten sind da. Ich habe Sie dreimal auf dem Handy angerufen, aber Sie sind nicht drangegangen.«

Dafür gibt es einen guten Grund – ich habe es verloren. Es lag nicht auf dem Boden, wo ich es im Traum der vergangenen Nacht habe fallen lassen, und unter dem Bett war es auch nicht. Als wäre der Tag nicht schon beschissen genug.

»Was? Sie hatten einen Termin für Donnerstag. Warum sind sie heute schon da?«

»Sie sind nervös. Sie wollten sofort mit jemandem sprechen. Sie sind vor fünfzehn Minuten eingetroffen.«

»Scheiße! Ich muss mich fertig machen.« Ich setze den

ersten Schritt in den Flur, aber Miriams Stimme lässt mich erstarren.

»Es, ähm, spricht bereits jemand mit ihnen.«

»Was? Wer? Wally? Rhino?«

Rhino ist mein Spitzname für Goucher. Normalerweise bringt es Miriam zum Lachen. Heute nicht.

»Bricklin.«

Doppelscheiße. Unsere Rezeptionistin und Mädchen für alles senkt den Blick und schiebt Papiere herum. Sie weiß, dass das schlecht für mich ist. Wenn die Mandanten sich mit Bricklin wohlfühlen und möchten, dass sie sie vertritt, könnte mein Fall, der mich zum Partner machen soll, im Handumdrehen an meine Todfeindin gehen.

»Das werde ich gleich klären«, sage ich zu Miriam und schenke ihr ein gewinnendes Lächeln. Aber es steht kein Gefühl dahinter, und wahrscheinlich kommt es so unecht rüber, wie es ist. Ich fliehe aus der Lobby.

Phil wartet hinter der Ecke, um mich abzupassen. Ich weiche ihm aus, doch er kapiert den Wink mit dem Zaunpfahl nicht und geht neben mir her. Er ist jetzt schon der Zweite, der ein gequältes Gesicht macht.

»Puh. Grässliche Krawatte«, sagt er.

»Dir auch einen guten Morgen. Woher wusstest du, dass ich einen Autounfall hatte?«

»Sie hatten echt einen? Wow! Ich habe einfach die beste Entschuldigung genommen, die mir eingefallen ist. Ich dachte, niemand würde die Notlüge bemerken, da Sie ohnehin jeden Tag das Auto wechseln.« Er neigt den Kopf zur Seite. »Geht es Ihnen gut?«

»Ja, verdammt noch mal. Aber Bricklin gräbt gerade in meiner Goldmine, und ich muss da rein.«

»Kein Grund zum Fluchen.«

»Entschuldige, ich hatte eine schlimme Nacht. Und einen schlimmen Morgen. Ist Tee da?«

»Ich habe ihn in die Mikrowelle gestellt, um ihn aufzuwärmen, als ich Ihre Stimme im Foyer gehört habe.«

Wie aufs Stichwort erklingt hinten im Flur das Ping der Mikrowelle. »Hängt der Beutel da seit drei Stunden drin?«

»Keine Sorge. Ich habe ihn nach viereinhalb Minuten rausgenommen. Das ist die optimale Ziehzeit für schwarzen Tee, danach wird er bitter.«

Der Junge ist ein Heiliger – von der nervigen Sorte, die alles so gut macht, dass man sich beinahe wünscht, dass er mal etwas vergeigt.

»Sie haben Ihren Job gut gemacht.«

»Es ist eigentlich nicht mein Job, aber gern geschehen.«

Ich überhole ihn und halte schnurstracks auf den Tee zu, aber er dackelt hinter mir her wie ein kleiner Bruder, der mit zu dem großen Spiel will.

»Goucher hat Ihre Mandanten in Ihrer Abwesenheit zu Bricklin geschickt, um sie mit der Kanzlei bekannt zu machen. Bricklin hat sich übrigens freiwillig gemeldet.«

»Warum überrascht mich das nicht?«

»Weil sie ehrgeizig ist, und es ist ein Karrierefall. Das haben Sie selbst gesagt.«

»Es war eine rhetorische Frage, Praktikant.«

»Warum nennen Sie mich Praktikant?«

»Das ist dein Titel.«

»Aber es ist nicht mein Name. Ich denke, Sie wollen mich damit an meinen Platz am unteren Ende des Firmentotempfahls erinnern.«

»Nein. Es soll dich daran erinnern, dass du noch nicht einmal auf diesem Pfahl bist.«

»*Noch* nicht? Das heißt, es besteht eine Chance?«

»Geh und lies dir ein paar Fälle durch, auf mich wartet echte Arbeit.« Wenn es eines gibt, was Phil kann, dann ist es das Nachlesen von Fällen, vor allem von großen, aufwendigen Fällen. Er kann sich in fünfzigseitige Entscheidungen des Obersten Gerichts vertiefen, als würde er einen guten Roman lesen, und anschließend jeden Punkt erklären oder sich durch Dutzende von Akten wühlen und eine ganze Woche damit verbringen zu lesen, zu sortieren und abzulegen, während er von Take-away aus dem Thai Time im Erdgeschoss lebt.

Was mich betrifft, ich bin kein Fan der langweiligen Aspekte des Rechts. Ich bin besser darin, das große Ganze zu sehen und Sachen herauszudestillieren. Ich kann mir komplizierten Mist durchlesen und ihn den Richtern und Geschworenen so erklären, dass er ganz einfach klingt. Ich bin wie eine juristische Destillerie. Das hat sich als wertvolle Eigenschaft erwiesen, vor allem im Umgang mit Mandanten. Deshalb gefällt mir die erste Phase eines Falles am besten – die Durchsicht der Fakten. Man muss alle Fakten kennen. Wenn ein Gerichtstermin naht und man sich unvorbereitet fühlt, liegt das wahrscheinlich daran, dass man seine Fakten nicht gut genug kennt. Ich lese mir Hunderte von Seiten mit Fakten vier- oder fünfmal durch, nur um mir den einen Satz zu erarbeiten, in dem ich sie auf den Punkt bringe. Damit kriegt man sein Publikum – mit dieser einfachen Zusammenfassung. Ich bringe sie einmal zu Beginn der Verhandlung und einmal am Schluss. Der Rest dazwischen ist nur Füllkram, um diese beiden Buchstützen zu halten. Wann immer ich mich in meine Höhle zurückziehe, um mich auf einen Fall vorzubereiten, kenne ich – wenn ich meine Bürotür wieder öffne, um Luft zu schnappen – die Details so gut, dass ich die Eröffnungs- und Schlussplädoyers auswendig halten kann. Oft tue ich das auch, im Auto auf der Heimfahrt, beim Abendessen auf dem Boot oder sogar unter der Dusche. Das kann peinlich werden, weil ich momentan im Fitnessstudio dusche, und manchmal denken andere nackte Männer, ich würde mit ihnen reden. Verfahrensrecht macht weniger Spaß. Mehr Plackerei. Einige Anwälte sind Techniker, Jurafreaks wie Phil. Sie stellen jede Menge Anträge, die auf verfahrenstechnischem Schwachsinn basieren. Sie nutzen alles für ihre Strategien, *bis auf das*, was wirklich passiert ist. Sie versuchen zu gewinnen, ohne hinter die Wahrheit zu kommen. Sie lieben es, wegen einer Formsache zu gewinnen, ohne jemals zum Abschluss zu gelangen. Ich dagegen bin ein Abschließer. Ich bevorzuge einen guten Faktenkampf. Ich kann den ganzen Tag Fakten darlegen, und ich weiß verdammt gut – und die Partner wissen es auch –, dass es am Anfang meiner Kämpfe ein fesselndes Eröffnungsplädoyer gibt und am Ende als großes Finale eine Wahnsinns-Zusammenfassung, die nur aus einem Satz besteht.

Und im Moment stiehlt Bricklin mir meine Eröffnung.

Ich drücke den Knopf der Mikrowelle, um die Tür zu öffnen, umfasse mit zwei Fingern meine Tasse mit der Aufschrift *Bester Papa der Welt* – ein Geschenk von Lucy – und schicke mich an, Phil loszuwerden, damit ich mir aus dem Büro meine Robe holen kann. Es ist Firmenpolitik, dass Anwälte in der Anwesenheit von Klienten immer eine

Robe tragen müssen. Ich kann Stimmen aus dem Konferenzraum hören, wo die große Dampferbesprechung ohne mich stattfindet. Es treibt mich in den Wahnsinn. Ich trete auf meine Bürotür zu.

»Eine Sache noch«, sagt Phil und versperrt mir plötzlich den Weg.

Verdammt! Der lästige kleine Scheißer will mich einfach nicht gehen lassen, damit ich mich meinem Schicksal stelle. »Was denn?«

»Es ist noch jemand da, der Sie sprechen möchte.«

»Falls es sich nicht um den Geschäftsführer von Lookbook handelt, habe ich jetzt keine Zeit für ihn. Ich muss meine nicht unerheblichen Anwaltskräfte auf die vorliegende Katastrophe konzentrieren.«

»Es ist ein Privatmann. Ein potenzieller neuer Mandant, hat er gesagt. Er hat um Sie persönlich gebeten. Er meinte, Sie würden sich schon lange kennen.«

»Pech gehabt. Lass ihm von Miriam ausrichten, dass ich in einer Besprechung bin. Und hör auf, wie ein Penner vor meiner Tür herumzulungern. Ich gehe jetzt in mein Büro, um meine Robe zu holen.«

»Er, ähm, wartet da drin.«

Ich werfe Phil einen ernsten Blick zu, der besagt, da geht sie hin, deine Empfehlung. »Warum zum Teufel hast du ihn in mein Büro gelassen?«

»Habe ich nicht.«

»Wie ist er dann da reingekommen?«

»Keine Ahnung, er war schon drin. Er meinte, er würde auf Sie warten. Er hatte Ihre Karte und wusste sehr viel über Sie. Schien in Ordnung, daher ließ ich ihn bleiben.«

»Hast du zumindest ein Vorgespräch mit ihm geführt, um festzustellen, ob wir für sein Rechtsproblem überhaupt die Richtigen sind?«

»Letzte Woche haben Sie mir strikt verboten, ein Wort mit Mandanten zu reden.«

»Stimmt, du bist ja nur Praktikant. Scheiße, okay. Ich werde jetzt reingehen und ihn begrüßen. Ruf mich in drei Minuten an. Nicht fünf. Drei. Sag, dass du mich in einer dringenden Angelegenheit brauchst.«

»Eine Besprechung oder ein Gerichtstermin?«

»Das ist doch vollkommen egal! Einfach irgendwas, das wichtig klingt.«

Ich muss Phils Hand mit Gewalt von meinem Türknauf ziehen. Als unsere Hände sich berühren, lächelt er mich an, und die Berührung wird peinlich. Er macht das bestimmt mit Absicht, aber ich kann es nicht beweisen, weil er *immer* lächelt. »Wie viele Minuten?«, frage ich, als ich seine Hand abschüttele.

»Drei.«

Ich nicke und betrete mein Büro.

Mein Büro hat die Größe eines kleinen europäischen Landes, größer als die Kabine meines Bootes und ein Fenster mit Blick auf Belltown und die Elliot Bay. *Vielleicht sollte ich hier wohnen.* Es ist auch Feng-Shui-freundlich, das soll angeblich Stress lindern. Ich habe ein Aquarium. Die Fische sind zwar nicht echt, aber es sind die besten künstlichen Fische, die man für Geld kaufen kann – sie schwimmen die ganze Zeit und drehen nie den Bauch nach oben. An der Rückseite der Tür befindet sich ein Spiegel, der mir vor allem dazu dient, an eiligen Tagen meine Fitnessklamotten gegen einen Anzug zu tauschen. Im Regal liegen kleine Antistressbälle aus Glas und warten darauf, dass ich sie durch die Finger laufen lasse. Sie warten schon lange, aber sie machen sich da ziemlich cool. Ich habe künstliche Pflanzen, die den künstlichen Fischen Gesellschaft leisten. Sie brauchen niemals Wasser. Und schließlich steht mein großer Schreibtisch in der Machtposition in der hinteren Ecke des Raumes gegenüber der Tür. Der Schreibtisch ist nicht künstlich. Holzfäller haben ihn vor siebzig Jahren aus einem einzigen Baum geschnitzt. Die Kanzlei hat ihn aus einem Nachlass übernommen, um den wir uns gekümmert haben. Der Schreibtisch moderte in einem Lagerraum vor sich hin. Ich habe mich freiwillig erboten, ihn aufzuarbeiten, wenn ich ihn dafür benutzen durfte. Ich habe ihn abgeschmirgelt, um die Kanten abzurunden, und dann habe ich drei Schichten Bootslack aufgetragen, der selbst die schlimmste Teeüberschwemmung aushält.

Mein geheimnisvoller potenzieller Mandant sitzt mit dem Rücken zu mir. Ein Mann aus dem Tennisclub, dem ich früher angehört habe? Ein Kumpel aus dem College? Jemand aus meiner Ex-Ehe? Meine Frau hat bei der Scheidung sämtliche Freunde von uns auf ihre Seite gezogen, daher kann ich mir nicht vorstellen, dass einer von ihnen hier auftaucht. Phil hat nicht gesagt, woher ich den Burschen kenne. Gut, ich habe ihm keine Gelegenheit dazu gegeben, denn ich habe es eilig. Ich ermahne mich, schnell, kurz angebunden und professionell zu sein. Kein Händeschütteln oder, Gott behüte, eine Männerumarmung. Rein geschäftsmäßig. Ich durchquere den Raum mit drei langen Schritten. Alles, was ich sehen kann, ist das Haar, kurz geschoren wie Fell.

Ich schwebe auf dem Weg zu meiner Machtposition an seinem Stuhl vorbei, lege die Hand auf meinen Lederthron, drehe ihn zu mir herum und setze mich. »Hallo, mein Freund«, sage ich in der höflich-knappen Art eines wichtigen, vielbeschäftigten Mannes. Und schaue auf.

»Hallo Danny.«

»Ahh!« Ich springe vom Stuhl hoch. Stehe. Nein, ich nehme eine sportlich-gebückte Haltung ein, bereit zu fliehen oder zu kämpfen. Mir gegenüber sitzt … es.

Die Kreatur aus meinem Schlafzimmer lümmelt sich auf dem Gästestuhl in meinem Büro – in meinem eigenen Büro! Sie sitzt zwischen mir und der Tür. Gottverdammtes Feng-Shui – ich bin in der Ecke gefangen. Ich greife nach etwas, irgendwas. Die Antistresskugeln. Ich hebe sie in die Höhe, und meine Finger beginnen automatisch, sie zu drehen, wie ein Ninja, der Nunchakus herumwirbelt.

Das Ding presst seine Reißzähne aufeinander und knurrt, aber es erhebt sich nicht. Das Geräusch seiner knirschenden Zähne klingt seltsam vergnügt. Es knurrt nicht, es kichert. Es lacht mich aus. Ich halte meinen rollenden Stuhl zwischen uns. Ich könnte schreien. Ich könnte wegrennen. Ich könnte die Ninja-Stresskugeln nach ihm werfen. Stattdessen rede ich mit ihm.

»Worüber lachst du?«

»Oh Mann, tut mir leid, aber das wird nie langweilig.«

Es spricht mit einem grässlichen und seltsam vertrauten Lispeln, obwohl ich mich nicht daran erinnere, dass es viel geredet hat, als wir klein waren. Es hat nur gruselige Scheiße geflüstert, die ich kaum hören konnte. Hat es damals gelispelt? Oder nur geflüstert? Das ist ein Unterschied. Flüstern ist gruselig. Ein Lispeln, das aus einem reißzahnbewehrten, sabbernden Mund kommt, ist einfach nur … lächerlich. Es macht mich mutig. Ich rolle den Stuhl vor mich hin und hocke mich dahinter.

»Was wird nicht langweilig?«

»Dir Angst zu machen. Du bist so einfach.«

Jetzt werfe ich doch mit den Glaskugeln. Ich kann nicht sagen, ob aus Angst oder vor Wut, ich schleudere sie ihm einfach ins Gesicht. Eine geht daneben, aber die zweite prallt dumpf von seinem dicken Schädel ab, bevor sie harmlos auf den Teppich fällt.

»Au!«, knurrt es mich an. »Das hat wehgetan, du Arsch.«

Von einer spitzzähnigen Bestie mit Krallen und einer Insektentaille angeknurrt zu werden ist beängstigend, aber mein Ärger überschattet jetzt meine Furcht. Ich hatte vorgehabt, die Kugeln zu werfen und dann zur Tür zu rennen und den Stuhl zwischen uns zu schieben, aber ich schiebe den Stuhl nicht beiseite, und ich renne auch nicht weg.

»Du bist der Arsch, du Arsch. Was für ein Mensch erschreckt gern Leute? Ach so, du bist ja noch nicht mal ein Mensch! Und was hast du hier zu suchen? Es ist nicht Nacht. Das ist nicht mein Zimmer.«

Es reibt sich den Kopf, aber es macht keine Anstalten, aufzustehen und mich zu fressen. »Ich habe es dir gesagt; ich brauche deine Hilfe.«

»Und wie bist du an Phil vorbeigekommen, dem Praktikanten?« Ich stehe immer noch hinter dem Stuhl, aber ich ducke mich nicht mehr.

»Setz dich, ich muss dir einiges erklären.«

»Ich bleibe lieber stehen.«

»Wie du willst.« Es holt tief Luft. »Hör zu, ich weiß, dass du mich nicht magst …«

»Ich hasse dich, verdammt.«

»… aber ich habe nichts gegen dich. Ich erschrecke dich nur, weil ich das tun muss, um zu überleben.«

»Moment. Das verstehe ich nicht.«

»Natürlich nicht. Du bist ein Mensch, und ich bin eine Schreckensbestie.« Es nickt, als es meinen verständnislosen Gesichtsausdruck sieht. »Eine Schreckensbestie ist ein Gestaltwandler. In unserer Grundform unterscheiden wir uns nicht allzu sehr vom Menschen, aber wir leben von der Energie des Synapsenfeuers, das bei einer plötzlichen Schock- oder Fluchtreaktion im menschlichen Gehirn erzeugt wird; dadurch entstehen überschüssige elektrische Impulse, die wir einsammeln.«

»Du lebst von meiner Angst?«

»Genau.«

»Wie in dem Animationsfilm *Die Monster AG*.«

»Siehst du, ich wusste, dass du klug bist. Dieser Film beruht auf meiner Art – wahrscheinlich hat einer von uns geholfen, das Drehbuch zu schreiben. Es ist natürlich eine Trickfilmversion und völlig an den Haaren herbeigezogen, denn wir haben keine eigene Welt. Wir leben hier in der Realität, bei euch.«

»Na toll. Du bist also ein Parasit, dessen einziger Daseinsgrund darin besteht, mir Angst einzujagen.«

»Äh, du bist nicht der Einzige. Tut mir leid. Menschen sind so selbstbezogen. Ich könnte dich und ein Dutzend anderer Leute gleichzeitig erschrecken.«

»Sekunde mal. Hast du Phil Angst gemacht?«

»Nein. Er ist nicht leicht zu erschrecken, das merke ich.«

»Aber wie bist du an ihm vorbeigekommen? Und an Miriam? Und an der ganzen verdammten Bevölkerung der Innenstadt von Seattle?«

Es seufzt. »Das hier ist nur meine ›Danny-erschrecken‹-Gestalt. Sie wirkt gut bei dir, nicht? Halb Werwolf, halb Wespe. Zwei deiner größten Ängste. Aber für die meisten Menschen sehe ich so aus …«

Das Ding auf dem Stuhl verändert sich vor meinen Augen, verwandelt sich, schmilzt, nimmt eine neue Gestalt an, wird … menschlich. Der Mann, der an der Stelle sitzt, wo *es* gesessen hat, ist ungefähr in meinem Alter und hat kurzes Haar und ein schlaffes Gesicht. Er kommt mir irgendwie bekannt vor. Dann erinnere ich mich an das Lispeln.

»Heilige Mutter … du bist Brett Bremen! Von der Sacajawea-Grundschule!«

Er zwinkert und erschießt mich mit einer Fingerpistole. Auch das ist vertraut. Brett Bremen hat in der fünften Klasse ständig Leute mit der Fingerpistole erschossen. Wenn man im Unterricht sah, dass er auf einen schoss, dann wusste man, dass man das nächste Pausenopfer war. Das Brett-Ding pustet auf seinen Finger, als wäre er ein qualmender Pistolenlauf. »Wie ich schon sagte, klug.«

»Du warst der Klassentyrann.«

»Ich bin immer noch Brett. Brett Bremen ist meine menschliche Gestalt. Ich wohne und arbeite hier in Seattle.«

»Du hast an der Sacajawea jedes Kind terrorisiert.« Mir schlägt das Herz bis zum Hals. Brett hat mit mir die Sacajawea-Grundschule besucht: Er strich in Muscle-Shirt und roter Baseballkappe auf dem Spielplatz herum und hat alle Kinder zwischen sechs und zwölf Jahren eingeschüchtert, bedroht und ganz allgemein in Angst versetzt.

»Nun, ja«, bestätigt er geduldig, »ich ernähre mich von Furcht. Die Schulessen aus Chili und Zimtbrötchen waren nichts für mich. Erinnerst du dich daran?«

Ich nicke. Und ob ich mich erinnere. Chili und Zimtbrötchen war mein Lieblingsessen, vor allem wegen der Zimtbrötchen. Ich erinnere mich auch, dass Brett mir meins mindestens einmal gestohlen hat. Und jetzt sagt er, er wollte es nicht einmal.

»Aber es ist nur Furcht«, fährt er fort. »Denk mal scharf nach – erinnerst du dich daran, dass ich mal irgendjemanden verprügelt hätte?«

Ich denke wieder an die Zeit vor vielen Jahrzehnten zurück. Die Erinnerung ist verschwommen, weit weg. »Nein. Aber du musst es getan haben. Deshalb hatten wir ja Angst vor dir.«

»Mit der Angst ist es so – sie beruht auf Erwartung, nicht auf tatsächlichem Schaden. Ich lebe von Angst, nicht von Schmerz. Schmerz ist ein ganz anderes Monster.«

»Dann hast du also bei Phil die Brett-Bremen-Nummer abgezogen?«

»Ja.«

In dem Moment klingelt das Telefon. Ich starre es an.

»Gehst du ran?«, fragt Brett.

Ich drücke die Lautsprechertaste. »Hallo?«

Die Stimme klingt panisch. »Hier ist Phil. Es gab einen Notfall. Es geht um Ihre Tochter. Sie ist jetzt im Krankenwagen!«

Ich gerate in Panik. Lucy ist verletzt. Oder sie ist krank oder sonst was! Dass Lucy etwas zugestoßen ist, ist schlimmer, als von einem Monster gejagt zu werden. Ich liebe sie mehr als mich selbst. So ist das, wenn man Kinder hat. Ich fliege zur Tür.

»Du gehst?« Brett – mein Monster – klingt besorgt, vielleicht ein wenig verzweifelt. »Es handelt sich um Mord, Danny! Du besitzt ein ausgeprägtes Gerechtigkeitsgefühl. Du weißt, dass ich es nicht war.«

»Du hast den Anruf gehört. Es geht um meine Tochter.«

»Danny, ich habe nicht viel Zeit. Können wir dieses Gespräch heute Abend in deinem Zimmer fortsetzen?«

Ich zögere. Mein Monster macht mir Angst, aber nicht so viel Angst wie der Gedanke, dass meine Tochter verletzt ist. Ich reiße die Tür auf. Phil steht vor mir und zwinkert. »War das wichtig genug?«

Ich hatte vergessen, dass ich ihn gebeten habe, mich anzurufen und mir eine Ausrede zu verschaffen, den Raum zu verlassen. Er hat es sich ausgedacht. *Scheiße!* Gott sei Dank geht es Lucy gut, aber … »Phil! Lass in Zukunft meine Tochter aus dem Spiel!«

»Alles okay?«, ruft Brett von dem Stuhl im Büro.

»Ja«, antworte ich. »Meiner Tochter geht es gut.«

Phil zeigt auf das andere Ende des Flurs und flüstert: »Gehen Sie nicht zu dem … Sie wissen schon.«

Das Dampfermeeting! *Doppelscheiße.* Ich schaue wieder zu Brett hinüber. Er lächelt schwach. Ich kann hinter seiner Menschenlippe die Reißzähne sehen, aber er wirkt auch … verängstigt. Mein Todfeind braucht mich für irgendetwas. Das erfüllt mich mit einem höchst seltsamen Gefühl der Befriedigung. Vielleicht sollte ich ihm helfen, trotz meines Abscheus. Ich kann der bessere Mann sein. Oder das bessere Geschöpf, wie auch immer. Außerdem weiß ich mit

Bestimmtheit, dass er es nicht getan hat. Ich schlage Phil die Tür vor der Nase zu und drehe mich um.

»Brett, ich werde es in Erwägung ziehen, deinen Fall zu übernehmen. Aber jetzt muss ich zu einer anderen Besprechung gehen. Bleib hier. Beweg dich nicht. Rede mit niemandem. Und mach keine Dummheiten.«

»Aber …«

»Nicht! Bewegen!«

»Ich werde mich langweilen.«

»Am Ende des Flurs wird meiner Karriere gerade der Todesstoß versetzt. Da kannst du dich ja wohl für eine halbe Stunde langweilen!«

»Schlechte Wortwahl, wenn ich derjenige bin, der vielleicht hingerichtet wird.« Er sieht aus, als würde er gleich weinen. »Hast du wenigstens eine Zeitschrift?«

»Oh, Mann … ja, da auf dem Regal.« Ich zeige hin.

»Ich habe übrigens dein Handy.« Er zieht mein Telefon aus der Tasche.

»Du hast mein Handy gestohlen?«

»Ich bin letzte Nacht versehentlich draufgetreten, daher habe ich es heute Morgen reparieren lassen. Ich musste in drei verschiedene Läden gehen. Zum Glück kenne ich dein Passwort. Gern geschehen.«

»Ich soll mich bei dir dafür bedanken, dass du mein Telefon kaputt gemacht, es gestohlen und mein Passwort gehackt hast?«

»Dein Passwort ist ›Lucy‹. War nicht schwer zu hacken. Du solltest es ändern.«

»Gib her! Und tu sonst nichts. Überhaupt nichts! Ich komme zurück.« Ich reiße ihm mein Telefon aus der Hand, drehe mich um und gehe.

Phil steht draußen immer noch genau da, wo ich ihn zurückgelassen habe, einen eifrigen Ausdruck im Gesicht. »Übernehmen Sie seinen Fall? Was hat er für ein Problem? Warum haben Sie gebrüllt?«

Ich beantworte keine seiner Fragen. Ich kann nicht. »Phil, ich möchte, dass du dich vor diese Tür stellst. Geh nicht rein. Geh nirgendwohin. Lass niemanden hinein. Sprich mit niemandem. Rühr dich nicht von der Stelle. Tu nichts, bis ich zurück bin. Verstanden?«

Er nickt. Ich nicke. Erledigt. Ich kann Phil vertrauen, selbst wenn ich Brett nicht vertrauen kann.

Ich lasse sie beide zurück und eile den Flur entlang zu der wichtigsten Besprechung meiner Karriere, während ich die Weihnachtskrawatte zurechtrücke und feststelle, dass ich mein Jackett vergessen habe.

Neue Mandanten

Auf dem Weg zur Dampferbesprechung geht mir Bretts Fall im Kopf herum. *Mord.* Der helle Wahnsinn. Ich hätte es nicht geglaubt, aber andererseits ist seine bloße Existenz schon kaum zu glauben. Ich bin mir immer noch nicht sicher, ob ich ihm irgendetwas von dem abkaufe, was er gesagt hat, und mein Anwaltsgehirn formuliert Fragen, die ich meinem nichtmenschlichen Klassenkameraden stellen will, während ich eigentlich über das Dampfen nachdenken sollte. *Dumm!* Ich habe ihm zehn Minuten lang zugehört, nicht drei, obwohl ich bei *dieser* Sitzung hätte sein und Bricklin hätte auffordern sollen, sich zu verziehen.

Ich zwinge mich, langsam zu gehen, damit ich nicht »hineinplatze«. Es ist wichtig, ruhig und beherrscht zu wirken, obwohl ich das Gefühl habe, dass mein Leben außer Kontrolle gerät. Der Konferenzraum ist groß und voller staubiger Gesetzestexte, die wir nicht mehr benutzt haben, seit wir juristische Recherchen im Internet anstellen können. Die Bücher machen sich in den Regalen trotzdem gut – klassisch und professionell –, im Gegensatz zu mir mit meiner Weihnachtselfenkrawatte. Die Besprechung – *meine* Besprechung – nähert sich dem Ende. Meine Mandanten schütteln Bricklin über den langen, schmalen Konferenztisch aus poliertem Ahorn hinweg die Hand. Die Gratisflaschen Wasser mit dem Firmenlogo sind leer. Barb, unsere pingelige Rechtsanwaltsgehilfin, sammelt Unterlagen ein. Leute schieben ihre Stühle vom Tisch zurück. Ich bin am Arsch.

Bricklin schaut mich mit einem falschen Lächeln an, dann sieht sie unnötigerweise auf die Uhr, um zu betonen, dass ich zu spät bin. »Dan, wie nett von Ihnen vorbeizukommen. Ich bin gerade fertig geworden. Randall, Beatrice, Arthur, das ist Dan Becker, der Anwalt, der ursprünglich für Ihren Fall vorgesehen war. Er trägt normalerweise ein Jackett.«

Sie deutet auf die drei Dampfermandanten. Randall ist ein ganz in Schwarz gekleideter Riese von eins achtundneunzig mit einer Reibeisenstimme vom jahrelangen Rauchen, der meint, dass Dampfen weniger schädlich und eine gute Methode für Raucher sei, damit aufzuhören. Ich beschließe, ihn Darth Vapor zu nennen. Beatrice ist eine verhutzelte alte Dame mit Haut wie Pergament und tiefen Zornesfalten – sie hat ihr Süßwarengeschäft zu einem Dampferladen umgebaut, in dem sie Dutzende von süßen Aromen und Liquids verkauft, auch bekannt als »Dampfsaft«, der besonders für Kinder attraktiv ist. Und Arthur, der irgendwie verärgert wirkt, als ich nicht daran denke, ihn »Artie« zu nennen, sieht mit seinem langen ungepflegten Haar und dem Batikshirt wie ein Hippie aus. Er ist der Typ, der Dampfsaft mit THC versetzen würde, dem psychoaktiven Bestandteil von Marihuana, und es dann als medizinisch bezeichnen würde.

Ich trete vor und falle in das Händeschüttelkarussell ein. »Hallo Randall, Beatrice, Artie. Nur damit keine Verwirrung entsteht, ich bin immer noch der Hauptanwalt Ihres Falls.«

»Natürlich«, sagt Bricklin schnell. »Ich werde Dan über alles in Kenntnis setzen, was wir besprochen haben«, verspricht sie den Mandanten und versucht, sie hinauszukomplimentieren, bevor sie mich kennenlernen können.

Ihre Versprechen sind für mich keinen verschimmelten Käse wert. Ich glaube nicht, dass sie mich korrekt informieren wird. Stattdessen werde ich mit Pingel-Barb sprechen, die sich ausgezeichnete Notizen macht. Es gelingt mir, ein paar einleitende Worte zu sagen, bevor meine gestohlenen Mandanten zur Tür gehen. Niemand spricht gern länger als nötig mit Anwälten, und die Dampferleute haben genug. Ich verteile meine Karten, und meine Hände zittern noch immer von der Begegnung mit Brett. Ich verspreche, ihre Anrufe jederzeit entgegenzunehmen, Tag und Nacht. Ich entschuldige mich für meine Verspätung, aber ich kann ihnen den wahren Grund dafür nicht nennen. Ich kann ihnen nicht sagen, dass ein anderer Mandant für mich Vorrang hatte, von dem ich mir immer noch nicht sicher bin, ob er überhaupt echt ist. Oder gar ein Mandant. Das Fußballspiel meiner Tochter ist keine gute Entschuldigung. Es interessiert kein Schwein, wie sehr man sein Kind liebt, wenn man einen Anwalt braucht. Der Autounfall ist die beste Lösung.

»Ich hatte einen kleinen Unfall, aber es ist nur ein Blechschaden«, sage ich. Sie erkundigen sich höflich, ob ich verletzt sei. Ich antworte mit einem Scherz. »Nur ein kleines Schädel-Hirn-Trauma, kein Grund zur Beunruhigung.«

Sie starren mich an, ohne zu lachen. Ich brauche einen Moment, um zu begreifen, dass der Scherz angesichts der Verletzungen in ihrem Fall höchst unangebracht war. Zweien der Kläger, von denen sie verklagt werden, wurde von ihren Produkten das Gesicht weggerissen. *Scheiße!* Mein Verstand arbeitet im Moment nur auf Sparflamme. Vielleicht habe ich wirklich was am Kopf abbekommen. Wahrscheinlicher ist, dass ich einfach in Gedanken unendlich weit weg bin.

Sie gehen und bedanken sich auf dem Weg nach draußen bei Bricklin, aber nicht bei mir. Kein Dank dafür, zu spät gekommen zu sein und einen schlechten Witz gemacht zu haben. Barb ergreift die Flucht, weil sie spürt, dass ich mit ihr reden will, und plötzlich bin ich mit meiner Elfenkrawatte allein im Raum. Ich lebe jetzt schon eine ganze Weile allein, aber *so* allein habe ich mich schon lange nicht mehr gefühlt. Es ist die Art von Alleinsein, bei der man nicht freiwillig allein ist, sondern weil niemand mit einem zusammen sein will. Es ist eine tiefere Einsamkeit, emotional wie physisch. Eine der Wasserflaschen ist noch halb voll. Es ist mir egal, wer daraus getrunken hat oder welchen Erreger der diesjährigen Grippe er womöglich trägt. Ich kippe das Wasser hinunter und eile zurück in mein Büro.

Phil steht vor meiner Tür stramm wie ein Beefeater, der den Tower von London bewacht. Er ist umgeben von Kartons, die sich bis zu seinen Knien stapeln.

»Barb hat die Dampferakten gebracht. Sie wollte sie ins Büro stellen, aber ich habe ihr gesagt, die Tür sei kaputt.«

»Du entwickelst dich zu einem geschickten Lügner.«

»Das ist eine Menge Lesestoff. Soll ich gleich loslegen?«

Ich denke darüber nach. Er hat recht – wir sollten mit dem größten Fall meiner Karriere in die Gänge kommen. Unerklärlicherweise schüttele ich den Kopf. »Nein. Für dich habe ich ein Sonderprojekt.«

Beim Wort »Sonderprojekt« eigens für ihn leuchtet Phils Gesicht auf. »Wirklich? Worum geht es?«

»Ich möchte, dass du einige sehr alte historische Texte recherchierst, vielleicht sogar Schriftrollen. Die Sache ist streng geheim, also kein Wort zu Bricklin oder Rhino oder sonst wem. Geh ins Internet, aber du wirst vielleicht auch in die Handschriftenabteilung der öffentlichen Bibliothek müssen. Ich werde dir eine erste Liste und einige Stichworte geben. Oh, und gab es hier in letzter Zeit Tötungsdelikte, bei denen das Opfer noch nicht volljährig war?«

»Wie bitte?«

»Morde an Kindern.«

Phil ist verwirrt, aber pflichtbewusst. »Soweit ich weiß, gab es nur einen, aber der war heftig. Das Mädchen in Queen Anne.«

»Das Mädchen?«

»Haben Sie im Aufzug die Nachrichten nicht gelesen?«

Ich übergehe seine Bemerkung. »Ist sie in ihrem Zimmer ermordet worden?«

»Also haben Sie doch davon gehört. Ja, es ist in ihrem Zimmer geschehen, aber die Polizei hat noch keine Einzelheiten bekannt gegeben. Es muss ziemlich übel gewesen sein. Angeblich war es ein Ritualmord, möglicherweise ein Kult.« Er verzieht angewidert das Gesicht.

Ich schaudere. Das muss das Opfer sein, von dem Brett gesprochen hat. »Wie lautet die Adresse?«

»Sie wurde in den Nachrichten nicht genannt, aber ich kann …«

»… nachforschen und es herausfinden.«

»Das kann ich gut.«

»Ich weiß. Kümmere dich darum. Ich werde die Dampferakten übernehmen.«

Ich schicke ihn weg, und er springt davon wie ein eifriger Bluthund. Dann öffne ich die Tür. Die Nemesis meiner Kindheit sitzt in Menschengestalt auf meinem Ballstuhl und rollt durch mein Büro. Bei Tageslicht gar nicht so gruselig. Ich schließe die Tür hinter mir.

»Okay, Brett, du hast fünfzehn Minuten Zeit, die Sache zu erklären. Dann schmeiße ich dich raus, damit ich mich wieder an meine richtige Arbeit machen kann.«

Phil liefert mir die Adresse des toten Mädchens um fünf Uhr, und um fünf Uhr dreißig fahre ich mit dem spiegellosen schwarzen Escalade den Queen Ann Hill hinauf. Warum? Ich weiß es nicht. Ich sollte die Scheiß-Dampferakten lesen. Ich habe Stunden mit dem Versuch verbracht, mich darauf zu konzentrieren, doch ich war mit dem Kopf nicht bei der Sache. Egal, ob es die eidesstattliche Erklärung eines Zeugen oder eine Zusammenfassung der Fakten war – bevor ich die Seite zu Ende gelesen hatte, ertappte ich mich dabei, dass meine Gedanken zu Bretts Fall zurückgewandert waren, und dann musste ich die ganze Seite noch mal lesen. Normalerweise habe ich kein Problem damit, mich in eine Akte zu vertiefen, aber Atemwegserkrankungen der Lunge sind verglichen mit den Fakten meines »anderen« neuen Falls schnarchlangweilig. Ich kann immer noch nicht fassen, was Brett mir erzählt hat. Wenn er halbwegs ehrlich war – und da bin ich mir nicht so sicher –, dann gehen unter der nieselnassen Oberfläche des entspannten Seattle echt abgedrehte Sachen vor.

Die Häuser auf dem Queen Anne Hill stammen aus dem späten 19. und frühen 20. Jahrhundert. Ich fahre durch die engen, zugeparkten Straßen und achte dabei auf Seitenspiegel. Dies ist das alte Seattle, ein Stadtteil, der von dem großen Feuer von 1889 unberührt geblieben ist. Von hier aus hat man einen Blick aufs Stadtzentrum, die Space Needle, auf die Elliot Bay und, dahinter, Bainbridge Island.

Ich halte vor dem Haus. Auf einem Metallschild an der Tür steht das Baujahr: 1905. Mir ist klar, dass ich keine Befugnis habe, mit den Eltern des Mordopfers zu sprechen oder mir den Tatort anzusehen. Mein schwarzer Wagen und mein Geschäftsanzug verleihen mir jedoch den Anschein eines Regierungsbeamten – die Weihnachtselfenkrawatte nehme ich ab und stopfe sie ins Handschuhfach. Aber ich habe kein Abzeichen, keinen Ausweis, nichts. Ich werde die Leute irgendwie überreden müssen, mich reinzulassen. Ich bin in Eile – ich muss diese Sache aus dem Kopf kriegen und mich wieder dem Dampfen widmen –, und während ich den geschwungenen Zementweg zu der großen, überdachten Veranda hinaufgehe, übe ich, was ich sagen will. Ein Glück, dass Anwälte gute Redner sind. Wir »verbiegen« Worte und Sätze zu unserem Vorteil. Wir können das Gewöhnliche wichtig klingen lassen und das Wichtige gewöhnlich. Heute muss ich wichtig klingen.

Oben sitzen Krähen aufgereiht auf einem Fensterbrett, ich zähle acht Stück. Sie hocken dem Fenster zugewandt da wie ungebetene Zuschauer einer Tragödie. Dunkle kleine Aasgeier. Sie bringen Pech, pflegte mein Vater zu sagen. Ich hebe einen Stein auf, besinne mich dann eines Besseren und greife stattdessen nach einem Kiefernzapfen – schließlich ist hinter ihnen ein Fenster. Ich werfe den

Kiefernzapfen nach den Krähen. In der Highschool habe ich Baseball gespielt, daher ist es ein schneller, gut gezielter Wurf. Der Kiefernzapfen fliegt in hohem Bogen aufs Haus zu, landet genau zwischen den fiesen Viechern und knallt einem gegen den kleinen schwarzen Kopf. Bingo! Die Krähen erheben sich wie eine dunkle Wolke, krächzen aber in einer Kakofonie heiserer Einzelstimmen. Sie sind sauer auf mich. Sie flattern zu der nahen Kiefer, die mich mit Munition versorgt hat, und nehmen auf einem langen, krummen Ast wieder ihre Achterreihe ein. Sie setzen sich in genau derselben Anordnung hin, soweit ich das erkennen kann, und funkeln mich an, als prägten sie sich mein Gesicht in ihr kollektives Gedächtnis ein.

Die alte Türklingel ist übermalt worden und funktioniert nicht. Stattdessen klopfe ich an und spähe durch den dekorativen Glaseinsatz in der Tür. Das hohle Klopfgeräusch hallt durch die verlassene Diele. Hier ist eine Leere, ein fehlendes Leben. Es dauert, bis die Mutter im Flur erscheint und auf mich zuschlurft. Ein ungutes Gefühl beschleicht mich. Das wird hart. Phil hat ihren Namen herausgefunden – Beverly Reed, Mutter von Samantha Reed, dem siebzehnjährigen Opfer. Witwe eines Computerprogrammierers namens Gary Reed. Gary starb vor zwei Jahren an Krebs. Die Recherchen meines Praktikanten sind gründlich, und mein Handy vibriert immer noch alle paar Minuten mit Updates, wenn er etwas Neues hat. Ich bin mir nicht sicher, ob ich überhaupt mehr wissen will. Bev ist Ärztin, aber kein medizinisches Wunder kann ihre Tochter mehr retten. Die junge Samantha war tot, als man sie fand. Bev steht jetzt an der Tür. Sie sieht schrecklich aus – dunkle Ringe unter den Augen, plattes braunes

Haar, wahllose Kleidung. Ich sehe ihr den Verlust an. Für ihren Mann konnte sie vor zwei Jahren nichts mehr tun, und das konnte sie auch jetzt nicht. Diese Machtlosigkeit muss schmerzhaft für eine Ärztin sein, für eine kluge Frau wie Bev, die die medizinische Hochschule absolviert hat, die immer erfolgreich war, die zu den besten fünf Prozent gehört, die anderen Menschen hilft, der eigenen Tochter aber nicht helfen konnte. Sie öffnet die Tür mit schlaffen Händen.

»Ja?« Mehr bringt sie nicht heraus.

»Es tut mir leid, aber wir müssen uns noch einmal umsehen«, sage ich.

Während der letzten zwei Tage wird ein Dutzend anonymer Cops hier ein und aus gegangen sein. Wenn ich mich wie ein Polizist verhalte, wird sie annehmen, dass ich zur Polizei gehöre, und mit deren Vorgehensweise kenne ich mich aus. Anwälte sind Meister darin, unehrlich zu sein, ohne zu lügen. Ich heuchle Vertrautheit und benutze meine Gerichtsstimme – amtlich, laut und deutlich und eine Oktave tiefer als sonst. Die gleiche Technik wenden Polizisten an, wenn sie sich Gehör verschaffen wollen.

»Bitte entschuldigen Sie, dass ich Sie noch einmal stören muss, Bev. Es könnte sein, dass unserem Fotografen ein Beweisstück entgangen ist, das man auch nicht auf dem Video erkennen kann. Ich verspreche, ich werde mich beeilen.«

Ohne ein weiteres Wort lässt sie mich herein. Sie scheint sich mit den Störungen ihrer Trauer abgefunden zu haben, und sie will Gerechtigkeit. Sie wird die Polizei ihre Arbeit machen lassen. Sie ist erschöpft und hat keinen Widerstand mehr in sich. Es ist traurig, eine starke Frau so geschwächt zu sehen. Plötzlich wünsche ich mir verzweifelt, ihr zu helfen, sie zu retten. Aber wenn sie kein besonders heikles juristisches Problem hat oder ein Knöllchen loswerden will, kann ich nichts für sie tun. Außerdem bin ich nicht ihretwegen hier, sondern wegen des Verdächtigen, dem man vorwirft, ihre Tochter getötet zu haben.

Ich sollte wissen, welches das richtige Zimmer ist, aber ich weiß es nicht. Ich schätze, es ist oben, und gehe zur Treppe.

»Warten Sie«, sagt Bev.

Ich erstarre, und mein Herz setzt einen Schlag aus. *Ich habe einen Fehler gemacht,* denke ich. Sie wird um meinen Ausweis bitten, und schon wird der Besuch zu Ende sein.

»Ja?«

»Mein Sohn ist oben. Schließen Sie bitte die Tür, damit er nicht in ihr Zimmer sehen kann.«

»Natürlich.« Ich will mehr sagen. Ich will ihr mitteilen, wie großartig sie ist, dass sie in einer solchen Zeit, in der sie völlig am Ende ist, auch gleich an ihren Sohn denkt. Stattdessen stoße ich einen Seufzer der Erleichterung aus und eile die Treppe hoch.

Mir fällt auf, dass anders als in den meisten alten Häusern die Stufen nicht knarren. Lose Nägel in Dielenbrettern werden bei einer hochwertigen Renovierung, wie eine Ärztin und ein Programmierer sie sich leisten können, oft neu vernagelt. Dieses Haus aus dem Jahr 1905 ist gründlich modernisiert worden – Gipskarton hat die alten Putzträger ersetzt, und die Fenster wurden mit zwölf Zentimeter breiten lackierten Holzrahmen verkleidet. Auf einem antiken Tisch im Flur steht ein altes Telefon mit Wählscheibe, hinter dem ein modernes Handyladegerät hervorlugt. Bev hat den ursprünglichen Charakter ihres Hauses bewahrt, und sie hat wirklich Geschmack.

Am Ende der Treppe folgt ein Flur. Es ist klar, welches Zimmer Samanthas ist: das mit dem gelben Absperrband vor der Tür. Ein weiterer tiefer Atemzug, dann gehe ich hinein.

Es ist schrecklich. Das Zimmer wurde aufgeräumt, aber es ist trotzdem schrecklich. Um ein Haar hätte ich das Licht wieder ausgemacht, um die Horrorshow zu beenden, die sich mir seit dem Einschalten bietet. Stattdessen stehe ich in der Tür und frage mich, was zum Teufel ich hier mache. Ich sollte zu Hause sein und Texte über explodierende E-Zigaretten und Lungenkrankheiten lesen, anstatt mich an den Tatort eines Mordes zu schleichen. Zum ersten Mal frage ich mich, was passieren würde, wenn man mich erwischt. Begehe ich ein Verbrechen? *Gut möglich.*

Vorsichtig betrete ich den Raum. Die Wände sind butterblumengelb mit roten Spritzern. Der Teppich ist hellblau mit einem dunklen Muster. Samanthas Sachen sind alle an ihrem Platz – Schulbücher, Fotos von ihr auf einem Pferd, vielleicht ihrem eigenen, und ihre Fußballmedaillen. Mir wird flau, denn ich kenne sie – sie stammen von Turnieren, an denen auch Lucy teilgenommen hat. *Verflucht.* Doch das ist nicht das Schlimmste. Das Schlimmste ist das Blut.

Samantha ist in ihrem Bett getötet worden. Die Matratze und das Bettzeug sind weg und befinden sich ganz sicher in einem Polizeilabor. Aber es sind trotzdem noch Blutflecken zu sehen. Ich schaue mir die gelben Wände genauer an. »Blutmuster« heißt es im Polizeijargon, doch das rote

Muster auf dem Gelb stammt nicht von einem einzigen, heftigen Spritzer – an jeder Wand sind drei Gruppen von roten Sprenkeln zu sehen, als wäre absichtlich rote Farbe an eine Wand nach der anderen geschleudert worden, wie abstrakte Kunst.

Ich stehe auf dem Teppich und werfe jetzt auch darauf einen genaueren Blick. Er ist gar kein zweifarbiger Berber, wie ich zuerst gedacht habe; er ist voller Flecken. Blutflecken. Wie die Wände. Vor dem Kopfende des leeren Bettgestells ist ein besonders großer Schmierfleck – *hier wurde sie aus dem Bett auf den Boden gezerrt.* Ich knie mich hin und sehe jetzt, dass das Wirbelmuster auf dem Teppich aus getrocknetem Blut besteht – lange Schlaufen in einem großen Oval. In der Mitte dieses roten Rings sind drei einfache Strichmännchengesichter, wie Höhlenmalerei-Emojis. Da ich nun genau über ihnen stehe, kann ich sie erkennen: Mund nach oben, Mund nach unten, ein rundes o, und darüber die aufgerissenen starren Augen, die in Comics für Überraschung stehen. Irgendjemand hat mit dem Blut des jungen Mädchens Gesichter gemalt. *Und so viel Blut* – der Teppich ist damit getränkt. Ich kämpfe gegen den Drang, mich zu übergeben, während ich mein Handy aus der Tasche ziehe und Fotos mache.

Hat Brett diese schreckliche Tat begangen? *Natürlich hat er das,* denkt ein Teil von mir, während ich die Kamera einstelle und an die Tür trete, um eine Gesamtaufnahme des Zimmers zu machen. Ist doch logisch – er ist ein Monster. Doch ein anderer Teil von mir denkt, dass er es nicht getan haben kann. Ich kenne diesen Idioten schon mein ganzes Leben in menschlicher Gestalt, und ich kann mir wirklich nicht vorstellen, dass er … das hier getan hat. Alle Mörder von Kindern sind Arschlöcher, aber nicht alle Arschlöcher ermorden Kinder. Das klingt verrückt, selbst in meinen Ohren, vor allem weil Brett nebenbei als Kreatur herumgeistert, von der ich immer dachte, dass sie mich töten würde. Doch das hat er nicht getan, und er hat felsenfest beteuert, dass er so etwas nie tun würde. Andererseits beteuern schuldige Menschen immer ihre Unschuld. Warum sollte ein Wesen, das halb Mensch, halb Bestie ist, da anders sein?

Ich spüre, dass noch jemand da ist, bevor ich das Zupfen an meinem Hemd fühle. Ich mache einen Satz. »Aargh!«

Einen panischen Moment lang frage ich mich, ob Brett mir gefolgt ist, ob er mich stalkt, damit er mich an dem schrecklichsten Ort umbringen kann, der überhaupt denkbar ist. Aber als ich herumwirbele und das Einzige schwinge, was ich griffbereit habe – mein Fotohandy –, ist es nur ein Junge. Bevs Junge. Nachdem ich ein nutzloses Foto von seinem überraschten Gesicht geschossen habe, lege ich die Hand auf den Knauf, um die Tür zu schließen, damit er nicht in den Raum blicken kann.

»Ich habe es schon gesehen«, sagt er scharfsinnig. »Ich bin reingeschlichen, nachdem das Zimmer versiegelt wurde, als die Polizei Pause gemacht hat. Ich musste das hier holen, bevor sie sie weggebracht haben.«

Er hält ein Freundschaftsarmband hoch. Ich schätze, dass er es für seine Schwester gemacht hat. Es ist pink und weiß. Und rot. Ein Schauer überläuft mich bei der Vorstellung, wie er es der toten Samantha heimlich abgenommen hat.

»Sind Sie ein Cop?«, fragt er.

»Nein«, antworte ich. Ich belüge Kinder nicht gern. »Aber sag es nicht deiner Mom. Sie macht eine schwere

Zeit durch und würde beunruhigt sein.«

»Reporter?« Jetzt klingt er misstrauisch. Er streicht sich eine blonde Locke aus den Augen und starrt mich wütend an. Mit zehn weiß er bereits, dass man der Presse nicht trauen kann. Kluges Kind.

»Nein. Ich bin Anwalt.«

»Oh, okay.« Er nickt. Irgendwie kann er damit leben, dass ich Anwalt bin. Vielleicht hält er mich für einen Staatsanwalt, der sich darauf vorbereitet, Anklage gegen den Bösewicht zu erheben, obwohl er noch zu jung ist, um diese Rolle zu verstehen. Vielleicht hat sein Dad in der Computerbranche mit Anwälten zusammengearbeitet. So, wie er zu mir aufschaut … erweckt er kurz den Eindruck, als könnte er einen Dad gebrauchen.

»Kommst du klar …?«

»… Jeremy.«

»Geht es dir gut, Jeremy?«

»Ich habe Angst.«

»Ich weiß. Als ich so alt war wie du, hatte ich ein Monster, das nachts in mein Zimmer gekommen ist.«

»Ich auch.«

Das lässt mich stutzen. »Wirklich? Hast du ihn der Polizei beschrieben?«

»Es ist kein Er, es ist ein Es.«

»Kannst du es mir beschreiben?«

»Es hat Fell. Große Zähne. Krallen. Es versteckt sich in meinem Kleiderschrank oder unter dem Bett.«

»Moment mal, flüstert es deinen Namen so leise, dass du es kaum hören kannst?«

»Ja. Woher wissen Sie das?«

Brett! Der Mistkerl war also doch hier. Das ändert alles!

»Ich werde dafür sorgen, dass es aufhört, dir Angst zu machen«, schwöre ich, obwohl ich nicht weiß, ob ich in Bezug auf Brett recht habe oder ob ich dieses Versprechen halten kann. Aber es ist keine Lüge, denn ich habe die volle Absicht, Brett die Hölle heißzumachen, wenn er auch nur daran denkt, noch mal hierherzukommen.

Jeremy nickt langsam, dankbar, aber unsicher.

»Vertrau mir, ich bin Anwalt.«

»Hat das Monster meine Schwester geholt?«

Ich möchte ihm eine definitive Antwort geben, aber das ist die entscheidende Frage, nicht wahr? Und wie ich schon sagte, ich will ein Kind nicht belügen. »Um das herauszufinden, bin ich hier. Versteckst du dich unter der Decke?«

»Ja.«

»Gut. Da bist du sicher.«

»Sam war es nicht.«

Scheiße … er hat recht.

Ich möchte mich von Bev verabschieden und ihr sagen, was für ein großartiger Junge Jeremy ist. Sie sitzt in dem geschmackvoll restaurierten Wohnzimmer. Als ich gerade den Kopf durch die Tür stecken will, höre ich aus dem Flur, wie sie schluchzt. Sie weint, daher störe ich sie lieber nicht. Ich verlasse das Haus und nehme meine schauerlichen, unrechtmäßig erworbenen Bilder mit.

Am Straßenrand begrüßt mich ein weiterer scheußlicher Anblick. Der schwarze Escalade ist weiß mit Vogelscheiße gesprenkelt, sodass er aussieht wie ein Experiment in Vogelkot-Pointillismus. *Die Krähen.* Mann, Victor wird *echt* sauer sein.

Meetings

Als ich früh am nächsten Morgen ins Büro komme, wartet der Dampferfall auf mich. Ich war die halbe Nacht auf und habe mir Fotos von Samanthas Zimmer angesehen, während mein aufgewühlter Anwaltsverstand mit den unleugbaren Fakten rang, die meinen Mandanten belasten, und harte Fragen an Brett formulierte.

Phil wartet ebenfalls auf mich. Mein Praktikant trommelt nervös und aufgeregt mit den Fingern an den Türrahmen meines Büros. »Sind Sie zu der Adresse gefahren, die ich für Sie rausgesucht habe?«

»Ja. Geh weg. Ich habe zu tun. Ich muss bis morgen Abend alles wissen, was es über das Dampfen zu wissen gibt.«

»Okay. Wann soll ich mich zurückmelden?«

Gott, dieser Junge! Er ist ein hartnäckiger kleiner Laufbursche, das muss ich ihm lassen. »Hast du die alten Dokumente gefunden?«

»Ja, ich hatte Glück«, antwortet er und versucht, mich auf die Folter zu spannen. »Wollen Sie sie sehen?«

Und ob ich sie sehen will. Ich habe eine Million Fragen wegen dem, was Brett mir erzählt hat, und wegen des Schlafzimmers, das ich gestern Abend fotografiert habe. Nachdem Brett das Büro verlassen hatte, wurde mir klar, dass ich keine Möglichkeit habe, ihn – *es* – zu kontaktieren.

Letzte Nacht habe ich wach gelegen und mich gefragt, ob er in meinem Zimmer auftauchen würde. Er kam nicht. Vielleicht ist er endgültig fort, und das Rätsel wird mit ihm verschwinden. Gut. Auf mich wartet echte Arbeit! *Partner,* rufe ich mir ins Gedächtnis.

»Nicht jetzt, Phil.« Ich zeige auf den Stapel mit Dampferunterlagen. »Ich muss mich in diesen Haufen Scheiße stürzen. Warte. Sag niemandem, dass ich es so genannt habe. Sag den Leuten, dass ich das Dampfen liebe. Sag es Frances und Bricklin und Rhino … Du weißt, wer Rhino ist?«

»Der beleibte Mann mit der großen Nase.«

»Genau. Sag ihnen, dass ich mich vollkommen in diesen Fall vertiefe. Und zwar gleich, nachdem du die Tür hinter dir geschlossen hast. Und erzähl bloß keinem, dass ich Marlin Rhino nenne. Außer Miriam – sie ist ungefährlich.«

»Aye, aye, Käpt'n.« Dann salutiert er vor mir wie ein Seemann. Wow. Hat in der Highschool wahrscheinlich beim Musicaltheater mitgemacht. Aber er schließt die Tür noch nicht, weil ich seine ursprüngliche Frage nicht beantwortet habe.

»Okay, melde dich heute Mittag wieder, so in vier Stunden …« Als ich zögere, zieht er eine Braue hoch. »Na gut, dann eben in zwei Stunden«, verkünde ich.

Er lächelt, weil er weiß, dass er mich am Haken hat, aber wenigstens schließt er die Tür.

Ich verbringe die nächste Stunde damit, mich nicht in den Dampferfall zu stürzen. Stattdessen denke ich immer wieder an Samanthas Zimmer und an das, was Jeremy gesagt hat. Ich klappe die Dampferakte zu. *Scheiß drauf.* Es geht nur um meine Karriere. Ich sehe mir noch einmal genau die Fotos auf meinem Handy an. Samantha hatte ein

Kojenbett mit Schubladen und einen kleinen eingebauten Kleiderschrank. Effiziente Nutzung von Stauraum, dank Bev, der effizienten, liebenden Mom. Da ist ein Steckdosen-Nachtlicht in Form eines Nilpferds. Es hat gebrannt, als ich die Tür geöffnet habe, und ging automatisch aus, als ich die Deckenlampe eingeschaltet habe. *Dämmerungssensor*. Was bedeutet das Blutmuster? Die Polizei hat den Raum vor meinem Besuch gereinigt. Ob Phil an die Polizeiberichte und Tatortfotos herankommen kann? Die Öffentlichkeit hat im Bundesstaat Washington gesetzlichen Anspruch auf Einsicht in Regierungsdokumente, aber Beweise in laufenden Ermittlungen stellen eine Ausnahme dar – die Berichte und die Fotos werden wir wohl nicht kriegen. Aber der Junge hungert nach Herausforderungen. Mal sehen, wie einfallsreich er wirklich ist.

Ich rufe ihn an seinem vorübergehenden Arbeitsplatz im Großraumbüro an, den er sich mit einer Birkenstockträgerin vom Evergreen State College teilt. Er hebt ab, bevor das erste Klingeln endet. »Hallo, hier spricht Phillip Martinez, künftiger Rechtsanwalt.«

»Phil, ich bin bereit, einen Blick auf die Dokumente zu werfen.«

»Es ist erst eine Stunde rum.«

»Tja, ich schaffe in einer Stunde nun mal mehr als die meisten Menschen an einem Vormittag. Schwing deinen Praktikantenhintern zu mir.« Dann spreche ich die magischen Worte: »Ich habe noch ein Spezialprojekt für dich.«

Die Dokumente, die Phil ausgegraben hat, sind faszinierend. Handschriftliche Aufzeichnungen der mündlichen Überlieferung amerikanischer Ureinwohner. Fotos prähistorischer Felsritzungen. Schriften früher amerikanischer

Siedler. Wenn er die alten Originalbände nicht aus der Bibliothek ausleihen konnte, hat er die entsprechenden Seiten abfotografiert. Ich bin milde enttäuscht, dass keine der Felsritzungen wie Brett in Monstergestalt aussieht. Dafür wimmelt es nur so von Vögeln – einige ähneln Krähen, wie mir auffällt. Andere sind größer, wie riesige Urzeitadler.

Ich bin mitten in Phils Recherchestapel, als das Telefon auf meinem Schreibtisch aufleuchtet. Ich drücke auf den Knopf. »Hallo?«

Es ist Miriam. »Die Partner sind im Konferenzraum versammelt, um den Dampferfall durchzugehen.«

»Jetzt?«

»Nein, vor zehn Minuten. Haben Sie heute Morgen Ihre E-Mails nicht gecheckt?«

»Ähm, nein. Ich habe mich in den Fall vertieft. War total abgetaucht. Sagen Sie ihnen das.«

»Sie können es Ihnen gleich selbst sagen. Sie warten auf sie.«

Verdammt! Und schon bin ich der Kerl, der die Partner warten lässt. »Können Sie ihnen nicht sagen, Sie hätten mich in einer dunklen, weltabgeschnittenen Ecke gefunden, vergraben unter Akten, in die Lektüre des Falles vertieft?«

Sie seufzt. »Ich weiß nicht, warum ich Sie decke.«

»Weil Sie großartig sind.«

Ich kann ihr Lächeln durchs Telefon spüren. Sei immer nett zur Empfangsdame.

Ich treffe im Konferenzraum der Partner ein, dem großen Raum mit dem breiten Tisch, der ein Gefühl von Distanz zwischen den Partnern und, nun ja … allen anderen erzeugt. Ich bin heute besser angezogen – mein bestes Jackett und die Krawatte mit dem Frettchenmuster, die ich im Besucherzentrum des Gletscher-Nationalparks gekauft habe. Das war ein toller Ausflug. Lucy war zehn und hat pausenlos Fotos von Eichhörnchen gemacht. Sie hat mir verboten, sie zu füttern, weil sie dadurch von Menschen abhängig werden. Sie macht ihre Hausaufgaben. Anders als ihr Dad in diesem Fall.

Frances Fury, die letzte noch lebende Namensgeberin der Kanzlei, ergreift als Erste das Wort. »Also, Becker, wie ich höre, haben Sie hart gearbeitet.«

Frances nennt jeden unterhalb der Partnerebene beim Nachnamen, um ihm zu verdeutlichen, wo sein Platz ist. Mir wird bewusst, dass ich das Wort »Praktikant« genauso verwende. In ihrem großen Stuhl am Kopfende des Tisches fühlt sie sich wohl und zufrieden und sieht beinahe so harmlos aus wie die fitten Großmütter, die jeden Tag im Einkaufszentrum Power-Walking machen. Aber keiner der Anwesenden in dem Raum lässt sich täuschen. Sie stieg vor dreißig Jahren in den Beruf ein, zu einer Zeit, als es noch eine Männerwelt war und Frauen sich durchsetzen mussten. Und das tat sie. Man nannte sie »Miststück« und Schlimmeres, und sie war verhasster als Männer, die als »Arschloch« bezeichnet wurden. Sie erwarb sich ihren Ruf, indem sie sich mit den besten Prozessanwälten der Branche anlegte und Richter bei der Anwaltskammer anzeigte, wenn sie sie schlecht behandelten. Heute nennt sie niemand mehr Miststück. Man nennt sie Ms Fury.

»Ja«, bestätige ich. Ich beschließe, dass es keinen Grund gibt, ihnen auf die Nase zu binden, dass der größte Teil meiner Arbeit nicht unseren Dampfermandanten gegolten hat.

»Nun, kommen Sie herein. Wie in der Nachricht von heute Morgen stand, brennen wir darauf, dass Sie uns in unseren neuesten Fall einweihen.«

»Tut mir leid, ich habe die Nachricht nicht erhalten. Miriam musste mich für das Meeting aus meinem Elfenbeinturm zerren.«

»Ja, das hat sie uns gesagt.«

Danke, Miriam. »Sie sollten ihr eine Gehaltserhöhung geben. Ohne sie würde ich mich an nichts erinnern.«

»Vielleicht haben Sie eine Gehirnerschütterung von Ihrem schrecklichen Autounfall«, bemerkt Rhino.

Mir ist nicht klar, ob er es ernst meint oder sich über mich lustig macht. Er wäre ein gefährlicher Feind. Ich sollte wahrscheinlich aufhören, ihm Spitznamen zu geben.

»Vielen Dank für Ihre Besorgnis, aber es geht mir gut.«

»Erzählen Sie uns etwas übers Dampfen«, fordert Frances mich auf.

Ich erkläre das wenige, was ich weiß. Sie wissen bereits alles, denn ich habe das meiste aus dem Radio und dem Internet. Ich bemühe mich, es gewandter auszudrücken als die Blogs, in denen ich darüber gelesen habe.

Frances hört geduldig zu, aber statt mir am Ende Fragen zu stellen, deutet sie auf die Fächermappe in meiner Hand. »Darf ich die Akte sehen?«

Wenn Frances einen um etwas bittet, dann tut man es. Ich überreiche die Akte. Kaum hat sie meine Hand verlassen, wird mir schlagartig klar, dass es nicht der Dampferfall ist. Es sind Phils Recherchen zum Übernatürlichen und zu Brett. Hilflos verfolge ich, wie die Partner die Akte am Tisch zu Frances weiterreichen. Mein Kopf nickt auf und ab, während sie von Hand zu Hand wandert. Es ist, als würde ich zusehen, wie meine Partnerschaft auf den Rand eines Abgrunds zurollt.

Oh Gott.

Frances öffnet die Mappe. Ich versuche zu sprechen, aber ich habe Angst davor, etwas Falsches zu sagen. Ich kann mit den besten Anwälten in Seattle Wortgefechte austragen, und das vor Geschworenen, die bereit sind, mich zu hassen, und Richtern, die bereit sind, mich in meine Schranken zu weisen. Und ich sage immer das Richtige. Aber heute bin ich unsicher – das hat mir mein Kindheitsmonster angetan.

Frances nickt, während sie liest, dann schaut sie auf. »Da haben Sie aber tief gegraben«, stellt sie fest.

»Entschuldigung?« Blöd, das zu sagen. Laut Frances bittet ein guter Anwalt niemals um Entschuldigung, und das war nun schon das zweite Mal in dieser Besprechung.

»Sie haben Originaldokumente von der Gründung des Staates Washington ausgegraben. Hier steht, dass sie in der öffentlichen Bibliothek von Seattle archiviert sind. Waren Sie dort?«

»Das hat Phil für mich erledigt«, sage ich schnell und hoffe, alle Schuld auf ihn abwälzen zu können. Ihn kann man nicht feuern; er ist nicht mal angestellt.

»Wer ist Phil?«, fragt Ryan Roswell, der Partner auf meiner Rechten.

»Mein Praktikant.«

Frances nickt. »Ein guter Anführer zollt seinen Untergebenen Lob. Das gefällt mir. Und es gefällt mir, dass Sie sich bis zu den Wurzeln unseres Staates durchwühlen. Sie nehmen diese Sache offensichtlich sehr ernst. Es wird interessant sein zu sehen, wohin Ihre Bemühungen führen.« Sie wedelt mit dem Ordner und schickt ihn dann zu mir zurück. Als Rhino ihn entgegennimmt, zögert er kurz und wirft einen Blick zu mir und dann auf die Akte. Er möchte sie öffnen und hineinsehen, aber er will Frances' Meeting nicht stören. Er runzelt nur die Stirn und reicht sie weiter.

Fünf Minuten später habe ich die Besprechung überlebt. Aber noch habe ich nicht gewonnen. Die anderen denken, ich würde arbeiten, doch noch habe ich ihnen keine brillante Analyse oder Strategie geliefert. Ich muss aufhören herumzutrödeln und zu Potte kommen. Das hier ist meine große Chance. Partner. Wohlstand. Erfolg. Alles, was ich mir wünsche seit … ich erinnere mich nicht, seit wann. Ich werde den Dampferfall heute Abend mit nach Hause nehmen.

In den Wald

Das sanfte Schaukeln des Bootes beruhigt mich. Auf dem Tisch in der Kombüse liegen die Dampferakten ausgebreitet, und ich bin endlich in der Lage zu lesen. Das Partnermeeting hat mich zur Besinnung gebracht. Es hat mir Angst gemacht. Ich habe meine Karriere in Rauch aufgehen sehen – nur wegen eines unheimlichen Albtraums, der wahrscheinlich nicht einmal echt ist. Von Brett, oder wie immer es sich nennt, habe ich nichts mehr gehört, und das liegt wahrscheinlich daran, dass ich die ganze Sache halluziniert habe. Ich wäre ein gefundenes Fressen für einen Psychologen. Es wirken gleich mehrere »Stressoren« auf mich ein. Ich bin Workaholic, ich verdiene meinen Lebensunterhalt mit der Suche nach Konflikten, und vor allem habe ich gerade eine schwierige Scheidung hinter mir. Ich habe die Tatsache verarbeitet, dass Eve und ich nicht zusammenleben können – wir haben uns ständig gestritten, selbst als wir dachten, glücklich zu sein. Aber dass ich Lucy vier Tage die Woche und jedes zweite Wochenende nicht aufwachsen sehen kann, kommt mir immer noch wie ein Loch in meinem Leben vor.

Ich schüttele das Selbstmitleid ab. Dafür ist jetzt keine Zeit. Ich ackere mich durch ärztliche Befunde und eidesstattliche Erklärungen sterbender Teenager, die gedampft haben, bis die Lunge ihnen den Dienst versagte. Mein Anwaltsgehirn hortet die Fakten, um sie später als Argument, als Thema, als Geschichte zu nutzen. Seltsamerweise entspannt mich diese Arbeit. Je besser ich mich vorbereitet fühle, desto mehr geht meine Angst zurück. Morgen kann ich mich den Partnern stellen. Ich nicke vor mich hin und schicke eine E-Mail los, in der ich um eine Besprechung morgen früh bitte. Ich bin wieder normal. Ich arbeite. Ich bin der leistungsstarke Anwalt, der ich sein soll.

Der Tee, den ich mir gekocht habe, ist bitter. Ich habe ihn zu lange ziehen lassen. Das Koffein hält mich wach, wenn ich schwächer zu werden drohe wie die Sonne, die gerade hinter der Space Needle versinkt. Das Wahrzeichen von Seattle sieht aus wie der Umriss einer fliegenden Untertasse auf einem Startturm. Vielleicht ist sie das ja. Wer weiß nach Bretts Besuch schon, was real ist? Andererseits hat gerade Eves Chefin bei Bi-Di die Nadel für eine nicht genannte Summe gekauft, und Diane »Di« Deneb, die Mitgründerin von Bi-Di, ist sehr real. Sie ist sogar fast übermenschlich. Mir ist noch nie ein Mensch begegnet, der höher hinaus und mehr im Leben erreichen will als Di Deneb. Als ich ihr bei unserer ersten Begegnung auf einer Party die Hand schüttelte, hat sie mich zum Daumenhakeln herausgefordert. Nun sind Rechtsanwälte von Natur aus Kämpfer. Während also Eve versuchte, mich wegzuziehen, habe ich vor ihrer Chefin nicht gekniffen. Ganz schlechte Entscheidung. Der Knöchel des Daumens, den sie mir ausgerenkt hat, ist immer noch geschwollen. Als sie ihre Faszination fürs Fliegen entdeckte, nahm sie sämtliche Angestellte zwecks vertrauensbildender Maßnahme zum Fallschirmspringen mit und feuerte bekanntermaßen zwei ängstliche Frauen, die sich geweigert hatten zu springen. Eve hatte dermaßen Schiss, dass sie im Fallen eine Spur von Erbrochenem hinter sich herzog, aber ihre verrückte Chefin sprang als Erste aus dem Flugzeug und wiederholte den Sprung noch zweimal. Die Turbomanagerin will keine Kinder und mag sie auch nicht. »Sie sind wie Zementschuhe für die Karriere«, hat sie einmal in einem Interview gesagt. Sie nimmt außerdem an Wettkämpfen im Kickboxen teil und zählt zu den weltweit fünfzig besten Online-Spielern von Virtual Kill.

Ziemlich extrem.

Als ich meinen Tee ausgetrunken habe, richte ich meine schweifenden Gedanken wieder aufs Dampfen. Das Dampferkonzept ist einfach. Dampfer benutzen ein Gerät namens Verdampfer, E-Zigarette oder Vape Pen, auch bekannt unter dem ehrlicheren, aber weniger unschuldigen Namen elektronisches Nikotinabgabesystem oder ENDS. Das sind akkubetriebene Handgeräte, die das Gefühl des Rauchens nachahmen sollen. Die Geräte tun das, indem sie eine Flüssigkeit aus Nikotin, Glyzerin, Propylenglykol und verschiedenen, angeblich köstlichen Aromen erhitzen, wie man sie beispielsweise in Gummibärchen oder Bonbons findet – *wie geschaffen, um Kinder schon in jungen Jahren nikotinsüchtig zu machen.* Das Chemiegebräu wird erhitzt und erzeugt ein Aerosol, das ein- und ausgeatmet und üblicherweise wie Rauch behandelt wird. Die Verdampfer, E-Zigaretten oder Pens werden mit wiederaufladbaren Lithium-Ionen-Akkus betrieben, die gelegentlich überhitzen und Brandwunden, Feuer oder sogar Explosionen verursachen. Wenn es zu einer Explosion kommt, während man die E-Zigarette im Mund hat, nun ja, dann ist das Ergebnis nicht hübsch. Ich habe Fotos. Das ist der Teil des Rechtsstreits, den ich beilegen sollte; die Geschworenen sollen nicht hören, dass unser Mandant explodierende Sachen verkauft hat, die die Leute sich in den Mund stecken. Abgesehen von weggefetzten Gesichtern werden auch innere Erkrankungen mit dem Dampfen in Verbindung gebracht. Dieser andere Aspekt des Verfahrens ist für meine dampfenden Mandanten nicht so schlimm. Lungen- und Bluterkrankungen sind ohne jahrelange Studien und eine größere Zahl kranker Testpersonen schwer nachzuweisen. Die Anzahl der bisherigen Stichproben ist statistisch schwach, und es gibt zu viele Variablen. Für Dragon Vape, Undertaker Vapor – ein unglücklicher Name unter den Umständen – und Magic Cloud ist daher eine wirksame Verteidigung möglich. Schwieriger wird es werden, die Hersteller der mechanischen Geräte zu verteidigen: Volcanic und Vixen Vapor, die die pinkfarbenen für die Mädchen produzieren. Haftung für schadhafte Produkte ist ein ebenso weites wie spezialisiertes juristisches Feld. Ich werde mir einen der anderen Anwälte und zwei Anwaltsgehilfen zur Unterstützung holen müssen. Flüchtig frage ich mich, ob Phil nicht nach seinem Praktikum in der Kanzlei bleiben kann, obwohl wir ihn dann vielleicht bezahlen müssten. Ganz gleich, wer mir hilft, ich werde mich voll darauf konzentrieren müssen, denn ich muss in knapp einer Woche ein Experte zum Thema Lithium-Ionen-Akkus sein.

Mein Handy summt. Nicht jetzt! Ich bin anwaltsmäßig gerade richtig drin. Es summt noch einmal. Der Klingelton ist ausgeschaltet, doch ich kann es auf der Theke vibrieren hören – es macht dieses kleine Insektengeräusch wie eine Mücke, die man nicht ignorieren kann. Es verlangt Aufmerksamkeit in der gleichen Art, wie man nach einer Mücke oder einer Fliege schlagen muss. Fluchend nehme ich das Telefon in die Hand, gehe aber nicht dran; ich schaue nur, wer es ist. Phil. Ich lasse es klingeln. Er legt auf und schickt sofort eine Textnachricht mit Anhängen. *Die Polizeiberichte über den Mord!* Eine zweite Nachricht kommt summend mit weiteren Anhängen durch. Der kleine Scheißer hat es geschafft! Aber ich kann die Arbeit an der Dampfersache nicht unterbrechen, um die Anhänge zu öffnen. Ich stehe auf und werfe das Handy in den Wäschesack neben meinem Bett. Als ich mich umdrehe, steht Brett eine Nasenlänge entfernt vor mir.

»Aargh!«

»Herrgott noch mal, Danny, ich trage noch nicht mal meine nächtliche Gestalt!«

»Du stehst in meiner verdammten Küche! Unangemeldet, uneingeladen und unwillkommen.« Ich sehe mich um. Die Tür ist immer noch zu und verriegelt. »Wie machst du das?«

»Jahrelange Übung«, antwortet er feierlich. Dann zuckt er die Achseln. »Und ich bin ein Gestaltwandler. Ich kann fast jede Gestalt annehmen.«

»Das wusste ich nicht.« Das ist eine unerfreuliche Offenbarung. »Ich dachte, du müsstest etwas Gruseliges sein.«

»Du hast Angst vor Spinnen.«

Er hat recht. Spinnen waren mir schon immer unheimlich. Ich muss mich einen Moment sammeln, denn ich bin selbst verblüfft über das, was ich gleich sagen werde. »Diese Spinnen – das warst du?«

»Manchmal. Aber es gibt natürlich auch echte Spinnen. Ich muss mich vor ihnen in Acht nehmen, wenn ich klein werde, ihr Revier respektieren und so, denn ich will ja schließlich nicht gefressen werden.«

»Du meinst, in all den Jahren hätte ich dich einfach zerquetschen können?«

»Das ist der Grund, warum ich mich nicht oft in Spinnen verwandle. Schreckensbestien werden manchmal getötet, wenn sie eine zerbrechliche Gestalt annehmen. Einer meiner Art ist zu trauriger Berühmtheit gelangt, als er sich in eine Schlange verwandelt hat, um ein Kind im Garten zu erschrecken, und von einem Rasenmäher überfahren wurde. Sich klein zu machen ist praktisch, um sich Zugang zu verschaffen, aber es kann auch sehr gefährlich sein.«

Ich brauche einen Moment, um meine Fassung wiederzugewinnen. »Ich habe nichts mehr von dir gehört. Ich dachte schon, du wärst nicht echt.«

»Hier bin ich.«

Er ist echt. Es ist alles echt. Plötzlich muss ich an den kleinen Jeremy und an Samanthas blutverschmiertes Zimmer denken.

»Du Hurensohn. Du warst in dem Haus!« Ich greife nach einem Küchenmesser.

Ein mutiger Mensch wäre vielleicht einfach entrüstet gewesen und hätte die junge Samantha an Ort und Stelle gerächt. Ich bin kein mutiger Mensch, ich bin Anwalt. Ich verhandle. Und das tue ich auch jetzt. Ich bin wütend, aber mir ist auch klar, dass ich mit jemandem allein bin, der, falls er tatsächlich schuldig ist, im Töten wahrscheinlich besser ist als ich. Es ist ein seltsames Gefühl, mit einem Mörder allein zu sein. Man fragt sich, ob er jeden ermorden will oder nur bestimmte Leute. Man fragt sich, ob man einer dieser Leute ist. Und man fragt sich, ob man gerade zu einem dieser Leute geworden ist, weil man ihn des Mordes beschuldigt hat.

Brett beäugt das Messer und hebt kapitulierend die Hände. »He, ich dachte, du wärst auf meiner Seite, Kumpel.«

Verdammt, er klingt so menschlich in seiner menschlichen Gestalt. Ich kann keinen hilflosen Mann erstechen, aber ich traue ihm nicht. »Ich bin nicht dein Kumpel. Das sage ich dir immer wieder. Du hörst nicht zu.« Ich zeige mit dem Messer auf ihn, als ob es ein anklagender Finger wäre. Brett weicht zurück und setzt sich. »Ich bin zu dem Haus gegangen, um zu ermitteln.«

»Dann weißt du, dass ich unschuldig bin.«

»Nein. Ich weiß, dass du dort warst. Ich habe mit einem Zeugen gesprochen, mit Jeremy Reed. Er hat dich genau beschrieben.«

»Der Junge.«

»Ja, der Junge. Du warst in seinem Zimmer. Du hast seinen Namen geflüstert. Du hast ihm Angst gemacht, genau wie mir.«

Er lässt den Kopf sinken. »Ich hätte es dir sagen sollen, aber ich wollte nicht, dass du denkst, ich hätte … das andere getan.«

»Na, jetzt denke ich erst recht, dass du das andere getan hast. Deine Anwesenheit ist ein unglaublich belastender Beweis, und du hast mich belogen oder mir zumindest entscheidende Informationen vorenthalten. Deine Glaubwürdigkeit ist bei mir gerade in den Keller gerauscht, und sie war vorher schon nicht sehr hoch.«

»Aber es war das Mädchen, das getötet wurde. Du hast den Tatort gesehen. Du musst wissen, dass ich *das* nicht getan habe. Das bin ich nicht.«

»Inwiefern?«

»Keine Ahnung. Es ist nicht mein … Stil.«

»Du hast einen Stil?«

»Ich habe Raffinesse, Anmut, ich bin wie ein Tänzer, der fast lautlos kommt und geht, ein schauriges Gefühl, eine Haltung wie eine Statue – erinnerst du dich an meine Gargoyle-Pose?«

»Oh ja.«

»Ich besudele meine Darbietungen nicht mit kunstlosem Gefuchtel und auslaufenden Körperflüssigkeiten – es ist Angstmachen nach dem Motto, der Weg ist das Ziel, weißt du? Die Sache mit dem Mädchen war unglaublich brutal und hässlich. Ich meine, *richtig* schlimm, nicht wahr?«

»Bei meinem Besuch war bereits alles sauber gemacht worden, zum größten Teil jedenfalls. Ich habe die Tatortfotos nicht gesehen.« Noch während ich es sage, denke ich an mein Handy, das von der Wäsche gedämpft wird, sodass ich Phils Nachrichten und das Klingeln der Anhänge nicht hören kann. Die Polizeifotos könnten in diesem Moment bei uns in der Bootskajüte sein. »Bleib, wo du bist.« Ich will die schlimmen Fotos eigentlich gar nicht sehen, aber sie könnten einiges klären. Außerdem habe ich bei Kanzleifällen schon öfter grausame Fotos gesehen – von einem Fährenarbeiter, der über Bord gegangen und in die Schiffsschraube geraten ist, von einem Bus voller ertrunkener asiatischer Touristen, der nach zwei Tagen unter Wasser von einem Kran aus dem Lake Washington gezogen wurde, von einem First Baseman der Baseballmannschaft, der anstelle des Kopfes einen Betonbrocken von der eingestürzten Decke des Kingdome hatte. Ja, ich habe schon einiges gesehen.

Ich wühle das Handy zwischen meiner zusammengeknüllten Unterwäsche hervor. Die ersten Fotos sind die schlimmsten. Ich werde sie wohl nie wieder vergessen können. Es ist das achte Foto, das mich überzeugt. Ich wende mich zu Brett um. Er sieht mich mit großen Augen an, wie ein trauriger Welpe. Ich meine, dass er sein Gesicht ein klein wenig verwandelt, um die Wirkung zu verstärken, aber das wäre nicht nötig gewesen.

»Okay«, entscheide ich. »Ich werde dich verteidigen. Wann ist die Verhandlung?«

»Heute Abend.«

Wir fahren. Das heißt, Brett sitzt hinterm Steuer, und ich gehe auf dem Beifahrersitz Phils Anhänge durch, ein nicht ganz einfaches Unterfangen, weil Bretts höhergelegter Truck auf seinen übergroßen Reifen schwankt wie ein Elefant, der auf einem Ball balanciert. Die Straßen von Seattle sind dunkel, und ich habe mich in die Polizeiberichte vertieft. Unsere kleine Spritztour führt nach Osten, landeinwärts, an Mercer Island vorbei. Ich weiß nicht, wo es hingeht, nur, dass am anderen Ende eine Gerichtsverhandlung wartet. Es ist wie ein unangekündigter Test in der Schule, nur ohne Anweisungen, und ich lerne dafür auf den letzten Drücker. Es ist schrecklich und aufregend zugleich. Versagensangst ist ein großer Motivator für Rechtsanwälte, aber der Rausch des Sieges ist auch toll, und so wird die Motivation, Erfolg zu haben, verdoppelt.

Menschliche Gerichtsverhandlungen werden Monate oder sogar Jahre nach dem Tag des Verbrechens geführt, damit die Parteien Zeit haben, die Fälle vorzubereiten. Ich hatte zwei Tage und kenne noch nicht einmal die Fakten, und ich hatte keine Gelegenheit, über den Prozess nachzudenken.

»Brett, wie läuft der Prozess ab?«

»Keine Ahnung. Ich bin noch nie im Über angeklagt worden.«

»Über?«

»Das Übernatürliche. Ich hatte ein paar Probleme mit Menschen. Unerlaubtes Betreten natürlich. Einbruch. Verkehrsdelikte – es ist nämlich illegal, Leute auf der Straße zu erschrecken. Im Moment habe ich nicht mal einen gültigen Führerschein.«

»Na fabelhaft.«

»Aber ich war noch nie bei einer Mitternachtsverhandlung. Ich weiß nur, dass ich dort erscheinen muss.«

»Woher?«

»Ich wurde vorgeladen.«

»Okay. Das klingt nach einem normalen juristischen Vorgehen. Könntest du nicht untertauchen, während du auf Kaution frei bist?«

»Du meinst, ich soll mich in deinem Kleiderschrank verstecken oder so?«

»Vergiss es.«

»Ich weiß nur, dass es ganz schlecht ist, wenn der Vogel einen holen kommt.«

Ich habe keine Ahnung, wie die Vorladung überbracht wurde oder was der Ausdruck »Vogel« bedeutet, aber mir bleibt keine Zeit, diese Details herauszufinden. Wenn ein Anwalt nur begrenzt Gelegenheit hat, sich vorzubereiten, muss er Prioritäten setzen. Statt die Fragen zu klären, verbringe ich meine dahinschwindenden Minuten mit der Lektüre von Polizeiberichten, die ich mit meinem Handy beleuchte.

Die Straße geht in einen Feldweg über. Wir befinden uns irgendwo östlich von Issaquah.

»Diese Straße führt nicht zu einem Gerichtsgebäude, Brett.«

»Tatsächlich?«

»Weißt du überhaupt, wo du hinfährst?«

Er blickt in den Nachthimmel empor. »Wenn der Mond auf die Erde fiele, würde er genau dort landen ...« Er zeigt nach oben.

»Die Verhandlung findet auf dem Mount Si statt?«

»Diese Nacht ja.« Er fährt den Truck an den Rand und hält an. »Wir müssen noch ein kleines Stück zu Fuß gehen. Vier Meilen ungefähr.«

Das klingt nicht gut. Mein Gehirn schreit mir zu, auf keinen Fall mit Brett einen nächtlichen Spaziergang zu unternehmen. Sehen wir den Tatsachen ins Auge: Simple Logik würde jedem Idioten raten, nicht mit einem Monster in einen dunklen Wald zu gehen. Ich öffne trotzdem die Tür und klettere aus dem riesigen Truck.

»Na schön, geh vor«, sage ich zu Brett.

Während er den Berg hinaufwandert, laufe ich in einer strategisch vorteilhaften Position hinter ihm her. Ich habe immer noch das Messer; ich bin ja kein Volltrottel. Ich bin zwar hier, um ihm zu helfen, doch wenn mein alter Klassenkamerad mich verrät, werde ich nicht zögern, hemmungslos auf ihn einzustechen.

Wir wandern im Mondlicht weiter. Es ist hell genug, um sehen zu können. Ich bin ziemlich fit, aber es ist ein steiler Anstieg. Bei Brett wirkt es ganz einfach. Ich keuche, während ich rede.

»Kannst du wirklich sterben?«, frage ich ihn.

»Du fragst dich, ob du mich mit dem Messer töten kannst, stimmt's?«

Ja, denke ich. »Nein«, sage ich. »Ich muss nur wissen, ob man dich hinrichten kann, damit ich die möglichen Strafoptionen heute Abend verstehe.«

»Ich bin kein Gott«, sagt er, während er Zweige zur Seite schiebt, damit ich vorbeigehen kann, und führt mich von dem Pfad weg. »Du könntest mich töten. Das ist einer der Gründe, warum Schreckensbestien Kinder quälen. Sie stellen ein geringes Risiko dar. Ich kenne eine Bestie, die in Enumclaw einen erwachsenen Mann erschreckt hat und von einer Glock angeschossen wurde. Mister Schnellzieher aus Enumclaw hat der Polizei gegenüber geschworen, er hätte in seiner Küche auf einen Bären geschossen. Mein Bestienkollege wurde einen Block weiter tot in seiner menschlichen Gestalt aufgefunden. Man sollte meinen, als Bär wäre man sicher, aber nein. Deshalb ist die menschliche Gestalt die beste. Ganz oben in der Nahrungskette. Ehrlich, ich weiß nicht, warum ihr irgendetwas anderes fürchtet als euch selbst.«

»Ich verstehe«, sage ich, obwohl das nicht ganz der Wahrheit entspricht. »Daher ist das Todesurteil für uns der denkbar schlimmste Ausgang eines Prozesses.«

»Der Tod ist nicht immer das Schlimmste. Denk nur an Unsterblichkeit, gefangen auf engem Raum. Folter. Entstellung. Verdammnis der ewigen Seele in einer Grube mit …«

»Okay. Ich hab's kapiert.« Das Gespräch wird immer unheimlicher und hilft mir nicht weiter. Ich sollte mich auf Bretts Fall konzentrieren. Deshalb bin ich hier, obwohl die

Umgebung mich immer mehr an einen Teenie-Slasher aus den 70ern erinnert. Doch ich bin kein schreckhafter Teenager. Ich bin ein erwachsener Mann in einem Anzug, obwohl ich die dreihundert Dollar teuren Lederschuhe bereue, während ich den Weg hinauftrotte. Es ist jetzt nicht mal mehr ein Wildpfad. Wir haben den gepflegten Weg verlassen, den Freizeitwanderer bei Tageslicht benutzen, und es wird immer dunkler. Von Westen wehen Wolken heran und schieben sich vor den Mond wie eine dünne Gardine vor das Fenster eines billigen Hotelzimmers, die das schändliche Treiben verbergen soll.

»Sind wir schon da?«

»Fast«, versichert mir Brett und bleibt stehen, um zwischen zwei Lücken im Gebüsch zu wählen, die beide nicht wie ein Weg aussehen. »Glaube ich jedenfalls.«

»Du weißt es nicht?«

»Es ist eine Instinktsache, Mann. Ich folge dem Mond.«

Wir schauen auf. Der Mond ist verschwunden. In der Ferne grollt Donner.

Brett schaudert sichtlich. »Wir müssen weiter hinaufgehen. Es kommt, und wir wollen uns nicht verspäten.«

Falls ich es noch nicht erwähnt haben sollte, es ist nicht gerade beruhigend zu sehen, wie ein Monster es mit der Angst zu tun bekommt. Bretts Verstörtheit in der relativen Sicherheit meines Schlafzimmers ist eine Sache. Hier draußen gibt es jedoch keine Sicherheit, weder eine relative noch sonst eine – dies ist die Wildnis, wo die meisten evolutionären Vorteile des Menschen ungültig sind. Ich umklammere das Messer – zumindest bin ich dankbar für die menschliche Fähigkeit zur Herstellung von Werkzeug –, obwohl ich noch nie etwas aufgespießt habe, was nicht bereits tot auf meinem Teller lag. Irgendetwas ist im Anmarsch – Regen, Blitze, Bretts wohlverdiente Strafe … ich bin mir nicht sicher, was es ist, und Anwälte hassen es, Mutmaßungen anstellen zu müssen. Wir mögen Gewissheit, doch im Moment bin ich mir über nichts sicher, außer, dass mir die Füße wehtun und meine teuren Schuhe mit Schlamm verschmiert und von Steinen und Wurzeln zerkratzt sind.

Ich weiß nicht, wie lange wir durch den tiefen Wald gegangen, geklettert und manchmal gekrochen sind, bevor wir auf die Lichtung stolperten, auf der Brett stehen blieb. Es waren etwa vier Meilen in unregelmäßigem Tempo – möglicherweise zwei Stunden. Die Lichtung ist schwarz, aber ich spüre oben die Öffnung, wo der fahle Himmel etwas weniger dunkel ist als die Baumlinie. Brett holt ein Feuerzeug hervor und steckt sich eine Kippe an.

»Alter, du rauchst?«

»Ja.«

»Na, wenn die Verhandlung dich nicht umbringt, dann wird es das da bestimmt.«

Er wirft mir einen finsteren Blick zu, während er eine kleine Flamme aufblitzen lässt. »Dampfen ist übrigens auch nicht sicherer.«

Die Zigarette flammt auf und erhellt im Umkreis von drei Metern die Umgebung. Dahinter könnte alles Mögliche lauern und uns beobachten.

»Was jetzt?«, frage ich.

»Wir warten.«

»Hier findet es statt?«

»Jepp.« Er leuchtet die Lichtung mit der brennenden Zigarette ab und sieht sich um. »Da bin ich mir ziemlich sicher.«

»Weißt du eigentlich irgendetwas ganz sicher?«

»Ich weiß ganz sicher, dass du anfängst zu nerven. Warum konzentrierst du dich nicht auf den juristischen Scheiß?«

»Tja, keine Ahnung, vielleicht, weil ich gerade in einem gottverdammten Anzug auf einen Berg gestiegen bin.«

»Tut mir leid, dass ich dich nicht gewarnt habe. Aber ich bin froh, dass du professionell aussiehst. Verschwitzt, aber professionell.«

Ich würde an meinem Verstand zweifeln, wenn ich nicht fest davon überzeugt wäre, dass Brett existiert. Aber er tut es. Zum einen ist er mir an unterschiedlichen Orten erschienen – zu Hause, bei der Arbeit, in einem Truck. Diese Orte waren alle echt und nicht halluziniert. Der Mord an dem Kind war nur zu real – den kleinen Jeremy und die arme Bev kann ich mir unmöglich eingebildet haben, es gibt sogar Polizeiberichte. Und die Geschichten, Legenden und Mythen, die Phil für mich ausgegraben hat, enthalten Beschreibungen von Schreckensbestien, wenn auch nur oberflächlich, und vielen anderen seltsamen Dingen, die ich jetzt eher zu glauben bereit bin, als ich es noch vor einer Woche gewesen wäre. Meine rationale Gehirnhälfte hat damit überhaupt kein Problem. Dann ist da noch das Bauchgefühl. Ich glaube wirklich nicht, dass Brett mich hergebracht hat, um mich zu töten, sonst wäre ich nicht hier. Ich weiß nicht genau, woran es liegt, aber die beste Erklärung für mein aufgebrachtes logisches Ich, das wollte, dass ich zu Hause bleibe, ist die Tatsache, dass ich Brett *kenne.* Ich bin mit dem kleinen Arschloch groß geworden. Und obwohl er ein nicht unerhebliches dunkles

Geheimnis hat – er ist ein Monster –, ist es derart typisch für ihn, mal eben so Leute zu erschrecken, dass seine auffälligen Reißzähne für meine Analyse oder deren Fehlen unerheblich sind. Er ist kein Killer. Er ist nur ein Tyrann. Ich mag keine Tyrannen, und ich mag auch ihn nicht – das habe ich nie –, aber ich hasse oder fürchte ihn nicht so, dass ich zulassen werde, dass man ihn wegen eines Mordes, den er nicht begangen hat, zu lebenslanger Haft verurteilt, nachdem er sich hilfesuchend an mich gewandt hat. Und solange er mich nicht so erschreckt, dass ich einen Satz mache, bin ich geneigt, auch weiterhin davon abzusehen, auf ein Lebewesen einzustechen. Andererseits weiß ich nicht, was sonst noch da draußen ist, und es scheint, als ob irgendetwas kommt …

Verhandlung

Donner. Das ist es, was kommt. Als er kracht, erzittert der Berg, und es gehört verdammt viel dazu, einen Berg erzittern zu lassen.

»Heilige Scheiße!« Unwillkürlich packe ich Bretts Schulter, um nicht umzufallen. Das Beben ist stark. Oder nah. Oder beides. Ich bin vor allem deshalb besorgt, weil ich gerade über die geologische Geschichte des Gebiets gelesen habe. Im Jahre 1700 hat ein Erdbeben der Stärke neun die Nordwestküste des nordamerikanischen Kontinents verwüstet. Indianerdörfer an der Küste verschwanden über Nacht durch den anschließenden Tsunami, der vom Pazifischen Ozean heranrollte. Das Erdbeben von 1700 war das letzte von sechs großen Beben, die sich in den vergangenen zweitausend Jahren alle drei- bis fünfhundert Jahre ereignet haben. Nach Aussage der Wissenschaftler könnte jederzeit ein weiteres »großes« bevorstehen. Während ich mich schwankend an Brett festhalte, frage ich mich, ob es nun so weit ist.

Aber so schnell das Beben begonnen hat, legt es sich auch wieder. Gleich darauf fegt ein steifer Wind über die Lichtung. Ich höre, wie sich Äste biegen und etwas Schweres auf dem Waldboden knirscht.

»Es ist da«, verkündet Brett und zeigt mit der brennenden Zigarette in die Richtung, die er meint.

Ein breiter, dunkler Schatten zieht sich zu einer schmalen, hoch aufgerichteten Gestalt zusammen. Sie enthüllt sich, als die Wolken sich teilen und der Mond wieder zum Vorschein kommt und die Lichtung in ein gedämpftes Licht taucht. Über drei Meter groß, steht das Ding da wie ein Baum mit seinem zur Seite geneigten, gewölbten Kopf, während es uns ansieht, die dreizehigen Füße um einen am Boden liegenden Stamm geschlungen. *Klauen*, begreife ich. Der dicke Oberkörper ist mit einer Rüstung aus sich überlappenden Schuppen bedeckt. Nein, es sind Federn.

»Mein Gott, es ist …«

»Der Donnervogel«, sagt Brett. »Und er ist wirklich ein Gott.«

Brett macht die Zigarette am Boden aus und tritt vor, während ich zurückweiche. Ich will mit diesem fliegenden Ungeheuer nichts zu tun haben. Ich war mal in der Auffangstation für Greifvögel in Ferndale zwei Stunden weiter nördlich. Ich habe gesehen, wie eine normal große Eule einer Maus den Kopf abgebissen hat. Ein schneller Schnabelhieb, und kein Quieken mehr. Der Vogel auf der anderen Seite der Lichtung hat keine normale Größe, und ich will weiterleben, um morgen noch zu quieken. Ich drehe mich um und will fliehen, aber der Weg ist verschwunden. Es war ohnehin nur ein Trampelpfad, aber jetzt ist er komplett weg. An der Stelle, wo wir die Lichtung betreten haben, ist das Gestrüpp zusammengewachsen. Ich taste nach einer Öffnung, aber Brombeerdornen zerkratzen mir die Hände. Ich wirbele herum und suche nach einem anderen Fluchtweg. Soweit ich erkennen kann, ist das Unterholz jetzt ein unpassierbares Dickicht. Es hat sich zu einer Mauer verwoben – einem Stacheldrahtzaun der Natur.

Nein, das hier ist nicht die Natur. Es ist ausgesprochen unnatürlich. Es ist … *übernatürlich.*

Brett holt mich zurück. Er fasst mich am Arm und zieht mich auf die freie Fläche wie ein Vater, dem sein ungebärdiges Kind peinlich ist. »Unser Auftritt, Herr Anwalt«, flüstert er.

In der Mitte der Lichtung ragt ein großer Baumstumpf aus der Erde. Seine Oberfläche ist glatt gerieben, alt, aber irgendwie nicht verfault. Versteinert vielleicht. Brett zerrt mich zu ihm, und wir bleiben neben ihm stehen. Wir sind nicht allein. In dem umliegenden Dickicht blitzen hier und da spähende Augen auf.

»Ich bin gekommen, um mich gegen die Anschuldigung zu verteidigen, die mir zur Last gelegt wird!«, ruft Brett. »Ich erscheine freiwillig, denn ich habe das heilige Vertrauen unserer Art nicht verraten.«

Der Donnervogel reißt den Kopf zur Seite, sodass er meinen Mandanten aus einem anderen Winkel betrachtet. Ich bin mir fast sicher, dass er ihn fressen wird. Stattdessen höre ich schockiert, wie die Kreatur menschliche Worte aus ihrem gebogenen Schnabel krächzt. Sarkastische Worte.

»Klappe, Nachtgespenst. Du bist nicht der erste Gesetzesbrecher, den wir heute auf dem Block haben. Bringt den Gnom!«

Das Gebüsch auf der anderen Seite der Lichtung teilt sich, und ein riesiges Pelztier von der Größe eines Bären schleift eine kleine Frau an deren Arm auf die Lichtung. Sie hat die Größe eines Kindes, ist aber eindeutig erwachsen. Über ihren voll entwickelten, gedrungenen Gliedmaßen und den ausladenden Brüsten und Hüften trägt sie grüne Lumpen. Sie leistet heftigen Widerstand und heult: »Nein!« Es ist verstörend, die grobe Behandlung mit anzusehen, aber ich bleibe, wo ich bin. Was soll ich auch tun, den Bären niederringen? Nur dass es kein Bär ist. Er ist ein Zweifüßler, der aufrecht auf zwei Beinen geht, die länger sind als alles, was ich je bei einem Bären gesehen habe – weniger Hüfte, mehr Wade. Sein schräger Schädel ist eher menschlich als bärenartig.

Ich bin hier so weit außerhalb meiner Welt, dass mein Verstand Mühe hat, das alles zu verarbeiten. Es besteht die Gefahr, dass ich zusammenbreche, mir die Anzugjacke über den Kopf ziehe und hoffe, dass alles weggeht oder dass ich aufwache. Aber dann nütze ich meinem Mandanten nichts. Ich gelobe, diesen seltsam lähmenden Zustand zu besiegen. Anstatt mich der Vorstellung hinzugeben, dass ich vielleicht träume oder verrückt bin, und statt schreiend im Kreis zu laufen und einen Ausweg zu suchen, werde ich die Fähigkeiten nutzen, die ich im Laufe meiner Karriere erlernt habe, und mich wie ein Anwalt verhalten.

Okay, also objektiv betrachtet, was sehe ich? Und was kann ich daraus entnehmen?

Erstens, der pelzige Begleiter scheint als eine Art Wachposten oder Gerichtsdiener zu fungieren. Er ist nicht gewalttätig, nur stark und entschlossen – seine kleine Gefangene wird nirgendwohin gehen. Ich nenne ihn »Bigfoot«, ein Name, mit dem wir hier im Nordwesten das legendäre zweibeinige Pelztier bezeichnen, das anderswo Yeti oder Wendigo heißt. Doch wie fremdartig das Wesen auch sein mag, dieser Bigfoot ist nicht der Gegenstand der Rechtssache, die gegenwärtig vor dem Gericht verhandelt wird. Daher muss ich die ungeschlachte Bestie für den Moment außer Acht lassen und mich auf den Fall konzentrieren.

Zweitens, die kleine Frau ist unzweifelhaft der Gegenstand des ersten Falles. Vor zwanzig Jahren wäre sie vielleicht als »Zwergin« oder »Liliputanerin« bezeichnet worden, doch das sind veraltete Ausdrücke, die in unseren Tagen beleidigend sind. Heute lautet der allgemein anerkannte Ausdruck »Kleinwüchsige«. Durch die Tätigkeit der Kanzlei im Arbeitsrecht weiß ich ein wenig über Kleinwüchsige Bescheid. Achtzig Prozent von ihnen leiden an Achondroplasie. Sie sind üblicherweise zwischen einundneunzig und hundertzweiundfünfzig Zentimeter groß. Sie sind normal intelligent. Auch ihre Fortpflanzungsorgane sind normal. Doch interessanterweise verfügen sie oft über eine ungewöhnlich große Muskelkraft. Es ist eine seltene Krankheit, die der Literatur zufolge bei einer von vierzigtausend Personen auftritt. Ich weiß nicht, warum man einen Kleinwüchsigen als Gnom bezeichnen sollte.

»Warum nennen sie diese Kleinwüchsige Gnom?«, frage ich Brett. Er ist abgelenkt, daher stupse ich ihn an und stelle meine Frage noch einmal.

»Magie«, flüstert er.

Ich sehe zu viel unwirklichen Scheiß, um mit ihm zu streiten, aber ich bin skeptisch. Durchschnittlich große Leute wie Brett – und, sehen wir den Tatsachen ins Auge, Arschlöcher wie Brett – neigen manchmal im Hinblick auf Menschen, die anders sind, zu falschen Verallgemeinerungen und Annahmen. Wir hatten mal einen Fall von Diskriminierung am Arbeitsplatz, wo ein Kleinwüchsiger namens Dave im Büro als »Zwerg« und »laufender Meter« bezeichnet wurde. In Daves Fall wurde seinen Kollegen ein Sensibilisierungstraining auferlegt. Trotz des Trainings bekam Dave später Aufgaben, die seinen Fähigkeiten nicht angemessen waren. Doch was die Geschworenen in dem Prozess wirklich auf die Palme brachte, war der Zwischenfall, als der Arbeitgeber einigen Angestellten nach einer Geburtstagsfeier die Aufgabe zuteilte, im Büro die Tische abzuwischen, und Dave sollte unter ihnen sauber machen, »weil das für jemanden wie dich leichter ist«. Diese Bemerkung trug Dave ein Urteil knapp unter einer Million Dollar ein. Bedauerlicherweise haben wir den Arbeitgeber vertreten. Garth Davis, ein schlecht gewählter, hochgewachsener Rechtsanwalt unserer Kanzlei, hatte den Fall übernommen. Garth ist inzwischen weg, und der Anwalt, der Davis den Fall zugewiesen hatte, wurde degradiert und durch Rhino ersetzt.

Der Gerichtsdiener – Bigfoot – trägt die oben erwähnte Kleinwüchsige zu dem Stumpf, auch bekannt als »der Block«, und wirft sie darauf. Es ist leicht, sie dort hochzuheben, weil sie so klein ist. Obwohl, wenn man die Größe und Muskulatur von Bigfoot bedenkt, würde es ihm vermutlich auch keine Mühe machen, einen hundertzwanzig Kilo schweren Linebacker hinaufzubefördern, wenn er es wollte.

»Erdelfe, Schmutzkobold … Gnom.« Der Donnervogel speit die Reihe abwertender Ausdrücke mit einem Anflug von Abscheu aus. Meiner Meinung nach könnte der große Vogel ebenfalls ein Sensibilitätstraining vertragen. Ich höre immer sorgfältig zu, um zu wissen, woran ich bei einem Richter bin, bevor ich meinen Fall vortrage. Es ist gut, das Auftreten des Richters zu beobachten, auf Hinweise zu achten, wie er denkt, und seine Stimmung einzuschätzen. Das verrät einem, wann man vorpreschen und wann man den Mund halten soll, ob man mit Samthandschuhen oder mit der Brechstange vorgehen soll. Dieser spezielle geflügelte Richter klingt … gereizt.

»Du stehst auf dem Block, weil du des Diebstahls und der Gaunerei angeklagt bist, Gnom. Es heißt, du hättest einen Fluss gestohlen.«

»Ich habe nur einen Tunnel gegraben. Der Fluss hat sich selbst gestohlen.«

Ah! Freudig überrascht stelle ich fest, dass ich die erste Strafsache vor diesem übernatürlichen Gericht verstehe. Es ist ein Wasserrechtsfall. Der Gnom – Verzeihung, die Kleinwüchsige – hat unter einem Fluss einen Tunnel gegraben und das Wasser für ihren eigenen Gebrauch umgeleitet. Nach Washingtoner Gesetz werden Wasserrechte der ersten Person gewährt, die das Wasser einer nützlichen Verwendung zuführt. Ich schätze, die Gnomin war nicht die Erste. Ich schätze auch, dass das Gesetz hier ein wenig anders ist, daher höre ich zu.

»Wem gehört ein Fluss? Nun?« Der Donnervogel legt den Kopf schräg, als dächte er über die Frage nach, aber ich bin mir ziemlich sicher, dass er die Antwort bereits kennt, und er weiß, dass sie sie auch kennt.

»Er gehört allen«, gibt sie zu.

Es ist die vierte Regel des Wasserrechtsgesetzes – die Nutzung natürlicher Gewässer darf bestehende Nutzungen nicht beeinträchtigen. Man darf sich nicht alles nehmen.

»Richtig«, pflichtet der Richter ihr bei. »Er gehört nicht nur dir und den Würmern. Fische, Frösche, Kiefern und

Wasserkäfer nutzen alle das Wasser eines Flusses. Ganz zu schweigen von *Vögeln.*« Der Richter funkelt sie an. »Wie sollen Vögel einen unterirdischen Fluss nutzen, Gnom? Nun?«

Ich drehe mich zu Brett um. »Wie heißt sie? Doch sicher nicht ›Gnom‹?«

»Gnomennamen sind geheim.«

»Wirklich? Warum?«

»Sie wollen nicht, dass man ihre Namen gegen sie verwendet.«

»Wozu?«

»Magie.«

Der Donnervogel sträubt die Federn. »Ich habe genug gehört. Du hast den Fluss gestohlen.«

Ihr Gesicht erschlafft. Jetzt fleht sie. »Es war ein Scherz. Ich bin eine Gaunerin. Das müsst Ihr doch verstehen!«

»Ich mag gute Streiche«, sagt der Vogel so stoisch, dass ich mir sicher bin, dass er Streiche in Wirklichkeit gar nicht mag. »Das war kein guter Streich.«

»Ich kann ihn wieder zurückleiten!«

»Nein. Jetzt müssen die Dinge ihren Lauf nehmen.«

Der Richter hat seine Entscheidung getroffen. Ich kann die Endgültigkeit in der vogeligen Menschenstimme hören, die Hunderte anderer plötzlich plappernder Wesen im Wald um die Lichtung zu verstehen scheinen, so auch die Angeklagte. Sie wirft panische Blicke nach rechts und links.

»Er wird sie schuldig sprechen«, flüstere ich Brett zu. »Und sie weiß es.«

Plötzlich springt die kleine Frau vom Stumpf. Kaum gelandet, macht sie sich daran, mit ihren breiten Händen in riesigen Mengen Erde aus dem Boden zu schaufeln, aber es ist anders als jedes menschliche Buddeln, das ich je gesehen habe. Es ist mehr wie eine Massenausgrabung durch einen riesigen Maulwurf auf Steroiden und Amphetaminen zugleich. Es fliegt dermaßen viel Erdreich durch die Luft, dass ich vor lauter Erde kaum ihre wirbelnden Arme sehen kann. Dafür gibt es nur eine Erklärung – *Magie*.

Im Nu steckt sie mit dem Kopf voran bis zu den Knöcheln in ihrem Loch und ist schon fast verschwunden, als der Vogel sich vorbeugt, sie mit einem Ruck am Fuß herauszieht, hochhebt und wie eine Stoffpuppe hin und her schlenkert.

»Heilige Scheiße!« Ich ducke mich. Brett ebenfalls.

Sie fällt auseinander. Kein Scheiß – sie fällt buchstäblich auseinander. Es ist wie bei der Eule und der Maus in der Greifvogelstation, nur dass ihr ein Bein abgeht, nicht der Kopf. Gnome bestehen vor allem aus Fleisch. Und Blut. Wir stehen direkt unter dieser Zerstückelung, und plötzlich regnet eine zähe Flüssigkeit auf uns herab. Die Farbe lässt sich bei der Beleuchtung nicht erkennen, aber die Substanz ist heiß und klebt. Und ich trage meinen Anzug.

Der Donnervogel wirft das Bein in die Luft und verschlingt es mit einem Happs. Der Rest der namenlosen Gnomin schlägt mit einem schmatzenden Geräusch auf dem Block auf. Innerhalb kürzester Zeit ist sie verblutet.

Ich drehe mich zu meinem Mandanten um.

Er starrt entsetzt auf den Block. »Oh Gott. Oh Gott. Oh mein Gott!«

»Ich bin immer noch bei dir, Brett.« Beruhigend lege ich ihm die Hand auf die Schulter. Meine Loyalität wird verstärkt durch die Tatsache, dass ich nicht wegkann.

Er atmet tief durch. Und dann noch einmal. Und dann versucht er, ein tapferes Gesicht zu machen. »Ich hoffe nur, dass du bei meinem Fall mehr Erfolg hast.«

Ich muss mich zwingen, ruhig zu bleiben, damit ich mich sammeln und meine Strategie an dem Beispiel, das ich gerade gesehen habe, ausrichten kann. Aber zuerst habe ich eine grundlegende Frage zu dem Verfahren. »War das … normal?«

Brett schüttelt den Kopf. »Alter, ich war auch noch nie hier.«

Der Donnervogel wendet sich zu uns um, sein Schnabel noch nass von Blut. »Der Nächste …«

Bretts Fall

Bigfoot löst sich wieder von der Baumlinie, wo er so vollständig mit dem Laub verschmolzen ist, dass ich vergessen habe, dass er dort stand. *Wie macht er das?* Er kommt direkt auf uns zumarschiert.

»Selbstvertrauen«, rate ich Brett und gehe hinter ihm in Deckung. »Du darfst nicht schuldig wirken.«

Brett scheucht den Rohling mit einer Handbewegung weg. »Ich komme da allein hoch, Haarball.« Er geht zu dem Stumpf und huscht mit der Geschicklichkeit einer Spinne hinauf.

Der Donnervogel schüttelt sein Gefieder aus und verursacht einen warmen Wind auf der Lichtung, dann setzt er sich, um unseren Fall anzukündigen. Gut – seinem Tonfall können wir vielleicht entnehmen, in welche Richtung er neigt.

»Ah, der Angstmacher«, krächzt er. »Dieser Fall wird noch einfacher.«

Scheiße.

»Du stehst auf dem Block, weil du der Entblößung angeklagt bist, Bestie.«

Entblößung? Für einen Moment denke ich, dass wir im falschen übernatürlichen Gerichtssaal gelandet sind. Brett hat mir gesagt, er sei wegen der Ermordung Samanthas vorgeladen worden. Jetzt ist er ein Exhibitionist?

»Ich habe es nicht getan«, verteidigt sich Brett und zeigt von oben auf mich. »Ich habe meinen Anwalt mitgebracht, um Euch das zu sagen.«

Ich bin an der Reihe! Mein Herz flattert. Na, dann mal los. Ich spreche mit meiner großen Anwaltsstimme. »Hallo, Euer Ehren und guten … Abend. Ich bin Daniel Becker, und ich vertrete in dieser Angelegenheit meinen Mandanten Brett Bremen.«

»Nenn meinen Namen nicht«, zischt Brett mich vom Stumpf aus an.

Ich bedeute ihm, sein verfassungsmäßiges Recht auf Schweigen geltend zu machen und verdammt noch mal die Klappe zu halten. »Euer Ehren, ich bitte darum, dass der Inhalt des Vorwurfs der ›Entblößung‹ erläutert wird, bevor wir beginnen.«

Der Donnervogel ignoriert mich und richtet weiter das Wort an Brett. »Dir steht der ewige Käfig bevor, Bestie.«

Das klingt übel, und ich mache die Sache nicht besser. Ich wedele mit den Armen in Richtung des Vogels. »He! Ich bin sein Anwalt. Ich bin hier unten!«

Der Vogel sieht mich mit schräg gelegtem Kopf an, und mich überfällt die plötzliche Angst, dass er mir ein Bein ausreißen wird. Vögel runzeln nicht die Stirn – sie sehen nur immer so aus, als würden sie es tun –, und daher ist es schwer zu sagen, ob ich ihn verärgert habe, als er spricht. »Warum solltest wir dir zuhören?«

»Weil ich hier bin, um für ihn zu sprechen.«

»Du stehst nicht auf dem Block.«

Aha. Es ist eine Frage des korrekten Verhaltens in diesem Freiluftgericht. Ich stehe am falschen Platz. Also klettere ich hinauf.

Es ist schwer. Der Stumpf ist fast zwei Meter fünfzig hoch. Ich suche nach Griffen und Tritten. *Scheiß Schuhe.* Ich bin nicht so flink wie ein Insekt, und als ich mich über den Rand ziehe, bin ich schweißgebadet. Verschwitzt und verdreckt erhebe ich mich und trete neben Brett.

Die Aussicht von hier oben ist anders, klarer. Vom Boden aus habe ich nur flüchtige Blicke auf Augen im Wald erhascht, aber von dem Block aus sehe ich Hunderte von Augenpaaren – weiße und gelbe, manche in Bewegung, andere ohne Wimpernschlag, klein bis erschreckend groß. Das Unterholz ist jetzt voller Geräusche: Knurren, Grunzen, Zwitschern und Laute, wie ich sie noch nie zuvor gehört habe. Der Wald scheint lebendig zu sein, doch es ist nicht ein einzelnes Lebewesen, sondern eine dunkle Menge, ein großes, verborgenes Publikum, von dessen Existenz ich nichts wusste. *Geschworene.* Schwarz heben sich die Kreaturen gegen das Mondlicht ab, während sie von den Bäumen aus zuschauen, schattige Gestalten mit glänzenden Augen, die keineswegs nur in Paaren auftreten – es gibt Dreiergruppen und einen beunruhigenden Achtersatz von der Farbe brünierten Stahls. Faszinierend, aber im Moment nicht das Zentrum meines Interesses. Ich wende mich wieder dem Richter zu und bemerke zum ersten Mal die Krähen. Sie sitzen nebeneinander auf einem Ast hinter dem Donnervogel und schauen über seine breite Schulter. Es sind sieben. Ob das die Krähen von Bevs Haus sind? *Sie hassen mich.* Aber es sind sieben und nicht acht, und wir befinden uns dreißig Meilen von Seattle entfernt. *Es können nicht dieselben sein,* sage ich mir.

»So, jetzt sag, was du zu sagen hast, Mensch«, befiehlt der Vogel. »Du bist doch ein Mensch, nehme ich an?«

Aha, der Gott weiß nicht alles. Scheint eher ein Halbgott zu sein. Ergo nicht allmächtig. Hat also nicht zwangsläufig recht mit der Behauptung, Brett sei der Mörder. Zur Kenntnis genommen.

»Ja, ich bin – ein Mensch und Rechtsanwalt. Ich vertrete den Angeklagten, der in jeder Hinsicht etwas einfältig und außerstande ist, sich angemessen selbst zu verteidigen.« Es ist eine kleine Freude, Brett dumm zu nennen, aber es ist auch Strategie.

Der Kopf des Vogels geht vor und zurück. Ich glaube, er nickt. »Du sprichst für ihn?«

»Ja. Und wie gesagt, ich muss genau wissen, was meinem Mandanten vorgeworfen wird …«

Der Donnervogel senkt den Schnabel und zupft an dem Bauch der toten Gnomin, die vor mir auf dem Stumpf liegt. Als ich mitten im Satz innehalte und würge, schaut der Vogel auf. Ein Stückchen Darm hängt ihm rechts und links aus dem Schnabel.

»Nichts verschwenden«, murmelt er, den Mund voll mit Gnomengedärm. »Keine Angst, ich höre zu.«

»Ich werde warten. Es fällt mir schwer, mich zu konzentrieren, während Ihr esst. Nichts für ungut. Ist ein Menschending.«

»Tut mir leid.« Der Vogel schlürft die Eingeweide herunter und setzt sich aufmerksam hin.

»Okay, wenn Ihr mir einfach sagen könntet, was genau mein Mandant Eurer Meinung nach falsch gemacht hat, werde ich Euch erklären, warum er es nicht getan hat.«

»Es ist ein schwerwiegendes Verbrechen, die übernatürliche Welt vor der Menschheit zu enthüllen. Unsere Welt ist ein Geheimnis, das von Äon zu Äon immer weniger geheimnisvoll wird. Du weißt von der Ermordung des Mädchens auf dem Hügel?«

»Ja.«

»Es wurde in Stücke gerissen. Der Täter hat mit ihrem Blut Runen in den Raum gemalt. Ihre Leiche wurde so arrangiert, dass ihr Kopf in der Mitte lag. Sehr dramatisch.«

»Dann lautet die Anklage also auf Mord.«

»Papperlapapp. Töten ist kein Verbrechen. Ich habe gerade eben getötet, und es hat niemanden gestört.«

Ich hebe die Hand, um zu widersprechen – *mich hat es gestört* –, doch der Vogel spricht weiter, daher lasse ich die Hand wieder sinken.

»Solange ich meine Beute fresse, breche ich meines Wissens kein Naturgesetz. Aber der blutrünstige Mord auf dem Hügel hat wegen der Runen nur so vor Übernatürlichem gestrotzt. Magie. Die Kunde davon hat sich auf der ganzen Welt verbreitet. Menschen schwatzen durch ihre elektrischen Kästen darüber, Geisterjäger diskutieren den Vorfall, dämonenjagende Priester treffen in diesen Minuten in Seattle ein. Es ist für deine Leute ein Rätsel. Es macht ihnen Angst. Und kein Lebewesen bringt Dingen, die es nicht versteht, weniger Verständnis entgegen als Menschen. Jetzt wird man dank dieses Mordes wieder Jagd auf uns machen. Der Ruch von Magie, der diesem Tod anhaftet, hat die menschliche Neugier entfacht, und diese Schreckensbestie ist oft dabei gesehen worden, wie sie am Tatort ein und aus ging. Streite es ab.«

»Er streitet es ja gar nicht ab«, entgegne ich.

Die Menge um die Lichtung herum schnappt geräuschvoll nach Luft. Und bellt. Etwas jault. Jeder äußert sich auf seine Art, und die Kakofonie der Laute fügt sich zu einem kollektiven Schrei des Erstaunens zusammen – wer würde so etwas zugeben?

Er war da. Er ist eine Bestie. Er hat es getan. Tierlogik. Vollkommen vernünftige Schlussfolgerung.

»Er war da. Er ist eine Bestie. Und deswegen ist klar, dass er es nicht getan hat.«

Der Vogel legt den Kopf schräg, möglicherweise fasziniert von meiner kühnen Behauptung oder, wahrscheinlicher, einfach erheitert. »Überzeuge mich.«

Ich hole Luft. Es ist Zeit, die Verhandlungsstimme einzusetzen, und bei der Stimme dreht sich alles um Atmung. Ich unterstreiche meine Worte mit Gesten und klopfe meinem Mandanten auf die Schulter, um zu zeigen, dass ich keine Angst davor habe, ihn zu berühren, was wiederum bedeutet, dass ich wirklich glaube, dass er kein Mörder ist. Ich selbst brauche es nicht mal zu glauben – tatsächlich schwanke ich, was Brett betrifft –, aber es ist wichtig, dass mein Publikum glaubt, dass ich es glaube. Wenn auch nur für einen Moment der Eindruck entsteht, dass ich es nicht tue, werden sie es auch nicht glauben.

»Mein Mandant hat einen gewissen Stil«, fahre ich fort und mache mir Bretts eigenes Selbstbild zunutze. »Er hält sich für einen gerissenen Schlawiner. Er kommt und geht unbemerkt. Er hinterlässt keine Spuren. Er ist unheimlich. Aber er ist, wie gesagt, auch eine dumme Bestie. Instinktgetrieben. Impulsiv.« Ich suche nach einer guten Analogie – dem grundlegendsten und wichtigsten Werkzeug eines Rechtsanwalts –, und plötzlich habe ich sie. Als Kind hatte ich furchtbare Angst vor dem Film *Der weiße Hai,* und Brett erschien manchmal in Gestalt einer dunklen Flosse, die auf dem Teppich ihre Kreise zog. Das hatte ich fast vergessen. Ich schaudere und wünsche mir beinahe, ich hätte es wirklich vergessen. Aber jetzt kann ich es benutzen. »Er ist wie ein Hai, unheimlich und triebgesteuert. Aber dieser Mord war das Gegenteil davon. Dieser Mord war kühn, auffällig und kalkuliert. Sorgfältig inszeniert. Ein Hai könnte keinen Limonadenstand aufbauen.«

Der Donnervogel sieht Brett nachdenklich und ohne zu blinzeln an und stellt ihn sich hoffentlich als Fisch vor. Zumindest habe ich die Saat des Zweifels gesät. Jetzt halte ich mich zurück, um dem Vogel Zeit für ein inneres Zwiegespräch zu geben. Das ist eine Anwaltstechnik. Alle Richter halten sich für fair, auch wenn sie es nicht sind. Sie wollen den Eindruck erwecken, als würden sie jeder Seite das gleiche Gewicht beimessen. Daher lasse ich sie in dem Glauben, die Waage der Gerechtigkeit sei ausgeglichen, und dann, kurz bevor ihre Meinung die Schalen in eine Richtung senkt, lege ich den Daumen wieder auf die Seite der Waagschalen, die meinem Mandanten gehört.

»Ich habe Bilder«, verkünde ich und hole mein Handy hervor. Die Vorlegung von konkretem Beweismaterial ist nach Indizien und Leumundszeugnis der perfekte nächste Schritt, aber ich frage mich, ob ein Halbgott Verwendung für digitale Fotos hat. Zu meiner Überraschung beugt sich der Vogel vor und betrachtet sie eingehend, wobei er den Kopf bald in diese, bald in jene Richtung dreht, um besser sehen zu können, während ich mein Handy hochhalte und jedes Foto kommentiere. »Wie Ihr sehen könnt, sind die Runen sorgfältig gemalt. Das hier ist meinem Anwaltsgehilfen zufolge ein Sternbild.«

»Magie …«, kräht der Vogel.

»Wie sollte mein Mandant diese feinen Details mit Krallen malen? Und warum sollte er töten? Mein Mandant lebt von Furcht. Tod beendet die Furcht. Mein Mandant hätte seine Nahrungsquelle verloren. Sein Modus Operandi ist es, dafür zu sorgen, dass seine Opfer am Leben bleiben und Angst haben.«

Ich hätte das Wort »Opfer« nicht benutzen sollen. Das Wort »Geschädigte« hätte harmloser geklungen. Aber es ist nur ein kleiner Fehler. Ich bin jetzt in Fahrt. Alles läuft gut. Ich habe zwei logische Argumente und die Charakterisierung Bretts als genau die falsche Person – Kreatur –, um dieses Verbrechen zu begehen, mit dem fotografischen Beweis gekrönt. Es ist eine gute Stelle, um aufzuhören, und genau das tue ich. Ich stecke meine Kamera wieder ein und falte die Hände. Der Vogel wird sprechen. Gut möglich, dass wir bereits gewonnen haben. Ich klopfe Brett auf den Rücken, ermutigt und, ehrlich gesagt, aufgeregt.

»Die Schreckensbestie nährt sich von Furcht«, sagt der Donnervogel. »Das wissen wir alle. Aber hast du je daran gedacht, dass er die Leiche dieses Mädchens deshalb so dramatisch inszeniert hat, um eine ganze Stadt in Angst und Schrecken zu versetzen? Was für ein Festmahl das für eine solche Kreatur sein muss!«

Oh verflucht! Daran habe ich nicht gedacht. Das wäre ein verdammt gutes Motiv. Der Vogel ist schlauer, als ich erwartet habe. Es war ein Fehler und arrogant von mir zu denken, ein Tier sei mir intellektuell nicht gewachsen, und mein Zögern verrät dem Richter, dass ich keine Antwort darauf habe.

Genau in dem Moment beugt sich Brett zu mir und flüstert mir ins Ohr: »Ich muss in der Nähe der Person sein, um ihre Furcht aufzunehmen.«

»Euer Ehren! Mein Mandant muss sich in unmittelbarer Nähe seiner Energiequelle befinden, um sich daran zu laben. Furcht löst sich mit der Zeit und Distanz auf – auch das wissen wir alle; es ist ein Naturgesetz.« Ich bin mir nicht sicher, ob das stimmt, aber die Worte kommen aus meinem Mund, bevor ich sie einer sachlichen Prüfung unterziehen kann. »Was mich zu meinem nächsten Punkt bringt – es gab ein anderes Motiv für ihn, in dem Haus zu sein, eine echte, beständige Nahrungsquelle, die noch für weitere zehn Jahre reichen würde.«

»Was ist das für ein Motiv?«

Ich halte mein Handy hoch und blättere zum letzten Foto weiter – dem nutzlosen Foto von Jeremy. Ich drehe das Handy so, dass alle auf der Lichtung es sehen können, zumindest die mit guten Augen. Das Schattenpublikum erwacht zum Leben und füllt die Lichtung mit Geplapper. Sie stimmen mir zu. Oder sie führen in ihren seltsamen Sprachen eine hitzige Diskussion. Ich kann es nicht sagen, denn ich spreche diese Sprachen nicht.

»Wie gesagt, mein Mandant hat einen gewissen Stil, und ein kalter, berechnender Mord ist mit diesem Stil unvereinbar. Das hier ist …« Ich zeige dem Vogel das Foto. Jeremys überraschtes Gesicht ist genau das, was man von einer Schreckensbestie erwarten würde. Samanthas Kopf in der Mitte eines Runenkreises ist hingegen Serienmörderscheiß. Ich habe mein Bestes getan – eine einfache Zusammenfassung meiner Theorie über den Fall, einmal zu Beginn und einmal am Schluss. Dazwischen habe ich mich den schwierigen Fragen des Vogels gestellt. Ich habe vernünftige Zweifel geweckt. Jetzt warten wir, während der Vogel seine Entscheidung trifft.

Er braucht nicht mal eine Minute. »Das ist nicht genug … die Bestie ist der einzige Verdächtige. Er muss es getan haben.«

Mich verlässt der Mut. Mein Mandant wird einfach mal so eben schuldig gesprochen und für alle Ewigkeit zu einem Leben in einer Grube oder einer Scheiß-Wunderlampe verurteilt oder was sonst für eine Strafe nach den nächsten Worten aus dem Schnabel des Vogels kommt.

»Aber er kann nicht unter die Decke!«

»Was?«

Ich bin verzweifelt. Es ist ein Kinderargument. Ich bringe es trotzdem vor. »Das Mädchen wurde aus dem Bett gezerrt – die Blutspur ist auf den Fotos gut zu sehen –, aber eine Schreckensbestie hätte nicht unter die Decke kriechen können, um sie herauszuziehen. Kinder fühlen sich unter ihrer Decke sicher – sie ist eine vollständige Verteidigung gegen Schreckensbestien. Das weiß jeder.«

Der Vogel wendet sich an Brett. »Ist das so?«

»Sag nichts«, flüstere ich meinem Mandanten zu.

»Ich muss es von dem Angeklagten hören!«, beharrt der Vogel.

Anscheinend gibt es an diesem Gericht kein verfassungsmäßiges Recht auf Schweigen. Ich trete beiseite und hoffe, dass Brett nicht seinen eigenen Fall vermasselt. Er ist eine furchteinflößende Bestie – der Schrecken seiner Umgebung zu sein macht seine Identität aus. Er will nicht zugeben, dass er machtlos ist, wenn er vor einer Bettdecke mit Eisenbahnen steht. Aber er hat keine Wahl – er muss seine größte Schwäche gestehen oder sein Leben verwirken. Ich halte den Atem an und hoffe, dass sein Lebenswille stärker ist als sein Stolz.

»Das ist richtig«, murmelt Brett.

»Noch mal«, sagt der Vogel. »Sprich deutlicher, Bestie.«

»Ich komme durch Bettzeug nicht durch.«

Er hat es getan! Gott sei Dank. Ich atme tief durch. Die Frage ist beantwortet, und ich bezweifle ernsthaft, dass ein Zeuge erscheinen wird, um Bretts peinliches Geständnis zu widerlegen. Mein Mandant hat seine Aufgabe hier erfüllt, und gute Anwälte kontrollieren ihre Zeugen, indem sie sie bremsen, sobald sie die Frage beantwortet haben. Ich trete vor ihn hin. »Die Verteidigung ruht, Euer Ehren.«

Der Vogel ist verärgert, das erkenne ich daran, wie er die Federn schüttelt. »Wenn deine Bestie das Mädchen nicht in den Tod gezerrt hat, wer war es dann?«

Ich weiß, warum der Vogel frustriert ist. Ihm ist klar, dass Brett es nicht getan hat, dass er den falschen Verdächtigen festgenommen hat und dass der Fall plötzlich wieder ungelöst ist. Wir haben gewonnen! Für eine Weile ging es hin und her, und an einer Stelle hätte ich mich beinahe übergeben, wenn ich ehrlich bin. Aber jetzt ist mir klar, dass der Richter seine Entscheidung getroffen hat, was die Unschuld meines Mandanten angeht, und ich war in meinem ganzen Anwaltsleben noch nie so begeistert. Das Herz klopft mir immer noch bis zum Hals. Brett ist noch nicht klar, dass wir gewonnen haben. Es hängt noch eine Frage in der Luft, und er glaubt, dass der Richter nach wie vor über sein Schicksal nachdenkt.

»Bei allem schuldigen Respekt, Euer Ehren, es ist nicht meine Aufgabe, Euch zu sagen, wer es getan hat. Meine Aufgabe ist es, Euch zu sagen, wer es nicht war. Und mein Mandant war es nicht. Er kann es gar nicht gewesen sein. Ich hätte jetzt gern eine Entscheidung.«

Der Vogel nickt. »Schuldig.«

»Was?«

»Deine Bestie hat dir die übernatürliche Welt offenbart – dir, einem Menschen. Streite es ab.«

»Ja, aber das ist doch nichts!«

»Es ist durchaus etwas.«

»Nicht im Vergleich zu einem Ritualmord, der im Internet für Aufruhr sorgt. Außerdem werde ich niemandem von dieser Welt erzählen. Wer würde mir glauben? Ihr könnt ihm nicht den Arm abreißen und seine Eingeweide fressen, weil er sich einen Anwalt genommen hat.«

Der Vogel stößt ein unverständliches Brummen aus. »Dann vielleicht nur ein paar Finger. Oder ich könnte ihm ein Auge auspicken. Er hat zwei davon.«

Oh, Mann. Für einen Anwalt ist die Arbeit nie getan, wie es scheint. »Ich schlage eine Verständigung vor. Mein Mandant stimmt einer Strafe zu, die der Schwere dieses geringfügigen Verbrechens entspricht. Ich schlage vor, dass es ihm verboten wird, Kinder zu erschrecken.«

»Was?« Brett packt mich am Arm.

Ich schüttle ihn ab. »Das hat ihn in diesen Schlamassel hineingeritten. Und es ist gemein, so etwas zu tun. Diese Strafe wird eine rehabilitierende Wirkung auf ihn ausüben, und er wird sie für den Rest seiner Tage als Schreckensbestie spüren.«

Brett jammert hinter mir immer noch. »Wie soll ich nur überleben?«

»Erwachsene. Befehlt ihm, nur Erwachsene zu erschrecken. Erwachsene Arschlöcher.«

»Aber sie machen so viel Arbeit«, beklagt sich Brett.

»Findest du es schön, zwei Augen zu haben?«

»Genug!« Der Donnervogel breitet die Flügel aus. Sie sind gewaltig. Er ist verdammt beeindruckend. Brett und ich schweigen, als er die Strafe verkündet. »Du wirst keine Kinder mehr erschrecken, Schreckensbestie. Und wenn mir etwas Derartiges zu Ohren kommt, werde ich dich persönlich holen.« Er erhebt sich mit einem Donnerschlag, der so laut ist, dass ich das Gefühl habe, dass mir Bigfoot eins auf die Ohren gegeben hat. Ein heftiger Windstoß fährt über die Lichtung, sodass Brett und ich darum kämpfen müssen, uns aufrecht zu halten. Schwarze Wolken rollen heran und tauchen die Lichtung in Dunkelheit.

Und als der Mond wieder hervorkommt, sind wir auf dem Stumpf allein.

Ab jetzt geht's bergab

Es ist eine Riesenerleichterung, als das Laub sich teilt. Mir war nicht bewusst gewesen, welche Angst ich hatte. Es war wie damals an der juristischen Fakultät, als ich zum ersten Mal vor den Seminarteilnehmern ein Argument darlegen musste und meine Professorin sich Notizen gemacht und mich über den Brillenrand angesehen hatte, nur dass diesmal ein Leben auf dem Spiel stand und keine Zensur. Jetzt, da wir den Mount Si hinunterwandern, ist das Urteil »nicht schuldig« endlich bei mir angekommen. *Ich habe gerade Gerechtigkeit für meinen Mandanten erstritten.* Ich bin bester Stimmung und könnte platzen vor Stolz. Mein Puls rast immer noch, als hätte ich bei den Olympischen Spielen gerade den 800-Meter-Lauf absolviert. Außerdem staune ich über die Effizienz des Ein-Gott-Justizsystems. Es gab keine zähen, jahrelangen Verhandlungen, keine quälende Befragung von Zeugen, keine Verzögerungen durch Anträge. Es war alles mit ein paar Ermittlungstagen und einer halbstündigen Anhörung erledigt. Das nenn ich mal eine schnelle Verhandlung! Ein übernatürliches Mitternachtsgericht hat eindeutig seine Vorteile.

Ich atme wieder normal, und Brett springt während des Abstiegs auf dem Pfad hin und her und redet auf mich ein.

»Ich kann dir gar nicht genug danken, Mann. Du warst unglaublich! Abgesehen davon, dass ich keine Kinder mehr erschrecken darf. Das ist scheiße. Aber sonst warst du toll. Du solltest das beruflich machen!«

»Ich mache das beruflich, Brett. Ich bin Rechtsanwalt.«

»Aber nicht diese Art von Rechtsanwalt.«

»Welche Art?«

»Ein Anwalt für Bestien wie mich. Für übernatürliche Wesen. Ein Überanwalt.«

»Ich habe einen richtigen Job.«

»Das hier war richtig. Wir haben auf dem Block gestanden. Richtiger kann es nicht werden.«

»Ich meine, mit einem richtigen Gehalt. Wirst du mir sechsstellige Summen dafür bezahlen, dass ich dein Auge gerettet habe?«

Brett schaut zu Boden. »So viel Geld habe ich nicht, aber ich könnte in Raten zahlen.«

Ich habe ihn beschämt und kriege sofort ein schlechtes Gewissen. »Vergiss es. Betrachte es als Geschenk. Wir haben das Richtige getan. Du warst unschuldig. Außerdem musste ich ein paar Dämonen aus meiner Vergangenheit vertreiben: Ich bin gegen dich aufgestanden. Das ist alles, was ich an Entschädigung brauche.«

»Ich glaube, du meinst, du bist *für mich* eingetreten. Danke, Kumpel.«

»Jaja, schon gut. Und ich bin nicht dein Kumpel. Nur um das klarzustellen.«

»Okay. Aber ich will sagen, dass es mutig von dir war, dich für mich auf den Block zu stellen.«

Die letzten Worte sagt er mit einer seltsamen Aufrichtigkeit. Tatsächlich ist er so aufrichtig, dass ich mitten auf dem Weg stehen bleibe. »Warte mal. Was meinst du damit, ich habe mich für dich auf den Block gestellt?«

»Wir sollten weitergehen. Nicht alle Kreaturen, die die Gerichtsverhandlung verfolgt haben, waren freundlich gesinnt.«

Ich bleibe hart. »Nein. Du hast das so komisch gesagt. Ich will wissen, was du meinst.«

»Na gut. Es ist so: Wer mit auf dem Block steht, erhält die gleiche Strafe wie der Angeklagte.«

Mir rutscht der Magen in die Kniekehle. »Willst du damit sagen, dass man mich auch auseinandergerissen hätte, wenn du für schuldig befunden worden wärst?«

»Oder man hätte dich in eine Flasche gestopft. Aber hoffentlich in eine andere Flasche, denn in derselben wäre es echt eng geworden, schlimmer als dein Boot.«

Mir schwirrt der Kopf. Ich habe gerade mein Leben meinen Anwaltstalenten anvertraut. Und Brett. Ich taumele unter der Last dieser Erkenntnis und lehne mich an einen Baum. »Warum hast du mir das nicht gesagt?«

»Ich wusste ja nicht, dass du zu mir heraufklettern würdest. Aber ich bin froh, dass du es getan hast. Und es ist schließlich alles gut gegangen, nicht wahr? Wir sollten weiterlaufen.«

Heilige Scheiße. Ich hatte nicht vorgehabt, mein Leben für diesen Kerl zu riskieren. Dann wäre ich doch nie auf den Stumpf gestiegen! Wenn ich nicht so sprachlos wäre, wäre ich stinksauer auf ihn. Er hat mich angelogen. Gut, vermutlich hat er nicht direkt gelogen, aber irgendwie muss er mich ausgetrickst haben. Er hat mich in die ganze Sache reingezogen, weil er sich dem Gericht nicht allein stellen wollte. Verdammter Feigling. Ich stehe da, gehe im Geiste noch einmal die Ereignisse der Nacht durch und weiß nicht, ob ich Brett oder mir oder den Launen des

Schicksals die Schuld an der Gefahr geben soll, in der ich geschwebt habe.

Dann versteift sich Brett. »Mist. Affen.«

Diese seltsame Aussage reißt mich aus meinen Gedanken. Es ist eine eigenartige Bemerkung, zum einen, weil wir über eine sehr ernste Angelegenheit sprechen, und zum anderen, weil es in dieser … Hemisphäre keine Affen gibt. Brett dreht sich wachsam um und sucht den dunklen Pfad mit den Augen ab. Sein Blick landet schließlich auf den hoch gelegenen Bäumen.

»Ich habe dir doch gesagt, dass wir nicht stehen bleiben sollen«, flüstert er.

Ich halte die Taschenlampe meines Handys in die Richtung, in die er schaut. Sie beleuchtet nicht viel, wird aber dramatisch von vielen glänzenden Augenpaaren gespiegelt, die aus den Bäumen zu uns herabsehen. Ich zähle acht Paare. Irgendwie sind sie beunruhigender als die vielen Hundert Augen, die von der Blätterwand rings um die Lichtung in Schach gehalten wurden.

»In den Wäldern von Washington gibt es keine Affen«, sage ich.

»Keine, die man sieht.«

»Nicht einmal Überreste?«

»Wenn einer stirbt, fressen die anderen den Leichnam auf, mitsamt den Knochen. Und wenn du ein fleischfressender Affe wärst, dann würdest du dir größte Mühe geben, nicht gesehen zu werden, bis du deine Beute isoliert hast, so wie jetzt.«

Mir geht auf, dass ich die Fleischaffenbeute bin. *Und dabei bin ich noch nicht mal über den Berg,* denke ich lächerlicherweise. Ich würde wirklich lachen, aber ich stehe kurz davor, von Affen gefressen zu werden, von denen noch nie jemand gehört hat.

»Keine Angst«, sagt Brett. »Ich regle das. Ihre Augen sind größer als ihr Gehirn. Rühr dich nicht von der Stelle, bis du sie kreischen hörst. Und dann lauf.«

Mein Anwaltssinn möchte über Bretts Worte diskutieren, aber in der einen Sekunde steht er neben mir, und in der nächsten schält er sich aus seinen Kleidern, wächst in die Länge, verwandelt sich und gleitet ins Gebüsch. Mein Kindheitsgefährte ist plötzlich eine gottverdammte Schlange. Gleich darauf höre ich ein Kreischen.

Und renne, als wäre der Teufel hinter mir her.

Es ist Morgen. Ich habe mich am Berg verirrt, als ich ihn hinuntergerannt bin – ich habe mich etwa eine halbe Meile durch den Wald gekämpft, bevor ich stehen bleiben und warten musste, bis es hell wurde, um den Weg wiederzufinden. Ein Glück, dass Brett im Truck stundenlang auf mich gewartet hat. Er war ein bisschen angekaut – Affenbisse –, aber er lebte und schlief auf dem Fahrersitz. Ich selbst habe nicht geschlafen. Ich war klar genug, um mich daran zu erinnern, dass ich heute gleich als Erstes eine Besprechung mit den Partnern habe. Ich darf mich nicht noch einmal verspäten, und ich darf die Sitzung nicht verpassen. Ich habe keine Ahnung, was ich sagen werde. Ich habe ein bisschen was geschafft, bevor Brett gestern Abend auftauchte. Das wird reichen müssen. Gott sei Dank ist heute Freitag.

Brett setzt mich am Belltown Tower ab. Phil hat heute Morgen ein Seminar, daher brauche ich ihn nicht über den ganzen Wahnsinn zu belügen, und für den Moment kann ich seine zehn Textnachrichten ignorieren. Aber Rhino kommt vor der Besprechung in mein Büro und steckt seine riesige Nase herein.

»Großer Gott, Becker, Sie sehen ja furchtbar aus.«

»Ich habe die ganze Nacht gearbeitet«, antworte ich.

»Und Gräben ausgehoben?« Rhino lacht. Er findet das witzig. Ist es aber nicht.

Ich bin von oben bis unten verdreckt. Es hängen noch andere Jacketts an der Rückseite meiner Tür, doch was die Hose und die Schuhe betrifft, kann ich nicht viel tun. Das größte Problem ist mein Hemd. Von Weitem sieht es aus, als wäre es schlammverschmiert, aber in Wirklichkeit ist es dunkelrotes Gnomenblut. Rhino kichert immer noch.

Ich zeige auf ihn. »Kann ich mir für die Besprechung Ihr Hemd borgen?«

»Was? Nein! Sie werden es dreckig machen.« Er legt schützend die Arme darüber wie ein Grundschulkind.

»Dann gebe ich Ihnen hundert Dollar dafür. Ich weiß, dass Sie sie für zwanzig im Outlet kaufen.« Er zögert. Die Rechnung reizt den Geizhals in ihm – er ist der Typ im Büro, der immer irgendwie darum herumkommt, in der Bar einen auszugeben, und der immer nur zwei Dollar gibt, wenn für einen Kollegen gesammelt wird.

»Und was soll ich den ganzen Tag tragen?«

»Sie tragen achtzig Dollar in der Tasche.« Er zögert, und einen Moment lang denke ich, dass er mich lieber bei der Besprechung leiden sehen möchte, als achtzig Mäuse zu verdienen. Aber er kann dem Deal nicht widerstehen.

»Okay.«

Rhinos XXL-Hemd hängt an mir wie ein Segel – ich sehe aus wie ein Pirat. Mein Jackett passt nicht zur Hose, die an der Wade gerissen ist, und meine Schuhe hinterlassen schmutzige Abdrücke auf dem Boden des Konferenzraums, als ich ihn betrete. Vor mir sitzen die klügsten Anwälte der Stadt. Ich spule alles runter, was ich in den letzten vierundzwanzig Stunden über das Dampfen gelernt habe, aber es ist ein einziges Gefasel. Als ich fertig bin, starren sie mich an.

»Ich arbeite noch dran«, füge ich hinzu, um das peinliche Schweigen zu füllen.

»Nun«, sagt Rhino und zupft nervös an dem rosafarbenen Poloshirt, das er aus seiner Golftasche gezogen hat, »da hat Becker ja eine ganze Menge an Informationen zusammengetragen. Sobald er sie ein klein wenig – äh – strukturiert hat, beraume ich ein weiteres Treffen an.« Er schämt sich für mich und spricht über mich, als wäre ich nicht da. Da er mich wahrscheinlich für den Fall empfohlen hat, ist ihm die Sache auch selbst peinlich. Er war dabei mein Verbündeter; ich sollte wirklich aufhören, ihn »Rhino« zu nennen.

»Danke, Marlin«, sage ich.

»Na dann«, sagt Frances Fury, »alle zurück an produktivere Arbeit.«

Das ist eine heftige Kritik an meiner Präsentation. Tatsächlich ist »unproduktiv« so ziemlich die schlimmste Kritik, die man bekommen kann. Ich will mich danach hastig verdrücken, aber Frances sagt meinen Namen so leise, dass nur ich es hören kann. *Nicht gut.*

Während die anderen Partner hinausströmen, um ihren Mandanten weiter Rechnungen über mehrere Hundert Dollar die Stunde auszustellen, bin ich mir sicher, dass ich gleich von dem Dampferfall abgezogen und möglicherweise degradiert werde. Oder noch schlimmer – dass mir Bricklins Hilfe angeboten wird. Frances setzt sich an die Stirnseite des Erwachsenentisches. Die tiefen Sorgenfalten hat sie sich im Lauf der Jahre hart verdient, und ich sorge für neue – als Seniorpartnerin der Kanzlei ist jeder Fall eines anderen Anwalts auch ihr Fall. Sie bedeutet mir, am gegenüberliegenden Ende des langen Tisches Platz zu nehmen, nicht neben ihr. Wir sind die einzigen Anwesenden, daher braucht sie ihre kampferprobte Stimme nicht zu heben. Das tut sie ohnehin nicht mehr. Es ist nicht nötig. Wenn sie spricht, verstummt alles. Und niemand unterbricht Frances Fury von Fury, Styles und Anderson. Ich warte.

»Ich weiß, was hier los ist, Becker«, beginnt sie.

»Tatsächlich?« Ich sacke in mich zusammen. Ich bin überrascht, aber ich bezweifle nicht, dass sie etwas weiß. Sie ist einer der klügsten Menschen, der mir je begegnet ist.

»Zerstreutheit. Übertriebene Recherche. Unregelmäßige Arbeitsstunden. Autounfälle. Kleidung, in der Sie offenbar geschlafen haben.«

Schön wär's.

»Ich habe das schon früher erlebt«, fährt sie fort. »Sie arbeiten sich zu Tode.«

»Fast«, gestehe ich.

»Hören Sie, wir wissen, dass Sie gern Partner werden möchten. Das ist kein Geheimnis. Aber Sie verlangen sich zu viel ab. Es beeinträchtigt Ihre geistige Gesundheit.«

»Finden Sie?« Ich habe auch schon an meiner geistigen Gesundheit gezweifelt. *Wie viel weiß sie?*

»Der Zwischenfall im Fußballkomplex zeigt mir, dass Sie nervös und angespannt sind.«

Ich bin so erleichtert, dass ich fast gekichert hätte. Mein Zusammenstoß mit der tollwütigen Fußballmama scheint im Verhältnis zu den Ereignissen der letzten vierundzwanzig Stunden eine Lappalie zu sein. »Ach, das.«

»Ja, das. Der technische Direktor des Jugendfußballclubs hat mich persönlich angerufen. Wir sind ein wichtiger Spender für ihr Programm. Wir machen dort Werbung. Es ist peinlich, Becker. Wie ich hörte, hat man Ihnen die rote Karte für Eltern gezeigt.«

»Ach, die gibt es da?«

»Ja. Obwohl der Club weiß, dass Sie hier arbeiten, hat er Sie von den Spielfeldern verbannt, deren Bau wir mitfinanziert haben. Das wirft kein gutes Licht auf uns.«

Ich bin am Boden zerstört, dass ich Lucys nächstes Spiel nicht sehen kann. Ich lebe für Lucys Fußballspiele. Aber zumindest weiß Frances nichts von Brett. Oder dem Übergericht. Oder dem Donnervogelhalbgott. Es klingt alles so lächerlich, nur dass mein Haar immer noch voller Gnomenblut ist.

»Sie haben recht. Ich war in letzter Zeit sehr gestresst.«

»Sollen wir Ihnen Arbeit abnehmen? Möchten Sie vielleicht den Dampferfall jemand anderem geben?«

»Nein! Ich bin an der Sache dran. Außerdem habe ich letzte Nacht ein großes persönliches Problem gelöst und kann mich jetzt ganz auf den Fall konzentrieren. Deshalb stehe ich heute auch so neben mir – nächtliche Konfliktbewältigung.« Frances mustert mich mit einem abschätzenden Blick. Ich schenke ihr ein selbstbewusstes Grinsen. »Und ich habe gewonnen.«

Sie nickt. »Freut mich zu hören. Das ist der Kampfgeist, den wir bei einem potenziellen Partner brauchen. Und in der Zwischenzeit erledigen Sie, was heute zu tun ist, und nehmen sich dann zwei Tage frei. Erholen Sie sich. Dann können Sie sich am Montag wieder frisch in die Arbeit stürzen.«

»Ich soll mir Samstag und Sonntag freinehmen?«

»Richtig. Bleiben Sie am Wochenende zu Hause. Ich bestehe darauf.«

»Danke.«

Frances lehnt sich zufrieden zurück. Kraft der Autorität, die ihr als Göttin der Kanzlei verliehen wurde, hat sie etwas Ordnung in das Chaos meines Lebens gebracht.

Sie zwingt sich zu einem Lächeln. »Und, haben Sie für heute Abend etwas Schönes vor?«

Ich denke angestrengt nach, und dann fällt mir ein, dass ich tatsächlich etwas Schönes vorhabe. »Ja, ich hole meine Tochter von der Bi-Di-Gala in der Space Needle ab.«

Die Space Needle

Gegen Mittag bin ich ausgehungert und erschöpft. Ich bestelle mir etwas bei Thai Time und esse an meinem Schreibtisch. Am Nachmittag schlüpfe ich ins Aktenarchiv der Kanzlei, setze mich zwischen die Archivboxen und schlafe ein. Ich stelle mein Handy so ein, dass es mich nach zwei Stunden weckt, und verlasse das Büro um sechs, damit die Leute denken, ich hätte an einem Freitag länger gearbeitet. Ich habe gerade genug Zeit, um mit einem Uber nach Hause zu fahren, zu duschen, eine Fliege zu binden und mit dem Uber zurück ins Seattle Center zu fahren, wo die Space Needle 184 Meter in die Höhe ragt.

Die Space Needle wurde 1962 für die Weltausstellung *Century 21 Exposition* nördlich des Stadtzentrums von Seattle erbaut. Dort wurde das Tastentelefon vorgestellt, das das Wählscheibentelefon ersetzen sollte, und der Mikrowellenherd. Auch die Einschienenbahn wurde für die Weltausstellung gebaut; ein cooles Gefährt, das aber nicht so eingeschlagen hat wie die Mikrowelle. Die Climate Pledge Arena und das Pacific Science Center sorgen auf dem ehemaligen Ausstellungsgelände auch heute noch für Unterhaltung. Passend zum Raumfahrtthema gab es damals einen futuristischen Vergnügungspark namens »Gayway« für Kinder und eine Vergnügungsstraße nur für Erwachsene, wo nackte *Girls of the Galaxy* tanzten und die Backstage USA-Show damit warb, dass die Besucher in die Umkleideräume der spärlich bekleideten Darstellerinnen »spähen« durften. Jawohl, auf der Weltausstellung 1962 war eindeutig für die ganze Familie etwas geboten. Aber es war die Space Needle, die zu einem lokalen Kleinod geworden ist, zum Wahrzeichen von Seattle. Und vor zwei Jahren wurde es von dem Technologieriesen Bi-Di gekauft und die kultige, sich drehende Untertasse an der Spitze zur Privatwohnung der Mitgründerin Diane Deneb umgebaut.

Ich warte mit anderen VIP-Partygästen auf den Aufzug. Ich bin kein VIP, aber meine Ex-Frau arbeitet bei Bi-Di, und sie hat mir einen Pass besorgt. Mir fällt auf, dass keiner der anderen Männer Krawatte trägt. Sie sind in Tennisschuhen gekommen. Typisch Technikfreak. Ein Mann trägt eine Jogginghose. Sehr zwanglos. Offensichtlich habe ich das Memo nicht bekommen. Der Aufzug hat Glaswände, und als er uns gen Himmel zieht, habe ich das Gefühl, nach oben zu fallen; es ist mehr wie ein davonschwebender Ballon denn wie eine Rakete. Seattle entschwindet unter mir, als würde es nach dem großen Beben in der Erde versinken. Es ist unmöglich, nicht an »The Big One« zu denken, das überfällige Erdbeben im pazifischen Nordwesten, wenn man sich in einem gläsernen Aufzug 184 Meter über der tektonischen Bruchlinie befindet. Die Fahrt dauert nervenaufreibende dreiundvierzig Sekunden.

Als die Tür aufgleitet, dringen Partygeräusche herein und füllen die peinliche Stille in unserem Aufzug. Unsere Gruppe hat zwar auf dem Weg nach oben einige Ohs und Ahs von sich gegeben, aber das Dröhnen von Livemusik, gebrüllten Gesprächen, klappernden Tellern und klirrenden Gläsern übertönt jetzt das ehrfürchtige Raunen meiner Mitfahrer. Der Boden auf dieser Etage ist aus Glas. Ich habe schon davon gehört, aber davon zu hören und in ein scheinbares Nichts hinauszutreten sind zwei verschiedene Dinge. Ich bin kein großer Freund von Höhen. Für einen Moment bewegt sich niemand, aber als der Aufzug pingt und droht, sich zu schließen und uns wieder nach unten zu bringen, springen wir hinaus.

Die Gäste sind jung, jedenfalls jünger als ich, darunter jede Menge Technikfreaks. Ich will mir einen Weg durchs Gedränge bahnen, aber es ist so, als wollte man stromaufwärts schwimmen – viel Gerempel und Baucheinziehen, um sich an den Leuten vorbeizuquetschen. Sie sind übertrieben höflich und gleichzeitig irgendwie unfreundlich; ich höre laufend »Entschuldigung« und »Sorry«, aber kein Mensch sucht Blickkontakt. Es ist okay, ich bin hier, um meine Ex-Frau zu finden, keine neue Frau. Ein Mann hält mich irrtümlich für einen Kellner. Es ist die verdammte Fliege. Ich verspreche, ihm einen Drink zu besorgen.

Nach einem langen Kampf wird mir klar, dass die äußeren vier Meter des runden Raums sich langsam um dessen Mitte drehen. Wenn ich auf die andere Seite will, muss ich nichts weiter tun, als still zu stehen. Das erklärt einige der wütenden Blicke, als ich mich durch die Menge gezwängt habe.

Ohne mich anzusehen, erklärt eine junge Frau, dass eine volle Umdrehung des Raumes fünfundvierzig Minuten dauert, daher wird es ungefähr zwanzig dauern, um auf die andere Seite zu kommen, wo die Action ist. Lucy und Eve müssten hier irgendwo sein. Ich würde Eve ja eine Textnachricht schicken, aber sie mag es nicht, wenn ich ihr

»triviale« Sachen wie die Frage »Wo seid ihr?« schreibe. Anscheinend erhält sie »tausend« Arbeits-SMS pro Tag. Weitere zwei oder drei von mir, um das Leben unserer Tochter zu koordinieren, wären vielleicht der Tropfen, der das Fass zum Überlaufen bringt. Und so mache ich es einfach auf die altmodische Art – ich suche nach ihnen.

Alle anderen schauen aus den Fenstern und betrachten die Aussicht, während wir uns drehen, aber ich blicke in den Raum hinein. Trennwände unterteilen ihn wie Tortenstücke, sodass sich uns nach jeder Wand ein anderer dreieckiger Innenraum öffnet. In dem ersten Raumstück begrüßt uns Remi Binder, eine der beiden Gründungspartnerinnen von Bi-Di, hinter einem roten Absperrseil aus Samt. Über ihr hängt das Bi-Di-Logo, ein kleines d und ein kleines b, die sich den Grundstrich teilen.

»Willkommen bei Bi-Di, meine Freunde.«

Die Menge wendet sich vom Fenster ab und badet in Remis Persönlichkeit, die sofort den Raum erhellt. Ich hatte bereits das Vergnügen, Remi Binder kennenzulernen. Sie ist einer der Menschen, die man sofort mag. Gleich bei der ersten Begegnung lädt sie einen mit einem Lächeln ein, ihr Freund zu sein. Ihr Lächeln liegt irgendwo zwischen dem wissenden Grinsen eines Collegekumpels und dem Strahlen einer Mutter, der man mit der Medaille für den dritten Platz in die Arme läuft. Vertraut und offen, mit einem Hauch von Spaß. Und irgendwie gibt sie jedem in der Menge das Gefühl, nur für ihn da zu sein.

Remi trägt einen eleganten Hut und ein schimmerndes blaues Abendkleid, und beide scheinen aus sechseckigen Pailletten zu bestehen. Für einen Moment ist mir meine Fliege nicht mehr ganz so peinlich, aber dann wird das

Kleid rot. Unerklärlicherweise wird es auch kürzer. Sie grinst schelmisch. Jetzt ist es ein Minirock. Als Nächstes stülpt sich der Rock im Schritt nach innen und verwandelt sich in hochgeschnittene Shorts. Der Hut wird zu einer Baseballkappe. Die Shorts verändern sich weiter und wachsen zu einer Caprihose mit einer weiten Bluse und dann zu einem überlangen Pullover. Das Muster auf den Pailletten ändert sich und sieht aus wie flauschige Wolle. Der Hut nimmt die Gestalt einer kuscheligen Strickmütze an. *Computerisierte Kleidung.* Sie führt ein neues Bi-Di-Spielzeug vor und beendet gerade eine kurze, inspirierende Rede, die ich nicht mitbekommen habe, weil ich von dem sich wandelnden Outfit so gefesselt war.

»… wie wir hier bei Bi-Di sagen: Technik ist die neue Magie!«

Remi kennt mich – sie war vor einigen Jahren die Chefin von Eves Chefin –, doch ich stecke mitten in dem Haufen junger, Fragen rufender Technikfreaks. Remi nimmt die eifrigen Nerds dran und antwortet ihnen, während unser sich bewegender Teppich in Zeitlupe an ihr vorbeigleitet. Ich habe keine Fragen, aber ich dränge mich nach vorn, um zumindest Blickkontakt herzustellen, damit ich lächeln und winken kann. Sie sieht mich, nickt und zwinkert mir zu, als hätten wir eine persönliche Verbindung, die sie mit dem Rest dieses Pöbels nicht hat. Ich weiß, dass es nur eine Technik ihrer Kunst ist, Menschen für sich einzunehmen, aber es gibt mir trotzdem ein gutes Gefühl. Wenigstens hat der abstoßende Mist, den Eve damals nach der Scheidung über mich im Büro erzählt haben muss, Remis Strahlen nicht ausgeknipst.

Den nächsten Raum beherrscht Bi-Dis andere Partnerin, Diane Deneb. Di ist das Gegenteil von Remi. Sie ist kühl, berechnend und, offen gesagt, einschüchternd. Ihr lauerndes Grinsen ist eine Herausforderung, keine Einladung. Sie ist das Di in Bi-Di. In Computerzeitschriften ist sie eine Göttin. Und in Computerfirmenkreisen ist sie auch als die Königin der Technik bekannt. Vulgäre Männer, die neidisch auf ihren Erfolg sind, haben sie hinter vorgehaltener Hand »die Emaskulatorin« genannt. Sie ist eine beeindruckende Erscheinung, bekleidet offenbar mit einem Triathlonanzug, der das dramatische V ihrer Rückenmuskeln zur Geltung bringt. Ihre wohldefinierten Waden haben den Umfang meiner Oberschenkel. Beide Nasenlöcher sind gepierct und mit zwei murmelgroßen Stahlkugeln verziert, während ein Metallstab durch ihre Augenbraue der Krümmung ihrer gebrochenen Nase folgt, die sie sich beim Kickboxen eingehandelt hat. Zusammen imitieren die drei Piercings das Bi-Di-Logo. Unter dem Trainingsoutfit kommt ein großes Federtattoo auf ihrem muskulösen Rücken zum Vorschein. *Flügel.* Sie erstrecken sich von den Schulterblättern über die Rückseite ihrer Arme bis hinunter zu den Fingerspitzen – sehr seattlemäßig, aber noch extremer, so wie sie. Ihr Gesicht war bei meiner letzten Begegnung noch nicht so verschandelt oder, um es freundlicher auszudrücken, »geschmückt«. Sie spricht bereits und nutzt jeden Augenblick.

»Es ist eine magische Zeit für mächtige Frauen in der Technologiebranche. Der Glasboden unter Ihren Füßen ist ein Symbol für uns. Er bewahrt uns vor einem Rückschritt, während er uns den Blick auf unsere Anfänge gewährt.

Und jetzt entferne ich die Barrieren über uns. Es gibt keine Decke mehr für die, die fliegen wollen und bereit sind, alles dafür zu tun!« Sie macht eine Pause, damit das Publikum applaudieren kann, aber ich spüre, dass sie ärgerlich über die Störung ist, und sie bringt ihre Bewunderer schnell mit einer Handbewegung zum Schweigen. »Also merken Sie sich: Dieser irdische Turm ist nicht die Spitze, er ist ein Absprungpunkt.«

Das war's. Kurz, effizient, direkt. Sie tritt an das Samtseil, um mit ihren Leuten zu sprechen, und lässt den Blick schnell über die Menge gleiten. Zu meiner Überraschung landet ihr Blick bei mir, und sie zeigt direkt auf mich.

»Becker, nicht wahr?« Sie sagt meinen Namen, als wäre ihr gerade die richtige Antwort bei einem Quizabend eingefallen. Sie muss jedes Jahr Tausende von Menschen kennenlernen. Dass sie sich an mich erinnert, ist schon eine Leistung, und sie ist sichtlich stolz auf ihr Gedächtnis, was Namen und Gesichter angeht.

Ich fühle mich versucht zu verneinen, aber das wäre unhöflich. »Ja.«

»Der Anwalt mit dem großen Gehirn und den kleinen Daumen.«

Die Menge lacht, anscheinend auf meine Kosten. Ich bin mir nicht sicher, wo genau der Witz ist, was die Sache noch schlimmer macht. Di Deneb grinst mich an und wendet den Blick nicht von mir ab. Sie wartet auf eine Antwort. Sie mag Konkurrenz. Konfrontation. Einen Kampf. Und wahrscheinlich hält sie einen Anwalt für einen würdigen Gegner. Gut, wenn sie meint …

»Ich habe tatsächlich eine Frage«, antworte ich. Meine Chancen stehen ziemlich schlecht. Die Menge wird sich auf ihre Seite schlagen – Di ist entweder ihr Idol oder ihre Chefin, und ich bin ein Rechtsanwalt. Für den Fall, dass ich es noch nicht erwähnt haben sollte: Menschen hassen Anwälte. Aber sie ist nicht *meine* Chefin, und ich bin leicht angepisst.

»Schießen Sie los«, stachelt Di mich an.

»Ist Absprungpunkt nicht eine ungeschickte Wortwahl für einen Ort, der buchstäblich der Schauplatz von drei Selbstmorden ist?«

Das Kichern der Menge verstummt. Im politisch korrekten Seattle gibt es kein größeres gesellschaftliches Verbrechen, als etwas Unsensibles zu sagen. Ich habe gerade die Metapher der Technikkönigin gegen sie gewendet. Die jungen Technikfreaks winden sich, hin- und hergerissen zwischen ihrer Heldenverehrung für Bi-Dis Mitbegründerin und ihrem plötzlichen Bedürfnis, ihren scheinbaren Spott über drei an Depressionen leidende Verstorbene zu verurteilen.

Trotzig und ohne mit der Wimper zu zucken, starrt sie gegen das Schweigen an. »Sie haben es nicht geglaubt«, sagt sie schließlich.

Die Leute schauen sich verwirrt um. Ich auch. »Wer?«

»Die Springer.«

»Sie haben was nicht geglaubt?«

»Dass sie fliegen können.« Sie sagt es vollkommen sachlich, als ob mir damit alles klar wäre. Ist es aber nicht. Tatsächlich ist es eine ziemlich schräge Bemerkung.

Unerklärlicherweise bricht die Menge in Applaus aus. Und als ich den Mund zu einer Antwort öffne, jubeln die Menschen ihr zu und übertönen meine Stimme. Verdammt! Di Deneb hat mich schon wieder besiegt. Erst das

Daumenhakeln, und jetzt das.

Unser bizarrer Wortwechsel hat den ganzen Teil der Drehung beansprucht. Der Glasboden fährt weiter, und unsere Gruppe gleitet an der nächsten Trennwand vorbei und lässt die finster hinter mir herblickende Diane Deneb zurück. Ein kurzes, schreckliches Bild schießt mir durch den Kopf – der durchsichtige Boden stürzt in die Tiefe, als hätte ein zorniger James-Bond-Bösewicht ihn uns unter den Füßen weggerissen. Stattdessen rotieren wir zum nächsten Raumabschnitt, wo Eve zusammen mit einer Schar von Bi-Di-Führungskräften hinter dem Seil steht. Ich richte mich auf und rücke meine Fliege zurecht, um ihr gegenüberzutreten, als plötzlich der Mann, der mich für einen Kellner gehalten hat, neben mir auftaucht, mir mein halb volles Glas aus der Hand nimmt und mir ein Trinkgeld gibt.

Es ist schwer, ein ruhiges Plätzchen zu finden. Wir versammeln uns schließlich auf der Aussichtsplattform – Eve, Lucy und ich. Nach einer angespannten Begrüßung mit meiner Ex und einer Umarmung für meine Tochter unterhalte ich mich mit Eve.

»Herzlichen Glückwunsch«, beginne ich.

»Wozu?«

»Plaudern mit den Managern. Beförderung?«

»Kann sein. Remi Binder sagt, ich sei so weit. Was ist der Plan für Lucy?«

Eve ist heute Abend ganz auf die Arbeit konzentriert. Ich wende mich an Lucy. »Was ist der Plan für dich, Kleine? Willst du noch bleiben – es gibt ein Drohnenturnier und virtuelles Bungee-Jumping. Oder hat die Technologie dich schon genug inspiriert?«

»Der Verwandlungsanzug ist der Hammer.«

»Ja, der ist echt lit.« Ich benutze mit Absicht ein Jugendwort falsch. Sie verdreht scherzhaft die Augen. Das ist so ein Spiel von uns.

»OMG, Dad. Der Anzug ist krass. Die *Party* ist lit.«

»Und, willst du noch auf dieser litten Party bleiben?«

Ihre Mutter antwortet für sie. »Sie möchte gehen. Ich arbeite, und dieses Event ist wirklich für Erwachsene.«

Eve möchte, dass wir verschwinden, aber ich halte es für sinnvoll, Kinder zu stärken und ihnen dabei zu helfen zu lernen, Entscheidungen zu treffen. Ich schaue unsere Tochter an, zucke die Achseln und überlasse ihr das letzte Wort.

Lucy lächelt. »Ist schon okay, Dad. Ich bin wirklich nur hergekommen, um den Glasboden zu sehen. Wir können gehen, wenn du so weit bist.«

Eve nickt erleichtert. »Wunderbar. Das ist heute ein wichtiger Netzwerkabend für mich. Das Management muss mein Gesicht sehen und meinen Namen hören.«

»Dann wird es dich freuen zu hören, dass ich deiner anderen Chefin Hallo gesagt habe. Sie ist wirklich charmant.« Na ja, Di Deneb ist eindeutig das Gegenteil von charmant.

Eve entgeht mein Sarkasmus nicht – und er gefällt ihr natürlich nicht. »Di schuldet weder dir noch sonst jemandem Charme. Sie ist als Kind oft umgezogen, ihre Mom starb, als sie zehn war, ihr Vater schlug sie, als Teenager lief sie von zu Hause weg, und mit zwanzig änderte sie ihren Nachnamen in Deneb, und dann, nachdem sie all das durchgestanden hatte, musste sie sich in diesem mörderischen Geschäft den Weg bis ganz nach oben erkämpfen.«

»Und ausgerenkte Daumen pflasterten ihren Weg.« Ich lächele dünn und nehme Lucy unter meine Fittiche. Wir sind hier fertig.

Als Lucy und ich gehen, huscht eine Frau zu Eve, wahrscheinlich, damit sie sich darüber auslassen können, was für ein sarkastischer Mistkerl ich bin. Sie trägt ein Tuch, das an die Kopfbedeckung erinnert, die Eve bei dem Fußballspiel getragen hat. Sie ist eine Führungskraft von Bi-Di – ihr Zugangsausweis ist leuchtend gelb, und nur das obere Management hat gelbe Ausweise. Dann sehe ich ihr Gesicht. Es ist Remi Binder persönlich. Ich entspanne mich. Remi ist kein Lästermaul. Während sie miteinander reden, gleitet Remis Hand zu Eves Taille hinunter. *Oh!*

Ich genieße die Zeit mit Lucy, und ich werde gar nicht erst versuchen, die öffentliche Zurschaustellung von Zuneigung, die ich gerade während des Aufbaus unserer Vater-Tochter-Bindung erlebt habe, zu verdauen. Ich will auch nicht von ihr verlangen, dass sie ihre Freizeit mit mir verbringt, wenn sie lieber etwas Teenagermäßiges unternehmen möchte. Sie soll nicht das Gefühl haben, dass es ihre Aufgabe ist, die emotionalen Bedürfnisse ihres geschiedenen Dads zu befriedigen. Mir genügt es, sie glücklich zu sehen. Als wir unten ankommen, biete ich ihr an, den Abend mit Altersgenossen zu verbringen statt mit einem alten Kerl – mir.

»Willst du Freunde anrufen? Ich könnte euch irgendwohin fahren.«

»Nö. Ich möchte einfach nur mit dir auf dem Boot rumhängen.«

Sie ist ein Engel. »Schön. Aber ich muss vorher noch einkaufen.«

»Warum?«

»Mir ist der echte Ahornsirup ausgegangen. Falls du also morgen Waffeln zum Frühstück willst …«

»Ja!«

Wir fahren mit einem Uber zum Biomarkt in Fremont und gehen von dort beladen mit zwei Einkaufstüten zu Fuß zum Yachthafen. Eine Tüte enthält sämtliche Lieblingsgerichte von Lucy. Die andere ist voller Grundnahrungsmittel, deren Erwerb ich in letzter Zeit versäumt habe – Salat und frisches Obst, Mehrkorn-Bagels und Vollkornnudeln. Ich habe meine Ernährung schleifen lassen, und Lucy ist wie ein kleines wandelndes Gewissen, das auf meine Gesundheit achtgibt.

Später mache ich uns Popcorn – bio natürlich –, und wir setzen uns im Heck nebeneinander auf zwei Deckstühle und sehen den Booten zu, die in der Dunkelheit an uns vorbeigleiten, während wir Popcorn aus einer großen Holzschale futtern, die ich eigentlich für Salat benutzen sollte. Auf der Party hat es zwar etwas zu essen gegeben, doch das war »Edelkost«, wie Lucy es nennt, kein Trostessen. Popcorn fällt eindeutig in die Kategorie Trostessen, und wir brauchen heute Abend beide ein wenig Trost. Außerdem mögen es die Möwen. Ich kann Möwen nicht ausstehen – sie sind laut und scheißen mir das Deck voll –, aber Lucy liebt Tiere, daher lasse ich wie beiläufig Popcorn ins Wasser fallen, und schon bald sind wir umzingelt.

»Du solltest sie nicht füttern«, tadelt sie mich und hält mir die in Seattle obligatorische Umweltpredigt, obwohl sie die Möwenshow genießt. »Es macht sie abhängig von Menschen, und Mais gehört nicht zu ihrer natürlichen Nahrung.«

»Es war ein Versehen.«

»Mom geht mit jemandem aus.«

»Ja, das habe ich mir schon gedacht.«

»Hast du auch jemanden?«

»Das geht dich nichts an.«

»Also … nein?«

»Ich habe auf der Arbeit viel zu tun. Ich will es bis zum Partner bringen, damit ich dir das beste College im Universum bezahlen kann, wenn du deinen Abschluss hast.«

»Du musst wieder unter Leute gehen. Es ist nicht gesund, allein zu sein.«

»Gehst du mit jemandem aus?«

»Dad … ich bitte dich. Ich bin vierzehn.«

»Fair ist fair. Du hast mich auch gefragt.«

Sie verzieht das Gesicht. »Es gibt da einen Jungen, den ich mag. Ich schätze, wir gehen zusammen aus.«

»Wie sieht ausgehen heutzutage bei Vierzehnjährigen aus?«

»Zwei Kinofilme, eine E-Karte zum Geburtstag, viel virtuelles Chatten und ein Platz nebeneinander am Mittagstisch.«

»Aber ihr küsst euch noch nicht, hoffe ich?« Ich bin stolz darauf, dass Lucy zu einer jungen Frau wird, aber es ist trotzdem schwer, sie nicht mehr als kleines Mädchen zu betrachten.

»Das geht dich nichts an.«

»Okay. Es ist wahrscheinlich auch besser, wenn ich es nicht weiß.«

In dem Schweigen liegt eine gesunde Verlegenheit.

»Mom will auch wieder ihren Mädchennamen annehmen, Busey. Tut mir leid.«

Ich nicke. Das überrascht mich nicht. Eve ist eine starke, unabhängige Frau. Unwillkürlich habe ich das Bild vor Augen, wie sie mit Remi Binder ein ernstes Gespräch über die Befreiung von ihrer früheren ehelichen Identität führt, während sie beide in gemütlichen Pyjamas zusammen auf dem Sofa sitzen, die Beine untergeschlagen und Tassen mit Kräutertee in der Hand. »Wie sieht es bei dir aus?«

»Wie sieht was bei mir aus?«

»Wirst du meinen Namen behalten?«

»Habe ich eine Wahl?«

»Klar. Wir leben in einem freien Land.«

Lucy denkt einen Moment lang nach oder tut jedenfalls so, um die Spannung zu halten. »Lucy Busey? Wohl kaum. Außerdem bin ich gern eine Becker.«

Sie ist ein Lichtblick in meinem Leben. Wir beobachten die Möwen.

Stunden später wache ich liegend in meinem Stuhl auf. Lucy hat mich mit einer Decke zugedeckt. Ich stehe auf und gehe in die Kabine, wo sie sich auf der Kombüsenbank zusammengerollt hat und schläft. Sie hat mir das Bett gelassen. *Engel.* Ich würde sie ja hochheben und rübertragen, aber sie wird langsam zu groß dafür. Ich sehe mich selbst, wie ich mich mit ihr abrackere und sie aufwacht und sich fragt, was zum Geier ich da mache. Stattdessen breite ich die Decke über meiner Tochter aus und lege mich selbst ins Bett. Ich werde mich morgen früh bei ihr bedanken.

Nach den Frühstückswaffeln bestehe ich darauf, mit Lucy und einigen ihrer Fußballfreundinnen zum Bowling zu gehen. Zuerst sind sie in meiner Gegenwart schüchtern – ich bin schließlich der Dad, der vom Fußballfeld verbannt worden ist. Aber ich »überwache« das Ganze von einem Stuhl am Ende der Bahn, und schon bald vergessen sie, dass ich da bin, und ich kann sie in ihrem natürlichen Zustand beobachten. Es wird viel gekichert. Sie werfen Bälle mit zwei Händen, rückwärts und mit geschlossenen Augen. Es gibt viele Gutterbälle. Ein Treffer löst Jubel und Fauststöße aus. Es ist ihnen völlig egal, ob sie gut im Bowling sind. Es ist eine schöne Abwechslung von den hohen Erwartungen des Vereinsfußballs.

Ich spendiere ihnen zum Mittagessen Sushi, und als ich die anderen Mädchen nach Hause gebracht habe, bin ich nicht mehr der seltsame, brüllende Dad vom Fußballplatz. Als wir wieder auf dem Boot sind, erkläre ich Lucy, dass ich an dem Dampferfall arbeiten muss, und entschuldige mich bei ihr, aber sie meint, sie müsse Hausaufgaben machen, während ich arbeite. *Engel.* Es ist ein ruhiger Abend. Nudelsalat und später ein Film. Ich versuche, während des Films zu arbeiten, aber es ist ein guter Film über einen Jungen, der sich um ein Haus voller Dämonen kümmern muss. Während ich zuschaue, wie der kleine Junge in *Dumme Dämonen* gegen das Chaos kämpft, denke ich heute zum ersten Mal an Brett und bin erleichtert, dass ich mein eigenes Monster losgeworden bin. Ich habe das Gefühl, in eine neue Phase meines Lebens eingetreten zu sein.

Am nächsten Morgen bringe ich Lucy zurück zu ihrer Mom – zu meinem Ex-Haus. In der Einfahrt steht ein neues Elektroauto. Eve hat sich kein neues Auto gekauft, das hätte Lucy erwähnt. *Remi!* Wahrscheinlich hat Eve in Lucys Abwesenheit ihr karrierebestimmendes Wochenende wie eine Erwachsene mit Remi der Hüftgrabscherin gefeiert. Ich habe nicht den Wunsch, jemand anderen im Bademantel durch das Haus laufen zu sehen, das ich gekauft habe.

»Ich bleibe im Wagen«, sage ich zu Lucy.

Sie folgt meinem Blick zum Auto. Sie weiß Bescheid. »Es sollte nicht komisch für dich sein, dass Mom sich mit einer Frau trifft.«

»Darum geht es nicht. Jeder Neue, der meinen Platz einnimmt, ist komisch für mich. Ich darf mich bei jedem unwohl fühlen; das ist eins der Gesetze der Scheidung.«

»Sie kann deinen Platz nicht einnehmen.« Lucy lächelt – es ist ein herzschmelzendes Lächeln.

»Hast du alles?«

»Ja.«

»Vielleicht solltest du einen Blick in deine Tasche werfen, bevor du reingehst.«

»Dad, ich hab alles.«

»Nur einen kurzen Blick, ob du wirklich nichts vergessen hast.«

»Na gut.« Sie verdreht die Augen und zieht den Reißverschluss auf.

Obenauf liegt das signierte Frauenfußballtrikot, das ich für sie gekauft habe.

Lucy zieht das Trikot heraus, dreht es um und versucht, die Unterschrift zu entziffern. Dann leuchtet ihr Gesicht auf. »Dad, es ist von Megan Darling signiert!«

Meine Tochter bedankt sich bei mir mit einer stürmischen Umarmung. Dafür hat es sich gelohnt, nach dem

Heimspiel des Ol Reign, in dem die Weltmeisterstürmerin für den Verein aus Seattle gespielt hat, eine Stunde in der Schlange zu stehen.

»Ich hab dich lieb«, sage ich. »Und deine Mom auch, selbst wenn sie dir kein Trikot von Megan Darling geschenkt hat.«

»Ich weiß. Ihr sagt beide, dass der andere mich voll liebhat. Schon kapiert.«

»Und richte ihr aus, dass es mir leidtut.«

»Was tut dir leid?«

»Keine Ahnung. Alles, worüber sie sich vielleicht geärgert hat.«

Neuere Mandaten

Montag. Mein Leben ist wieder normal. Das Wochenende mit Lucy hat mir unheimlich gutgetan. Kinder haben so eine Art, einen auf Trab zu halten und einem trotzdem das Gefühl zu vermitteln, etwas erreicht zu haben. Sie bringen einen dazu, sich gleichzeitig zu entspannen und zu konzentrieren. Ich fühle mich erholt, als hätte ich alles geschafft und im Griff, und fühle mich sogar für das Fußballfiasko rehabilitiert. Nachdem ich Lucy zurückgebracht hatte, habe ich mit Hochdruck an dem Dampferfall gearbeitet. Ich bin fast davon überzeugt, dass ich meine Firmenmandanten aus dem größten Teil der Scheiße, in der sie stecken, raushauen kann. Ich muss nur an der Sache dranbleiben. Manche Menschen hassen Montage. Ich nicht. Ich treffe früh im Tower ein, damit ich einen Vorsprung vor den gegnerischen Anwälten mit weniger Energie bekomme. Heute stelle ich mein Team zusammen. Ich werde einen Anwalt brauchen, dem ich vertrauen kann – Marlin wird ihn für mich freistellen müssen. Außerdem werde ich zwei Rechtsanwaltsgehilfen benötigen. Und natürlich Phil.

Das Büro öffnet erst eine volle Stunde, nachdem ich meinen Fall durchorganisiert habe. Ich habe hundertzweiundfünfzig Fotos in ein Album gesteckt. Ich habe vierundzwanzig eidesstattliche Zeugenaussagen gelesen, beschriftet und alphabetisch in einem Ordner abgeheftet.

Ich habe relevante Fälle kopiert, damit ich sie im geeigneten Moment dem Richter vorlegen kann. Mein Schreibtisch ist aufgeräumt wie nie. Auf dem Computerbildschirm ist die Vorlage für eine kurze Falldarstellung geöffnet. Meine Tür ist zu. Mein Tee ist heiß. Ich bin bereit.

Dann klingelt das Telefon. *Verdammt.*

Es ist Miriam. Am liebsten würde ich den Anruf ignorieren, aber Miriam ist nicht der Typ, den man ignorieren kann. Wenn ich nicht an den Apparat gehe, werde ich eine E-Mail bekommen. Und eine Textnachricht. Und dann wird ein Post-it an meiner Tür kleben. Ich gehe ans Telefon.

»Hallo Miriam, ich arbeite gerade an dem wichtigsten Fall meines Lebens. Was liegt an?«

»Hier sind Leute, die Sie sprechen wollen.«

»Was für Leute?«

»Seltsame Leute.«

»Dampfer?«

»Noch seltsamer.« Sie senkt die Stimme. »Echt komische Vögel.«

»Können Sie etwas konkreter werden?«

»Ein stinkender Obdachloser, ein blinder Mann mit einem Hund, eine Privatdetektivin und eine Frau im Rollstuhl, die angezogen ist wie eine Nutte.«

Ich bin verwirrt und zögere, um Zeit zum Nachdenken zu gewinnen. *Was zum Geier?* Normalerweise bin ich entscheidungsfreudig, aber jetzt nicht. »Gehören sie zusammen? Haben sie gesagt, was sie wollen?«

»Sie haben alle draußen vor der Tür gewartet, als wir geöffnet haben. Jeder von ihnen hat nach Ihnen persönlich gefragt, daher dachte ich, Sie würden sie erwarten. Mehr weiß ich nicht. Tut mir leid, ich muss Insektenspray holen – da ist ein riesiger Käfer in meinen Blumen.«

»Gut, ich werde jemanden rausschicken.«

Sie beendet das Gespräch.

Ich lege ebenfalls auf. »Phil!«

Mein übereifriger Praktikant steht bereits in der Tür. Er beschwert sich und lächelt dabei, eine nervige Angewohnheit. »Sie haben keine einzige meiner Textnachrichten von Freitag beantwortet.«

»Sie haben mir so viele geschickt, dass ich sie nicht einmal gelesen habe. Allerdings habe ich Ihre Recherche von Donnerstag über den Mord gelesen. Sie war … nützlich.«

Phils Miene hellt sich auf. »Werden wir in dem Fall eine Partei sein? Hat es etwas mit dem geheimnisvollen Mandanten zu tun, den Sie letzte Woche empfangen haben? Vertreten wir ihn? Ist er ein Zeuge? Ein Verwandter des Verstorbenen?«

»›Nützlich‹ ist alles, was ich dir sagen kann. Nimm es einfach als Kompliment. Übrigens, ich habe noch etwas für deine Rechercheliste – such alle Selbstmorde in Seattle heraus, bei denen jemand in den Tod gesprungen ist.«

»Zahlen, Namen, Daten oder Gründe?«

»Alles. Aber später. Jetzt möchte ich, dass du in die Lobby gehst, dir den Normalsten von den seltsamen Gestalten greifst und herausfindest, was zum Teufel da los ist. Und mach es möglichst unauffällig.«

Phil nickt. Keine Klagen, keine Fragen. Er tut es einfach. *Guter Praktikant.* Ich kann mich erneut an die Arbeit machen.

Drei Minuten später ist er wieder da – effizienter Junge.

Ich schaue auf und bedenke ihn mit einem Blick des Inhalts: Mach es kurz. »Nun?«

»Sie kommt ins Büro.«

»Was? Wer?«

»Die Normalste von dem Haufen in der Lobby. Sie kommt ins Büro, um mit Ihnen zu sprechen.«

»Mein Gott, warum denn?«

»Die anderen haben gesagt, sie würden nur mit Ihnen reden. Aber sie hat mir erklärt, sie wisse über die Sache Bescheid.«

»Die Sache?«

Er senkt die Stimme. »Den Mord. Sie weiß, dass Sie daran arbeiten.«

Aber das tue ich doch gar nicht mehr. »Na schön, bring sie rein, bevor es noch jemand merkt.«

Phil dreht sich um und geleitet eine birnenförmige Frau in einem grauen Mantel in mein Büro.

»Das ist Ms Malone«, stellt er sie vor.

»Martina Malone«, fügt die Frau hinzu. Sie geht vornübergebeugt und hält die zierlichen Hände vor der Brust. Der Blick ihrer dunklen Augen huscht durch den Raum. Lange Nase. Spitze Ohren. Kurz geschorenes Haar. *Das muss die Privatdetektivin sein, von der Miriam gesprochen hat.* Als ich Ms Martina Malone grüßend zunicke, trippelt sie zu meinem Gästestuhl und nimmt Platz. Ich scheuche Phil mit einer Handbewegung hinaus und bedeute ihm, die Tür hinter sich zu schließen. Er gehorcht schmollend.

Martina und ich mustern uns gegenseitig.

»Was kann ich für Sie tun?«, frage ich. Mein Lächeln ist verhalten. Ich mag es nicht, wenn man mich ausschnüffelt.

»Ich will nicht um den heißen Brei herumreden«, antwortet sie mit hoher, schneller Stimme. »Der Vogel schickt mich.«

»Der Vogel?«

»Ganz recht. Stellen Sie sich nicht dumm. Ich weiß über Sie Bescheid.«

»Ich bin nicht dumm, und ich verstelle mich auch nicht. Ich bin ein wichtiger und vielbeschäftigter Mann. Hätten Sie wohl die Güte, mir zu erklären, warum Sie hier sind?«

»Ich bin hier, um Ihnen zu helfen. Wie ich schon sagte, der Vogel schickt mich.«

»Um mir wobei zu helfen?«

»Den wahren Mörder aufzuspüren.«

Oh. »Nur damit wir uns hier verstehen: Von welchem Vogel sprechen Sie?«

»Na, von dem großen Vogel. Dem ganz großen. Macht Lärm, wenn er kommt. Wissen Sie jetzt, welchen ich meine?«

Ich habe keinen Zweifel daran, dass sie von dem Donnervogel spricht. »Ja, aber ich habe ihm oder ihr … vielleicht ist es ja auch ein *Es* … gesagt, dass die Sache für mich abgeschlossen ist. Ich habe meinen Job getan.«

»Jetzt haben Sie einen neuen Job.«

»Ich habe bereits einen anderen Job. Ich brauche keinen neuen.«

»Hören Sie, Kumpel, ich tue nur, was man mir sagt.«

»Sie arbeiten also für den Vogel. Sind Sie eine Art Angestellte?« Ich bemerke, dass sie auf dem Stuhl herumrutscht. Die Frage ist ihr unangenehm.

»Sagen wir mal so, ich stehe in seiner Schuld.«

Aha. *Diese Frau war auf dem Block!* Ich wette zehn zu eins, dass sie in einer mitternächtlichen Verhandlung dazu verurteilt wurde, dem Vogel zu dienen. Ich lehne mich zurück, greife nach den Stressbällen und drehe sie in der Hand, während sie weiterspricht.

»Ich mache meine Runden. Ich schnüffle rum und decke auf. Ich sorge dafür, dass die gesetzlichen Vorschriften eingehalten werden.«

»Seit wann ist Ihre mündliche Bitte, dass ich einem Halbgott helfen soll, eine gesetzliche Vorschrift?«

»Ich spreche so, dass Sie mich verstehen. Wenn der Vogel das sagt, dann ist das so.«

»Ist es nicht.«

»Na schön, dann will ich es mal so formulieren: Widersetzen Sie sich dem Willen eines rachsüchtigen Gottes?«

Jetzt also Drohungen. Ich mag keine Drohungen, aber Anwälte sind an sie gewöhnt; sie machen uns keine Angst. »Und wenn es so wäre? Der Vogel ist kein ausgewachsener Gott. Er ist nicht mal *mein* Halbgott; ich bin ja kein übernatürliches Wesen. Ich falle wohl eher nicht in seinen Zuständigkeitsbereich.«

»Wenn ich Sie wäre, würde ich mich nicht weigern.«

»Sie sind aber nicht ich. Und ich weigere mich. Also, wenn Sie mich nun bitte entschuldigen wollen, ich habe ein normales Leben, in das ich zurückkehren muss.«

Jetzt lehnt sie sich zurück. Ihre Augen werden schmal, und ihr Mund verzieht sich zu einem hämischen Grinsen, während sie mich betrachtet. Ich kenne diesen Blick. *Sie weiß etwas.*

»Nein, haben Sie nicht«, erklärt sie schließlich. »Ihr sogenanntes Leben war ein Scherbenhaufen, bevor Ihr tierischer Kumpel letzte Woche aufgetaucht ist. Ich habe Sie überprüft. Sie sind geschieden. Sie leben auf einem kleinen Boot. Sie sehen Ihre Tochter einmal die Woche. Ihre Frau hat seit Kurzem eine neue Beziehung, das muss wehtun. Sie schlafen beschissen. Sie haben sich letzten Herbst zu einer Therapie gegen Stress und Depressionen angemeldet.«

»He, das ist vertraulich!« *Außerdem hat meine Frau mich dazu gezwungen.*

»Und Ihre sozialen Medien sind voller trauriger Bilder – jede Menge Hundememes mit zynischen Zitaten, die auf Verzweiflung und mögliche Selbstmordgedanken hindeuten.«

Ich bin stinksauer, besorgt und beeindruckt zugleich. »Schön, dann sind Sie also wirklich eine Privatdetektivin, die ihre Nase überall hineinsteckt.«

»Durch Neigung und Beruf. Zehn Jahre im Geschäft.«

»Nun, Sie können aufhören, mir nachzuschnüffeln, und Ihrem gefiederten Chef ausrichten, dass die Antwort immer noch ein respektvolles ›Nein‹ ist.«

Martina Malones Nase zuckt. Ich schätze, dass sie sauer ist, doch sie widerspricht mir nicht. Sie nickt mir höflich zu und steht auf. Während sie zur Tür geht, schleift ihr grauer Mantel hinter ihr über den Boden.

Jetzt ist sie an der Tür, aber ich habe noch eine Frage. Ich rufe ihr nach: »Wer ist sonst noch in der Lobby, wenn ich fragen darf?«

Sie bleibt stehen. »Ich hatte keine Zeit, sie gründlich zu überprüfen, aber dem Geruch nach ist einer tot, einer halb Fisch, und ein anderer ist überhaupt kein Mensch. Das mit Ihnen hat sich herumgesprochen. Jetzt suchen auch andere mit besonderen Bedürfnissen Rechtsbeistand. Oh, und das in den Blumen ist eindeutig eine Fee.« Dann dreht sie den Türknauf und ist verschwunden.

Für einen Moment bin ich wie benommen. *Ich habe eine Lobby voller übernatürlicher Kreaturen.* Ich werde die Zusammenstellung meines Dampferteams verschieben müssen. Ich laufe zur Tür und brülle durch den Flur: »Phil, geh zu Miriam und sag, sie soll bloß nicht die Blumen sprühen!«

Ich erkläre mich bereit, sie zu empfangen. Aber nur kurz. Mein Plan ist zu nicken, zu lächeln und jedem Einzelnen von ihnen zu sagen, dass ich ihm leider nicht helfen kann. Ich habe wirklich keine Zeit, neue Mandanten anzunehmen.

Der Fall des toten Mannes ist eindeutig. Er ist gestorben. Aber jetzt ist er *nicht* tot. Der allgemeine umgangssprachliche Ausdruck dafür ist »untot«, doch in diesem negativ besetzten Wort schwingt das Böse mit, und dieser nette Gentleman ist, soweit ich erkennen kann, nicht böse. Er ist einfach nur vom Grab auferstanden – wie, braucht mich nicht zu interessieren –, und jetzt gibt es natürlich rechtliche Probleme mit seinem Besitz, den seine Hinterbliebenen bereits davongekarrt haben, und seinem Rentenzuschuss. Es bedarf nur einfachen Papierkrams, um das alles wieder rückgängig zu machen. Ich kann ihm helfen.

Die Fee hat ein Umweltproblem. Sie ist so klein, dass sie kaum zu erkennen ist, während sie auf meiner Computermaus hockt und zu mir hochquiekt. Sie lebt an der Küste in einem großen Baum. Aber der menschliche Eigentümer des höher gelegenen Grundstücks dahinter baut am Strand eine illegale Betonterrasse mit einer Feuergrube, die die Wurzeln des Baums erstickt. Wenn der Bau fortschreitet, wird der Baum absterben. Die Fee will die ortsansässigen Wespen dazu anstacheln, jeden mit Stichen zu traktieren, der den Strand betritt, und die Fluten beschwören, damit sie die Terrasse zerstören. Doch ich habe eine einfache Lösung, die den geplanten Krieg verhindern kann. Ich verspreche, eine anonyme Beschwerde bei der Baubehörde von Seattle einzureichen. Die Stadtinspektoren werden dem Eigentümer eine Vorladung in die Hand drücken und die illegale Bebauung stoppen. Als ich der Fee sage, dass die Inspektoren innerhalb von vierundzwanzig Stunden dort sein können, fällt ihr ein riesengroßer Stein vom Herzen.

Danach kommt der Blinde herein. Ich stelle mich vor und halte ihm die Hand hin, aber stattdessen ist es der Hund, der sie schüttelt. Es ist auch der Hund, der antwortet. *Sprechender Hund – ja, warum auch nicht?* In den letzten Tagen habe ich schon merkwürdigere Sachen erlebt. Dennis – der Hund – erklärt, dass Simon, der Mann, ihm hilft, sich in der menschlichen Welt zurechtzufinden. Simon nickt meistens nur; er ist hier nicht das Alphatier. Das Paar hat einfache rechtliche Probleme – Dennis braucht Zugang zu Dienstleistungen und Orten, an denen Hunde draußen bleiben müssen – Lebensmittelläden, Banken, Krankenhaus. Nichts, was sich nicht lösen ließe. Sie kommen morgen wieder. In der Zwischenzeit werde ich ein paar Formulare aus dem Behindertengleichstellungsgesetz ausdrucken, die Simon unterschreiben kann.

Die junge Frau im Rollstuhl ist die Letzte. Phil steht vor meiner Tür Wache, um neugierige Blicke fernzuhalten. Die Fee musste ich in einer Schachtel Pfefferminzbonbons an ihm vorbeischmuggeln. Für die Rollstuhlfrau stürmt Phil jedoch herein. Allem Anschein nach ist diese junge Dame ein Pop-Phänomen, eine Sängerin, die unter dem Namen »Sirene« bekannt ist. Sirene stammt nicht aus meiner Generation, und da ich während des letzten Jahrzehnts den Kopf im Kanzleisand hatte, kenne ich ihre Musik nicht. Aber Phil kennt sie, und er ist hin und weg. Ich frage sie, was ich für sie tun kann, und sie berichtet mir, dass ein Onlineblogger sie belästigt. Ich schicke Phil hinaus, um einige der Blogposts zu sammeln, und schließe die Tür hinter ihm. Sobald wir allein sind, erläutert Sirene mir die sehr öffentliche Theorie des lästigen Bloggers über sie – er hält sie für eine Meerjungfrau und glaubt, ihr unwiderstehlicher Gesang sei unnatürlich. Er verbreitet diesen Quatsch im ganzen Internet und erregt damit eine gewisse Aufmerksamkeit. Als ich sie frage, warum sich ihre eigenen Anwälte nicht mit diesem verrückten Fan beschäftigen können, zieht sie den engen, maßgeschneiderten Anzug beiseite, der ihre Beine bedeckt. Aber sie hat keine Beine. Stattdessen ist ihre untere Hälfte ein einzelnes glattes Körperglied, oben hüftbreit, in der Mitte elegant verjüngt und unten ausgestellt – ein Schwanz. Der Blogger hat recht – sie ist eine waschechte Sirene, und er wird ihre dünne Tarnung auffliegen lassen. Ihr größtes Problem ist, dass ihr Ruhm und das Outing durch diesen Burschen gegen die Grundregel verstoßen werden, die übernatürliche Welt geheim zu halten. Ihr steht möglicherweise die Bestrafung auf dem Block bevor. Vor dem Vogel könnte ihr die Schuld an der Situation zur Last gelegt werden, weil sie das Rampenlicht gesucht hat. Zumindest würde sie ihre geliebte Karriere als Sängerin aufgeben müssen. Aber ich werde hier nicht die Schuld beim Opfer suchen. Sie hat das Recht aufzutreten, ohne dass Fremde ihr unter den Rock schauen. Ich bitte sie, sich zu bedecken, bevor Phil zurückkommt. Als mein Praktikant mit den Links zu Blogposts des stalkenden Fans ins Büro kommt, sehen wir sie uns gemeinsam an. Er schreibt ellenlang über Meerjungfrauen und zeigt gephotoshoppte Bilder von ihr mit einem Fischschwanz, der nicht annähernd so schön ist wie der echte. Ihre hypnotische Wirkung auf junge Männer und Frauen ist ein weiteres Thema – sie werfen sich anscheinend auf die Bühne. Und dann sind da noch die krassen Posts des Bloggers. Einer lautet: »Man sollte Sirene nur mit Kopfhörer mit Geräuschunterdrückung ficken, damit man nicht in ihren Bann gerät.« Die Kommentare unter diesem Post äußern sich dann zu Methoden, wie ein Mann eine Frau mit einem Fischschwanz »ficken« könnte. Echt widerliches Zeug. Es bringt mich auf eine Idee, aber es würde viel Arbeit erfordern, für die ich keine Zeit habe. Ich schaue von der Lektüre der nicht jugendfreien Kommentare auf.

Sirene schnieft, gedemütigt und verlegen. Tränen tropfen ihr aus den großen Augen. »Warum sind die Leute im Internet so gemein?«

Ich habe eine Tochter; ich kenne die Antwort auf diese Frage. »Weil diese Wichser sich anonym und sicher fühlen, wenn sie sich in ihren kleinen Zimmern hinter dem Bildschirm verstecken. Der Typ hier wäre nicht so dreist, wenn man ihn ins Licht zerren würde.«

»Können Sie das tun?«

»Tut mir leid, ich kann wirklich nicht noch einen Fall annehmen …«

»Aber nur Sie können mir helfen«, fleht Sirene, so süß, dass ich nicht widerstehen kann.

»Ich kann Ihnen helfen«, wiederhole ich. Und schon habe ich zugestimmt, auch ihren Fall zu übernehmen.

Das Dreamteam

Der ganze Vormittag ist im Eimer. Es wird Nachmittag werden, bevor ich mein Team zusammenstellen kann. Das ist nicht ideal, aber ich kann es immer noch schaffen, bevor alle heute Abend nach Hause gehen. Mein Dreamteam würde so aussehen: Anna, meine reguläre Rechtsanwaltsgehilfin, und Duncan, ein ruhiger Mann, der diskret genug ist, um mir Bricklin vom Hals zu halten. Phil ist unser Laufbursche. Ich möchte Jan Hauser als meine Rechtsanwältin anfordern – sie ist schlau und fleißig. Ich befinde mich gerade in Marlins Büro, um genau das zu tun.

»Ich kann Ihnen Jan nicht geben«, sagt Marlin und schüttelt hinter seinem Schreibtisch seine Doppelkinne.

»Warum nicht? Sie ist gut, und es ist ein wichtiger Fall. Das haben Sie selbst gesagt.«

»Ich habe ihr ein paar andere Sachen zugewiesen«, antwortet er vage. »Ich schlage Penner vor.«

Auch das noch. Floyd Penner ist ein aggressiver Prozessanwalt, der in dem Ruf steht, Zeugen mit fiesen Fragen fertigzumachen. Er liebt es, das Privatleben anderer Menschen zu durchwühlen und in sensiblen Bereichen herumzustochern. Seine Kreuzverhöre während einer Verhandlung sind für ihren hohen Zusammenzuckfaktor berüchtigt.

Penner hat mal einen Ehemann gefragt, ob er die Schuld an der Enthauptung seiner Frau der Metallkette gab, die quer über die Gasse gespannt war, durch die sie mit ihrem Motorroller gefahren ist. Als der Mann die Frage bejahte, hat Penner gelächelt – *er kneift die Augen zusammen, wenn er lächelt.* Penner hat den Ehemann dann gefragt, woraus die Kette bestanden habe – Eisen. Schließlich hat er gefragt, ob Eisen belebt oder unbelebt sei. Wir alle kennen die Antwort darauf. Als der Mann zugab, dass Ketten nicht denken können, hat er gefragt, ob eine Kette eine Tötungsabsicht hegen könne. »Nein«, sagte der Mann. »Wenn also, nach Ihrer Logik, Sir«, schloss Penner und betrachtete den armen Mann mit schmalen Augen, »Ihre Frau in einen Abgrund gestürzt wäre, dann wären Sie wütend auf den Boden, der sie getroffen hat, nicht wahr?« Es war grausam, aber er machte seinen Standpunkt klar. Der Ehemann war verständlicherweise erschüttert. Danach war er zu keiner klaren Aussage mehr fähig, und am Ende wurde festgestellt, dass die Firma, dessen Kette seiner Frau den Kopf abgetrennt hatte, *nicht* für ihren Tod verantwortlich war.

Das ist nur ein Beispiel unter vielen. Aber abgesehen davon, dass ich es für strategisch ungünstig halte, einen gemeinen Anwalt wie ihn auf meinen Fall anzusetzen, mag ich den Burschen einfach nicht. Ich lege bei Marlin Einspruch ein.

»Penner? Er ist ein Söldner. Wir können nicht einfach unseren Kampfhund auf verletzte Dampferkläger hetzen, damit sie dumm dastehen, und erwarten, dass wir gewinnen. Ein paar von ihnen sind sympathisch.«

»Welche?«

»Die ohne Gesicht, Marlin. Die Produkte unserer Mandanten haben sie ihnen weggesprengt.«

Marlin zuckt die Achseln, als könnte er kein Wässerchen trüben. »Penner ist kein Söldner. Er ist ethisch flexibel, wie es in diesen Fällen manchmal notwendig ist. Und wenn Sie ihn für das Spiel ›guter Cop – böser Cop‹ brauchen, dürfen Sie der ›gute‹ Cop sein. Außerdem hat er gerade keinen Fall. Er ist frei, Jan Hauser nicht. Ich schlage vor, dass Sie noch einmal darüber nachdenken. Und zwar gründlich.«

Das ist eine abgekartete Sache. Penner steht fest auf Rhinos Seite. Er ist ein mieser kleiner Arschkriecher, und Rhino hat einen großen Arsch, der reichlich Platz bietet. Ich bin mir zu dreiundneunzig Prozent sicher, dass Penner nur deshalb empfohlen wird, damit Rhino mich ausspionieren kann.

Übrigens, ich nenne Marlin wieder »Rhino« – insgeheim –, weil er mir auf den Sack geht. Ich sage ihm das natürlich nicht mitten in sein Rüsselgesicht, aber ich denke es, als ich mich zum Gehen wende.

»Da wäre noch etwas, Dan.«

Als ich mich wieder umdrehe, beugt er sich nach vorn, die Wurstfinger vor sich auf dem Schreibtisch gefaltet. Eine aggressive Haltung. Oder eine defensive. Jedenfalls deutet sie auf eine unbehagliche Konfrontation hin, und das gefällt mir nicht.

»Ja?«

»Mir ist zu Ohren gekommen, dass Sie mich hinter meinem Rücken ›Rhino‹ nennen.« Erwischt. Er sieht mich an, als wartete er darauf, dass ich es leugne. »Sagen Sie das, weil Sie mich für dickköpfig halten?«

Ich versuche, nicht auf seine große Nase und seinen Hängebauch zu sehen. »Ähm … ja. Es ist die Dickköpfigkeit. Entschuldigung.«

»Nun, Sie können sich über mich lustig machen, so viel Sie wollen, aber ich werde es als Kompliment auffassen und nicht als Beleidigung, so wie Sie es wahrscheinlich meinen. Irgendjemand muss hier die Stellung halten, und dieser Jemand bin ich. Penner ist Ihr Mann, und dabei bleibt es.« Er lächelt.

Die Auseinandersetzung ist vorbei. Wenn Rhino sich einmal etwas in den Kopf gesetzt hat, bringt ihn nichts mehr davon ab. »Ich verstehe.«

»Gut.« Er lehnt sich zurück, zufrieden, mich angemessen für meine Unverschämtheit bestraft zu haben, indem er mir einen Partner aufhalst, den ich nicht will. »Nebenbei bemerkt, was waren denn das für seltsame Vögel, die heute Morgen nach Ihnen gefragt haben?«

»Sie haben davon gehört?«

»Ich höre alles.«

Nicht alles, du gehörnter Mistkerl. »Das sind Pro-bono-Fälle – benachteiligte Menschen, die eine Rechtsberatung brauchen und sonst nirgendwo hinkönnen. Auch ›seltsame Vögel‹ verdienen anwaltliche Vertretung. Nebenbei bemerkt, höfliche Profis bezeichnen sie nicht als ›Vögel‹.«

Er denkt argwöhnisch darüber nach. »Sind Sie sicher, dass Sie Zeit haben, um die Wohlfahrt zu spielen?«

»Nach meinem letzten Stand ist es sogar Kanzleipolitik. Abschnitt 121.17 unserer Leitlinien empfiehlt nachdrücklich, dass jeder Anwalt pro Jahr vierzig Stunden Pro-bono-Arbeit leisten soll.« Ich schaue ihn fest an. »Haben Sie schon Ihre Pro-bono-Stunden für dieses Jahr absolviert?«

»Ich arbeite dran«, brummt er.

Tut er nicht. Ich habe ihn abgewehrt wie ein Matador einen Stier. Rhino zieht sich zurück. Ich bin frei. Obwohl, eigentlich nicht. Jetzt habe ich den blinzelnden Penner am Hals, der mich überwacht.

Gegen vier Uhr lasse ich mein Team in den Kinder-Konferenzraum kommen, auch Penner. Anna und Duncan werden die Dampferanschuldigungen unter sich aufteilen, damit jeder von ihnen sich auf einen Aspekt des Falles konzentrieren kann. Duncan bekommt die Explosionen, Anna die Lungenerkrankungen. Phil kriegt den Kaffee und den Tee. Als sie sich alle auf den Drehstühlen um den Tisch versammelt haben, trete ich ans Whiteboard und fange an.

»Mein Instinkt rät mir, die Explosionen mit dem Angebot beizulegen, jedem entstellten Dampfer die medizinischen Rechnungen plus eine Million Dollar zu bezahlen, ohne Schuldeingeständnis vonseiten unserer Mandanten. Das würde Volcanic und Vixen Vapor frühzeitig aus der Schusslinie nehmen, und sie haben genug verdient, um sich das leisten zu können. Nachdem sie die Akkus umgerüstet haben, damit ihre Produkte nicht noch einmal in die Luft fliegen, können sie ihre Firmennamen ändern und im Geschäft bleiben. Was hingegen die Lungenprobleme angeht, können wir die Klage anfechten. Es wird sehr schwer für die Kläger werden zu beweisen, dass ihre gesundheitlichen Probleme von dem Nikotinliquid herrühren, das Dragon Vape, Undertaker Vapor und Magic Cloud herstellen. Ich bin mir nicht sicher, wie wir mit dem schrecklichen Namen von Undertaker umgehen sollen – die Firma klingt wirklich, als würde sie tödliche Produkte herstellen. Die Jury wird sie hassen, bevor wir überhaupt mit der Verhandlung angefangen haben.«

Phil, Anna und Duncan murmeln zustimmend. Penner schweigt. Er kneift die Augen zusammen und denkt angestrengt nach.

Ich nicke ihm zu. »Floyd, Sie möchten etwas beitragen?«

»Allerdings.« Penners Kneifblick verzerrt sein Gesicht zu einem Grinsen. »Ich schlage vor, dass wir unsere Mandanten bei ihren offiziellen Steuernamen nennen – #45 LLC, #520 LLC und #76 LLC. Der Bequemlichkeit halber können wir sie zu ›fünfundvierzig‹, ›fünf-zwanzig‹ und ›sechsundsiebzig‹ verkürzen. Wir werden den Antrag stellen, jede Nennung ihrer wahren Namen zu streichen, damit sie von den Parteien während der Verhandlung nicht benutzt werden können. So bekommen die Geschworenen sie gar nicht erst zu hören.«

»Nach welcher juristischen Theorie?«, frage ich.

»Die Firmennamen sind nachteilig und haben keinen beweiskräftigen Wert. Sie sind für die Frage nach der Ursache der angeblichen Verletzungen nicht relevant.«

Anna hebt die Hand, um zu sprechen. Sie ist ein höflicher und neugieriger Mensch, und ihr dichtes, lang herabfallendes Haar bedeckt ihren ganzen Oberkörper wie ein brauner Umhang. »Wie sollen wir einen Fall verhandeln, ohne die Namen unserer Mandanten zu benutzen?«

»Wir haben doch Namen«, antwortet Floyd. »Die Steuernamen. Die anderen Namen haben nichts mit dem Kernproblem des Falles zu tun. Das ist der Inbegriff von irrelevant. Am besten hören wir sofort damit auf, sie zu verwenden.«

Zugegeben, die Idee ist gut. Penner ist schlau, ob ich ihn nun mag oder nicht. »Okay, Floyd, das ist Ihr Antrag.« Ich blicke mich im Raum um. »Welche anderen vorgerichtlichen Anträge sollen wir einreichen, bevor wir den Beweisermittlungsantrag stellen und anfangen, mit den Klägern Beweise auszutauschen?«

»Da wären die Standardanträge«, erklärt Anna. »Wir können Raubkopien der Vorlagen aus dem AlumaCo-Fall machen.«

»Ja. Reichen Sie alle ein. Sie bereiten sie vor, ich werde sie unterschreiben. Ich vertraue Ihnen. Noch irgendwelche weiteren kreativen Anträge, die nur diesen Fall betreffen?«

Penner kann einfach nicht anders. »Wir sollten sämtliche Krankenakten der Kläger von der Geburt bis heute anfordern, um zu prüfen, ob sie irgendwas mit der Lunge oder am Gesicht oder sonst was hatten. Sie werden sich dagegen wehren, uns den persönlichen Kram zu überlassen, und dann können wir von ihnen verlangen, für jede dieser Akten medizinisch zu begründen, warum sie nicht relevant ist. Allein der Kampf darum könnte uns ein Jahr Verzögerung bringen. In der Zwischenzeit können unsere Mandanten ihre Kunden fröhlich weiterdampfen lassen. Dann können sie auch unsere Rechnung zahlen.«

Böse. Aber schlau. »Okay. Das geht auch an Sie.«

Penner lehnt sich selbstgefällig zurück. »Wow. Scheint, als würde ich hier die ganze Arbeit tun. Vielleicht sollte das mein Fall sein.« Er zieht die Augen zu engen Schlitzen zusammen. »War nur ein Scherz.«

War es nicht. Ich hatte Zeit, die Fakten zu lesen und zu ordnen, aber ich hätte vor der Besprechung auch eine Liste mit vorgerichtlichen Anträgen vorbereiten sollen. Stattdessen habe ich mit einer verdammten Fee geredet. Penner spürt meine mangelnde Vorbereitung, meine Schwäche, und er fragt sich, wie er das ausnutzen kann. Wenn Blut im Wasser ist, fressen Haie auch andere Haie. Sein erster Schritt wird darin bestehen, zu Rhino zurückzuschwimmen und über die Besprechung Bericht zu erstatten.

Ich blicke ihn mit schmalen Augen an und lächele. »Lustig. Ich möchte, dass die medizinischen Anfragen bis Montag aufgesetzt sind, damit ich sie in unsere erste Vernehmungsrunde mit einbeziehen kann.«

»Kein Problem. Wird gemacht.« Er erwidert den schmalen Blick.

Für einen Moment versuchen wir, uns gegenseitig niederzustarren, aber er hat das verkniffenere Gesicht, und ich komme nicht gegen ihn an. Ich wende den Blick ab, gezwungen, die Niederlage hinzunehmen. Es ist so ähnlich wie das Daumenhakeln mit Di Deneb. Das ist noch so ein Problem – ich bekomme die Königin der Technik nicht aus dem Kopf. Sie ist wie ein Echo, das darin widerhallt und meine sonst so laserscharfe Konzentration durcheinanderbringt. Die Art, wie sie mich herausgefordert hat, war eine öffentliche Show, aber dann kam es mir so vor, als würde sie mir persönlich auf den Zahn fühlen. Ich habe allerdings keine Ahnung, ob sie meinen Intellekt oder meine Männlichkeit herausgefordert hat. Oder etwas anderes.

Phil bleibt noch, nachdem die anderen den Konferenzraum verlassen haben. Als Praktikant war er während der Besprechung angemessen still, doch ich sehe, dass er darauf brennt, den Fall zu diskutieren.

»Na, Phil, wie lautet deine Einschätzung?«

»Dieser Penner ist ein ausgemachtes Arschloch.«

Ich zwinge mich, nicht zu lächeln. »Okay, aber ich habe von deiner Einschätzung des Falles gesprochen.«

»Nicht so interessant wie Sirenes Fall.« Seine Augen leuchten auf, als er Sirene erwähnt. Er weiß nicht, dass sie wirklich eine Sirene ist, aber er ist ein Fan von ihr. Hoffentlich wirft er sich ihr nicht entgegen, wenn er sie fünfzehn Stockwerke tiefer auf dem Bürgersteig sieht.

»Er soll gar nicht interessant sein.«

»Ach?«

»Wir wollen den Fall für unsere Firmenmandanten in die Länge ziehen und ganz gemächlich auf eine verworrene Lösung hinarbeiten, die alle Parteien gleichermaßen unzufrieden macht. Keine Aufregung, bitte.«

»Warum?«

»Sie wollen, dass alles seinen gewohnten Gang geht. Sie verdienen Geld und wollen auch weiterhin Geld verdienen. Unsere Aufgabe ist es, diesen Fall von einem Showstopper in eine Unannehmlichkeit zu verwandeln. Ihn zu verlangsamen, undurchsichtig zu machen. Ihn zu gewinnen ist nicht mal das Ziel. Unser unmittelbares Anliegen ist es, den Fall aus den Nachrichten herauszuhalten und dafür zu sorgen, dass die Leute weiter dampfen.«

»Sie wollen, dass die Leute weiter dampfen?«

»Bei diesem Job geht es nicht darum, was *ich* will.«

»Dann müssen Sie sich vielleicht einen anderen Job suchen.«

»Wenn dir nicht gefällt, was ich sage, solltest du dir Gesellschaftsrecht aus dem Kopf schlagen.«

»Ist vermerkt.« Er nickt, ist aber noch nicht fertig. »Also, was machen wir mit Sirene? Werden wir den Fall des blinden Burschen übernehmen? Und was ist mit dem Kerl, der nach faulen Blättern riecht?«

»Nichts. Wir werden wegen ihnen gar nichts unternehmen, solange ich noch keine umfassende Liste der vorgerichtlichen Anträge erstellt habe, mit denen wir aus dem Dampferfall ein langweiliges Kuddelmuddel machen können.«

»Soll *ich* denn daran arbeiten, wenn Sie beschäftigt sind?«

Er gibt einfach nicht auf, dieser Junge. Aber er hat recht. Die anderen Fälle sind interessanter. Unmittelbarer. Er hat eine gewisse Energie, wenn er darüber spricht. Die sollte ich nutzen. »Okay, gut. Für den noch nicht ganz verstorbenen Herrn müssen ein paar einfache Formulare aufgesetzt und an die Verwaltung der Sozialversicherung geschickt werden. Und wir werden unserem blinden Freund und seinem Hund dabei helfen müssen, Anträge auf Ausnahmegenehmigungen bei der Transportsicherheitsbehörde zur Mitnahme von Führhunden im Flugzeug und beim städtischen Gesundheitsamt auf Restaurantzutritt zu stellen. Das kannst du übernehmen. Ich fahre nach Hause …«

»Auf Ihr Boot?«

»Ja, auf mein Boot. Und ich nehme die Dampferakten mit. Über einen anderen Fall werde ich noch nicht einmal nachdenken.«

»Nicht mal über den Mord?«

»Über den am allerwenigsten.«

Donner

Martina Malone hockt an der Reling meines Bootes, und ihr grauer Mantel bläht sich über dem Wasser. *Verdammt.* Ihre kleinen Knopfaugen verfolgen mich, während ich die Rampe hinunter auf den Steg gehe und dabei den Arbeitslaptop auf einer Aktenbox mit Dampferdokumenten balanciere.

»Hallo noch mal«, zwitschert sie, als würde sie mich in meinem eigenen Heim willkommen heißen. Martinas Stimme ist nicht unfreundlich, aber ich bin klug genug, um leutseligen Ermittlern nicht über den Weg zu trauen. Sie ist hier, um mich wegen des Mordes zu bedrängen. »Sehr clever, das Boot nach Ihrer Tochter zu benennen.« Sie deutet auf den schablonierten Namen »Lucinda« am Heck.

»Sie haben also mein Boot gefunden. Das macht Sie noch lange nicht zu einer Superdetektivin.«

»Das nicht, nein. Aber ich habe noch andere Fähigkeiten.«

»Zählt unbefugtes Betreten dazu?«

»Es ist kein unbefugtes Betreten, es sei denn, es wurde ein deutlich sichtbares Schild aufgestellt, der Besitz durch einen geschlossenen Zaun gesichert oder zuvor ein mündliches Hausverbot erteilt, und nichts davon ist hier der Fall.«

Sie hat recht; der Zaun um den Anleger wird erst um sieben Uhr abends abgeschlossen. »Soll ich Sie jetzt warnen, dass Sie mich verdammt noch mal in Ruhe lassen sollen, egal wo ich mich aufhalte?«

»Im Gegenteil, ich bin hier, um *Sie* zu warnen.«

»Ich reagiere nicht auf Drohungen. Habe ich Ihnen das noch nicht gesagt?«

»Wissen Sie, Becker, ich mag Sie. Keine Ahnung, warum, aber meine Instinkte sagen mir, dass Sie nicht annähernd das Riesenarschloch sind, das Sie vorgeben zu sein.« Sie grinst und spielt mit ihren kleinen Händen am obersten Knopf des Trenchcoats. »Überrascht?«

»Von Ihrer Ausdrucksweise? Nein. Sie machen auf mich mehr und mehr den Eindruck einer ungehobelten kleinen Frau mit dem Mundwerk eines Seemanns, je besser ich Sie kennenlerne. Wozu brauchen Sie mich überhaupt? Kann Ihr Chef nicht einfach irgendeine halbgöttliche Magie beschwören und durch Hellseherei den Täter finden, der für den Ritualmord verantwortlich ist?«

»So funktioniert Magie nicht. Sie ist gefährlich und unzuverlässig. Sie ist kein konkreter Beweis und ersetzt weder einen Polizeibericht noch einen Besuch am Tatort. Es ist schwer, beides zu bekommen, aber Sie haben es irgendwie geschafft. Unterm Strich löst man Verbrechen nicht durch Instinkt oder Magie, sondern durch Fakten und Logik. Und Sie wissen, wer darauf spezialisiert ist.«

»Anwälte.«

»Ganz genau.«

Plötzlich fällt der Groschen. »Und ich bin der einzige Anwalt in der Stadt, der die Zulassung hat, am Mitternachtsgericht zu praktizieren.«

»Mensch, sind Sie scharfsinnig!«

»Höre ich da Sarkasmus?«

»Gute Instinkte.«

»Sagen Sie dem Vogel, die Antwort lautet immer noch ›Nein‹.«

»Ich habe es ihr noch nicht gesagt. Ich wollte Ihnen erst die Gelegenheit geben, es noch mal zu überdenken. Sie kann etwas aufbrausend werden.«

Hm, der Vogel scheint ein Weibchen zu sein. Ich bin mir nicht sicher, ob das irgendetwas ändern würde. »Ich habe mir jetzt schon zu viel aufgehalst. Das sollte sie eigentlich verstehen. Mein persönliches Problem mit Brett ist gelöst. Ich bin raus aus dem übernatürlichen Geschäft.«

»Wirklich?« Ihr Kopf wippt auf und ab, als würde sie an mir zweifeln oder als würde sie mit ihrer spitzen Nase Dreck schaufeln.

»Ja. Sobald ich mich um den toten Burschen, den sprechenden Hund, die Fee und die Sängerin gekümmert habe. Aber das sind einfache Fälle.« Der Fall der Sängerin zwar nicht, aber sie ist zumindest wie eine richtige Mandantin – sie hat Geld und angeboten, mein Stundenhonorar zu zahlen. Ich habe es nicht angenommen, obwohl ich jetzt, da ich darüber nachdenke, nicht sicher bin, warum nicht.

»Letzte Chance.«

»Nein.«

»Na schön. Hier ist meine Karte.« Sie hält mir eine Visitenkarte hin.

»Brauch ich nicht.«

»Wird nicht schaden, sie zu nehmen. Aber es könnte Ihnen schaden, wenn Sie es nicht tun.«

»Na gut. Ich werde die Karte nehmen, aber nur, wenn Sie gehen.«

»Abgemacht.« Sie schnippt die Karte in meine Richtung. Sie wirbelt dem Wind trotzend durch die Luft und landet in meiner offenen Hand.

Wow. War sie früher in einem Casino Kartengeberin beim Black Jack? »Eine Ihrer zuvor erwähnten anderen Fähigkeiten?«

»Eine von vielen. Viel Glück …« Mit diesen Worten huscht sie an mir vorbei und den Steg entlang, während sie mit ihrer schrillen Stimme vor sich hinmurmelt.

Schrilles Murmeln klingt seltsam, denke ich, während ich die Visitenkarte einstecke.

Das erste Blitzflackern ist weit entfernt, vielleicht acht oder zehn Meilen, keine Ahnung. Das Boot schaukelt nicht mal. Regen wird in Seattle normalerweise nicht von Blitzen begleitet, aber andererseits sind sie auch nicht so selten, dass ich dem fernen Leuchten große Aufmerksamkeit schenken würde. Mit dem Kopf bin ich bei den medizinischen Berichten – Lungenversagen. Bis heute sind dem Zentrum für Krankheitskontrolle aus den fünfzig Bundesstaaten insgesamt 2409 Fälle von Lungenerkrankungen gemeldet worden, die mit Dampfen in Verbindung gebracht werden, und die Zahl steigt. Das Zentrum hat zweiundfünfzig Todesfälle bestätigt. Nicht gut. Die Patienten haben bei der Einlieferung die Marken der Produkte angegeben, die sie benutzt haben. Die Namen unserer Mandanten kommen oft vor, ihre Liquids sind sehr beliebt. Wer kann Geschmacksrichtungen wie Radical Tropical, Blueberry Cheesecake und Super Popsicle widerstehen? *Klingt wie*

Süßigkeiten. Ich versuche, mir Dampf mit Käsekuchenaroma vorzustellen. Kommt mir grenzwertig vor, aber was weiß ich schon? Was ich weiß, ist, dass zweiundfünfzig Menschen so verklebte Lungen hatten, dass sie erstickt sind, während sie von guter, sauberer Luft umgeben waren, wie angelandete Fische, die auf dem Anleger nach Luft schnappen – Maul auf, Maul zu. Nach dem Tod sah ihr Lungengewebe aus, als wäre es chemisch verbrannt worden. Grauenhaft. Ich frage mich, wie viele blutige Details ich aus der Beweisaufnahme heraushalten kann, weil sie zu viele Emotionen schüren – kein Wortspiel beabsichtigt. Die Tatsachen stehen gegen uns. Wir werden Ärzte hinzuziehen müssen, um die Ergebnisse des Zentrums für Krankheitskontrolle anzufechten oder zumindest einen gewissen Zweifel daran zu säen. Morgen werde ich das alles dem Team erklären. Ich brauche nur noch zwei Stunden, um meine Analyse schriftlich auszuarbeiten.

Es ist neun Uhr abends, und ich habe drei Seiten geschafft, als ich spüre, wie der Wind das Wasser aufpeitscht. Das Boot neigt sich zur Seite, und mein Laptop rutscht über den Tisch. Ich erwische ihn gerade noch rechtzeitig, bevor er auf den Kombüsenboden fällt. *Puh!* Ich muss die Unterlagen aufsammeln und ordnen, die vom …

Plötzlich leuchtet es draußen auf, und der anschließende Donnerschlag bringt das Geschirr im Schrank zum Klappern. Ich packe den Laptop und stopfe ihn hastig unter ein Kissen, um meine Arbeit nicht zu verlieren, als die nächste Welle mich von den Füßen reißt. Mein Kopf verfehlt haarscharf die Ecke des Stuhls. Glück gehabt. Aber mein Knöchel verdreht sich in eine Richtung, in die ihm die Bänder nicht folgen können. Ein scharfer Schmerz durchzuckt mich. Als Nächstes fliegt die Aktenbox vom Tisch und knallt mir in den Rücken. Sie ist noch halb voll oder halb leer, je nachdem, wie man zum Leben steht. *Verdammt, tut das weh!*

Das Boot richtet sich wieder auf und wird von einer weiteren Welle getroffen. Diesmal bin ich vorbereitet und halte mich an der Stange fest, auf der der Tisch montiert ist. Ich habe auf dem Boot schon einige Stürme mitgemacht. Manchmal sind sie nett, manchmal sind sie nervig. Doch so etwas wie das hier habe ich noch nie erlebt – heftig und wie aus dem Nichts. Draußen zucken wieder Blitze auf. Für einen kurzen Moment ist mein Bullauge ein rundes Schwarz-Weiß-Foto des Lake Union, bloß mehr weiß als schwarz. Für den Bruchteil einer Sekunde wird der See hell erleuchtet, und ich sehe die nächste Welle herankommen. Sie ist groß. *Wirklich groß.* Ich klammere mich an die Stange. Das Boot kann nicht weg; es ist am Steg festgemacht. Zumindest glaube ich das, bevor ich kopfüber durch die Kabine geschleudert werde. Diesmal lande ich besser, aber nicht gut. Ich pralle gegen die Wand, dass mir der Atem aus der Lunge zischt. Wenigstens wird der Knöchel nicht erneut in Mitleidenschaft gezogen. Ich lasse mich aufs Bett fallen, danke den Göttern und ziehe die Luft ein wie ein sterbender Dampfer. Oder ein an Land gespülter Fisch, suchen Sie sich was aus. Jedenfalls bin ich schwer am Japsen.

Ich bin gar nicht auf die Idee gekommen, mich zu fragen, was überhaupt los ist, denn mein primitives Reptiliengehirn verlangt nur *atmen, festhalten, überleben.* Ich muss mein Anwaltsgehirn einschalten, damit es mir sagt, was ich tun soll. Dafür muss ich herausfinden, was außerhalb der Kabine los ist. *Okay, was zum Teufel geht hier vor?* Es ist ein Sturm, so viel weiß ich. Es gibt Donner und Blitz; ein seltenes, aber nicht unbekanntes Phänomen. Der Sturm ist sehr plötzlich gekommen. Etwas zu plötzlich, wenn ich mit meinem Anwaltsgehirn darüber nachdenke …

Der Donnervogel!

Dies könnte das Werk einer Halbgöttin sein, besonders einer rachsüchtigen Halbgöttin, die mit Donnerknall erscheint und mit einem Flügelschlag Orkanböen entfacht. *Scheiß Vogel!* Ich bin wütend. Das habe ich nicht verdient. Ich schulde diesem Vogel nicht das Geringste. Und nachdem ich das Brett-Fiasko herumgerissen habe, lasse ich mich nicht schikanieren. Ich habe es ernst gemeint, als ich das gesagt habe.

Ich krieche zum Bullauge und halte mich unterwegs an allem Möglichen fest, während das Boot hin und her geworfen wird. Es ist schwer, auf dem schwankenden Boden zu stehen, aber ich ziehe mich am Verschluss des Bullauges hoch und mache es auf.

»Das ist ungerecht!«, schreie ich aus dem Fenster. Eine seltsame Äußerung in einem tobenden Sturm, aber verdammt, es ist das richtige Argument. Der Wind gerät ins Stocken. *Vielleicht hört sie zu.* Während der Sturm abebbt, legt sich mein Boot auf die Seite, und ich kann mich auf die Wand neben das Fenster hocken. Ich nutze die Gelegenheit, um meinen Standpunkt zu erläutern. »Ich habe gegen keins Eurer Gesetze verstoßen! Ich stehe nicht wie Martina in Eurer Schuld! Mich zu bestrafen ist ungerechtfertigt und überzogen!«

Es ist ein prinzipielles Argument, doch ich habe das Vogelweibchen in meinem ersten Fall genau beobachtet, und ich glaube – und hoffe verzweifelt –, dass es neben seinem Wunsch nach roher Grenzjustiz auch Verständnis für die Rechtsgrundsätze hat. Mit anderen Worten, ich hoffe, dass sie nicht allzu versessen darauf ist, die Regeln zu befolgen.

Ich kann sie nicht sehen. Das Boot liegt auf der Seite, und ich schaue durch das Fenster aufs Wasser. Der Wind pfeift immer noch, heult aber nicht mehr. Ich spüre, wie sie da oben in der Dunkelheit wutschnaubend mit den Flügeln schlägt und nachdenkt. Sie will es mir zeigen, weil ich ihr ein »Nein« gegeben habe, aber sie weiß, dass es nicht fair ist, weil ich nicht das Geringste falsch gemacht habe. Und jetzt, da ich sie zum Nachdenken gebracht habe, sollte sie auch begreifen, dass es ihr nichts bringt, mich zu töten. Ich habe meinen einfachen Fall vorgetragen. Ich habe nichts hinzuzufügen. Ich warte ab und hoffe.

Ich krieche erst aufs Deck hinaus, als der Sturm sich vollkommen gelegt hat. Mir klopft das Herz bis zum Hals, denn ich habe Angst, dass der Anblick eines aufsässigen Menschen sie verärgert und sie mich spontan mit einem Blitz erschlägt, falls sie das kann. Wer weiß, vielleicht haben Halbgötter ja Minderwertigkeitskomplexe und töten, um sich mächtiger zu fühlen? Ein Gefühl der Erleichterung schlägt über mir zusammen, als ich aus der Luke klettere und funkelnde Sterne vor der schwarzen Decke des Nachthimmels sehe. Sie ist weg.

Ich rutsche das Bootsdeck hinab und lande auf dem Anleger vor den Füßen eines Mannes in Khakihose. Komisch. Da sollten keine Füße sein. Ich blicke auf. Eine Menschenmenge hat sich versammelt. Ich erkenne mehrere Bootsbesitzer – Mary Pigeon mit ihrem kläffenden Labradoodle und Doug Chen mit seiner grauen Mütze –, aber da sind auch etliche gaffende Schaulustige. Sie zeigen mit dem Finger auf etwas hinter mir. Ich stehe auf und drehe mich um. Die *Lucinda* liegt auf dem Anleger – buchstäblich. Sie ist aus dem Wasser gerissen worden und ruht mit der Seite auf den Planken. Ein schneller Blick zu den angrenzenden Booten bestätigt, dass sie das einzige ist. Die restlichen Yachten dümpeln gemütlich an ihren Liegeplätzen vor sich hin. Das war ein gezielter Sturm. Er hat mein Boot aus dem See gehoben und es auf trockenes Land geworfen wie ein unerwünschtes Badespielzeug.

Es blitzt. Ich hechte unter den Bug in Deckung, aber als ich hervorspähe, starrt die Menschenmenge immer noch das Boot an. Und mich. Es war kein Blitzschlag. Jemand hat ein Handyfoto gemacht.

Eine Besucherin

Ich habe wieder nicht geschlafen. Der Versicherungsmensch kam um ein Uhr früh, dokumentierte alles mit einem Handheld-Gerät und stellte mir Fragen, die mir das Gefühl gaben, ich hätte etwas falsch gemacht. Am Anfang dachte er sogar, ich hätte mein Boot im Vollrausch auf den Anleger gefahren. Ich musste ihm die Geschichte dreimal erzählen – natürlich nicht die echte Geschichte. Ich habe gesagt, ich hätte geschlafen, als eine Wasserhose in der Mitte des Sturms mein Boot anhob. Da viele Menschen gesehen hatten, wie der heftige, konzentrierte Sturm eine schmale Schneise über den Lake Union schnitt, war es eine glaubwürdige Erklärung. Es hat übrigens niemand einen Vogel gesehen. Erst um drei Uhr hebt der Schwimmkran die *Lucinda* zurück ins Wasser, nachdem wir den Rumpf auf Beschädigungen untersucht hatten. Den Rest der Nacht verbringe ich damit, drinnen aufzuräumen.

Am nächsten Tag bin ich bei Fury und Styles nicht zu gebrauchen. Ich habe größere Ähnlichkeit mit einem Zombie als Norman Waldron, mein toter Mandant vom Vortag. Ich schließe meine Bürotür und begebe mich mit meinen Akten in den Schlafmodus, damit es so aussieht, als sei ich in meinem Fall vergraben.

Es vergehen weitere zwei Tage, bis mein Schlafmuster sich wieder normalisiert hat und ich mich endlich mit meinem Team zu unserer Strategiesitzung treffe. Das Meeting ist produktiv, doch die anderen wissen inzwischen genauso viel über den Fall wie ich. Penner hat alle Berichte gelesen. Nichts, was ich ihnen erzähle, ist neu oder aufschlussreich, und sie sind gebührend unbeeindruckt. Anna und Duncan haben die vorgerichtlichen Anträge aufgesetzt. Penner und ich werden sie noch mal durchgehen, aber es wird nicht viel zu tun sein – Anna und Duncan sind gut, und die rechtlichen Argumente sind größtenteils Standardformulierungen oder von früheren Fällen geklaut. Dann lässt Penner seine Bombe platzen.

»Ich habe etwas über den Wissenschaftler vom Zentrum für Krankheitskontrolle gefunden, der die Tests macht«, sagt er. Gleich wird er die Augen verengen.

»Was meinen Sie?«

»Der Bericht des Zentrums scheint ziemlich hieb- und stichfest zu sein, oder? Aber ich habe mir die Leute hinter den Statistiken mal näher angeschaut. Die leitende Ärztin behauptet in ihrem Lebenslauf, sie hätte Harvard besucht. Doch ich habe ein bisschen nachgeforscht, und wie sich herausgestellt hat, hat sie lediglich einen Onlinekurs aus Harvard belegt, den jeder machen könnte.«

»Und?«

»Sie wurde nie an der Uni angenommen. Also hat sie Harvard auch nicht ›besucht‹. Sie behauptet außerdem, sie habe mit der weltberühmten Epidemiologin Emily Bajama ›zusammengearbeitet‹. Aber sie war mit Bajama nur in einem Ausschuss auf einer Konferenz zusammen. Sie lügt in ihrem Lebenslauf. Zweimal!«

»Wo hat sie denn studiert?«

»An der medizinischen Fakultät der Johns Hopkins Universität.«

»Die ist genauso gut wie Harvard.«

»Sie verstehen nicht, worauf ich hinauswill. Es ist uns egal, ob sie eine angemessene Ausbildung hat. Uns interessiert nur, ob sie ehrlich ist. Und das ist sie nicht. Ich kann Zweifel an ihren Ergebnissen säen, indem ich ihre Lügen in Bezug auf ihre akademische und berufliche Laufbahn bloßstelle.«

»Aber das bringt nicht die Statistiken in Verruf.«

»Ist mir egal. Die Geschworenen werden ihr misstrauen. Ich werde sie als elitär denkende Akademikerin darstellen, die sich durch einen geschönten Lebenslauf Ruhm erhofft. Sie ist eine Schönfärberin!« Jetzt hat er die Augen ganz zusammengekniffen, ich kann sie nicht einmal mehr sehen. Dafür haben wir freie Sicht auf seine gebleckten Zähne.

»Sie werden ihr damit die Karriere ruinieren.«

»Jepp.«

Diese Strategie ist skrupellos. Die Anzweiflung ihrer Integrität bringt uns nur einen geringen Vorteil, aber sie könnte die gesamte Karriere dieser Frau vernichten. *Mistkerl.* Das letzte Wort darüber, ob wir es machen oder nicht, habe ich, und das bedeutet, dass die Scheiße im Zweifel an mir kleben bleibt. »Ich werde darüber nachdenken.«

»Denken Sie nicht zu viel nach«, sagt Penner und schnalzt mit der Zunge. »Dies ist ein Krieg. Wir brauchen jede Munition, die wir kriegen können, und ich habe Ihnen gerade einen vollen Ladestreifen panzerbrechender Kugeln gegeben.«

Für den Rest des Tages umreißen wir die ersten Befragungen der verletzten Kläger. Wir erstellen eine Liste von

Fragen, mit denen wir andere mögliche Ursachen für ihre Lungenschäden prüfen wollen. Waren sie Bergarbeiter? Sind sie je mit Asbest in Kontakt gekommen? Liegen Lungenkrankheiten in der Familie vor? Einige der Kläger haben Zigaretten geraucht, bevor sie angefangen haben zu dampfen. Die sind einfach: Wir können die Schuld auf die Zigaretten schieben und behaupten, dass Dampfen sogar gesünder ist als Rauchen. Tatsächlich haben unsere Mandanten ihr Leben *verbessert*, werden wir sagen. Sie waren bereits durch diese schrecklichen krebserregenden Zigaretten geschädigt. Zu spät. Und so ein Pech, denn Dampfen hätte sie vielleicht gerettet! Unsere Mandanten wären Helden gewesen. Und das sind sie ja nach wie vor für die vielen, die das Rauchen aufgegeben haben, um gefahrlos zu dampfen. So weit unsere Argumentation. Diejenigen, die nicht geraucht haben, bevor sie mit Dampfen begonnen haben, sind schwerer zu erklären. Einige von ihnen sind außerdem sympathischer, weil es Kinder sind – das jüngste ist dreizehn. Bei ihnen habe ich ein ungutes, nervöses Gefühl. Das Dampfen hat die jungen Leute nikotinsüchtig gemacht. *Mist.* Das lässt sich nicht schönreden. Also betreiben wir Schadensbegrenzung. Penner kann sie wie zweifelhafte Jugendliche dastehen lassen. Er hat ein Talent, jeden als schlechten Menschen darzustellen. Wir fangen also damit an, die Wissenschaftler und die Opfer anzugreifen, aber wir brauchen mehr. Wir brauchen quasi eine rauchende Waffe – etwas oder jemanden, dem wir die Schuld geben können, selbst wenn wir es nicht beweisen können. Die ganze Nation liest im Internet und hört in den Nachrichten, dass unsere Mandanten mit giftigen Produkten handeln, und es ist unsere Aufgabe, Zweifel zu säen.

Ich habe die ganze Woche über Zweifel gesät. Acht Stunden jeden Tag im Büro und drei oder vier Stunden jeden Abend auf meinem zerbeulten Boot. Fiona denkt, ich würde sie ignorieren, und ich schätze, das tue ich. Ich habe ihr dreimal im Vorbeigehen im Flur versprochen, Zeit für ein Date zu finden; ich habe sogar eines Nachts ein Foto von ihr zu Inspirationszwecken aufgerufen, bin aber mit der Hand in der Unterhose und meinem aufgeschlagenen Kalender neben mir auf dem Bett eingeschlafen. Ich habe auch nicht trainiert. Die Woche ist ein wenig verschwommen, und manchmal vergesse ich, welchen Tag wir haben. Ein Glück, dass es Praktikanten gibt. Ich habe Phil im Fall Norman Waldron bei der Sozialversicherungsverwaltung anrufen lassen. Der arme Kerl braucht jetzt Geld, um sich eine neue Bleibe zu suchen. Sein ehemaliger Vermieter hat seine alte Wohnung weitervermietet, als er starb. Ich habe Norman für eine Nacht auf dem Boot übernachten lassen. Wirklich ein netter Kerl. War früher in einem Lebensmittelladen Abteilungsleiter für Obst und Gemüse. Hat mir geraten, mehr Kohl zu essen. Er braucht keinen Schlaf mehr, aber ein Dach über dem Kopf ist immer noch wichtig für ihn – das Wetter beschleunigt seine Verwesung. Zum Glück konnte ich seine Verwandten mit ein paar Anrufen überreden, ihm seine Sachen zurückzugeben. Einige haben sich sogar gefreut, dass er noch lebt. Gut, er lebt zumindest teilweise noch. Er ist ein bisschen konfus und verströmt noch immer einen gewissen Leichengeruch, aber Phil hat ein Geruchsneutralisierer-Spray für Katzenklos besorgt, der ihn überdeckt, jedenfalls beinahe. Phil hat außerdem für unsere Feenfreundin Beschwerde gegen die Uferbebauung eingelegt, obwohl er keine Ahnung hatte, warum er das tun sollte. Ich habe ihn natürlich nicht in die Feensache eingeweiht. Er weiß nichts über unsere übernatürlichen Mandanten, aber er ist nicht auf den Kopf gefallen, und es war schwer, es vor ihm zu verbergen. Zum Glück stellt er nicht allzu viele Fragen. Unser sprechender hündischer Freund und sein menschlicher Begleiter haben sich ein Formular besorgt, mit dem ihre vierbeinige Hälfte als Handgepäck in der Fluggastkabine mitreisen darf. Anderenfalls würde der Hund betäubt im Gepäckraum befördert werden – er sagt, von der Betäubung müsse er eine Woche lang pupsen. Man könnte so viel von einem sprechenden Tier lernen, aber nein, ich erhalte Einblick in Hundepupse. Ich werde für die beiden Delta Airlines anmailen müssen und das Behindertengleichstellungsgesetz zitieren, es gibt ein ganzes Kapitel über Assistenztiere. Sirene, unser junger Popstar, ist komplizierter. Sie nimmt mehr Zeit in Anspruch als die anderen, Zeit, die ich nicht habe, die ich aber trotzdem auf ihren Fall verwende. Ich nutze jede Mittagspause, um Blogs des fanatischen Arschlochs zu lesen, das von ihrem Schwanz besessen ist. Es kommt mir so vor, als würde ich den Stalker stalken. Er freut sich über das weltweit gestiegene Interesse an der übernatürlichen Szene von Seattle, das der Ritualmord ausgelöst hat; er bekommt massenhaft Klicks auf seiner beleidigenden Homepage, und jetzt hat er auch noch Werbung für Originalstücke aus dem Besitz von Serienmördern geschaltet. Ich fange langsam an, den Scheißkerl zu hassen. Das wird für einen von uns kein gutes Ende nehmen.

Der Balanceakt treibt Anna in den Wahnsinn, vor allem, da ich ihr nicht viel über meine »Pro-bono«-Fälle erzähle. Ab und zu lasse ich bewusst ein Wort fallen, wie zum Beispiel Behindertengleichstellungsgesetz oder Landnutzungsbeschwerde, um anzudeuten, dass es sich um ganz langweilige, normale Angelegenheiten handelt. Sie müsse sich auf den Dampferfall konzentrieren, sage ich, um sie da rauszuhalten, ohne den Rat selbst zu beherzigen. Ich kann nur froh sein, dass Sirene nicht eins ihrer extravaganten Kostüme getragen hat, als sie in die Kanzlei gekommen ist, und dass nur Phil sie erkannt hat. Ich kann außerdem froh sein, dass Phil so vertrauenswürdig ist. Ich werde ihm ein gutes Zeugnis schreiben müssen. Oder besser noch, ein schlechtes, um ihn davon abzubringen, Jurist zu werden. Ein netter, organisierter Junge wie er sollte Computer programmieren und unkompliziert Geld verdienen, während er in dieser Hightech-Stadt zur Förderung der Zivilisation beiträgt, statt die juristischen Scherben anderer Leute zusammenzukehren.

»Es ist noch jemand für Sie hier«, sagt Phil, der in meiner Tür herumlungert.

»Lunger da nicht so rum.« Ich winke ihn herein und senke die Stimme. »Noch einer von was?«

»Einer Ihrer Pro-bono-Fälle, glaube ich. Eine Frau.«

»Es ist nicht Martina, oder?«

»Nein. Eine Neue.«

Weiß er, dass »Pro-bono« mein privates Codewort für übernatürliche Fälle ist? Eigentlich dürfte er es nicht wissen, aber wie gesagt, er ist ein schlauer Junge. »Ist sie … seltsam?«

»Nein. Sie sieht normal aus. Aber sie hat sich nicht vorgestellt, und sie wollte nur Sie persönlich sprechen.«

Könnte um den Dampferfall gehen, aber Phil hat gute Instinkte, und wenn sie von Vixen Vapor oder Volcanic käme, hätte sie das gesagt oder zumindest ihren Namen genannt. Könnte eine weitere Kreatur sein. Ich habe keine Zeit dafür. Ich kann nicht noch einen neuen Fall auf den Haufen legen, unter dem ich bereits begraben bin. Worum es auch geht, ich muss Nein sagen. Nein sagen zu können gehört zu den anwaltlichen Kernkompetenzen, und es wird Zeit, mein Können in die Tat umzusetzen.

»Bring sie herein«, bitte ich Phil. »Aber sei nicht zu freundlich. Wir sagen ihr, dass wir ihren Fall nicht übernehmen können.«

Während ich warte, werfe ich einen Blick auf die Uhr. Heute Nachmittag habe ich eine Videokonferenz mit Vixen und Volcanic und muss meine Präsentation vorbereiten. Ich werde ihnen die schlechte Nachricht überbringen, dass sie sich außergerichtlich einigen sollen. Ich werde es als gute Nachricht verkaufen.

Ich übe gerade meine Präsentation, als sie durch die Tür tritt.

»Hallo, Detective.«

Sie trägt ein cremefarbenes Kleid und schwarze Pumps. Ihr langes Haar fällt ihr wie ein dunkler Wasserfall über die Schultern und den Rücken. Es schimmert im Licht in einem tiefen Kastanienbraun. Über dem Arm trägt sie einen zusammengelegten dunkelblauen Regenmantel, und von der Schulter baumelt eine farblich passende Handtasche. Kein Lippenstift – wir sind in Seattle. Sie geht langsam und bedächtig, doch ohne Zeit zu verschwenden, weder ihre noch meine. Sie schreitet zum Fenster, nicht zum Stuhl, und blickt hinaus, die Finger über der gerafften Taille ihres Kleides verschränkt. Ich komme mir vor wie der Privatdetektiv in einem Film noir, wenn unerwartet die schöne Frau sein Büro betritt.

»Bev?«, sage ich.

Phil klammert sich immer noch an den Türpfosten. »Sie kennen sich?«

Bev dreht sich um und bedeutet meinem Praktikanten, den Raum zu verlassen, als ob sie die Chefin wäre. »Lassen Sie uns allein.«

Er zieht sich zurück, doch bevor er die Tür hinter sich schließt, steckt er den Kopf noch mal herein. »Beverly Reed!«, sagt er wie der Klassenstreber, der seinem Freund unbedingt quer durch den Raum die Lösung zurufen muss, die ihm gerade eingefallen ist.

Ich scheuche Phil mit einer zweiten Handbewegung hinaus. Er gehorcht bereits Beverly, aber es gibt mir das irrige Gefühl, noch immer das Sagen zu haben. Bev schaut weiter aus dem Fenster. Sie wartet, ohne ein Wort zu sagen. Das ist eine Anwaltstechnik – nach einer Frage zu schweigen, um zu sehen, ob ein Zeuge die Leere mit weiteren Informationen oder einem Geständnis füllt. Ich kann die Stille nicht ertragen und knicke als Erster ein.

»Ich bin kein Detective.«

»Ich weiß.«

Und schon bin ich bloß noch der hinterhältige Anwalt, der sich Zutritt zum Haus einer trauernden Frau erschwindelt hat. Und Bev ist wieder die alleinerziehende Mutter. *Nur dass sie in diesem Kleid immer noch elegant aussieht*. Sie schweigt weiter. Sie macht mich wirklich fertig, wobei meine Schuldgefühle ihr die Arbeit abnehmen. Stecke ich in Schwierigkeiten? Aber ich bin mir ziemlich sicher, dass ich während meines Besuchs keine Gesetze gebrochen habe.

»Es tut mir leid.«

»Was tut Ihnen leid?«

Mann, ist sie gut. »Was ich getan habe.«

»Sprechen Sie es aus.«

»Zu Ihnen zu kommen. Sie zu belästigen.«

»Sie sind also Anwalt.«

»Ja.«

»Was haben Sie dann bei mir gewollt?« Endlich wendet sie sich mir zu. Ihr Mund ist ein schmaler Strich zwischen traurigen Lippen, kein Schmollmund, sondern aufrichtig traurig. »Das habe ich mich gefragt.«

Etwas an ihr weckt in mir den Wunsch, ehrlich zu sein. Das kann ich natürlich nicht. Nicht ganz. »Ich hatte einen Mandanten.«

Bev merkt auf. »Ist er ein Verdächtiger?« Plötzlich hegt sie eine falsche Hoffnung auf eine Gerechtigkeit, die ich ihr nicht bieten kann. Es ist herzzerreißend.

»Nein. Nur jemand, der, äh, in der Nähe des Tatorts war. Er ist von jedem Verdacht befreit.«

»Offiziell?«

Ich zögere. »Von den entsprechenden Behörden, ja.«

Ihre Brauen sinken. Ich kann ihr nicht helfen, mit dem Verlust abzuschließen, so sehr ich es auch möchte. Ich will mein gesamtes Können als Anwalt einsetzen, um ihr unlösbares Problem zu lösen. Stattdessen muss sie sich weiter fragen, was passiert ist und ob sie es hätte verhindern können, und sich dabei quälen, so wie es nur Eltern können.

»Ich habe Ihnen gesagt, warum ich zu Ihnen gekommen bin. Sagen Sie mir, warum Sie hierhergekommen sind?«

Wieder verändert sich ihr Gesicht. Es ist eine wunderbare, sich wandelnde Landschaft von Gefühlen, und der

Ausdruck, den sie diesmal aufsetzt, verwirrt mich. Er ist freundlich. Nicht schwach oder verzweifelt, sondern einfach sanft wie der einer Mutter. »Ich bin gekommen, um Ihnen zu danken.«

Das ist eine Überraschung. »Wofür?«

»Für das, was Sie Jeremy gesagt haben. Nach dem Gespräch mit Ihnen konnte er wieder schlafen.«

»Ein tapferer Junge, nach allem, was …«

»Er hatte schon Angst, *bevor* es passiert ist. Sein Dad ist gestorben. Ich habe mich gefragt, ob das etwas damit zu tun hatte.«

Das weiß ich, aber ich möchte nicht, dass sie denkt, ich hätte mich über sie informiert. Ich nicke nur.

»Ich muss mich jetzt auf mein überlebendes Kind konzentrieren. Um seinet- und um meinetwillen. Ich denke, es hat ihm gutgetan, mit einem Mann zu reden, einer Autoritätsperson. Und das waren Sie.«

»Ich weiß über Monster Bescheid«, sage ich, bevor ich mich bremsen kann. »Ich war selbst mal ein verängstigtes Kind. Doch das ist vorbei. Das Monster kommt nicht zurück. Das habe ich Jeremy versprochen.«

Sie möchte weinen, aber sie ist zäh und kämpft dagegen an.

»Und Ihnen verspreche ich es auch«, füge ich hinzu.

»Okay.« Ich gebe ihr ein Papiertaschentuch, und sie tupft sich damit die Tränen ab, bevor sie entwischen können. »Noch einmal vielen Dank.«

Plötzlich wird mir klar, dass Bev meint, ich würde über das Monster sprechen, das ihr ihre Tochter genommen hat, obwohl ich in Wirklichkeit von Bretts parasitärer Schikane ihres Sohnes spreche. Irgendwie scheine ich sie beruhigt zu haben. Aber *das* Monster kenne ich nicht, und ich habe kein Recht, Versprechungen darüber zu machen. Doch es ist zu spät, um das Missverständnis aufzuklären. Brett könnte ich ihr ohnehin nicht erklären. Also lasse ich das Versprechen bestehen.

Als sie zur Tür geht, eile ich hinter meinem Schreibtisch hervor, um sie hinauszubegleiten, aber sie winkt ab. »Ich finde selbst hinaus. Sie sind ein vielbeschäftigter Mann und sollten keine Zeit auf eine emotional angeschlagene Mutter verschwenden.«

Sie wirkt nicht angeschlagen, im Gegenteil, sie wirkt unglaublich stark, wenn man bedenkt, was sie durchgemacht hat. *Und sie ist wunderschön.* Ich will ihr helfen, aber es stimmt – ich bin beschäftigt. Ich lasse sie gehen.

Nachdem sie ohne Eile das Büro verlassen hat, schlüpft Phil herein, wie Rauch, der ein Vakuum füllt.

»Beverly Reed«, sagt er zur Bestätigung seiner früheren Vermutung.

»Ja.«

»War sie hier, um über den Fund zu reden, den die Polizei heute Morgen gemacht hat?«

»Nein.« Ich greife nach den Glaskugeln und drehe sie in den Händen, während ich mich wieder hinter meinen Schreibtisch setze. »Warum? Was war heute Morgen?«

»Es gab einen weiteren Mord.«

Der Troll

Auf dem Queen Ann Hill kann es schon mal neblig sein, klar. Aber heute ist der Nebel so dicht, dass ich mit acht Stundenkilometern bei geöffneter Tür fahre, um mich an der Mittellinie zu orientieren. Das Weiß, das über allem liegt, hat etwas Unnatürliches an sich, wie ein Leichentuch über einem Toten. Makaber, ich weiß, aber Mord liegt in der Luft, und seit eine Halbgöttin mein Boot auf den Anleger geschleudert hat, bin ich ein bisschen paranoid.

Ich komme gegen sechs Uhr bei Ex-Eve an, um Lucy abzuholen. Als ich in Victors spritschluckendem Leihwagen durch den Nebel krieche, sehe ich das Elektro-Techno-Fahrzeug in der Einfahrt – *Eves neue Flamme.* Es ist fast Essenszeit, und Eve hört beim Kochen gern Musik. Ich stelle mir vor, wie sie und Remi da drinnen Spaghetti machen und eine von Lucys Lieblingsbands auf voller Lautstärke hören, um so zu tun, als wären sie hip. Ich wünschte, ich wäre selbst hipper, und plötzlich fühle ich mich alt. Alt und allein. Diese Scheidungsgeschichte ist so hart, wie ich es immer gehört habe. *Bev und Jeremy leben auch hier oben,* geht es mir durch den Kopf, als ich den Wagen parke. Keine Ahnung, warum mir der Gedanke gekommen ist. Dann fällt mir ein, dass ich wegen Sirenes Fall noch einen Anruf machen muss – sie gibt demnächst ein Konzert in

Tacoma, und unser böser Blogger trägt in Erwartung dieses Ereignisses ziemlich dick auf.

Der Nebel umwabert mich wie Dampf, als ich aus dem Auto steige. Der Kiesweg vor dem Haus ist durch schöne Sandsteinplatten ersetzt worden. Das hatte ich mir schon seit Jahren vorgenommen, bin aber nie dazu gekommen. *Mein Scheitern als Ehemann.* Ich bemerke noch andere alte Baustellen, die Eve behoben hat. Gesunde Kübelpflanzen flankieren den Eingang. Die moderne Lampe neben der Tür ist neu. Und vor Lucys Zimmerfenster sitzt eine Reihe von Krähen, elf an der Zahl.

Scheiße!

Ich stürme die Verandastufen hoch und hämmere an die Tür. Es ist mir egal, ob ich Kopftuch im Morgenmantel sehe. Ich muss nur wissen, dass es Lucy gut geht. Als die Tür nicht sofort geöffnet wird, spähe ich durch das Fenster daneben und fummele mein Handy aus der Tasche, in der lächerlichen Annahme, dass ein Anruf schneller jemanden aufscheucht als ein Klopfen. Doch bevor ich Lucys Nummer eintippen kann, geht die Tür auf. Mein Gesicht ist immer noch an die Glasscheibe gepresst, als Remi hinausspäht.

»Meine Güte, Dan«, sagt sie. Diesmal trägt sie einen Batikschal um den Kopf, und sie schenkt mir ein kleines erleichtertes Lächeln. »Ich dachte schon, der große böse Wolf würde versuchen, die Tür einzutreten.«

»Wo ist Lucy?«

»In der Küche. Sie kocht Nudeln. Vielleicht haben wir dich wegen der lauten Musik nicht gehört. Es tut mir wirklich leid. Klopfst du schon lange?«

»Nein. Es ist nur … kann ich sie sehen?«

»Natürlich. Heute ist dein Abend mit ihr, und sie freut sich immer darauf, dich zu sehen.«

»Dann ist alles okay mit ihr?«

»Oh ja. Es geht ihr blendend.«

Gottverdammte Krähen. Ich weiß nicht, ob sie Unheilsboten oder einfach nur lästig sind.

Remi legt mir sanft eine Hand auf die Schulter. »Ist mit *dir* alles in Ordnung?«

»Ich bin etwas schreckhaft. Es hat hier wieder einen Mord gegeben.«

»Ich weiß, ich habe davon gehört. Entsetzlich.«

»Hast du in letzter Zeit irgendetwas Ungewöhnliches bemerkt? Fremde Menschen im Garten? Tierspuren? Vögel?«

»Nein. Bei uns ist alles okay. Ich mache mir mehr Sorgen um dich. In den Bi-Di-Nachrichten hieß es, es sei unter der Brücke passiert, weniger als eine Meile von deinem Boot entfernt.«

»Unter der Aurora Avenue Bridge?« *Wo der Troll aus Fremont haust.*

»Niemand sagt etwas Genaues, aber die Polizei hat da unten alles abgesperrt.«

Ich denke über die Tragweite dieser Information nach, als Eve erscheint und sich vor Remi schiebt wie eine Wolke, die einen funkelnden Stern verdeckt. Sie schickt ihre Freundin ins Haus, die sich lächelnd und winkend von mir verabschiedet, als wären wir die besten Freunde. Es ist seltsam, dass die neue Liebhaberin meiner Frau so nett zu mir ist, und da ich mir nicht sicher bin, wie ich mich verhalten soll, winke ich zurück.

»Ich habe davon gehört«, sagt Eve unter Vermeidung

des Wortes »Mord«. Ihr Blick ist so finster, als wäre es irgendwie meine Schuld.

»Ja, deine neue Freundin sagt, es sei nicht weit vom Boot passiert. Vielleicht ist es das Beste, wenn du Lucy heute Abend hierbehältst, bis die Lage sich beruhigt hat. Ist das okay?«

Als Eve zögert, wird mir klar, dass ich sie einenge. Das war mir bisher nicht aufgefallen, aber jetzt kann ich es nicht mehr übersehen. Sie hat ein Glas Wein in der Hand, eine Stretchhose schmiegt sich um ihren Hintern, und sie trägt ein bequemes Shirt ohne BH. Ich kenne diese Kombination – es ist das Outfit, das »leichten Zugang« bietet. Sobald ich mit Lucy gefahren bin, werden sie und ihre seltsam freundliche Geliebte sich ins Boudoir zurückziehen und tun, was immer zwei Frauen ohne Kleider und mit Spaghetti so tun. Es ist die Flitterwochenphase ihrer aufkeimenden Beziehung. Jede Menge Sex. *Autsch.* Ich will ihr sagen, dass sie wirklich nicht mit einer ihrer Chefinnen ins Bett gehen sollte, aber es würde eifersüchtig wirken, was es wahrscheinlich auch ist. Schlechte Idee.

»Ja, klar«, brummt Eve schließlich. »Dann wirst du wohl wieder an die Arbeit gehen. Ich habe von deinem großen Fall gehört. Glückwunsch. Aber ich hoffe, dass deine Karriere dir nicht wichtiger ist als deine Beziehung zu deiner Tochter. Sie kann sich nicht von dir scheiden lassen.«

»Ich verspreche, morgen ganz früh hier zu sein«, erwidere ich verärgert. »Und du solltest nicht mit einer deiner Chefinnen vögeln.«

Ich suche fieberhaft nach Martinas Karte. Ich habe sie weggesteckt, und jetzt weiß ich nicht mehr, wohin. In meine Tasche, glaube ich. *Was zum Henker hatte ich an?* Einen Anzug. Davon habe ich nur zwei auf dem Boot. Im Kleiderschrank. Nein, auf dem Boden. Die graue Hose. Ich durchwühle die Taschen. Bingo!

Ein unangenehmer Nieselregen hat den Nebel abgelöst. Er dämpft schnell meinen ohnehin schon tristen Abend, als Martina mich auf der Aurora Avenue Bridge auf dem Highway 99 trifft. Sie nähert sich auf dem Fußgängerstreifen und wird von hinten durch die letzten Strahlen des Sonnenuntergangs über der Elliot Bay beleuchtet. Sie trägt die richtige Kleidung für den Regen, aber andererseits scheint sie den grauen Mantel nie abzulegen. Wir lehnen uns an das rostige Geländer, von dem es einundfünfzig Meter nach unten geht. Funfact – die Aurora Avenue Bridge ist nach der Golden Gate Bridge in San Francisco die zweitbeliebteste Sprungstelle für Selbstmörder in den Vereinigten Staaten. Zweihundertdreißig Springer. Viel mehr als von der Space Needle. Wir stehen an der Stelle, an der ein Mann mit seiner alten Colliehündin Gassi gegangen ist, sie hochgehoben hat und dann mit ihr im Arm hinabgesprungen ist. Er war nicht alt, aber er hat es trotzdem gemacht. Ich frage mich, was er für Probleme hatte. Vielleicht eine Scheidung. Ich schaue nach unten. Es ist seltsam, dass es so simpel sein kann, es zu beenden. Einfach übers Geländer klettern und …

Martina legt mir ihre kleine Hand auf die Schulter, und ich schaudere. Die Berührung erinnert mich daran, dass es heute Abend etwas wesentlich Beunruhigenderes gibt, als auf der Selbstmörderbrücke zu stehen. Es geht um das, was darunter ist.

»Der Troll?«, frage ich sie.

»Der Scheißtroll«, bestätigt Martina.

»Unheimlich. Waren Sie schon unten?«

»Nee. Es wimmelt nur so von Bullen. Die sind bereits den ganzen Tag da. Sie halten die Geisterjäger und Exorzisten in Schach.« Martina wirft mir einen Seitenblick zu. »Hat der Vogel Sie überredet, mich anzurufen?«

»Nein. Das war meine eigene Entscheidung.« Ich erzähle ihr nichts von Bev oder den nagenden Schuldgefühlen, die ich über dem Magen und unter dem Herzen spüre – eine emotionale Verdauungsstörung, ein Unvermögen, meine Rolle in der ganzen Sache zu verarbeiten. Doch eins habe ich erkannt, nämlich dass ich es nicht besser gemacht habe. Und jetzt ist noch jemand tot. »Ist es wieder ein Kind?« Ich halte den Atem an.

»Keine Ahnung. In den Nachrichten haben sie nicht viel gesagt. Die Sicherheitsmaßnahmen wurden verdoppelt. Anscheinend sind Einzelheiten über den letzten Mord durchgesickert.«

»Ach, wirklich?« Ich vermeide ihren Blick.

»Hören Sie, das mit Ihrem Boot tut mir leid.«

Martina scheint es ehrlich zu meinen. So übel ist sie gar nicht. Eine ungehobelte, unflätige Frau mit schwarzen Knopfaugen, aber aufrichtig. Sie hat mich gewarnt. »Es schwimmt noch. Los, wir sollten runtergehen und schauen, wie nah wir herankommen können.«

Wir gehen zum Nordende der Brücke und kehren unter ihr wieder um. Ein paar Gaffer haben sich versammelt. Einige davon sind Nachbarn, aber zwei sind von außerhalb, angezogen von der Publicity des Ritualmordes. Der Vogel hatte recht; sie suchen nach dem Übernatürlichen. Man erkennt sie an ihren Regenschirmen – die Einwohner von

Seattle sind an den Regen gewöhnt und haben keinen Schirm. Gelbe Absperrbänder zwischen den Brückenpfeilern halten die Schaulustigen zurück. Von dort aus sehen wir den Troll, eine knorrige, über fünf Meter hohe Gestalt, die so groß ist, dass sie mit der linken Hand einen alten VW Käfer umklammert, als wäre er ein Softball. Die Finger des Trolls sind größer als der Polizeifotograf, dessen Blitz die Unterseite der Brücke und die schattenhafte Gestalt des Trolls immer wieder kurz in ein unheimliches, unberechenbares Licht taucht. Sein gewaltiger Oberkörper ragt zwischen den dicken Pfeilern aus dem Boden, während seine untere Hälfte im Pflaster vergraben zu sein scheint. Die riesige Skulptur besteht aus Beton – ein verrücktes Kunstwerk, das 1990 von vier Bildhauern an einem ungewöhnlichen Ort erschaffen wurde. Den Gesichtsausdruck, mit dem der Troll aus seiner Höhle späht, kann ich nicht ganz einordnen. *Missfallen? Bosheit? Hunger?* Als Lucy klein war, habe ich sie hergebracht und für ein Foto auf die Hand klettern lassen. Sie hatte Angst, und ich fand es witzig. Jetzt, da es der Schauplatz eines Mordes ist, ist es nicht mehr so komisch.

Die Polizei hat auf Hüfthöhe einen niedrigen Zaun aus Plastikplanen aufgehängt, um das, was auf dem Boden liegt, vor uns neugierigen Zuschauern zu verbergen.

»Ich sehe nichts als den Troll«, sage ich. Es ist klar, dass ich heute Abend keine Hilfe sein werde.

»Wenn die Cops fertig sind, werden sie den Tatort reinigen.«

»Dann sind wir aufgeschmissen«, antworte ich. »Näher kommen wir nicht ran.«

»Ich schon.«

»Und wie?«

Martina verlässt die Menge, geht in den Schatten und zieht sich den grauen Trenchcoat enger um die Schultern. Ich folge ihr.

»Ich werde jetzt mein Outfit ändern«, warnt sie mich. »Flippen Sie nicht aus.«

»Ich habe schon mal Frauen in Unterwäsche gesehen.«

Sie grinst, dann hockt sie sich hin. Sie legt ihren großen Mantel nicht ab, sondern kuschelt sich hinein, stellt den Kragen auf und zieht den Kopf ein, während die Mantelschöße sich wie eine Pfütze um sie ausbreiten. Sie sieht aus wie ein Kind am Schwimmbecken, das versucht, sich unter einem großen Handtuch umzuziehen. Ihre Arme verschwinden in den Ärmeln und krümmen sich vor der Brust auf eine Art, die ich nur als Tyrannosaurushaltung beschreiben kann, und ihr ohnehin schon beträchtliches Hinterteil wird noch breiter. *Sehr seltsam.* Ein Zappeln und Winden, dann taucht sie wieder auf.

»Heilige Scheiße!« Ich springe zurück, weg von dem pelzigen Gesicht, das aus dem Mantel späht. Ich sehe spitze Zähne, dann Krallen. Der Mantel fällt zu Boden und enthüllt kleine Ärmchen und gewaltige Hüften. Das Gesicht ist nicht menschlich; es ist schmal, mit einer rosa Nase und Schnurrhaaren. Ihr hinterer Teil ist rund, mit kräftiger Beinmuskulatur und einem langen Schwanz, der jedem Ungezieferhasser seit dem Schwarzen Tod nur zu gut bekannt ist.

»Sie sind eine Ratte!«, flüstere ich.

Sie antwortet nicht. Hat vermutlich keine menschlichen Stimmbänder. Mit anderthalb Metern Länge ist sie die größte Ratte, die ich je gesehen habe, aber sie schrumpft.

Ein Meter, ein halber Meter, bis hin zu einem Viertelmeter, den Schwanz nicht mitgerechnet – immer noch groß für eine Ratte, aber es ist keine unnatürliche Größe mehr. *Übernatürlich.* Sie sieht mich mit ihren schwarzen Augen an, und ich schwöre, dass ich sie darin noch erkennen kann. Dann flitzt sie an der Polizeiabsperrung vorbei zum Troll, verschwindet unter dem Plastikzaun. Ich bin unsicher, was ich machen soll, daher hebe ich ihren langen Mantel auf, der zerknittert auf dem Boden liegt, und werfe ihn mir über die Schulter. Sie braucht ihn vermutlich, wenn sie zurückkommt.

Ich warte zwanzig Minuten. Langsam frage ich mich, ob ihr etwas zugestoßen ist. Oder ob ich nur verrückt geworden bin und diesen ganzen Mist träume. Eine Privatdetektivin, die sich in eine Ratte verwandelt? Alle paar Tage denke ich bei mir, dass das alles nur ein Traum ist, aber ich mache Tests, um es zu prüfen: Ich kneife mich, tauche den Zeigefinger in heißen Tee, schreie laut, um mich selbst zu wecken, bis die Leute neben mir mich anstarren. Ich quetsche meine Kollegen über Rechtsfragen aus, und es ist alles so vielschichtig und logisch wie immer. Bis auf die Kreaturen erweist sich alles als Wirklichkeit. Also ist entweder die Realität nicht real, oder die Kreaturen sind echt. Ich entscheide mich für Letzteres, hauptsächlich, weil ich keine andere Wahl habe. Halluzinationen sind mir vertraut; ich hatte eine geisteskranke Tante, und das war alles andere als zum Lachen. Das hier sind keine Halluzinationen. Hoffe ich jedenfalls.

Martina oder etwas, das wie Martina in Rattengestalt aussieht, huscht mir vor die Füße. Ich lasse den Mantel über sie fallen, und schon bald bläht er sich auf und füllt sich erst mit etwas Großem, Pelzigem, das nach allen Seiten um sich schlägt, und dann mit fleischigen, menschlichen Gliedmaßen. Als diesmal ein Kopf durch den Kragen schießt, ist es der meiner Ermittlerin. Sie keucht und trieft vor Schweiß. Das war offenbar ziemlich anstrengend für sie.

»Willkommen zurück, schätze ich.«

»Danke, dass Sie meinen Mantel gehalten haben.«

»Ich muss zugeben, dass Sie mir einen leichten Schreck eingejagt haben. Woher haben Sie gewusst, dass ich nicht weggehen würde, als Sie das … gemacht haben?«

»Was wäre denn schon passiert? Ich bin ein großes Mädchen. Außerdem weiß ich, wo Sie wohnen.«

»Woher haben Sie gewusst, dass ich Sie nicht zertreten würde?«

»Instinkt. Aber das ist wirklich eine Gefahr. Jedes Mal, wenn ich mich verwandle, gehe ich ein Risiko ein, vor allem, wenn ich so klein werde.«

»Das klingt logisch.«

»Viele meiner Art sind in Nagetiergestalt gestorben. Sie kennen doch die Geschichte, dass das neue Seattle auf dem alten Seattle erbaut wurde, nachdem es abgebrannt war?«

»Ja.«

»Die ersten Häuser der Stadt bestanden aus Holz, und meine Art ergriff von ihnen Besitz. In den Geschichtsbüchern steht, dass im Jahr 1889 Jonathan Edward Back ein Topf mit Holzleim in Brand geriet. Das große Feuer von Seattle hat das gesamte Stadtzentrum zerstört, das waren damals fünfundzwanzig Häuserblocks. Aber Back hatte mit dem Feuer nichts zu tun. Die Stadt hat uns ausgebrannt.

Sie hat eine Million Nager geröstet und Seattle damit von seinem ›Schädlingsproblem‹ befreit. Die Stadt wollte nicht zugeben, dass sie ein Problem hatte, geschweige denn, dass sie ihre eigene Innenstadt niedergebrannt hat, um uns zu erledigen, daher hat sie einem Leimtopf die Schuld gegeben. Haben Sie sich je gefragt, warum bei dem Brand nur ein einziger Mensch ums Leben gekommen ist? Der Grund ist, dass die Stadtverwaltung ihn geplant und vorher alle Menschen evakuiert hat. Aber keine Wermenschen – auch von uns sind einige umgekommen. Danach wurden die ausgebrannten Straßen aufgefüllt und auf ein Niveau von vier bis neun Metern angehoben. Die neuen Häuser wurden ein oder zwei Stockwerke höher gebaut. Die alte, tiefere Ebene ist jetzt die Unterstadt von Seattle. Ich hab sogar mal eine Führung mitgemacht.«

»Ich verstehe. Menschen mögen keine Ratten.«

»Ja. Hunde mag jeder, aber Ratten sind widerstandsfähiger, klüger und genauso liebenswert, und doch werden wir immer noch zu Unrecht verfolgt.«

»Tut mir leid. So habe ich das noch nie gesehen.«

»Wir vermeiden es im Allgemeinen, uns in Nagetiere zu verwandeln. Einige von uns tun es gar nicht mehr, sobald sie es kontrollieren können.«

»Ist das so eine Vollmondsache?«

»Nein. Das betrifft Wölfe, diese abergläubischen Saftsäcke.« Sie schlüpft in ihren Mantel und wendet dem Tatort den Rücken zu, bereit zu gehen. »Aber hier geht es nicht um mich. Kommen Sie. Ich habe gesehen, was ich sehen musste, und es war nicht schön. Wir müssen reden.«

»Wo?«

»Bei Ihnen.«

»Gehen Sie voran. Sie kennen den Weg.«

Unterwegs setzt Martina mich ins Bild. »Auch diese Leiche ist arrangiert worden. Die Hauptgelenke wurden durchtrennt, sodass es aussieht, als hätte ein perverses Kind eine Puppe auseinandergerissen und die Teile auf dem Boden verstreut. Das Opfer ist diesmal ein Erwachsener.«

»Mann oder Frau?«

»Mann. Sein Penis und seine Eier sind in der Mitte aufgeschlitzt und voneinander getrennt worden.«

Uh! Bemerkenswert, aber mehr, als mein Magen wissen wollte. »Runen?«

»Ja, es war alles vollgeschmiert.« Sie lässt sich Zeit, mir die mit Blut geschriebene Scheiße in allen Einzelheiten zu beschreiben. Sie hat ein ausgezeichnetes Gedächtnis. »Es war wieder ein Ritualmord. Und es wirkt, als ob es ein Opfer für den Troll sein sollte.«

»Ist der Troll übernatürlich?«

»Nein, nein, das ist nur ein Betonklotz, den menschliche Künstler geschaffen haben. Da ist nichts Übernatürliches dran, jedenfalls nicht, soweit ich weiß.«

Das klingt irgendwie unlogisch. Wenn der Troll keine Gottheit ist, warum sollte dann ein übernatürlicher Mörder einem unbeweglichen Kunstwerk an einem öffentlichen Ort ein Opfer darbringen?

Wir erreichen den Yachthafen. Diesmal ist das Tor zu den Anlegestellen verschlossen. Ich gebe den Code ein, und wir gehen zu meinem Steg, wo ich Martina helfe, aufs Deck der *Lucinda* zu klettern. Sie folgt mir durch die Luke nach unten. Ich hatte noch nie ein Werwesen bei mir; zumindest nicht, dass ich wüsste. Sie macht mir keine so große Angst wie ein Werwolf, aber es ist trotzdem ein beunruhigender Gedanke, dass sie sich jeden Moment in eine reißzahnbewehrte Bestie verwandeln könnte wie Brett. Wenn ich recht darüber nachdenke, müsste eine Ratte von anderthalb Metern Körperlänge über äußerst kräftige Hinterbeine und Kiefer verfügen, und die flinken Krallen sind messerscharf – sie könnten einem in null Komma nichts das Gesicht zerfetzen. Ich komme zu dem Schluss, dass sie vielleicht noch schlimmer ist als ein Werwolf, und behalte sie im Auge, nur für den Fall des Falles.

Wir setzen uns an den Kombüsentisch.

»Ich denke, ich werde Ihnen nicht anbieten, Ihnen den Mantel abzunehmen.«

»Ha. Sie sind ein echter Komiker.«

»Sie haben darunter nichts an, stimmt's?«

»Stimmt, zumindest heute Abend.«

»Ich bin nicht interessiert, nur neugierig.«

»Verstanden. Das beruht auf Gegenseitigkeit.«

»Brauchen Sie einen Drink?«, frage ich.

»Haben Sie Bourbon?«

»Nein.«

»Bier?«

»Nein.«

»Wein?«

»Nein. Ich habe vier Flaschen Cider, die ich für Gäste aufgehoben habe.«

»Sie sind ein sehr, sehr trauriger Mann. Aber ich nehme eine.«

Ich hole den Cider aus meinem kleinen Kühlschrank und öffne die Flaschen mit einem Buttermesser – die Ausstattung meiner Junggesellenküche ist eher übersichtlich. Eine Flasche behalte ich, die andere gebe ich ihr.

»Bitte schön.«

»Ich dachte, Sie seien ein vielbeschäftigter Mann«, sagt sie, als ich ihr die Flasche reiche. »Warum opfern Sie dann Ihre Zeit für diese Morde?«

»Nennen Sie es Pflichtgefühl.«

»Ich werde es ›Schuldgefühl‹ nennen.«

»Ja, vielleicht. Und Sie? Warum tun Sie es?«

»Ich will meine Schulden bezahlen und zu meinen Familien zurück.«

»Sie haben Kinder?«

»Vier Sets.«

Ich will nicht fragen, aber sie erzählt es mir auch so.

»Drei Würfe mit Jungen und menschliche Zwillinge, zwei achtjährige Jungs.«

»Ehemann?«

»Auf der Menschenseite, nein. Der ist auf und davon.«

»Tut mir leid. Das ist übel.«

»Ja.« Sie trinkt einen großen Schluck Cider.

»Ist es schwer, all diesen, äh, Kindern gerecht zu werden?«

»Ach, so schlimm ist das gar nicht. Die Würmchen sind bei mir im Keller, und sie verstehen sich großartig mit den Jungs. Sie bekommen schnell ihr Fell, daher sind sie schon nach wenigen Monaten selbstständig. Und ihr Vater nimmt mir eine Menge Arbeit ab, während ich ein Mensch bin.«

»Vater?«

»Ja, ich habe einen Rattenpartner.« Sie sieht mich mit ihren schwarzen Augen an, als wollte sie mich zu einer abfälligen Bemerkung herausfordern. Als ich nichts erwidere, erfüllt ein peinliches Schweigen die Kabine. »Das ist Teil des Deals bei doppelter Identität«, erklärt sie schließlich.

»Sie hatten gleichzeitig einen Menschenkerl und einen Rattenkerl?«

»Jepp.«

»Wow. Ist das der Grund, warum der Mensch Sie verlassen hat?«

»Er hat keinen Grund genannt. Er hat mich einfach ›Ungeziefer‹ genannt und ist gegangen. ›Ungeziefer‹ ist übrigens eine ganz üble Beleidigung.«

»Unter Ratten?«

»Unter allen.«

»Wird dieser Job reichen, um Ihre Schulden zu bezahlen? Sie brauchen mir nicht zu erzählen, was Sie getan haben. Geht mich nichts an.«

Sie nimmt einen Schluck und denkt nach. »Hoffentlich. Aber der Vogel ist unberechenbar. Nach dem, was wir heute Nacht gesehen haben, denke ich, dass sie dieses Arschloch wirklich finden will. Es war, als wäre der Tatort absichtlich so inszeniert, um für weltweite Publicity zu sorgen. Im Internet gibt es schon Memes.«

»Hm.« Das muss ich mir aufschreiben. Ich will die Tatsachen kennen wie meine Westentasche. Ich hole mir den Laptop und bombardiere Martina mit Fragen über das Aussehen des Opfers beziehungsweise, als sie dazu nichts sagen kann, die Anordnung seiner Körperteile, etwaige Fesseln oder andere Tatmittel und zu dem, was die Polizei gesagt hat. Außerdem bin ich neugierig auf ihre Fähigkeiten als Nagetier. Vielleicht hat sie tierische Talente, die wir nutzen können.

»Und, haben Sie so eine gute Nase wie ein Bluthund?«

»Eine bessere.«

Bingo!

»Aber nicht unter einer Brücke. Da unten gibt es ungefähr eine Million Gerüche – Pisse, Sex, Parfüm, Kotze, Fritten von Dick's Drive-in. Es ist unmöglich, den Geruch einer einzelnen Person zu identifizieren, falls es das ist, worauf Sie hoffen.«

»Alles hilft. Irgendwelche ungewöhnlichen Gerüche? Etwas, das Sie dort nicht erwartet hätten?«

»Tut mir leid, die Fritten haben mich völlig gefangen genommen. Ich habe eine ganze Tüte davon gefunden, noch voll.«

Sie sieht mich schuldbewusst an, und mir wird klar, dass sie ihre Erkundung unterbrochen hat, um zu essen. Ich sehe sie vor mir, wie sie an den weggeworfenen Pommes nagt, die zwischen dem Zeug lagen, das die von ihr beschriebenen Gerüche verströmte. »Brrr.«

»Nein, nein. Sie waren noch keinen Tag alt.«

»Es gibt einen Dick's nicht weit entfernt, oben auf der 45th in Wallingford.«

»Und einen in der Nähe der Space Needle.«

Ich richte meine Aufmerksamkeit wieder auf das Eingeben der Notizen. Die blöden Fritten haben mich ebenfalls abgelenkt. *Das ist ein Mordfall,* ermahne ich mich. Ich hatte vor Brett noch nie einen Mord, und ich habe nicht versucht, seinen Fall zu lösen, sondern nur, ihm aus der Klemme zu helfen. Das war reiner Verteidigerkram. Dies hier ist etwas anderes. Es ist so, als ob ich ein Staatsanwalt wäre, der während einer Ermittlung mit den Cops zusammenarbeitet, um den Killer zu finden. Martina ist mein Detektiv, und ich versuche jetzt, den Fall von der anderen Seite her zu konstruieren. Ich frage mich, ob ich immer noch der Gute bin. Dann frage ich mich, ob ich es vorher war, als ich Brett vertreten habe. Es ist verwirrend. Und schwer. Wir haben kein Motiv. Es gibt keine Verdächtigen. Und unsere gefiederte Halbgottchefin ist aus verschiedenen Gründen sauer auf uns beide.

Dann fällt mir wieder ein, dass ich am Morgen meine Tochter abholen muss. *Mist.* Es ist klar, dass ich an diesem Wochenende keine Zeit haben werde, um Dampferanträge aufzusetzen.

Ein frühes Mittagessen

Fiona schreibt mir eine Textnachricht, während ich unterwegs bin, um Lucy abzuholen. Sie fragt, ob ich dieses Wochenende Lust auf ein Treffen habe oder ob ich zu den Wichsern gehöre, die mit einer Frau Schluss machen, indem sie sie ignorieren. Ich bin mir nicht sicher, wie ich darauf reagieren soll, daher schreibe ich nur zurück, dass ich übers Wochenende meine Tochter habe. Fiona schlägt knapp vor – in der grundsätzlich knappen Kommunikationsform unserer Zeit, einer SMS –, dass ich Lucy mitbringen soll. Schlechte Idee. Und übrigens, mir war gar nicht bewusst, dass Fiona und ich offiziell ein Paar sind. Ich dachte, es sei nur sozialverträglicher Sex, und noch dazu heimlicher Sex. Ich frage mich, wie einfach es für sie sein würde, daraus eine Klage wegen sexueller Belästigung zu machen, wenn sie sauer auf mich wäre. *Verdammt einfach,* schlussfolgere ich. Na jedenfalls, wenn ich meine rechtswidrige Nichtbeziehung mit der Ethikberaterin unserer Kanzlei retten will, muss ich einen Kompromiss finden.

Lucy öffnet die Tür, begrüßt mich mit der hektischen Teeniebemerkung »Nur eine Minute!« und rennt dann wieder die Treppe hoch, um sich fertig zu machen. Ich stehe verlegen auf der Veranda, während die Tür im Wind hin und her schwingt. Ich weiß nicht, was ich tun soll. Es kommt mir nicht richtig vor, ohne Einladung einzutreten.

Ich stelle mir vor, wie Eve mich in der Diele findet und mich ansieht, als ob ich ein Eindringling wäre, und fragt: »Was hast du hier zu suchen?« Aber es kommt mir auch nicht richtig vor, mir selbst die Tür vor der Nase zuzuschlagen.

»Dan?« Remi kommt um die Ecke und findet mich halb drinnen und halb draußen stehend vor. Es ist, als wäre sie die neue Begrüßerin in meinem alten Haus. Heute trägt sie einen Malerkittel und eine Baskenmütze aus Wolle.

»Ja, ich bin es. Ich will nur Lucy abholen. Sie ist nach oben gelaufen. Tut mir leid, dass ich die Tür offen gelassen habe.«

»Wie schön, dich wiederzusehen«, sagt sie und tritt mit einem breiten Lächeln auf mich zu. »Aber du wirkst besorgt.«

Und da kommt sie, die Umarmung.

Remi hängt sich mit der Begeisterung geübter Aufrichtigkeit wie ein Klammeraffe an mich dran, und das ist genauso unbequem, wie es klingt. Ohne von mir abzulassen, tätschelt sie mir mitfühlend den Rücken – nach dem Motto armer, einsamer Dan. Ich gebe mir alle Mühe, mich nicht getröstet zu fühlen. Dann wandern ihre Hände zu meinem Kopf. *Sehr merkwürdig.* Sie zerzaust mir das Haar, als ob ich ihr zehnjähriger Neffe wäre. Ich versuche, mich von ihr zu lösen, aber ihre Finger sind gründlich in meinen Haaren verheddert.

»Nur noch einen Moment«, bittet sie. »Ich will mir mal deine Gehirnaktivität ansehen.«

Sie tastet mir die Kopfhaut ab, während ich verwirrt dastehe, einen Fuß auf der Türschwelle, den anderen in die Richtung gedreht, in die ich gern die Flucht ergreifen würde. Ich habe von dieser Technik gehört. *Phrenologie*. Es ist eine Pseudowissenschaft. Im Wesentlichen besteht sie darin, aus der Interpretation der Beulen auf dem Kopf Schlussfolgerungen darüber zu ziehen, was der Verstand gerade tut. Aber die Methode stammt aus den 1800ern und ist längst von der Mainstream-Wissenschaft widerlegt. Außerdem rückt sie mir dabei viel zu dicht auf die Pelle.

»Das wollte ich schon lange mal bei jemandem machen, der stark unter Druck steht«, eröffnet sie mir. »Es fühlt sich an, als hättest du in den letzten Tagen immens viel Stress gehabt, kann das sein?«

»Die Arbeit war in letzter Zeit etwas fordernd«, räume ich ein, während sie mir den Kopf nach unten drückt, um wirklich gründlich zu forschen. Das ist keine Offenbarung. Jeder Berufstätige hat jeden Tag das Gefühl, extrem unter Stress zu stehen.

»Und es fühlt sich so an, als würdest du weit außerhalb deiner Komfortzone agieren. Habe ich recht?«

Das ist geradezu unheimlich zutreffend. »Sprichst du von der Arbeit, oder meinst du hier auf der Veranda?«

Lucy erscheint und findet mich vornübergebeugt vor, Remis Hände im Haar. Das scheint sie nicht zu überraschen.

»Remi, kann ich meinen Dad wiederhaben?«

»Aber natürlich. Ich wünsche euch beiden einen schönen Brunch.« Glücklicherweise lässt sie mich los. »Vielleicht solltest du dich nicht mit Dingen beschäftigen, die du nicht beeinflussen kannst, Dan. Lass sie ihren Lauf nehmen.«

Es ist schwer, sich auf würdevolle Art von einer Kopfuntersuchung zu erholen. Ich versuche, mein zerwühltes

Haar zu glätten, während Remi erwartungsvoll lächelt. Ich bin mir auch nicht sicher, wie man sich üblicherweise für phrenologischen Rat erkenntlich zeigt, daher halte ich mich an die herkömmliche Reaktion.

»Ähm, danke.«

»Ganz meinerseits. Ich habe heute etwas Interessantes von deinem Kopf erfahren.«

»Warum gehen wir ins Alibi Room?«, fragt Lucy, als wir die Treppe in die Post Alley hinabsteigen.

Berechtigte Frage. Aber ich kann ihr die wahre Antwort nicht verraten. Ich kann es auch Fiona nicht sagen, wenn sie uns dort in zehn Minuten trifft und mich vor meiner Tochter dafür zusammenstaucht, dass ich sie vernachlässige. Die Wahrheit ist: Laut Polizeiangaben wurde hier das Troll-Mordopfer das letzte Mal lebend gesehen. Deshalb habe ich dieses Lokal ausgesucht. Ich jongliere mit drei wichtigen Dingen gleichzeitig, vier, wenn man die Tatsache mitzählt, dass ich mir jedes Mal, wenn ich jemanden dampfen sehe, Notizen auf dem Handy mache.

»Ein frühes Mittagessen«, antworte ich meiner Tochter. »Dann können wir zum Riesenrad am Pier gehen, wenn du magst.«

Das Alibi Room liegt in der Post Alley, unterhalb von Seattles berühmtem Pike Place Market, fernab touristischer Attraktionen. Die Gasse selbst ist mit Kopfsteinen aus San Francisco gepflastert, die nach dem Erdbeben von 1906 als Ballast auf Holzfrachtern hergekommen sind. Die Post Alley war außerdem Sitz der ersten Büros der Seattle Post-Intelligencer Newspaper und ist seit Langem ein Treffpunkt für Autoren, Schriftsteller und Künstler aus dem Nordwesten. Miriam hat mal erwähnt, dass sie hier eine Lyriklesung gehalten hat – irgendwas über gescheiterte Beziehungen oder über Kompost, das war mir von der Beschreibung her nicht ganz klar. Seattles Kaugummiwand liegt dem Alibi Room direkt gegenüber. Sie entstand, als Theaterbesucher vor Jahrzehnten damit anfingen, Pennys mit ihren Kaugummis an die Mauer zu kleben. Das Personal gab es irgendwann auf, sie zu entfernen, und seitdem ist daraus eine massive Wand aus gekautem, teils geformtem Kaugummi gewachsen. Kreativ. Ekelhaft. Typisch Seattle.

»Warte!«, sagt Lucy und fängt an, breit zu grinsen. Sie nimmt ihren eigenen Kaugummi aus dem Mund und sucht sich eine geeignete Stelle, um einen Beitrag zu dem sich ständig weiterentwickelnden öffentlichen Kunstwerk zu leisten. Mit feuchten Fingern zieht sie den rosa Klumpen in die Länge, sodass er waagrecht von der Wand absteht. Ich neige den Kopf zur Seite, um ihn mir aus einem anderen Winkel anzusehen.

»Du musst raten!«, fordert sie mich auf.

Ausgehend von einer breiten Basis an der Wand, verjüngt es sich zu einem schlanken Hals, schwillt an und endet schließlich oben in einer Spitze. »Die Space Needle?«

Lucy wirft mir den genervten Blick zu, den Teenager aufsetzen, wenn ihre jämmerlichen Eltern nachweislich keinen Plan haben. »Daaad, das ist eine Tulpe. Das sieht man doch!«

Als ich noch mal hinschaue, sehe ich es tatsächlich, und ich frage mich, wie ich darin nur das extravagante Heim der Kaiserin von Bi-Di erkennen konnte. »Oh. Sehr schön.«

»Wir haben diese Wochen Tulpen gepflanzt.«

»Du, Mom und die gedankenlesende Kopfgrabscherin?«

Sie wirft mir einen weiteren Teenagerblick zu, missbilligend diesmal. Ich habe meine Grenzen überschritten. »Remi ist keine Bedrohung für dich, Dad, keine Angst.«

»Hast du sie schon satt?«

»Hättest du das gern?«

»Nur ein bisschen.«

Sie lacht. Gott, ich liebe meine Tochter.

»Okay, ich erzähl dir zwei nervige Angewohnheiten von ihr. Erstens, sie gurgelt beim Abendessen mit dem Wasser zu der Melodie der Songs, die gerade laufen.«

»Ist ja widerlich.«

»Ja, nicht?«

»Und was ist die zweite?«

»Astrologie. Würg.«

»Du meinst Sternzeichen?«

»Eher so, wie wenn man Figuren in den Wolken sieht, nur dass sie in den Sternen sind.«

»Sternbilder.«

»Genau. Wegen ihr redet Mom jetzt davon, in welchem Haus der Mond steht und solchen Hippiekram. Sie wollten, dass ich mein ›Geburtshoroskop‹ mache.« Sie zieht mit der Verachtung einer jugendlichen Gelehrten die Nase kraus. »Das ist *keine* Wissenschaft.«

»Braves Mädchen. Fakten sind zuverlässiger als Vorstellungen.«

Ich möchte Remi nicht mögen, aber das ist schwer. Alle anderen lieben sie. Sie ist aufmerksam und wehmütig – fast schon ätherisch – und irgendwie erfolgreich, ohne aggressiv zu sein, das Gegenteil ihrer gemeingefährlichen

Geschäftspartnerin Di Deneb. Selbst ihre nervigen Angewohnheiten und Hobbys sind verspielt – Gurgelsingen und Horoskope. Heute hat sie Lucy einen Teller mit selbstgebackenen Keksen für mich mitgegeben, mit einem Brief, in dem steht, sie hoffe, ich »komme klar«. Sie ist die Art Mensch, die so nett ist, dass man denkt, sie müsse etwas im Schilde führen. Aber es sind meine Lieblingskekse – weich, mit Schokoladenstückchen –, und ich kann es gar nicht erwarten, sie nach dem Lunch zu essen. Zum Teufel mit ihr.

Im Alibi Room herrscht selbst tagsüber Dämmerlicht. Als meine Augen sich daran gewöhnt haben, blicke ich mich im Raum um und präge mir die Art der Stühle ein, die Länge der Theke, die Speisen auf der Karte, das Alter und Geschlecht der Angestellten. Die Ironie, in einem Lokal namens The Alibi Room nach Hinweisen auf einen Mord zu suchen, ist mir nicht entgangen, und ich frage mich, ob es neben dem Zufall auch eine übernatürliche Verbindung gibt – ich weiß noch nicht, wie die übernatürliche Welt funktioniert. Meine Rolle, so wie ich sie verstehe, ist die, Logik auf dieses unlogische Reich anzuwenden – das kann ich gut.

»Wollen wir uns nicht setzen?« Mein ungeduldiger Teenager zupft mich am Arm.

»Ich suche nur nach dem besten Platz.«

»Da drüben an der Kupferwand. Die ist so cool.«

Ich nicke, und Lucy gibt einem jungen Burschen ein Zeichen. Er trägt einen Männerdutt, der wie ein Haartumor auf seinem Hinterkopf prangt. Der Junge ist in ein Gespräch mit der Barkeeperin vertieft, aber ich gewinne seine Aufmerksamkeit und zeige auf die Plätze an der Kupferwand. Er zuckt die Achseln, nimmt zwei Speisekarten und führt uns zu den Plätzen, wo er die Pizzakarten an uns austeilt wie ein Kartengeber in Vegas.

»Ich habe eine Frage an Sie«, sage ich ihm, bevor er wieder an die Theke entkommen kann.

»Die Antwort lautet Ja«, entgegnet er prompt. »Der Mann, der dem Troll geopfert wurde, war hier, falls Sie das wissen wollen. Die Polizei ist vorhin gekommen und hat uns schon eine Stunde lang massenhaft Fragen gestellt. Dann war so ein Geistersucher hier. Und ein Reporter von I-News.«

Er verschränkt die Arme vor der Brust. Ich spüre, dass er nicht in der Stimmung ist für weitere Fragen; er wird mir wahrscheinlich nur noch eine beantworten, wenn ich Glück habe, zwei. Die grundlegenden Informationen darüber, was das Opfer hier gemacht hat, werden vielleicht in den Nachrichten genannt. Den Grundriss des Lokals kann ich selbst herausbekommen, wenn ich ein bisschen herumschlendere. Und die Geschichte des Ladens kann ich im Internet googeln. Aber nur die Angestellten können mir sagen, wer gestern Abend sonst noch hier war.

»Dann haben Sie Fragen nach diesem Mann wahrscheinlich satt«, bemerke ich.

Er nickt brummend und wirft einen Blick über die Schulter. Will wahrscheinlich weiter mit der brünetten Barkeeperin flirten, vermute ich.

»Meine Empfangsdame sagt, sie hätte hier mal eine Lesung gehalten. Ich wollte nur fragen, ob bestimmte Abende für bestimmte Arten von Lesung reserviert sind.«

Er lässt die Arme sinken. Das ist für ihn eine normale Frage – nicht nervig –, und er hat darauf eine Standardantwort parat. »Heute ist Schülerabend für die Kinder vom College und der Highschool, Sonntag ist Poetry-Slam, am Montag sind Kurzgeschichten von neunhundertneunundneunzig Wörtern oder weniger dran, dienstags ist normale Dichtung, mittwochs und donnerstags ist Offenes Mikrofon, und freitags ist Technik-an-die-Macht-Abend für die Angestellten der Technikindustrie.«

Es ist am Technikabend passiert. »Ich schätze, einen Anwaltsabend gibt es nicht?«

Er grinst. »Ha! Was würden die denn vorlesen, Verträge und Testamente?«

Oder vielleicht eidesstattliche Erklärungen von Dampfern, denke ich. »Ja, das würde wahrscheinlich ein langweiliges Publikum anziehen.« Ich werfe einen Blick auf die Speisekarte. »Ich habe meine Brille nicht dabei. Was ist auf der ›Rustica‹?«

»Scharfe Salami, gegrillter Knoblauch, gegrillte Paprika und schwarze Oliven, garniert mit frischem Basilikum. Es ist meine persönliche Lieblingspizza.«

»Die nehmen wir. Drei Teller. Wir erwarten noch jemanden.«

Als unser Kellner davoneilt, schaut Lucy von ihrem Handy auf. »Wir erwarten jemanden?«

»Da kommt sie gerade«, sage ich. Ich habe Lucy nichts von Fiona erzählt. Auf der Fahrt hierher schien nicht der richtige Zeitpunkt zu sein, und ich war mir nicht sicher, wie ich es erklären sollte, als ich die Nachricht bekam. Also: Überraschung!

Fiona ist fürs Wochenende gekleidet und sieht noch modischer aus als auf der Arbeit, falls das überhaupt möglich ist. Ihr Ensemble aus Slingpumps, einer orangefarbenen

Caprihose aus Seide und einer figurbetonten Perlenbluse mit einem dezenten orangefarbenen Wellenmuster steht in deutlichem Kontrast zu den alten Backsteinmauern der Pizzeria und Typen wie Männerdutt und seiner brünetten Barfraufreundin mit den zutätowierten Armen. Fiona sieht aus wie eine neue Puppe, die man in eine alte Spielzeugkiste geworfen hat. Sie späht angestrengt in den dunklen Raum. Ich winke, aber sie wird einen Moment brauchen, bis ihre Augen sich an das Licht gewöhnt haben.

»Wer ist das?«, fragt Lucy.

»Eine Freundin von der Arbeit.«

»Wie Moms Freundin Remi?«

»Nein«, antworte ich, aber dann denke ich darüber nach. »Das heißt, irgendwie schon, aber nicht die Art von Freundin, die in meiner Einfahrt parken würde.«

»Du hast gar keine Einfahrt.«

»Stimmt.«

»Aber wenn du eine hättest, würde sie vielleicht da parken, oder?«

»Vermutlich schon.«

Ich bin besiegt. Von einem Teenager. Wie ein guter Rechtsanwalt hat Lucy mit wenigen einfachen Fragen meine Scheinheiligkeit bloßgestellt. Ich muss mir eingestehen, dass Fiona für mich das ist, was Remi für Eve ist. Ich will einwenden, dass es etwas anderes ist, weil Fiona nicht meine Chefin ist, aber wahrscheinlich ist es genauso unpassend, heimlich die Frau zu vögeln, die mich in Bezug auf meine Arbeitsethik bewerten und beraten soll. Meine Ex-Frau und ich treffen uns beide mit Leuten von der Arbeit, und Lucy hat mir durch ihr kurzes Kreuzverhör klargemacht, dass ich kein Recht habe, mich über

Eves Beziehung zu beschweren, weil ich allem Anschein nach selbst eine habe.

Schließlich entdeckt uns Fiona. Ihr Lächeln ist prompt, aber maßvoll. Sie gleitet auf unseren Tisch zu wie ein Geist, der über den unebenen Boden des Alibi Room schwebt. Geschmeidig. Sie lässt sich auf dem Stuhl neben Lucy nieder, nicht neben mir.

»Hallo«, begrüßt sie Lucy. »Ich bin Fiona. Dein Vater hat dir sicher schon alles über mich erzählt.«

Habe ich nicht. Ich gerate in Panik und versuche, Lucy ein Zeichen zu geben, damit sie Ja sagt, aber Fiona kann mich sehen, daher wird aus meinem Zeichen nur ein Nasekratzen. Doch Lucy ist scharfsichtig. Sie spürt sofort, dass ich es ihr hätte sagen sollen, und improvisiert.

»Natürlich. Sie sind die elegante Frau von der Arbeit.«

Braves Mädchen! Das Adjektiv »elegant« hat sie aufgrund von Fionas Killeroutfit eingestreut. Klug. Fiona strahlt. Sie ist zu Recht stolz auf ihr unschlagbares Gefühl für Mode. Und sie ist schön, wie eine sexy Bibliothekarin, mit einer Figur so straff wie eine Trommel. Sie arbeitet hart, obwohl ihre Familie wohlhabend ist. Sie ist schnell, verantwortungsbewusst, professionell und im Bett voller Energie. Für einen Anwalt und zukünftigen Partner einer großen Kanzlei ist sie perfekt. Und sie ist eindeutig mehr, als ein geschiedener Mann in mittleren Jahren wie ich verdient. Ich kann mich verdammt glücklich schätzen, dass sie mir hier in dieser schäbigen Pizzakneipe eine weitere Chance gibt. *Brauchen* tut sie mich jedenfalls nicht. Ich muss mich fragen, warum zum Teufel ich nicht aufmerksamer bin.

Genau in dem Moment meldet sich wieder mein Handy.

Zuerst ist es ein kurzes Summen von einer Textnachricht, dann das wiederholte vibrierende Brummen eines Anrufs. *Wahrscheinlich Phil.* Ich sollte es ignorieren; ich habe hier alle Hände voll zu tun. Aber ich schätze, ich kann es rausholen und ausschalten und dabei einen kleinen Blick riskieren.

»Ich werde mein Handy ausschalten«, sage ich sowohl zu Fiona als auch zu meiner Tochter. »Damit ich euch beiden meine volle Aufmerksamkeit schenken kann.«

Ich nehme es aus der Tasche und schaue auf das Display. Das ist der Moment, in dem mein Leben wirklich außer Kontrolle gerät. Die Textnachricht taucht auf dem Bildschirm auf, und mein Magen schlägt einen Purzelbaum: »Sie haben versprochen, dass das Monster nicht zurückkommt. Ist es aber.« Das Handy summt immer noch. Sie hat noch nicht aufgelegt. Ich schaue wieder zu Fiona und meiner Tochter. Ich kann diesen Anruf unmöglich entgegennehmen. Aber dann tue ich es doch. Ich bin ein Idiot.

»Tut mir leid, jemand anders braucht meine Hilfe«, sage ich zu den beiden Frauen in meinem Leben und klicke auf den grünen Kreis. »Hallo … Bev?«

Das Monster kehrt zurück

Ich bin bei Bev. Ich habe Lucy für ein paar Stunden zu einer Freundin gebracht, und sie hat versprochen, ihrer Mom nichts zu sagen. Fiona ist aus dem Alibi Room gestürmt, um nie wieder gesehen zu werden, außer jeden Tag in der Kanzlei im Flur, wo sie so tun wird, als würde ich nicht existieren, oder sie wird mich verklagen. Wie gesagt, ich bin ein Idiot. Aber ich helfe auch gerade dabei, einen Mordfall zu lösen.

Bev begrüßt mich an der Tür mit einer Tasse Tee mit Milch und Zucker – das hat sie sich bei ihrem Besuch in meinem Büro gemerkt.

»Danke.« Ich nehme ihr die zitternde Tasse aus der unsicheren Hand, und wir schauen uns kurz an. Obwohl sie Tee gekocht hat, ist sie nicht entspannt. Ihre Lippen sind fest aufeinandergepresst und ihre Fäuste geballt. »Ich habe meine Ermittlerin mitgebracht. Macht es Ihnen etwas aus, wenn sie auch ein bisschen herumschnüffelt?«

Martina taucht hinter mir auf, hebt ihre zierliche Tyrannosaurushand auf Brusthöhe und hält sie Bev hin.

Bev ist überrascht, dass ich eine Frau im Trenchcoat dabeihabe, aber sie nimmt es mit Würde. Sie beugt sich vor, um Martina auf halbem Weg entgegenzukommen, und schüttelt ihr die Hand. »Freut mich, Sie kennenzulernen. Möchten Sie auch eine Tasse Tee?«

»Haben Sie Bier?«

»Wird es Ihnen bei den Ermittlungen helfen?«

»Schaden kann es nicht.«

»Dann ja. IPA?«

»Ist mir egal, Hauptsache kalt. Ich bin Martina.«

»Beverly.«

»Wie altmodisch. Familienname?«

»Nein. Ich bin nach Beverly Cleary benannt, der Kinderbuchautorin.«

Ich lächele über diese Bemerkung. Ich habe Beverly Cleary früher auch gelesen. »Sie wissen, worüber Cleary geschrieben hat, nicht wahr, Martina?«

Meine Wer-Detektivin wirft mir einen scharfen Blick zu. »Eine Maus.«

Bev bittet uns herein. Sie sieht heute Abend wie eine Ärztin aus – das Haar zu einem Pferdeschwanz gebunden, weite Bluse und bequeme Schuhe. Ein vollkommen anderer Look als das weiße Kleid. Ich habe sie dreimal gesehen, und jedes Mal war sie eine andere Frau. Ich bin fasziniert.

Ich kam, so schnell ich konnte, nachdem ich Lucy abgesetzt hatte. Bev sagt, sie habe Jeremy ebenfalls zu einem Freund gebracht. Sie ist allein im Haus.

»Tut mir leid, dass ich am Telefon nicht reden konnte«, beginne ich. »Ich war in einer wichtigen Besprechung. Was ist passiert?«

»Der Killer ist zurückgekommen.«

»Ich weiß. Ich habe es in den Nachrichten gesehen.« Ich beschließe, Bev nicht zu erzählen, dass Martina und ich am Tatort waren.

»Nein«, widerspricht sie. »Der Mörder ist *hierher* zurückgekommen.«

Ein kalter Schauer läuft mir über den Rücken, und ich kann es mir nicht verkneifen, über die Schulter zu spähen. Ich sehe einen Wandschrank und ein Stück davor ein großes Sofa – Monsterverstecke.

Meine Ermittlerin zieht die pelzigen Brauen hoch, zuckt jedoch nicht mit der Wimper. »Woher wissen Sie das, Beverly?«

Ich schalte mich ein. »Hat Jeremy etwas gesehen?« Wenn Brett hier war, werde ich ihn in seinen Gestaltwandlerhintern treten. Vielleicht liefere ich ihn auch dem Donnervogel aus – wegen irgendeiner Verletzung des übernatürlichen Kodex.

»Nein. Nach … der Sache beim Troll war jemand in Samanthas Zimmer.« Bev weigert sich, das Wort Mord auszusprechen – zu persönlich. »Man kann es spüren, wenn ein Fremder im Haus war, als wäre etwas anders, obwohl alles an seinem Platz ist. Die Schlüssel hingen noch am Schlüsselbrett, meine Handtasche ist nicht bewegt worden, es war keine Delle in den Sofakissen, nichts dergleichen. Aber ich habe es gespürt. Also bin ich in ihr Zimmer gegangen. Ich habe Sie angerufen, sobald ich Gewissheit hatte.«

»Ist die Luft jetzt rein?«, frage ich. Das ist eine schreckliche Frage, aber sie muss gestellt werden.

Martina antwortet. Sie schnüffelt bereits. »Nichts Frisches in diesem Raum außer ihr. Ich würde schätzen, das Kind ist seit einer Stunde weg.«

»Haben Sie einen Keller oder einen Dachboden?«, frage ich, und mir graut vor der Antwort.

»Ich habe Jeremy ein paar Blocks weiter zu meiner Freundin gebracht, und als ich zurück war, habe ich im

Keller und auch auf dem Dachboden nachgesehen.«

Ich staune über ihren Mut. Sie muss doch panische Angst gehabt haben! »Gut. Was wollten Sie uns zeigen?«

»Kommen Sie mit nach oben.«

Wir folgen ihr. Ich beäuge jede Tür und zucke bei jedem Geräusch zusammen. Ich werde nicht lügen; das hier ist dermaßen gruselig, dass man die Arschbacken zusammenkneifen muss – es ist echte Angst, die Bücher und Filme nur nachmachen, und das auch noch schlecht. Ich habe keine Pistole dabei, und Martina ist unter ihrem Mantel vermutlich nackt. Sie muss sich verwandeln, um ihre Waffen einsetzen zu können, und nach dem einen Mal, das ich miterlebt habe, wird das mindestens zwei Minuten dauern.

Bev führt uns direkt zu Samanthas Zimmer. Die Tür ist geschlossen. *Weil die Flecken noch da sind;* sie will sie nicht sehen. Wir stehen für einen Moment im Flur. Selbst die mutige Bev zögert, bevor sie den Türknauf dreht. Aber dann schwingt die Tür lautlos auf – gut geölte Angeln. Einzutreten erfordert Bevs ganze Willenskraft. Dies war das Zimmer ihres Kindes, und jetzt ist es ein böser Ort, eine einst unberührte Wildnis, vergiftet vom Bösen, eine verstrahlte Landschaft nach einer nuklearen Kernschmelze.

Ich schaue mich um und frage mich, was sich verändert hat. Dann fällt mir ein, dass ich Fotos von dem Zimmer habe, und hole mein Handy heraus. Ich kann meine Aufnahmen mit dem jetzigen Zustand des Raums vergleichen – eine alte Polizeitechnik.

»Sie denken, dass der Killer zurückgekommen ist, um etwas zu holen? Vielleicht etwas, das er vergessen hat?«

»Nein«, sagt Bev. »Die Person ist zurückgekommen, um etwas dazulassen. Das hier …«

Ich bin nicht davon überzeugt, dass es unbedingt eine Person ist, aber ich folge ihrem Finger, als sie auf einen dunklen Fleck an der Wand direkt unter dem Fenster zeigt. Es ist eine Form, eine Zeichnung – zwei Kreise, zwischen denen eine diagonale Linie aufragt. Es sieht entfernt wie Graffiti in einer öffentlichen Toilette aus, die einen erigierten Schwanz und Eier zeigen, aber das ist es nicht – es ist eine Rune. *Magie.* Ich gehe meine Fotos durch und rufe die Aufnahme mit dieser Seite von Samanthas Zimmer auf. Bev hat recht – die Zeichnung ist auf meinem alten Foto nicht zu sehen. Ich mache ein neues.

»Können Sie das überprüfen, Martina?«, frage ich meinen Nager-Bluthund.

»Soll ich einen schnellen Blick drauf werfen, oder soll ich es gründlich untersuchen?« Sie betont das Wort »gründlich«.

Ich weiß, was sie meint, und nicke. »Ich denke, Sie müssen es sehr gründlich analysieren.« Ich wende mich an Bev. »Können wir Martina allein lassen, damit sie bei ihrer Arbeit ungestört ist?«

Bev hält es ohnehin nicht länger in dem Raum aus, daher nickt sie, und wir gehen. Martina schließt die Tür hinter sich. Ich bleibe wachsam, falls Bev es sich anders überlegt und wieder hineingeht. Sie würde es nicht verstehen, wenn eine riesige Ratte durchs Zimmer ihrer Tochter läuft. Mir kommt in den Sinn, dass sie uns beim Anblick von Martina mit großen Nagezähnen wahrscheinlich für die Killer halten wird – kein schöner Gedanke.

»Gehen wir nach unten«, schlage ich vor.

Wir setzen uns schweigend ins Wohnzimmer. Sie wirkt erschöpft, wie eine Frau, die verzweifelt versucht, sich zusammenzureißen. Wir brauchen nicht lange zu warten. Martina macht schnell. Ich stelle mir vor, wie sie umherhuscht und alles beschnuppert. Sie erscheint auf der Treppe und rückt ihren langen Mantel zurecht.

Ich springe auf. »Haben die ›Tests‹ etwas ergeben?«

»Mehrere Gerüche. Die meisten sind von der Polizei. Männer und Frauen, schätze ich – da wären Irish Spring, mit dem sich Männer einduften, ein Aprikosen-Peeling, das wahrscheinlich nicht von einem Kerl stammt, und ein paar andere. Einer dieser Gerüche ist von unserem Killer. Ich werde ihn wiedererkennen, falls er mir, äh, noch einmal unterkommt. Und das Zeichen an der Wand ist aus Blut.«

Mir kommt ein Gedanke. Er ist extrem gruselig, aber ich werfe ihn trotzdem in den Raum. »Das Blut des Opfers beim Troll?«

Martina wirft mir einen anerkennenden Blick zu. »Sie sind gar nicht so blöd, wie Sie aussehen. Ja, ich denke schon.«

Bev ist erschüttert. »Der Mörder hat in meinem Haus mit dem Blut des anderen Opfers ein Zeichen gemalt?«

»Vielleicht. Wir müssen es von der Polizei untersuchen lassen, um ganz sicher zu sein.«

Martina zuckt die Achseln. »Ich bin mir verdammt sicher.«

»Nichts für ungut, meine Liebe, aber die Cops werden Ihnen nicht glauben.«

»Auch wieder wahr.« Ein weiteres Achselzucken. »Aber wollen wir überhaupt, dass die Cops …«

»Ich kann hier nicht bleiben«, sagt Bev leise, während Martina und ich noch reden.

Ich lege ihr eine Hand auf die Schulter. Sie zittert. »Natürlich. Ich kann Sie zu Jeremy bringen.«

»Nein. Er ist in Sicherheit. Ich brauche etwas Zeit für mich – keine Polizei, kein Kind, keine Freunde, die mir eine Million Fragen stellen oder mich mit Mitleid und Bibelzitaten zuschütten.«

Man muss schon ziemlich selbstsicher sein, um zu wissen, wann man sich zurückziehen und neue Kraft sammeln muss. Bev sieht mich an, stark und hilflos zugleich. *Wie macht sie das?*

»Sie können gern für ein paar Stunden mit zu mir kommen«, sage ich, ohne groß darüber nachzudenken.

»Danke, Dan«, antwortet Bev, ohne zu zögern. »Ich hole nur meine Handtasche.«

Als wir das Haus verlassen, huscht Martina an mein Ohr. »Sie sind ein Idiot.«

»Ich weiß.«

»Sie ist eine Mandantin.«

»Ich dachte, der Vogel sei unsere Mandantin.«

»Außerdem ist sie verletzlich. Rammeln Sie sie bloß nicht. Das wäre eine ganz linke Nummer.«

»Sie hat gerade ihre Tochter verloren. Das ist doch wohl das Letzte, an was man da denkt.«

»Sie wären überrascht, wo Menschen Trost suchen. Glauben Sie mir, ich bin weiblich.«

»Vielleicht ist das bei weiblichen Nagetieren anders.«

»Lassen Sie einfach die Finger von ihr, Sie Mistkerl.«

»Schon klar. Danke für die Lektion.«

Bev liegt in meinem Bett und bewegt sich vor und zurück. Verstehen Sie mich nicht falsch; sie ist vollständig bekleidet und schläft unter einer unerotischen Möwendecke, während mein Boot an seinem Liegeplatz im Wind auf den Wellen hüpft. Ich sitze auf der Kombüsenbank, wo Lucy geschlafen hat. Bev hat wirklich Zeit für sich gebraucht – sie ist mitten im Gespräch eingeschlafen. Es ging darum, was schlimmer ist, Medizin zu studieren oder Jura. Das Medizinstudium hat gewonnen – es dauert länger. Ich decke sie zu, und sie dreht sich instinktiv in die Decke hinein. Ich ziehe sie ihr über den Kopf und lasse nur eine kleine Öffnung für ihr Gesicht frei, damit sie Luft bekommt. Ich weiß, wie es ist, Angst zu haben. Monster sind real, und ich werde nicht zulassen, dass sie sie kriegen.

Ich ziehe den Laptop zu mir heran. So wie es aussieht, ist Bev für eine Weile außer Gefecht, und der Dampferfall wird sich nicht von allein vorbereiten. Doch anstatt den Computer hochzufahren, halte ich ihn nur fest wie ein beruhigendes Männerspielzeug und beobachte sie im Schlaf. Sie wirkt friedlich und gleichzeitig angespannt. Es zeichnen sich keine schlimmen Träume auf ihrem Gesicht ab, aber sie hat sich zu einem schützenden Ball zusammengerollt. Es muss hart sein, Wissenschaftlerin in einer Welt zu sein, die keinen Sinn ergibt. Oder eine Heilerin, die Heilung braucht. Oder eine Mutter ohne Tochter. Ich werde ihr helfen. Das war mein Ernst. Aber ich bin nur ein Rechtsanwalt. Anwälte helfen bei rechtlichen Problemen, und sie hat kein rechtliches Problem. Doch ich bin gut darin, Dinge zu verstehen. Ich schalte den Laptop ein, allerdings nicht, um mich übers Dampfen zu informieren. Stattdessen googele ich »Runen«.

Juristische Arbeit

Den Tag mit Lucy habe ich vermasselt. Unser Vater-Tochter-Mittagessen war eine Katastrophe. Zuerst musste sie sich unsere Zeit mit der Freundin teilen, von der sie nichts wusste – ich wusste ja selbst nicht, dass sie meine Freundin war. Überraschung! Dann ist Fiona sauer auf mich geworden, weil ich sie sitzengelassen habe, um an dem Mordfall zu arbeiten. Dann habe ich Lucy bei einer Freundin abgeladen, damit ich Hinweisen nachjagen konnte, anstatt den Nachmittag auf dem Riesenrad zu verbringen. Lucy ist nicht blöd; die Parallelen zwischen meinem Verhalten ihr gegenüber an diesem Wochenende und meiner Vernachlässigung von Fiona können ihr nicht entgangen sein. Ich habe beide Frauen wegen Juristenscheiß im Stich gelassen, auch wenn es übernatürlicher Juristenscheiß war. Ich habe mich exakt so verhalten, wie Eve es prophezeit hat. *Verdammt!* Ich hasse es, wenn meine Ex recht hat.

Als ich in die Kanzlei komme, sitzt Penner in meinem Büro und dreht sich auf dem Besucherdrehstuhl im Kreis. Wir hatten für heute früh einen Termin angesetzt, um gemeinsam das Mandantentreffen am Nachmittag vorzubereiten, für das ich nichts getan habe, und ich bin zu spät. Bev musste ins Krankenhaus zur Arbeit, daher habe ich angeboten, Jeremy zur Schule zu fahren. Er geht auf eine katholische Privatschule in Ballard. Während der Fahrt hatten wir ein gutes Gespräch. Sport, Schule, Chorlieder, die er für meine Generation singen muss … alles, nur nicht die Morde. Außerdem war ich die halbe Nacht auf und habe Artikel über nordische Runen gelesen – Fazit: unser Killer ist kein Nordländer –, daher bin ich ziemlich müde und auch ein bisschen mürrisch.

»Morgen, Penner.«

»Willkommen in Ihrem Büro, Herr Co-Anwalt.«

»Leitender Anwalt. Sie sind der Assistenz-Anwalt. Wir wollen doch nicht, dass unsere Mandanten verwirrt werden.«

»Ja. Klar. Kapiert.« Er schießt mit der Fingerpistole auf mich. Ich hasse Fingerpistolen und die Leute, die sie benutzen.

»Also dann, legen wir los«, sage ich.

»Okay. Von meiner Seite sieht es so aus: Ich habe die schriftlichen Beweisfragen für unsere Gegner vorbereitet, erste Fragen für die Ärzte des Kontrollzentrums umrissen und ein paar Anträge aufgesetzt. Hat mich das ganze Wochenende gekostet, aber es ist ein großer Fall, hab ich recht?«

»Ja, Sie haben recht.«

»Und ob ich recht habe. Außerdem habe ich einen Termin für die Ethikprüfung festgenagelt, oder vielleicht sollte ich besser sagen, die Ethikprüfung hat mich festgenagelt.« Penner kneift die Augen zusammen.

»Wie meinen Sie das?«

»Dieses heiße kleine Ding, Fiona, hat mich gebeten, mich mit ihr wegen des Falls zu treffen. Und jetzt halten Sie sich fest – sie will sich dazu beim Lunch treffen!«

»Ach wirklich?« Ich möchte mir einreden, dass das Zufall ist, aber Penner ist ebenfalls ein lediger, aufstrebender Anwalt mit Aussicht auf eine Partnerschaft – eine weitere gute Verbindung für eine ehrgeizige Frau. Nur dass er ein Armleuchter ist.

»Yeah, und Sie wissen ja, was Lunch bedeutet … wahrscheinlich mehr als Lunch. Sonst hätten wir das Treffen auch einfach in meinem Büro abhalten können, oder sie hätte das ganze Team eingeladen.« Er wirbelt im Kreis. »Es überrascht mich, dass Sie ihren Arsch nie angerührt haben, Bruder. Den Gerüchten zufolge stand sie auf Sie.«

Wie gesagt … Armleuchter. »Offenbar doch nicht«, murmele ich. Unsere geheime Beziehung war also nur ein Gerücht. Gut. Aber dass Fiona nahtlos zu Penner wechselt – schlecht. Er schlägt mich nicht nur damit, dass er sich auf den Fall vorbereitet hat, er kassiert auch noch die »Beute«.

»Und, wie sieht es bei Ihnen aus?«, fragt Penner. »Haben Sie die Zusammenfassungen der Krankengeschichten auf der Klägerseite fertig? Da sollte sich doch einiges finden lassen, was sich gegen sie verwenden lässt.«

»Ich werde das noch heute Morgen erledigen, sobald wir hier fertig sind.«

Das Telefon klingelt. Miriam. Ich drücke automatisch auf Lautsprecher. »Ich bin in einer Besprechung«, blaffe ich sie an, ohne zu grüßen. Sie hasst es, wenn ich unhöflich bin, und sie bestraft mich dafür, indem sie die Nachricht hinausplärrt, obwohl klar ist, dass ich nicht gestört werden will.

»Hier ist ein Hund, der Sie sprechen möchte.«

Penner kichert. »Ein Hund?«

Einen Moment lang bin ich sprachlos. Ich hätte den Hörer abheben sollen. Ich hätte höflich sein sollen.

»Empfangen Sie nun den Hund oder nicht?«, drängt Miriam, worauf Penner einen Lachanfall bekommt und mit zusammengekniffenen Augen auf dem Stuhl rotiert.

Es ist die hündische Hälfte meines Blinder-Mann-Hund-Mandantenpaars. *Verdammt.* Ich kann ihn nicht in der Lobby lassen. Schlimm genug, dass Penner das mitkriegt. Ich kann keine Partner gebrauchen, die durch die Lobby gehen und fragen, warum da ein Hund sitzt. »Penner, würden Sie mich bitte entschuldigen?«

Penner hört abrupt auf, sich zu drehen, und reißt die Augen auf. »Sie werfen mich wegen eines Hundes hinaus?«

»Miriam, sagen Sie bitte dem Hund, er möchte hereinkommen. Danke.«

Jetzt sitzt ein Irish Setter anstelle von Penner auf dem Besucherstuhl. Er sieht traurig aus, und ich möchte ihm helfen. Hoffentlich geht es darum, ihm ein Flohpulver oder einen guten Tierarzt zu empfehlen.

»Was kann ich für Sie tun, Dennis?« Der Setter heißt Dennis. Kein normaler Hundename, wenn Sie mich fragen, aber Dennis ist auch kein normaler Hund.

Dennis legt eine große Pfote auf den Rand meines Schreibtisches und sieht mich mit traurigen und ernsten Augen an. »Simon stirbt, Dan. Krebs. Wir haben es Ihnen nicht gesagt, weil wir noch Hoffnung hatten und einiges regeln wollten. Jetzt ist es eine Krise.«

Wow. Ich muss mir einen Moment Zeit nehmen, um das zu verarbeiten. Darauf hat man uns im Jurastudium nicht vorbereitet. »Okay. Vor welchen rechtlichen Problemen stehen Sie?«

»Zuerst wäre da seine Pflege. Das ist das Wichtigste. Ich

kann nicht mit den Ärzten reden, und je mehr sich sein Zustand verschlechtert, desto dringender wird er jemanden brauchen, der für ihn spricht.«

Phil. »Ich werde meinen besten Mann dafür abstellen.« Mein eifriger Praktikant kann sich um die menschliche Seite dieser Angelegenheit kümmern.

»Wenn Simon« – Dennis sackt in sich zusammen, und in seinen großen Augen steigen Tränen auf – »tot ist, werde ich keinen Menschen mehr haben, der vorgibt, sich um mich zu kümmern. Ich habe ihn eigens ausgewählt, weil er keine Familie hatte und ein Einzelgänger war. Ich kann auch nicht erben, daher werde ich kein Geld haben.«

»Wir können sein gesamtes Vermögen zu Ihren Gunsten in einen ›Treuhandfonds‹ einbringen. Das ist eine wirksame rechtliche Alternative zu einem Testament.«

»Werde ich keinen Menschen brauchen, der den Fonds verwaltet?«

Kluger Hund. »Doch.« Ich zögere, aber Dennis braucht jetzt Hilfe. »Das werde ich übernehmen.«

»Okay. Danke, Mann. Aber das ist noch nicht das Schlimmste. Simon ist zu krank, um mir eine Bleibe zu suchen. Ich werde obdachlos sein. Ich sage Ihnen, Dan, ein Halter sollte nicht vor seinem Hund sterben. Ich meine, Simon und ich sind seit sechs Jahren zusammen – das ist mein halbes Leben. Da ist auch das Freundschaftsproblem. Ich habe nicht viele Leute, mit denen ich reden kann.«

»Nein?«

»Man würde mich als Freak brandmarken, wenn ich mit den falschen Leuten spreche – sie würden mich sofort in ein wissenschaftliches Labor schicken und alle möglichen Tests an mir durchführen. Das heißt, falls der Vogel mich nicht holen kommt, weil ich mich offenbart habe. Sie verwaltet dieses Gebiet. Übernatürliche Geheimhaltung, Sie wissen schon.«

»Ja, ich weiß. Mit wem können Sie sonst noch reden?«

»Zum Beispiel mit Ihnen. Ich telefoniere viel. Und ich spreche mit Kindern und Verrückten – denen glaubt sowieso niemand.«

Dennis und ich unterhalten uns noch eine Stunde. Er ist wirklich ein interessanter Bursche. Ich habe das Donnervogel-Zertifikat, daher kann er sich mir anvertrauen, aber vor den meisten Menschen verbirgt er sein Sprachtalent. Er spricht auch Katzensprache und einige Vogeldialekte und bietet mir an, sie mir beizubringen, falls er mal in der Nähe meines Bootes im Gasworks Park Gassi geht. Am Ende unseres Gesprächs lachen wir über das Händeschütteln. Es ist anscheinend ein Witz unter Hunden. Sie finden es schon seit Jahrzehnten zum Schreien, dass sie uns dazu gebracht haben, ihnen die Hand zu geben.

Dennis kichert leise, als ich ihn zum Aufzug begleite.

Als ich in mein Büro zurückkehre, wartet Phil in der Tür. Ich frage ihn, ob er einen Hund haben möchte, aber er ist noch Student und darf auf dem Campus keine Haustiere halten, und er hat auch keine amtlich bestätigte Behinderung, die einen Hund erfordern würde.

»Update?«, frage ich.

»Die Stadt hat die Baustelle am Strand mit einem Betreten-verboten-Schild abgesperrt. Der Besitzer musste alle Arbeiten einstellen. Wir haben ein kleines Dankeschön bekommen.« Er reicht mir einen Papierstreifen, der aussieht, als käme er aus einem Glückskeks. »Ich habe eine Lupe gebraucht, um es zu entziffern.« Als ich ihm das Papier aus der Hand nehme, zieht er die Lupe hervor, aber er kann sich nicht bremsen und platzt mit dem Text heraus: »›Sie haben einen magischen Ort erhalten, und ich wünsche Ihnen dreimal Glück.‹«

»Danke für den Spoiler.« Ich überfliege den Dankesbrief. Es ist genau das, was dort steht.

»Es lag keine Bezahlung bei. Tut mir leid.« Er hält einen winzigen Umschlag hoch.

»Ach, na ja. Wahrscheinlich kann ich Glück ohnehin besser brauchen als Geld.«

»Aber Sirene hat uns einen netten Scheck ausgestellt.«

»Wirklich? Ich habe ihr doch gesagt, dass ich es umsonst mache.«

»Sie ist sehr zufrieden mit unserer bisherigen Arbeit.«

»Was haben wir denn bisher für sie getan?«

»Ich habe dafür gesorgt, dass der fiese Blogger bei Mytube, Lookbook und Randomeme gesperrt wurde. Eine Armee meiner Freunde hat sich darüber beschwert, dass seine Posts eine Beleidigung für Rollstuhlfahrer seien. Außerdem habe ich ihm einen VIP-Backstage-Pass für das Konzert heute Abend geschickt.«

»Großartig. Hast du ihn gebeten, einen Gaffhaken und einen großen Kescher mitzubringen?«

»Jepp.« Phil weiß im Allgemeinen, dass er nicht so viele Fragen stellen soll, aber er ist ein großer Sirene-Fan, und wie ich schon sagte, er kann sich nicht bremsen. »Warum habe ich ihm gesagt, dass er das machen soll?«

»Das gehört alles zum Plan.« Ich lächle und klopfe ihm auf die Schulter. Er sieht mich mit einer hochgezogenen Braue an. Er ist Zuneigungsbekundungen von mir nicht gewohnt, weil ich ihn normalerweise nicht berühre, aber unsere Hilfe für Auggie – das ist unsere Feenfreundin – und Dennis und Sirene hat mich in gute Laune versetzt. Ich habe das Gefühl, als würde ich vorankommen, Dinge erledigen und von meiner Liste im Kopf streichen, als würde ich Menschen helfen … gut, nicht zwangsläufig Menschen, aber fast.

»Und ich danke Ihnen sooooo sehr, dass Sie mir eine Eintrittskarte besorgt haben«, fährt Phil fort. Dann versucht er, mich zu umarmen.

Eine Umarmung geht zu weit. Ich wehre ihn ab. »Hab einfach Spaß. Oh, und spring nicht auf die Bühne. War sonst noch was?«

»Ihr Freund Brett hat fünfzig Mäuse geschickt, zusammen mit einer Entschuldigung – er schreibt, das sei alles, was er sich leisten kann.« Phil reicht mir zwei zerknitterte Zwanziger, einen Fünfer, zwei Eindollarscheine und eine Faustvoll Vierteldollarstücke.

»Das ist nett von ihm, aber er braucht nicht zu bezahlen.« Ich gebe Phil das Geld zurück. »Hier, das ist für dich – kauf dir eine Woche lang teure Lattes. Warte, hast du seine Kontaktdaten?«

»Ja. Er wohnt im Süden von Seattle in der Nähe der Rainier Ave.«

»Behalt ihn im Auge. Ich möchte wissen, wo er ist. Und schick ihm einen offiziell aussehenden Schrieb, aus dem hervorgeht, dass er uns nichts mehr schuldet – vielleicht eine Quittung über fünfzig Dollar mit dem Vermerk ›Gesamtsumme bezahlt‹.«

»In Ordnung.« Phil notiert alles eifrig auf seinem Handy.

»Und wir müssen einen einfachen Treuhandfonds einrichten. Unser Mandant Simon liegt im Sterben, und er möchte, dass sein Hund Dennis versorgt ist.«

Phil verzieht schmerzhaft das Gesicht, körperlich getroffen von der Nachricht. Er ist ein sensibler Junge, sehr mitfühlend. Ich hätte es ihm schonender beibringen sollen, in der Hinsicht bin ich emotional nachlässig. Ich schiebe es auf meinen Beruf, aber es kann gut sein, dass ich schon immer so war und mich auch aus dem Grund der Juristerei zugewandt habe.

Phil ringt die Hände. »Oh, Mann, ist das traurig, aber auch süß.«

»Ja, da sollten wir uns Mühe geben. Nimm den Mustervertrag von dem Fonds, den Rhino für die reiche Frau und ihre Katzen aufgesetzt hat.«

»Erledigt!«

Es ist nicht erledigt, nur weil Phil »erledigt« sagt. Was der Junge meint, ist, dass ich mir keine Gedanken mehr darüber zu machen brauche – es ist sein sprachliches Kürzel für »Betrachten Sie es als erledigt«. Ich vertraue ihm, aber ein guter Rechtsanwalt macht sich immer einen Vermerk im Kalender und prüft es nach, um auf Nummer sicher zu gehen.

»Okay«, sage ich ernst. »Setz dich. Wir müssen über den echten Fall reden.«

Phil ist während des Gesprächs auf und ab gegangen. In seinem mageren Körper steckt eine Menge nervöser Energie. Er lässt sich auf dem Stuhl nieder, auf dem zuvor Penner und Dennis gesessen haben. »Die Dampfersache?«

»Was? Nein. Die Morde.«

»Oh.« Seine Augen leuchten auf. Die Zerstückelung zweier Menschen aus der Stadt ist interessanter als die Krankengeschichte von Hunderten von Nikotininhalierern aus dem ganzen Land.

»Ich habe einiges über den zweiten Mord herausgefunden.«

Ich erzähle ihm, was ich kann, ohne Martinas Verwandlung zu erwähnen. Phils Interesse ist geweckt, als ich anfange, über die Runen zu sprechen. Das ist gut, denn Runen erfordern zeitaufwendige Recherchen, die der besessene Collegejunge für mich übernehmen könnte. Da sie nichts mit der offiziellen Arbeit für Fury und Styles zu tun haben, ist er laut Praktikumsrichtlinien nicht dazu verpflichtet, mir zu helfen, aber ich denke schon, dass er es tun wird – er beugt sich vor, die Hände auf meinem Schreibtisch wie Dennis, nur ohne Fell. Er nickt vor sich hin, während ich ihm Martinas Beschreibung des Tatorts beim Troll wiederhole – die Lage der Körperteile, die Gerüche, ein Muster von Punkten, das sie als Kreuz mit verbogenen Armen bezeichnet hat, von dem Phil jedoch meint, dass es auch das Sternbild Schwan sein könnte. *Kluger Junge.* Diesmal wird er nicht an die Polizeiberichte oder Fotos herankommen; sein Kontaktmann bei der Polizei ist nach der öffentlichen Kritik wegen des Durchsickerns der ersten Berichte nervös. Ich fühle mich beinahe schuldig. Phil und ich vergleichen die Beschreibung des Trollmordes mit den Fotos aus Samanthas Zimmer. Es gibt genug Ähnlichkeiten, um anzunehmen, dass es sich um denselben Mörder handelt, und genug Unterschiede, um zu erkennen, dass der Täter seine Technik weiterentwickelt. Wir sind beide der Ansicht, dass es wahrscheinlich noch mehr Opfer geben wird. Das Gemetzel am Troll wirkte irgendwie nicht endgültig. Martina meinte, dass der männliche Leichnam sorgfältig arrangiert worden sei, genau wie Samantha. Seine Körperteile waren in den Gelenken abgetrennt und genau zwanzig Zentimeter weiter auf den Boden gelegt worden. Der Mörder verfolgt eine bestimmte Absicht, und die müssen wir herauslesen. Runen sind Schriftzeichen, daher sind sie ein Ansatzpunkt. Phil schlägt vor, dass die Runen vielleicht indianischer Herkunft sind und von Menschen stammen, die dieses Gebiet vor sehr langer oder auch in jüngerer Zeit bewohnt haben. Kein schlechter Gedanke, aber ich habe einige der Fotos dem Donnervogel gezeigt, der hier schon seit Jahrhunderten als Halbgott lebt, und da hat nichts geklingelt.

»Dann übernimmst du also die Recherchen über die Runen?«

»Auf jeden Fall.«

»Großartig. Vielen Dank.« Normalerweise danke ich ihm nicht dafür, dass er das tut, was er tun soll, aber das hier soll er ja auch eigentlich gar nicht tun.

Er strahlt. »Mach ich doch gerne, Chef.«

»Ich bin dein ›Supervisor‹, nicht dein Chef, und dein Supervisor muss sich jetzt auf seine Nachmittagssitzung mit Darth Vapor und seiner Bande von Nikotinhändlern vorbereiten.«

Phil grinst. »Haben Sie heute noch nicht in Ihre E-Mails geschaut?«

»Zuerst war Penner bei mir, anschließend musste ich mich um, äh, Simons Hund kümmern, und dann hast du mich überfallen, bevor ich mich auch nur setzen konnte. Was grinst du so? Verheimlichst du mir etwas?«

»Die Sitzung mit den Mandanten ist abgesagt worden. Randall ist krank, Beatrice hat den Flug verpasst, und Artie hat bei einer Radiosendung eine zweitägige Kreuzfahrt zur Beobachtung der Schwertwale im Puget Sound gewonnen, die gestern begonnen hat. Die Besprechung ist auf Freitag verlegt worden. Drei Absagen und drei zusätzliche Tage zur Vorbereitung.«

»Wow. Na, das nenne ich mal Glück.«

Der beste Dad der Welt

Ich schulde Lucy Zeit mit ihrem Dad, und verdammt, ich schulde mir selbst Zeit mit ihr. Am Samstag hat sie Geburtstag. Am liebsten würde ich den Tag mit ihr verbringen, aber es ist nicht das Vaterwochenende, daher kriege ich nur den Donnerstagabend, und selbst darum musste ich Eve anbetteln. Wir werden einige Tage vorher feiern.

Ich habe einen Picknickplatz im Gas Works Park nicht weit von meinem Boot reserviert und Lucy erlaubt, Freunde einzuladen. Es sind elf Mädchen und zwei mutige Jungs.

Der Gas Works Park am Ufer des Lake Union ist ein seltsamer Ort. Früher hat dort ein Gaswerk gestanden, das von 1906 bis 1956 in Betrieb war. Dann hat die Stadt das ganze Gelände gekauft und in einen Park verwandelt. Doch anstatt die Ruinen der großen Tanklager, Kompressoren und rostigen Rohrleitungen zu entfernen, hat die Stadt einfach ringsherum Grasflächen angelegt, und so steht das Skelett der alten Fabrik noch immer mitten im Park, wo Kinder Drachen steigen lassen und Familien in ihrem Schatten Picknick machen. Es ist wie ein gefährlich baufälliger Park von Gaudí oder Dr. Seuss. Die *Seattle Times* schreibt auf ihrer Website zu Recht: »Der Gas Works Park ist der merkwürdigste Park in Seattle und zählt vielleicht zu den merkwürdigsten Parks der Welt.«

Unser überdachter Picknickplatz liegt am Wasser neben den Kompressoren. Wir haben vier Tische und eine kleine Bühne. Phil hat biologisch abbaubare Luftballons besorgt, und die Kids knabbern Biokartoffelchips und starren auf ihre Handys. Einige der Mädchen gehören zur Fußballmannschaft, andere sind Schulkameradinnen, und manche sind beides. Die Jungen kenne ich nicht, was mich etwas beunruhigt. Sie sind gut angezogen, daher denke ich, dass sie okay sind. Aber sie haben mich bei ihrer Ankunft nicht gegrüßt. Hm. Wichtiger ist, dass Lucy zufrieden wirkt. Ich bin froh, dass sie Freunde hat, und genauso froh bin ich, dass sie da sind, denn nichts ist trauriger als eine Geburtstagsparty, zu der niemand kommt.

Ohne dass meine Tochter es weiß, erscheint noch jemand zu ihrer Party. Ich sehe sie, bevor die Kinder es tun.

»Guck dir die mal an«, sage ich zu Lucy.

Sie blickt auf. Zwei Männer in strassbesetzten Jeansjacken gehen voran – Tänzer oder Bodyguards, vielleicht beides. Eine muskulöse Frau mit langem pechschwarzem Haar bildet die Nachhut. Und in der Mitte der Gruppe rollt ein Mädchen mit kräftigen Teenagerarmen in einem glitzernden, verspiegelten Rollstuhl heran, der das Sonnenlicht wie eine Discokugel in alle Richtungen reflektiert.

Lucy kneift die Augen zusammen und sieht genau hin. »Ist das …?« Ich beobachte ihr Gesicht. Ihr Ausdruck verändert sich von gleichgültig über neugierig zu ungläubig.

»Sirene!«, brüllt ein Fußballmädchen namens Katelyn. »Es ist Sirene!«

Lucys Freunde brechen in wildes Geplapper aus und laufen durcheinander wie eine aufgeregte Hühnerschar.

»Nicht hingehen«, rät ein anderes Mädchen.

»Nur ein Selfie?«

»Respektiert ihre Privatsphäre.«

»Ganz ruhig, Leute. Sie will wahrscheinlich nur im Park spazieren gehen wie alle anderen auch.«

Aber Sirene geht nicht spazieren. Sie rollt in ihrem schönen Stuhl direkt auf uns zu und hält vor mir an. Die Kinder hinter mir verstummen.

»Hey, Dan.«

Ich tue so, als wäre ich hip, obwohl ich es nicht bin. »Hey, Sirene. Na, alles klar?«

»Ja, bestens.« Sie sieht sich um und zeigt auf Lucy. »Ist das Ihre Tochter?«

»Jepp.«

»Hi, Lucy. Ich bin …«

»Sie sind Sirene«, sagt Lucy.

»Genau. Pass auf, ich weiß, dass du Geburtstag hast und dass das hier euer Picknickplatz ist, aber wir haben heute vergessen, einen Platz im Park zu reservieren. Hast du was dagegen, wenn wir uns zu euch setzen?«

Lucy ist fast sprachlos. »Ähm, okay.«

»Sieht so aus, als wäre da drüben eine kleine Bühne. Können wir ein paar Songs spielen?«

»Ja.«

»Oh ja, bitte!«, fleht Katelyn.

Ich lehne mich auf der abgenutzten Picknickbank zurück und sammle die Punkte für den »tollen Dad« ein, die ich mir verdient habe, während meine Mandantin ein privates Geburtstagskonzert für meine Tochter gibt. Das ist vielleicht der Höhepunkt meiner Karriere als Vater.

Sirene singt zwei Songs aus ihrem neuen Album »That's Just How I Roll«. Sie hat einen Weg gefunden, ohne Beine zu tanzen. Ihr Rollstuhl ist ein leichtes Sportmodell, das sie kippt und wendet und dreht, als wäre es ein Teil von ihr. Über dem Leib und Unterkörper trägt sie Sportkleidung – sie ist eine Fitness-Botschafterin mit Unterarmmuskeln, für die ein Bodybuilder sterben würde. Und natürlich hat sie eine großartige Stimme. Die Musik, die ihre Band spielt, stammt zwar nicht aus meiner Generation, aber ich fühle mich trotzdem davon angezogen. Am Ende des ersten Songs stehe ich plötzlich neben der Bühne und hüpfe mit den Kindern auf und ab, und dabei erinnere ich mich nicht einmal daran, von der Bank aufgestanden zu sein. Dann höre ich Lucy aus Leibeskräften mitsingen: »Best Day Ever!« Mir geht das Herz über.

Nach dem Minikonzert kann ich kurz mit meiner Mandantin unter vier Augen reden, während ihre Band sich unter die Kinder mischt.

»Vielen Dank«, sage ich. »Sie haben mich heute zum besten Dad der Welt gemacht, genau wie es auf meiner Bürotasse steht.«

»Nein, ich sollte Ihnen danken. Mein Stalker sitzt im Gefängnis, das Gericht hat eine einstweilige Verfügung erlassen, und er wird im Internet als Freak beschimpft.«

»Es ist der Verlust an Glaubwürdigkeit, der zählt. Niemand wird ihm mehr Beachtung schenken.«

»Woher haben Sie gewusst, dass er bei meinem Konzert mit einer Waffe aufkreuzen würde?«

»Wir haben seine Blogs gelesen. Diese Spinner sind berechenbarer, als man denkt.«

»Er hatte sogar einen Backstage-Pass. Unglaublich!«

»Nur gut, dass wir für zusätzliches Sicherheitspersonal mit Tasern und Videokameras gesorgt haben. Ich habe im

Internet das Meme gesehen, wie einer Ihrer Leute ihm den Taser in den Schritt rammt. Autsch.«

»Ja, es war verrückt. Er steht da am anderen Ende des Flurs und brüllt mir zu: ›He, Fischgesicht!‹ Ich wäre beleidigt gewesen, aber es gibt wirklich wunderschöne Fische. Na jedenfalls, plötzlich packt ihn der Sicherheitsmann, und er wirft ein großes Netz über meinen Bodyguard. Als sie ihn endlich überwältigt haben, nehmen sie ihm einen riesigen Fischhaken von der Größe eines Golfschlägers ab. Das muss man sich mal vorstellen!«

»Wir können uns wirklich glücklich schätzen, dass er Ihnen eine geringschätzige Bemerkung an den Kopf geworfen und sich dann geprügelt hat. Das ist das Beste, das uns passieren konnte. Das Gesetz ist da sehr eindeutig: Die Bedrohung einer öffentlichen Person – das sind Sie –, die in der Öffentlichkeit auftritt – bei einem Konzert –, während der Täter eine tödliche Waffe bei sich trägt – den Fischhaken –, rechtfertigt eine einstweilige Verfügung. Wir werden noch einen weiteren gerichtlichen Beschluss erwirken, um ihm zu verbieten, sich in seinen Blogs über Sie zu äußern, denn wir werden argumentieren, dass es eine seiner Formen des Stalkings ist. Herzlichen Glückwunsch, Sie sollten Ihren Stalker jetzt los sein. Außerdem hassen die Leute ihn inzwischen im Internet, seinem wahren Lebensraum.«

»Danke. Ich wünschte, Sie wären mein richtiger Anwalt. Meine Kanzlei ist soooo unglaublich langweilig.« Sie stößt mit der Faust gegen meine, und wieder komme ich mir hip vor – sie schafft es, dass man sich wohlfühlt.

»Ich bin Spezialist.«

»Ja. Ich auch. Übrigens, Ihre Tochter ist sehr nett.«

»Ja, das ist sie. Vielen Dank.«

»Sie klebt nicht an mir, und sie behandelt mich ganz normal.«

In dem Moment trifft Phil ein. Ich verziehe mich, damit er sich an Sirene hängen und sie wie eine Königin behandeln kann. Während Phil den Geek rauslässt, kommt Lucy zu mir und schenkt mir eine wilde Umarmung.

»Danke, danke, danke!«

»Keine Ursache. Ich hatte ein schlechtes Gewissen, weil ich dich neulich wegen meines juristischen Notfalls verlassen musste. Ich wollte es wiedergutmachen.«

»Du hast mir gar nichts von dem Notfall erzählt.«

»Ich wünschte, ich könnte es.«

»Du hast mir auch nichts von deiner Freundin erzählt.«

»Allem Anschein nach habe ich keine Freundin mehr, daher hat sich das wohl erledigt.«

»Wegen des Notfalls?«

»Ehrlich gesagt bin ich mir nicht einmal sicher, ob ich überhaupt eine Freundin hatte. Mädchen sind seltsam.«

»Vielleicht bist du seltsam.«

Sie ahnt nicht, wie wahr das ist. »Aha! Vielleicht ist das der Grund, warum ich keine habe.«

Ich bekomme eine weitere Umarmung. »Ich finde dich toll. Seltsam und toll. Ich weiß, dass deine Arbeit wichtig ist. Du verteidigst die Dampferfirmen, nicht wahr?«

»Ähm, ja.« Einerseits ist das eine Lüge, aber andererseits auch wieder nicht. Ja, ich verteidige die Dampferfirmen, doch es war nicht der Dampferfall, wegen dem ich das Mittagessen sausen ließ. Keine Ahnung, warum ich mein Kind anschwindele. Lügen ist grundsätzlich schlechte Politik und ganz schlimm, wenn es die Familie betrifft.

Aber der Mordfall ist so grausam, so bösartig. Das ist kein Thema für den Geburtstag der eigenen Tochter.

Einer der Jungen taucht während des Gesprächs auf und steht unbeholfen da, bis ich ihn mit einem argwöhnischen Vaterblick bedenke. Ob das der Knabe mit den zwei Kinofilmen und der E-Karte ist? Sobald ich seine Anwesenheit zur Kenntnis genommen habe, gibt Lucy ihm einen Schubs, sodass er vortritt.

»Ähm, hi, Mr Becker. Ich bin Calvin.«

»Hallo Calvin«, antworte ich, neugierig, warum dieser Junge sich mir jetzt erst vorstellt, wo die Party schon fast vorbei ist. Ich beschließe nachzufragen. »Es ist allgemein üblich, dass man sich bei der Ankunft vorstellt, Calvin. Warum also stellst du dich jetzt vor?«

»Keine Ahnung. Ich dachte nur … da Sie Lucys Dad sind … ich meine, sie hat gesagt, dass ich Hallo sagen soll.«

»Dann war es also ihre Idee, dich mit mir bekannt zu machen?«

Mir wird bewusst, dass ich den Jungen verhöre. Ein Blick auf Lucys entsetztes Gesicht verrät mir, dass ich zurückrudern muss. »Ich mache nur Spaß. Anwaltswitz.«

»Nicht komisch, Dad«, sagt Lucy. »Komm, Cal. Achte nicht auf ihn. Er hat diese Woche eine seltsame Phase.«

»Hat mich gefreut, dich kennenzulernen, Cal«, rufe ich ihm nach, als Lucy ihn an der Hand fasst und aus der Reichweite des neugierigen Vaters zieht. *Cal?* Für meinen Geschmack ist das fast schon zu niedlich. Es klingt wie ein Hundename, besser als Dennis. Ich beschließe, ihn Calvin zu nennen, falls ich seinen Namen jemals wieder benutzen muss.

Die Feier nähert sich dem Ende. Ich lehne mich an dem Picknicktisch zurück und betrachte das kleine Partykönigreich, das ich erschaffen habe und dessen König ich vorübergehend bin. Kinder lachen. Zwei Mädchen jonglieren mit einem Fußball. Andere posten Selfies, die sie gemeinsam mit Sirene gemacht haben. Selbst Phil hat Spaß – ich glaube, er flirtet mit einem der Background-Sänger. Und Lucy ist mittendrin und plaudert aufgeregt. Ich würde die Party als großen Erfolg bezeichnen und als fast völlige Wiedergutmachung des Brunchdebakels.

In dem Moment kommt Eve. Kein Kopftuch in Sicht, den Halbgöttern sei Dank, aber meine Zeit mit Lucy ist um, und ihre Mom ist hier, um sie abzuholen. Stirnrunzelnd betritt meine Ex den Picknickplatz.

»Was ist das?«

»Eine Party?«, erwidere ich.

Sie lässt den Blick über den Tisch wandern, der mit Chipstüten, Erdnussbutter-Brezeln und aromatisiertem Mineralwasser übersät ist, und die Falte zwischen ihren Brauen vertieft sich. »Einige Kinder haben Erdnussallergien, Dan. Hast du dich erkundigt?«

Nein. »Bisher ist niemand gestorben.«

»Es ist aber trotzdem nicht gesund.«

»Es ist Bio-Junkfood«, erkläre ich, aber das scheint sie nicht davon zu überzeugen, dass ich ein verantwortungsvoller Vater bin.

Lucy schwebt vorbei. »Hi, Mom. Sirene ist hier!«

Eve weiß, wer Sirene ist. Sie ist hipper als ich, dank der jungen Bi-Di-Kultur, mit der sie indoktriniert wurde. Sie ist verblüfft. Zuerst denke ich, dass sie beeindruckt sein wird, aber meine Erfolgsbilanz, was das Beeindrucken von

Frauen angeht, war in letzter Zeit eher durchwachsen. Eve ist nicht beeindruckt. Zu meiner Überraschung ist sie wütend.

»Das war wirklich beschissen von dir, Dan.«

»Was?«

»Einen Rockstar zu engagieren, um deine Tochter für dich zu gewinnen, mir eins auszuwischen und zu versuchen, der Coole von uns beiden zu sein. Ich habe etwas über das Scheidungskonkurrenzsyndrom gelesen. Da gewinnt niemand.«

»Ich habe den Rockstar nicht engagiert«, protestiere ich. »Und vielleicht bin ich ja wirklich der Coolere von uns beiden.«

»Cool, weil du auf einem feuchten, zugigen Boot wohnst und das Dampfen unterstützt? Na reizend.«

»Das Boot ist gemütlich, nicht zugig, und ich unterstütze das Dampfen nicht.«

»Lucy sagt, dass du es tust.«

»Wirklich?«

»Na ja, nicht direkt, aber was bist du denn für ein Vorbild, wenn du diese Leute vertrittst?«

»Komm schon, Eve, du kennst die Philosophie einer großen Kanzlei. Jeder verdient eine Vertretung. Wir fällen keine Urteile.«

»Bi-Di schon. Remi leitet unser Programm für verantwortungsbewusste Partnerinnen. Sie und Di Deneb bereisen die ganze Welt auf der Suche nach einzigartigen, nachhaltigen Produkten. Das ist es, was ich unserer Tochter beibringe. Und was bringst du ihr bei?« So hip Eve sich findet, sie spricht nicht mit Sirene. Stattdessen ruft sie quer durch meine wunderbare Party und beendet den Spaß wie eine Schulglocke nach der Pause. »Komm, Lucy! Hol deine Sachen. Zeit zu gehen.«

Ich bin verwirrt. Ich weiß nicht, was ich ihr beibringe. Ich versuche einfach nur, sie glücklich zu machen, weil ich dachte, dass das während einer Scheidung meine wichtigste Aufgabe sei. Doch irgendwie bin ich nicht der weltbeste Vater, sondern der weltschlechteste. Vielleicht hat Eve recht. Oder vielleicht ist sie immer noch sauer wegen der Bemerkung über das Vögeln ihrer Chefin. Keine Ahnung. Aber jetzt muss ich für einige Stunden, die ich nicht habe, meinen Erziehungsstil analysieren. *Verdammt!*

Die Ermittlungswand

Der Himmel spuckt auf Phil und mich herab, als wir über den Kite Hill und den Northlake Way entlang zum Boot gehen. Dieser leichte, andauernde Sprühregen ist typisch für Seattle. Die Sonne verschwand, sobald Sirene den Park verließ, als hätte sie sie mitgebracht. Phil plappert unaufhörlich über meine berühmte Mandantin und Montaigne, ihren Background-Sänger, während ich nassgeregnet werde – ich habe keinen Schirm dabei. Phil hält sich die Strassjacke über den Kopf, die er Montaigne abgeschwatzt hat. Keine Ahnung, wie er das macht.

Wir kommen am Troll vorbei. Auf einer umgedrehten Kiste stehen Blumen und ein Foto des Opfers, das inzwischen identifiziert wurde. Er sieht nett aus. Phil möchte fotografieren, aber die Polizei hat den Tatort nach der Beweissicherung gereinigt. Unter der Brücke schnüffeln Amateurermittler des Übernatürlichen mit klickenden Geräten und Hitzesensoren herum. Sie tragen Kreuze um den Hals, um das Böse abzuwehren. Sie sehen lächerlich aus, und ich bezweifle ernsthaft, dass einer von ihnen das Vogel-Zertifikat hat, so wie ich. Ich will mit diesem Zirkus nichts zu tun haben und ziehe Phil weiter.

Martina erwartet uns am Boot. Phil ist ihr schon einmal begegnet, als er sie zu meinem Büro geführt hat, aber er weiß nicht, was sie ist. Sie lehnt in ihrem langen grauen

Mantel an der Reling der *Lucinda*. Das nasse Haar verleiht ihr eine schockierende Ähnlichkeit mit einer ertrunkenen Ratte.

»Du hättest mir ruhig einen Schlüssel dalassen können, wenn du schon zu spät kommst«, sagt sie anstelle einer Begrüßung.

»Entschuldige, wenn ich in letzter Zeit etwas paranoid bin bei der Vorstellung, dass sich jemand eigenmächtig Zutritt zu meinem Boot verschafft.« Ich klettere an Bord, um aufzusperren. »Ich gebe meinen Schlüssel niemandem, mit dem ich nicht verwandt bin oder eine Beziehung habe, und ich habe mich erst kürzlich gegen eine Beziehung mit dir entschieden, tut mir leid.«

Phil zieht die Nase kraus. Er weiß nicht, ob ich scherze.

Martina schon. »Du bist ein echter Komiker. Willst du mit der Nummer auf Tour gehen?«

»Wir waren beim Troll«, sage ich.

Sie nickt mit dem Kopf, wie sie es immer tut. »Da ist nichts mehr. Die Cops haben den Tatort geschrubbt.«

»Jepp. Was hast du sonst noch?«

»Lass mich ins Trockene, dann zeig ich's dir.«

Wir steigen durch die Luke nach unten. Martina hat sich ihr eigenes Bier mitgebracht. Sie zieht eine Dose aus einer der vielen Manteltaschen und öffnet sie. Phil ist mit Cider glücklich. Dann setzen wir uns und machen uns an die Arbeit. Eve hatte recht; es ist feucht und zugig. Und eng. Ich könnte in diesem Moment in einer hochwertigen Wohnung in Bellevue nackt mit Fiona durch die Laken tollen. Stattdessen sitze ich hier auf einem kalten Boot mit meinem schwulen Praktikanten und einer ungehobelten Multi-Spezies-Ermittlerin. Und doch fühle ich mich gut.

Ich habe diese Woche einen Stalker zur Strecke gebracht und brenne darauf, es mit etwas Größerem aufzunehmen. Außerdem habe ich ein paar Theorien, die ich meinem seltsamen kleinen Team erläutern möchte.

Ich mache Martina noch einmal mit Phil bekannt. Wir werden die Hilfe des Jungen brauchen. Ich habe nicht die Zeit, um alles selbst zu tun – allein mit anthropologischer Runenrecherche könnte man ein ganzes Berufsleben füllen –, und so erkläre ich ihm behutsam, dass Brett mich in den Mordfall hineingezogen hat. Phil hatte das bereits vermutet. Ich sage ihm, dass Brett von jedem Verdacht freigesprochen wurde, dass wir aber nach dem zweiten Mord denken, dass der wahre Verdächtige ein Serienmörder ist, und dass ich immer noch versuche, die Verbrechen aufzuklären. Phil klatscht wie ein kleines Kind in die Hände. Das Ganze ist sehr aufregend für ihn.

»Wusst' ich's doch!«, sagt er. »Das heißt, ich wusste nicht direkt, was los war, aber ich wusste, dass Sie bis zu den Ohren drinstecken. Und ich tue es jetzt auch. Mann, das ist das beste Praktikum aller Zeiten!«

»Wir müssen eine Liste mit Verdächtigen, Beweisen und Theorien zusammenstellen. Ich möchte an diese Ermittlung herangehen wie ein Staatsanwalt, der einen Fall analysiert. Phil, du übernimmst die Runen.«

Er nickt. »Ich habe ein Computerprogramm, um sie einzuscannen und im Internet nach Übereinstimmungen zu suchen.«

»Klasse. Tu das. Martina, hast du etwas Neues für mich?«

»Ja. Mach du deine Liste, ich melde mich, wenn wir sie durchsprechen.«

Ich verwandle meine Kombüse in eine Einsatzzentrale. Phil schreibt Fakten auf Post-it-Zettel und klebt sie in senkrechten Reihen an die Schränke. Theorien und Verdächtige kommen nach oben. Wenn die Zettel während der Diskussion umgehängt werden, macht Phil Fotos, um die »Ermittlungswand« zu dokumentieren. Ich erkläre ihm, dass angesichts des öffentlichen Geplappers über das Übernatürliche eine unserer Theorien dahingehend lautet, dass unser gestörter Verdächtiger sich möglicherweise für ein mystisches Wesen hält. Aus dem Grund werden wir übernatürliche Geschöpfe in unsere Liste mit aufnehmen. Er hinterfragt es nicht; er nickt einfach nur und schreibt es auf. *Guter Praktikant.*

»Ich habe die Blogs über die Morde gelesen«, berichte ich meinem Team. »Die Kommentare lesen sich wie öffentliche Brainstorming-Sitzungen mit einem wilden Mix aus Genie und Idiotie. Ich habe Stunden damit verbracht, die Spreu vom Weizen zu trennen, und es gab dort eine Handvoll interessanter Theorien. Der übernatürliche Täter ist eine davon. Ich habe an einem Profil gearbeitet. Hier, Phil, häng das mit an die Wand.« Ich reiche ihm ein Blatt mit einer Liste möglicher Eigenschaften des Verdächtigen, eingeteilt nach Wahrscheinlichkeit:

definitiv

religiös oder mystisch
sorgfältig
körperlich stark (es braucht die Kraft eines Metzgers, um einen Leichnam zu zerteilen)

wahrscheinlich

kennt sich in Seattle gut aus

strebt nach Macht über andere Menschen
männlich

möglich

Sexualstraftäter (kehrte für eine obszöne Zeichnung in das Zimmer des Mädchens zurück)
geisteskrank (aber nicht manisch oder desorganisiert)
kannte die Opfer (in beiden Fällen gab es keine Anzeichen von Widerstand)

unwahrscheinlich

schlampig
Durchreisender
niedrige Intelligenz

unmöglich

******
******
******

»Bei ›unmöglich‹ steht noch nichts«, bemerkt Phil.

»Das liegt daran, dass ich in letzter Zeit gelernt habe, dass nichts unmöglich ist.«

»Ziemlich schwache Analyse«, stellt Martina fest und betrachtet die »unwahrscheinlich«-Kategorie. »Bis jetzt haben wir nur Zombies ausgeschlossen.«

»Wir fangen ja gerade erst an. Was hast du?«

»Ich habe mir im Internet die Leute angesehen, die behaupten, paranormale Monsterjäger zu sein. Der Täter kennt sich mit dem Okkulten genauso gut aus wie die Spinner, die die Stadt auf der Suche nach Gespenstern überfluten.«

»Und?«

»Einige Mörder machen gern ihre eigene Sauce, wenn du verstehst, was ich sagen will?«

Ich verstehe es nicht. Phil auch nicht.

Martina quiekt über unsere Dummheit und fährt fort. »Einer von diesen publicitygeilen Typen könnte damit für seine eigene Publicity sorgen. Unser Dämon könnte ein Dämonenjäger sein, der berühmt werden will. Habt ihr mal Scooby-Doo gesehen?«

Ich ja. Phil nicht. Seine Generation hat nicht die glückliche Erfahrung gemacht, Scooby-Doo und die Gang ein Verbrechen lösen zu sehen. Am Ende jeder Folge entlarven die Kinder, die das Verbrechen untersuchen, einen prominenten Mitbürger. Meist hat der Betroffene behauptet, dem Verdächtigen auf der Spur zu sein, und oft ist es der nette Mensch, den man am allerwenigsten verdächtigt hat.

Ich nicke Martina zu. »Du meinst also, wir sollten jeden Geisterjäger als Verdächtigen in Betracht ziehen, der sich in Seattle auskennt?«

»Jepp.«

Klingt sinnvoll. Ich bitte Phil, es unter »wahrscheinlich« an die Ermittlungswand zu kleben.

Martina nimmt einen Schluck Bier. »Ich habe sie bereits auf vier Hauptkandidaten eingegrenzt.«

»Erzähl.«

Phils Augen sind riesig. Meine wahrscheinlich auch. Das ist das erste Mal, dass wir diese brutalen Morde mit Namen in Verbindung bringen. Die Polizei hatte noch keine Verdächtigen, als Martina sie am Troll belauscht hat. Mein Herz rast. Ich bin zornig. Ich bin ängstlich. Ich bin nervös. Ich bin begeistert. Ich dachte immer, dass ich als Vertreter von Fury, Styles und Anderson in der Welt etwas bedeuten würde, aber so lebendig wie jetzt habe ich mich bei einem Unternehmensfall noch nie gefühlt.

»Der Erste auf der Liste ist Gerhart Gravestone, Gespensterdetektor«, sagt Martina.

»Das klingt idiotisch«, bemerke ich enttäuscht.

Martina sieht mich mit ihrem Rattengrinsen an. »Warten Sie mit der Kritik, bis Sie mich angehört haben, Herr Anwalt. Das ist der Künstlername eines gewissen Sherman Epstein. Dieser Kerl läuft mit Geräten herum, mit denen er angeblich das Wesen von Geistern aufspüren kann. Du hast wahrscheinlich seine Anzeigen im Internet gesehen.«

Nein.

»Ich habe sie gesehen«, bemerkt Phil. »Er ist witzig. Es gibt ein Meme, wo er seine Assistentin dermaßen erschreckt, dass sie sich in die Hose macht.«

»Tja, Gerhart Gravestone mag zwar witzig sein«, sagt Martina. »Aber Sherman Epstein hat ernste Geldprobleme, und er lebt mitten auf dem Queen Anne Hill.«

Ich nicke. »Damit hätte er Gelegenheit und Zugang.«

»Und hört euch das an – die Steuerbehörde hat vor sechs Monaten die Zwangsversteigerung seines Hauses angeordnet. Mit den Morden hat er seine Online-Sichtbarkeit stark erhöht und schaltet mehr Anzeigen auf seiner Website. Jetzt sucht er einen Sender, der seine Mytube-Videos ausstrahlt, damit er seine billige kleine Internetshow im Kabelfernsehen bringen kann.«

»Damit hätten wir das Motiv«, fasst Phil zusammen.

»Er klingt mehr nach einem Sponsor-Detektor, wenn ihr mich fragt«, sage ich. »Es lohnt sich bestimmt, ihm mal auf den Zahn zu fühlen. Phil kann sich als Fan ausgeben und ihn interviewen. Wer ist der Nächste?«

»Ed Hammer. Der Kerl ist ein Hexenjäger. Behauptet, er sei verflucht worden. Er hat seinen Job verloren, die Bank hat sein Haus zwangsversteigert, und seine Frau hat ihn verlassen. Ganz normale Probleme, aber er schwört, eine Hexe habe ihm das angetan. Er hat sie durchs ganze Land gejagt und seine Follower im Internet um Hilfe gebeten. Er hat sie bis hierher nach Seattle verfolgt, sagt er.«

»Er ist nicht von hier. Warum ist er ein Verdächtiger?«

»Runen.« Martina zeigt mir auf dem Handy ein Foto von ihm.

Es ist dramatisch. Der Mann hat seinen ganzen Körper mit Tätowierungen bedeckt – Arme, Hals, sogar das Gesicht – und versucht damit offenbar, den Fluch loszuwerden, der seiner Meinung nach auf ihm lastet. Aber es ist nicht die Vielzahl und die Platzierung der Tattoos, die meine Aufmerksamkeit erregt. Es ist ihr Aussehen. Die Wirbelformen haben erschreckende Ähnlichkeit mit den Runen in Bevs Haus.

»Oh mein Gott!«

»Ja, nicht?«

Ich reiche Phil das Telefon und starre Martina an. »Denkst du, er hat Samantha für eine Hexe gehalten und sie deswegen getötet?«

»Ich habe ein bisschen was über die Rituale gelesen, die notwendig sind, um einen Fluch aufzuheben. Sich mit Symbolen zu bedecken ist eine Methode. Eine andere ist es, der Hexe den Kopf abzuschneiden.«

»Wow. Dieser Bursche ist die Nummer eins auf unserer Liste.«

»Nicht so voreilig. Der Nächste ist ein Pädophiler.«

»Oh! Das klingt auch vielversprechend …«

»Max Swarmo. Vorbestrafter Dämonenjäger. Unzurechnungsfähiger, geweihter Spinner. Wie Gravestone, nur nicht witzig. Er ist verrückt genug, seinen eigenen Schwachsinn zu glauben. Er besucht unheilige Orte und treibt Dämonen aus. Ist dabei erwischt worden, wie er das Böse aus einem nackten Jungen herausgepeitscht hat, und wurde wegen einer Sexualstraftat verurteilt. Als in Snohomish County eine Reihe von Ziegen getötet wurde, war sein Name im Gespräch, aber er ist nicht angeklagt worden – Verbrechen an Tieren haben keine Priorität«, schließt Martina zähneknirschend.

»Exorzismen dürfen nur von Priestern durchgeführt werden.«

»Er *war* Priester. Die Kirche hat ihn still und leise aus dem Priesteramt entfernt, doch das hat ihn nicht aufgehalten. Die Erzdiözese leugnet jede Verbindung zu ihm, aber er beansprucht göttliche Autorität.«

»Wie hast du diese Typen gefunden?«, frage ich.

Martina grinst und trinkt einen großen Schluck Bier. »Das ist mein Job.«

»Was ist mit dem letzten Mann?«, hakt Phil nach. »Nummer vier.«

Ich sehe, wie Martina tief Luft holt. Sie ist eine ziemlich toughe Ratte, daher weiß ich, dass es heftig wird. »Er ist ein Vampir.«

Ich werfe Phil einen Blick zu. »Du meinst, er hält sich für einen Vampir, richtig, Martina?«

»Ja, klar. Er hält sich für einen Vampir, also ist er ein Kandidat.«

»Dann ab mit ihm auf die Liste.«

»Ich weiß nicht.«

»Wieso?«

»Man legt sich nicht mit Vampiren an. Oder einem Menschen, der sich für einen Vampir hält.«

»Wie meinst du das?«

»Er wird einem die Zähne in den Hals schlagen und einem das Blut aussaugen. Gruseliger Scheiß. Wie eine Schreckensbestie, nur dass er ernst macht. Das meine ich.«

Na toll. Jetzt muss ich Phil erklären, was eine Schreckensbestie ist, ohne zu verraten, dass es sie wirklich gibt. »Okay, was spricht dann deiner Meinung nach dafür oder dagegen, diesen Verdächtigen auf die Liste zu setzen?«

»Also, angenommen, es *gibt* Vampire – pro Großstadt vielleicht ein oder zwei –, dann würden sie ein ruhiges, zurückgezogenes Leben führen. Sie würden im Verborgenen töten, denn öffentliche Aufmerksamkeit würde sie nur in Gefahr bringen. Aber sie müssen sich nähren, nicht wahr? Deshalb muss man sie bei jeder Mordserie in ihrem Gebiet in Betracht ziehen. Sie sind sehr revierbezogen. Und selten. Und gefährlich. Und man legt sich nicht mit ihnen an.«

»Ja, das hast du schon gesagt. Aber könnte dieser Bursche unser Mörder sein?«

Phil meldet sich wie ein Schüler im Unterricht. Zuerst ignoriere ich ihn, aber dann wedelt er mit der Hand.

»Ja, Phil?«

»Da war zu viel Blut«, wendet er ein.

Martina und ich drehen uns zu ihm um. »Wie meinst du das?«

»Auf den Tatorten. Da war überall Blut. Der Mörder hat damit gemalt. Warum sollte jemand, der sich für einen Vampir hält, so viel Blut verschwenden?« Phil kann nicht warten und beantwortet seine Frage selbst. »Es sei denn, es liegt daran, dass ein echter Mensch es nicht alles trinken könnte. Der menschliche Körper enthält so an die fünf Liter davon.«

Kluges Kerlchen. Ein echter Mensch würde das Blut nicht trinken, ein echter Vampir aber wahrscheinlich schon, soweit ich weiß. Ich sehe Martina an.

Sie nickt. »Der Kleine hat recht. Wenn der Typ sich wie ein richtiger Vampir verhalten würde, hätte er das Blut so gut genutzt wie möglich, um die Opferzahl gering zu halten und nicht entdeckt zu werden. Das schließt ihn nicht aus, aber meiner Meinung nach rutscht er damit auf der Liste ganz nach unten.« Zum Glück belässt sie es dabei. In Phils Gegenwart müssen wir das Thema »echte« Vampire nicht weiter vertiefen.

»Also, mit diesen vier fangen wir an«, entscheide ich und zeige auf die Ermittlungswand.

»Wir sollten sicherheitshalber alle zusammen gehen, wenn wir mit ihnen sprechen.«

»Dadurch verlieren wir zu viel Zeit. Ich möchte nicht warten und dann von einem weiteren Mord lesen. Wir schaffen mehr, wenn wir uns aufteilen.« Noch während die Worte aus meinem Mund kommen, kann ich nicht glauben, dass ich sie sage. Das ist ein klassischer Scooby-Doo-Fehler.

Martina zerkaut nervös die Ecke eines Papiertuchs. »Also, wen willst du?«

»Ich werde den Hexenjäger nehmen. Er ist unsere beste Spur.«

Sie nickt. »Ich kümmere mich um den Priester. Den Blutsauger heben wir uns für später auf und machen ihn zusammen, wenn die anderen sich als unschuldig erwiesen haben. Ich will mich nicht …«

»… mit ihm anlegen. Ich weiß.«

Damit bleibt der Gespensterdetektor, der unwahrscheinlichste und ungefährlichste der Verdächtigen. Ich werfe einen Blick zu Phil. Sein Haar ist noch nass vom Regen, und er grinst immer noch wegen der Begegnung mit einem Rockstar und der Aufregung, an einer Mordermittlung teilzunehmen. Das ist sehr spannend für ihn. Er möchte auch einen der Verdächtigen übernehmen, aber er ist noch ein Kind – ein eifriges Kind, aber trotzdem nur ein Kind.

»Phil …«

»Ja?«

»Ich kann nicht zulassen, dass du mit einem potenziellen Mörder sprichst.« Er macht ein langes Gesicht. »Und ich weiß, was du denkst – unternimm nichts auf eigene Faust und tu nichts ohne meine Erlaubnis, weil du meinst, ich würde es dir später danken, denn das werde ich nicht. Du recherchierst nur im Internet. Klar?«

Er nickt enttäuscht. Wenn er später allein im Dunklen ist und merkt, dass er nicht allein mit einem Serienmörder ist, wird er erleichtert sein. Ich bin jetzt schon erleichtert. Mir war bis jetzt gar nicht klar, wie sehr mir der verdammte Bengel am Herzen liegt. Das blöde Praktikantenprogramm macht mich weich. Dafür ist es nicht gedacht.

Ich klopfe ihm auf die Schulter. »Du solltest am besten wieder aufs College gehen und weiterstudieren. Wir übernehmen hier.«

»Konnte ich denn helfen?«

»Oh ja, absolut.« Ich wende mich zu Martina um und gebe ihr einen Knuff.

»Yeah«, pflichtet sie mir bei. »Du bist unser Mann am Computer. Das Internet ist ein Füllhorn an Informationen. Immer her damit, Kleiner.«

Martina und ich nicken. Phil scheint damit zufrieden zu sein.

»Okay«, sagt er. »Dann schau ich mal, was ich online zu den Namen finden kann. Es ist klasse von Ihnen beiden, dass Sie mich da mitmachen lassen.«

Dann geht er hinauf an Deck und zurück in sein Wohnheim oder seine Wohnung oder wo Collegeschüler heutzutage leben. Meine Rattendetektivin und ich sind allein.

»Bereit für den Außeneinsatz, Herr Anwalt?«, fragt Martina.

»Jepp.« Ich schnappe mir meinen grauen Regenmantel. Wir sehen aus wie Zwillinge. Auf der Schwelle zögere ich einen Moment. Ich bin Anwalt, kein Detektiv. »Sag mir noch mal, warum ich das mache.«

Martina wendet sich zu mir um, und ihre Nase zuckt. »Weil du es tun musst.«

»Aber ich muss es doch gar nicht tun.«

»Dann eben, weil du das Bedürfnis hast.«

Sie sagt es ganz seltsam, und ich bin mir nicht sicher, wo da der Unterschied liegt. »Warum überlassen wir diese Verdächtigen nicht einfach der Polizei? Was wissen wir, das sie nicht weiß?«

»Wir wissen, dass es ein Mörder ist, der mit übernatürlichem Scheiß spielt, von dem die Welt nichts erfahren soll. Die Polizei hält ihn nur für einen Psychopathen.«

Mir kommt ein beunruhigender Gedanke. »Vielleicht ist er beides.«

Gespensterdetektor

Meine erste Station ist Seattle Elite Motorcars, der Gebrauchtwagenpark von Victor Gianopoulos. Ich brauche einen fahrbaren Untersatz. Viktor freut sich nicht, mich zu sehen, und er bestraft mich für meine Misshandlung seiner Babys auf vier Rädern, indem er mir ein iCar von Apple gibt. Wenigstens ist es aufgeladen. Ich setze mich auf den Fahrersitz und tippe ein Passwort in die App auf meinem Handy ein, die als Schlüssel dient. Das Teil ist klein und hässlich – ein Einsitzer, der aussieht wie eine Kreuzung aus Golfwagen und Dinosaurierei –, aber es ist auch schnell und leise. Nicht nötig, dass ich heute cool aussehe. Tu ich auch nicht.

Sherman Epstein lebt so gut, dass er Angst hat, seinen Besitz zu verlieren. Das habe ich schon früher erlebt. Je mehr man zu verlieren hat, desto verzweifelter möchte man es behalten. Und verzweifelte Menschen neigen zu Verzweiflungstaten.

»Ja, ich bin Gerhart Gravestone«, sagt er, während er durch den Spion seiner gewaltigen Haustür späht. Sein Haus im höher gelegenen Teil von Queen Anne ist ein moderner Protzbau, kein Klassiker wie das von Bev. Es hat vierhundertfünfzig Quadratmeter Wohnfläche und eine runde Einfahrt, in der mein mobiles Dinosaurierei parkt. Noch hat er nicht alles verloren.

»Guten Tag, ich bin Anwalt bei Fury, Styles und Anderson. Wie ich höre, haben Sie Probleme mit der Steuerbehörde.«

»Ich habe bereits eine Anwältin.«

»Nur eine?«

»Sie macht ihre Sache gut. Außerdem kann es durchaus sein, dass ich sie gar nicht werde bezahlen können, geschweige denn einen hausierenden Anwalt.«

»Anwälte werden immer zuerst bezahlt. Wir haben die Konkursgesetze praktisch erfunden. Aber ich bin nicht wegen Geld hier. Ich wollte Sie nur wissen lassen, dass ich auf Ihrer Seite stehe. Ich bin ein Fan.«

Epstein öffnet ein kleines Schiebefenster in der Tür, durch das ich sein Gesicht sehen kann. Ich habe Augenkontakt mit ihm. *Fortschritt.* Er ist älter, als ich dachte, faltig und grau. Mir wird klar, dass er bei seinen Videos geschminkt ist, von denen ich mir in der letzten Stunde zwei mit doppelter Geschwindigkeit auf dem Handy angeschaut habe.

Er mustert mich hoffnungsvoll. »Sie sehen sich also meine Sendungen an?«

»Jepp. Ich habe gerade die Folge gesehen, wo Sie das Speakeasy aus den frühen 1900ern erforscht haben, das man im International District gefunden hat. Ich war beeindruckt von Ihrer Ausrüstung. Der digitale Infrarot-Wärmesensor und die hochempfindliche Audiopistole haben wirklich interessante Ergebnisse gebracht.«

»Oh, ja! Ich habe da unten wirklich sehr hohe Messwerte erzielt. Die Wandgemälde haben besonders stark gestrahlt, wie ich in der letzten Einstellung schon sagte, wo ich stoisch am Klavier sitze.«

»Die Wandbilder waren ganz eindeutig belebt – man konnte es ihnen fast ansehen, oder vielmehr, man erkannte es an der Art, wie man von *ihnen* angesehen wurde. Und die Folge mit dem Geist des toten Boeing-Piloten, der auf die Kirche gestürzt ist, war sehr fesselnd. Die Glocke, die jetzt von sich aus jeden Tag zur Zeit des Unglücks läutet … ich meine, wow!«

»Vielen Dank. Es ist schön, einen Anwalt auf meiner E-Mail-Liste von Gläubigen zu haben. Wie heißen Sie?«

Komischerweise bin ich auf diese Frage nicht gefasst. Dumm. Ich improvisiere. »Becker Daniels.«

»Nun, Mr Daniels, ich habe einen Aboservice für nur einen Dollar pro Tag, der all meine bisherigen Sendungen und eine neue Folge pro Woche beinhaltet. Als Nächstes mache ich den Phantomzug – eine alte Dame in Everett hört an den alten Bahngleisen immer wieder das Pfeifen eines Zuges.«

»Das klingt wunderbar, aber was mich wirklich interessiert, sind diese neuen Morde. Denken Sie, dahinter steckt ein böser Geist? Oder ist es ein Psychopath?«

»Ja, das wüssten Sie wohl gerne, was?« Er grinst und wedelt hinter dem Fenster missbilligend mit dem Finger. »Das fragen sie alle. Ich spiele mit dem Gedanken, eine anderthalbstündige Sondersendung darüber zu machen. Aber es wird nichts verraten.«

Ich finde es krank, dass er die Aufmerksamkeit genießt, die er durch Samanthas Tod erhält, und möchte ihm am liebsten eine reinhauen. Vielleicht könnte ich es einrichten, dass ein großer Vogel ihn packt und fallen lässt. Aber ich beherrsche mich – das können Anwälte gut – und grinse zurück.

»Ich bin selbst ein kleiner Amateurdetektiv«, sage ich, »und habe die Morde aus übernatürlicher Sicht erforscht, aber Sie sind natürlich der Experte und werden meine Theorien wahrscheinlich albern finden.«

Sekundenlang herrscht Stille, dann höre ich, wie die Tür aufgeschlossen wird.

Bingo!

Gerhart Gravestone will meine Ideen hören. Genauer gesagt, er will sie stehlen. Ich weiß, wie Scharlatane arbeiten. Alles, was er davon brauchen kann, wird schnurstracks in seine anderthalbstündige Sondersendung wandern.

Einen Augenblick später öffnet Sherman Epstein die Tür, und Gerhart Gravestone bittet mich hinein. Ich zögere – ich könnte das Haus eines Serienkillers betreten. Aber andererseits könnte ich auch die Gelegenheit erhalten, ihn zu schlagen.

Das Haus ist groß und geschmacklos. Ein riesiger Eingangsbereich mit einem Spiegel, vor den eine Rüschengardine gehängt wurde, damit er wie ein Fenster aussieht. Ein pinkfarbener Ohrensessel, auf dem nie jemand sitzen wird. Durchgangsbögen. Teurer Bau, billige Einrichtung. Er hat wahrscheinlich ein großes Billardzimmer mit einem Gemälde billardspielender Hunde an der Wand. Diese Angebervilla hat nichts von der geschmackvollen Wohnlichkeit von Bevs antikem Jahrhundertwendehaus, das nur wenige Straßenecken entfernt ist. *Zugang und Gelegenheit.*

»Schön haben Sie's hier.«

»Oh, vielen Dank. Ich sage immer, das ist das Haus, das die Geister gebaut haben.« Geister und eine Bank, die Hypotheken wie Bonbons verteilt hat, bevor der Immobilienmarkt zusammenbrach. Unsere Kanzlei hat einigen der Betroffenen der landesweiten Finanzkrise anwaltlichen Beistand geleistet. Ich schätze, Shermy Pureheart Gravestein oder wie er sich nennt, ist bis über beide Ohren verschuldet. Mehr als zehn Prozent wird er nicht angezahlt haben, und die wird sich die Steuerbehörde holen.

Wir gehen durch einen Flur. Links hängen Fotos von ihm als Geisterjäger in Aktion, rechts Studioporträts seiner alternden Ehefrau. Sie ist geliftet worden – Wangen und Lippen sind straffgezogen, die Nase wirkt wie angespitzt. *Das ist das Gesicht, das die Geister gebaut haben.*

Wir setzen uns in der Bibliothek – wer hat denn heute noch eine Bibliothek? – auf dicke Kunstleder-Fernsehsessel aus dem Möbelschnäppchenmarkt, zwischen uns ein Couchtisch aus Spanplatten mit 80er-Jahre-Eichenfurnier. Billiger Schrott in Flohmarktqualität.

»Es ist eine Schande, was die Regierung mit Ihnen macht«, sage ich, gespannt auf seine Reaktion.

Sein Gesicht zuckt. Ich habe einen Nerv getroffen. In ihm kocht die Wut. »Ja, und ich tue etwas dagegen! Ich habe da einige Projekte in Arbeit, die ich der Welt vorstellen werde, wenn die Zeit reif ist.«

Interessant. Ob dazu auch die Erfindung von Spuk und Gespenstern gehört? »Beziehen Sie Ihre Einnahmen vor allem aus dem Online-Sponsoring für Ihren Blog und die Videos?«

»Das und Untersuchungen paranormaler Aktivitäten für Privatkunden.«

»Privatkunden?«

»Erst kürzlich hat zum Beispiel ein Paar aus Vancouver meine Dienste in Anspruch genommen. Die beiden wollten eine Yacht kaufen, deren Kapitän auf See gestorben war, und ich sollte sie untersuchen und von negativer Energie befreien. Der Mann ist über Bord gefallen und hat kein schlechtes Karma auf dem Boot hinterlassen. Ich spürte sogar, dass er seine Zeit auf der Yacht genossen hat. Als ich dem Paar versicherte, dass die Aura des Bootes gut sei, hat es mein Honorar mit Freuden bezahlt.« Ein selbstzufriedenes Lächeln breitet sich auf seinem Gesicht aus, als er an seinen Profit denkt. »Aber genug von meiner Fachkenntnis, meinen Triumphen und Entdeckungen. Erzählen Sie mir über Ihre Suche nach dem Troll-Mörder. Ich weiß, dass Sie kein Profi sind, aber ich brenne trotzdem darauf, etwas darüber zu hören. Wie Sie aus meinem Blog wissen, beschäftige ich mich bereits mit den spirituellen Aspekten.«

Ich habe ihn erfolgreich geködert. »Dem Aussehen des Tatorts unter der Brücke nach vermute ich, dass der Killer kein Mensch war.«

Epstein setzt sich kerzengerade hin. »Sie haben den Tatort gesehen?«

»Ja«, lüge ich. »Einer der Vorteile, wenn man Anwalt ist.« Was streng genommen nicht der Wahrheit entspricht. Die Polizei hätte mir keinen Zutritt zum Tatort gewährt. Sie hegt eine starke Abneigung gegen Anwälte, die sie verklagen könnten oder die Verbrecher schützen, die sie hinter Gitter bringen will. Aber Laien denken oft, wir Anwälte hätten Sonderrechte, daher spiele ich diese Karte aus.

»Was haben Sie gesehen?«

Ich kenne den Tatort, weil Martina ihn mir in allen Einzelheiten beschrieben hat. Ich bin gespannt, ob Graverobber ein Notizbuch hervorholt, um mitzuschreiben. Es ist ein Test. Wenn er das Opfer unter der Brücke ermordet hat, dann weiß er bereits, wie der Tatort ausgesehen hat, und braucht sich keine Notizen zu machen.

Ich warte, aber er macht keine Anstalten, einen Stift, Papier oder einen Laptop zu holen. Mein Puls beschleunigt sich. »Wollen Sie sich keine Notizen machen?«

Er sieht mich einen Moment lang an. »Nicht nötig«, antwortet er schließlich. »Ich habe ein überragendes Gedächtnis.«

Ich beobachte ihn genau. Er beobachtet mich, wie ich ihn beobachte. Er will Informationen, und ich will wissen, was er weiß. Ich muss ihm etwas geben, auf das er reagieren kann.

»Ich glaube, der Trollkiller ist dumm.«

»Wie bitte?«

»Wie ein vernunftloses Tier.«

Er wirkt überrascht. Wenn er unser Mann ist, sollte er nun wütend sein. Stattdessen fühlt er mir auf den Zahn. »Warum? Was haben Sie gesehen?«

»Ein Gemetzel.«

»Ein Gemetzel?«

»Es war ein einziges Blutbad.« Ich beschreibe absichtlich alles falsch und beobachte seinen Gesichtsausdruck und seine Körpersprache.

»Wirklich? Ich dachte, die Leiche sei sorgfältig arrangiert worden, in der Art eines Rituals, wie bei der ersten.« Er klingt misstrauisch. Wenn er es getan hat, weiß er, dass ich lüge, und ich könnte ihn vielleicht dazu bringen, sich zu verraten.

»Nein. Es war bestialisch, wie ein Hai-Angriff. Alles voller Blut. Also wahrscheinlich kein Vampir, was?«

»Nein, wahrscheinlich nicht. Soweit ich weiß, würde ein Vampir das Blut trinken, nicht es verschwenden.«

»Genau! Der Leichnam sah halb aufgefressen aus. Wer würde so etwas tun?«

Er runzelt die Stirn, dann seufzt er. »Sie reden über ein Monster, nicht von einem Geist.«

»Wie kommen Sie darauf?«

»Geister können rachsüchtig und zornig sein, sogar mordlustig, aber sie sind nicht hungrig. Und sie sind grundsätzlich nicht körperlich. Sie können einen Menschen dazu bringen, einen Mord zu begehen, oder einen Selbstmord vorschlagen, doch sie sind selbst keine Fleischfresser. Und einen Geist aus dem Land des Todes zu beschwören ist ritualistisch, aber nicht chaotisch. Deshalb war der Mord an dem Mädchen so vielversprechend. Aber das hier …«

Als ich das Wort »vielversprechend« im Zusammenhang mit Samanthas Tod höre, zucke ich innerlich zusammen und balle die Fäuste, schlage ihn aber nicht. Noch nicht. »Unterscheiden Sie wirklich zwischen Geistern und Monstern?«

Er schnaubt, als wäre das die dümmste Frage der Welt. »Natürlich.«

»Hm. Sie klingen enttäuscht.«

»Ich bin Gerhart Gravestone, Geisterdetektor, nicht Willie der Werwolfjäger.« In seiner Stimme schwingt Verachtung mit, und mir wird klar, dass er nicht an Wergeschöpfe glaubt. Ich hätte Martina herschicken sollen. Überraschung!

»Dann gibt es also keine anderthalbstündige Sondersendung?«

»Mein Publikum kauft mir Monster nicht ab. Das sind

kleine alte Damen, die glauben, ihre toten Ehemänner würden immer noch herumspuken.« Er lehnt sich in seinem Fernsehsessel zurück und stößt einen langen Atemzug aus, sodass ihm das Haar aus der Stirn fliegt. »Am liebsten sind mir ordentliche Morde, Opfermorde wie bei dem Mädchen – also das ist gespenstisch. Zu dumm. Zwei gute Ritualmorde hätten eine echte Geistergeschichte ergeben, und die Publicity hätte ich gebrauchen können.«

Er zweifelt meine falsche Beschreibung nicht an. Er hat den Tatort nicht gesehen. Er war nicht dort. Er ist nicht unser Mann. Er hat sich gewünscht, dass der Trollmord ein weiterer Ritualmord wäre, damit er eine Sendung über einen Serientotenbeschwörer hätte machen können, und ich habe ihm die Tour vermasselt. Außerdem habe ich gelogen. *Ich werde langsam ein bisschen zu gut darin.*

»Dann geht es bei Ihnen nur um Tote?«

»Im Allgemeinen ja, wie man meinen Videos entnehmen kann.«

»Stimmt …« Ich habe keine Ahnung, weil ich mir nur ein paar davon angesehen habe – *oops.* »Was ist mit Vampiren? Die sind tot.«

»Ha! Ich bin ja für alles offen, was das Paranormale betrifft, aber Vampire sind, wenn Sie mir meine Ausdrucksweise verzeihen wollen, Schwachsinn.«

»Vielleicht gibt es nur wenige, die sehr zurückgezogen leben.«

»Ach Gott, ich bitte Sie … ich weiß Ihre Begeisterung zu schätzen, aber Sie sollten das Übernatürliche den Profis überlassen.«

Meine Arbeit hier ist getan. Jetzt, da ich ihn ein wenig kennengelernt habe, kann ich mir nicht vorstellen, dass er irgendjemanden umbringen würde. Er ist einfach nur ein arroganter Betrüger. Ich kann mich wieder entspannen – bis jetzt war mir nicht einmal bewusst, dass ich Angst hatte und auf dem Sprung zur Flucht war.

»Bevor ich gehe, dürfte ich mir mal den Wärmesensor und die Audiopistole ansehen?«

»Aber natürlich!«

Ihm ist immer noch nicht klar, dass ich ihn verachte. Kleine Selfmadepromis können in der Hinsicht mit Blindheit geschlagen sein. Wir gehen zurück zum Eingang, wo er seine Gerätschaften griffbereit im Mantelschrank aufbewahrt – man weiß ja nie, wann ein Gespenst vor der Tür steht. Oder er gibt gern damit an. Als er die Sachen hervorholt, schenkt er mir ein dünnes Lächeln.

»Selfies mit mir kosten fünf Dollar das Stück, falls Sie eines wollen.«

»Na klar«, antworte ich und mache eine Nahaufnahme von seinen Instrumenten zum Aufspüren von Geistern. Aus nächster Nähe betrachtet sieht der digitale Wärmesensor verdächtig nach einem Rektalthermometer aus, das mit Klebeband an einem Handstaubsauger befestigt worden ist. Die Schallpistole ist unübersehbar ein Richtrohrmikrofon von einer alten Videokamera, von dem man den Markennamen abgekratzt hat. Auf dem Foto kann ich sie mir später in Ruhe genauer ansehen. Das ist die fünf Mäuse wert.

»Für weitere fünf Dollar hebe ich die Nutzungsbeschränkungen auf und gewähre Ihnen das Recht, Ihr Foto von mir im Internet zu posten«, verkündet er großherzig.

»Sie haben mir bereits meine letzten fünf Dollar abgeknöpft, als Sie mit dem Staubsauger posiert haben.«

Er zögert und sieht mich misstrauisch an. »Sie sind gar kein echter Fan.«

Er hat eine Weile gebraucht, aber jetzt hat er mich ertappt.

»Sie haben mich durchschaut. Eigentlich bin ich gar kein Jünger parawissenschaftlichen Humbugs. Ich bin in letzter Zeit selbst ziemlich offen für alles gewesen, und ich glaube durchaus an diesen Scheiß … ich meine, Kram. Aber bei der Abzocke von Bootseigentümern ist bei mir Schluss.«

Jetzt ist es kein freundliches Gespräch mehr. »Also, was tun Sie wirklich hier, Mr Daniels?«

Ich mag den Mann nicht, aber ich bin ihm eine Erklärung schuldig. Also sage ich es ihm. »Ich kenne die Familie des einen Opfers, und ich wollte hören, was Sie mir über die Morde sagen können, aber Sie wissen einen Scheiß. Das waren Gewalttaten mit echten Menschen, kein eingebildetes Pfeifen eines Phantomzugs.«

»Sie halten mich für einen Betrüger?«

»Ich weiß, dass Sie einer sind.«

Er nickt. »Verstehe. Nun, Sie sind nicht der erste Leugner, mit dem ich es zu tun habe, und ich verspreche Ihnen, dass Ihre Glaubwürdigkeit Schaden nehmen wird, wenn Sie meine angreifen. Jetzt werde ich Sie zur Tür begleiten, und vielleicht können wir vergessen, dass wir uns je begegnet sind.«

Er deutet auf die Tür. Ich habe keine andere Wahl. Jetzt zu bleiben wäre Hausfriedensbruch. Ich gehe und beschließe, ihn nicht zu schlagen. Ich habe Wichtigeres zu tun, und er wirkt wie der verzweifelte und etwas unehrliche Typ, der mich verklagen würde. Doch als ich das Haus verlasse, kann er es sich nicht verkneifen, mir noch eine spitze Bemerkung an den Kopf zu werfen.

»Die Geister der Verstorbenen sind nicht das Einzige, was aus dem verfluchten Land kommt, wissen Sie.«

»Nein? Was denn noch? Bauernfänger?«

»Dämonen. Wenn Sie meine Sendungen gesehen hätten, wüssten Sie, dass die Leute davor wirklich Angst haben.«

»Sie meinen Dämonen wie …«

Er bringt mich zum Schweigen. »Seien Sie still, Mann! Nennen Sie keine Namen, sonst ziehen Sie noch ihre Aufmerksamkeit auf sich, Sie Idiot!«

Ich mag es nicht, von einem Betrüger »Idiot« genannt zu werden, der unschuldigen Bootsbesitzern eine Scheininspektion verkauft und den barbarischen Mord an einem jungen Mädchen für »vielversprechend« hält. Ich mag das absolut nicht. Am liebsten würde ich rufen: »Asmodäus, Demogorgon, Beelzebub!« Stattdessen haue ich ihm nur eine rein.

»Und ich hasse Ihr geschmackloses Haus!«, brülle ich durch die Tür, als er mich hinausschiebt. Dann fällt mir ein, wen Martina befragt. *Den Dämonenjäger.*

Pioneer Square

»Ich habe eine Spur zu Swarmo«, berichtet Martina am Telefon.

»Wo bist du?«

»Am Pioneer Square.«

»Ich bin in fünfzehn Minuten da. Ruf mich an, wenn du Kontakt aufnimmst. Warte, wenn du kannst.« Ich springe in das Dinosaurierei und rolle von der Gravestone Villa davon.

Ich schaffe die Fahrt in zehn Minuten und weiche Autos und Fußgängern aus wie ein länglicher Ball, der durch ein Labyrinth eiert. Jeder freie Parkplatz wird von einem Obdachlosen belegt, der ihn für den ersten Fahrer freihält, der bereit ist, ihm fünf Dollar zu bezahlen, damit er sich verzieht. Ich nehme die Frau mit Kind – sie wirkt am bedürftigsten – und winke ihr zu, damit sie weiß, dass ich bezahlen werde. Es ist die fünf Dollar wert.

Martina kommt mir in der Mitte des Platzes entgegen. Wir sind umgeben von Obdachlosen, zwei Halme relativen Wohlstands inmitten einer offenen Wiese schwankender Unglücklicher. Einer davon ist unser Mann.

»Woher weißt du, dass er hier ist?«

»Mehrere dieser braven Bürger berichten von einem Mann, der regelmäßig auf der Bank da drüben versucht, Leute zu bekehren.«

»Viele Menschen predigen in der Öffentlichkeit.«

»Über Dämonen?«

»Oh.«

»Yeah, meine Nagerinstinkte sagen mir, dass er es sein könnte.«

»Gut.«

»Er soll in letzter Zeit sehr aktiv gewesen sein.«

Wir warten. Martina fragt mich nach Gravy. »Wie war's beim Gespensterdetektor?«

»Zum Kotzen.«

»Dann ist er nicht unser Mann?«

»Nicht unser Mann.«

»Hast du was Neues erfahren?«

»Er hat Dämonen erwähnt, so wie Swarmo. Weißt du als übernatürliches Geschöpf irgendwas über dämonische Wesen?«

Martina schüttelt den Kopf. »Wahrscheinlich nicht mehr als du. Das ist vorsintflutlicher Bibelscheiß. Er existiert nicht nur außerhalb der Menschenwelt, sondern komplett außerhalb der Welt. Ich lebe hier auf der Erde mit euch traurigen Säcken, Mann.«

»Denkst du, es könnte Dämonen auf der Erde geben? Ich meine, vor zwei Wochen habe ich noch nicht geglaubt, dass es Feen und Werwölfe gibt, und doch sind sie hier.«

»Ich habe gesagt, ich weiß nicht mehr als du. Vielleicht sollten wir einen Priester fragen.« Sie deutet auf einen Mann in einer Robe, der auf die Bank auf der anderen Seite des Platzes steigt.

»Ich sehe ihn. Los, gehen wir.«

Der Mann ist beeindruckend – fast zwei Meter groß, noch dazu auf einer Bank. Wie ein Geier oder ein Gargoyle ragt er düster über den Platz und verströmt eine finstere Aura alttestamentarischen Unheils, weit entfernt von einem coolen Jugendpfarrer. Die Leute versuchen ihn zu ignorieren und werfen ihm im Vorbeigehen doch nervöse Blicke zu. Andere machen einfach einen Bogen um ihn. Es sind keine Anhänger da. Nur wir.

Ich fasse Martina an der Schulter. »Warte. Wir sollten uns anhören, was er zu sagen hat, bevor er merkt, dass er beobachtet wird.«

Sie versteht sofort und nickt. Als er zu sprechen beginnt, wenden wir uns einander zu und tun so, als wären wir ein Paar, das sich unterhält. Es ist ein seltsames Gefühl, Martina liebevoll in die Augen zu blicken, selbst wenn es nur ein Trick ist. Sie schenkt mir ihr typisches Grinsen und genießt wahrscheinlich meine Verlegenheit. Vielleicht würde es mir natürlicher vorkommen, ein Paar zu spielen, das sich streitet.

»Sie erheben sich!«, beginnt Swarmo. »Die Versucherin und der Schänder stecken unter einer Decke! Ihre pornografische Umarmung ist ein Schandfleck auf der unschuldigen Welt unseres Herrn, erschaffen als ein Garten über dem Schmutz. Wählt. Wählt! Wollt ihr in einem Garten leben oder im Schmutz? Seht euch um. Die Bäume sind der Garten. Die Nadeln und der Urin sind der Schmutz. Wählt!«

Ich warte darauf, dass er Dämonen erwähnt, höre aber noch nichts. Könnte der »Schänder« ein Dämon sein? Vielleicht »erhebt« er sich aus der Unterwelt. Ich bin mir nicht sicher. Martinas Nase zuckt. Sie brennt darauf, mit ihm zu reden. Irgendetwas treibt sie an, diesen Fall zu lösen. Ich weiß nicht, was es ist, aber sie ist eine äußerst motivierte kleine Ratte. Ich muss ihr auf die Schulter klopfen und sie zur Geduld mahnen.

»Hör weiter zu. Er soll sich selbst belasten«, flüstere ich ihr in ihr spitzes Ohr.

Es ist ein Anwaltstrick. Unterbrich nie einen Zeugen der Gegenseite, wenn er in Fahrt gerät. Warte, hör zu und pick dir die Perlen raus. Wir brauchen nicht lange zu warten, bis Swarmo liefert.

»Das Versprechen auf ein schnelles High kommt in einem Baggy. Das Versprechen auf Sex wartet auf dem Handy. Das Versprechen auf Reichtum und sofortige Befriedigung. Das Versprechen auf Macht. Diese Versprechen sind die Fallen der Dämonen. Wie ein Drogendealer werden sie euch in Versuchung führen und euch eine Kostprobe geben. Sie werden euch immer mehr versprechen, immer Größeres und immer Höheres! Bis ihr alles für eitlen Tand opfert, für Zaubertricks und die Euphorie des Augenblicks.«

Jetzt. »Was opfern wir, Max?«, rufe ich ihm zu.

Er wirkt nicht überrascht, als er seinen Namen hört, er zögert nicht einmal. Er ist Zwischenrufe gewohnt. »Alles …« Swarmo blickt uns vielsagend an.

»Geht das auch genauer?«, fragt Martina.

Zu meiner Überraschung steigt er von der Bank.

»Ja. Brauchen Sie Beispiele, um zu glauben?«

»Klar. Immer her damit«, antwortet Martina.

»Die Dämonen sind gleich hier auf dem Pioneer Square. Überall.«

Das ist keine Übertreibung. Die Betroffenen sitzen und liegen auf dem Platz und leben dort sogar in Zelten. Ihre persönlichen Dämonen sind Drogen und Alkohol und andere Krankheiten. Es ist eine müde und zeitlose Analogie. Aber sie ist nicht übernatürlich.

Martina nickt. »Und was opfern diese Leute?«

»Sich selbst.«

»Sie opfern sich den Dämonen?«

»Ja. Niederen Dämonen. Man kann sie nicht sehen, aber sie zerren am Willen, nagen an der Selbstachtung. Seht hin! Gottes Geschöpfe werfen sich den … Namenlosen zu Füßen.«

Ich springe mit einer Frage ein. »Den Namenlosen?«

»Oh, sie haben schon Namen. Aber wir wagen es nicht, sie auszusprechen, um keine Aufmerksamkeit zu erregen.«

Ich höre nun schon zum zweiten Mal, dass es gefährlich sei, den Namen eines Dämons zu nennen. Eine weitere Quelle – hoffentlich glaubwürdiger als Gerhart oder Max –, und ich fange an zu denken, dass da etwas dran ist. Es ist wie beim Dreisatz. Die meisten Leute gehen davon aus, dass die Aussage eines glaubwürdigen Zeugen wahrscheinlich wahr ist. Doch bei einem Verfahren können drei schlechte Zeugen genauso gut sein wie ein glaubwürdiger Zeuge – mit anderen Worten, wenn drei ansonsten unglaubwürdige Zeugen das Gleiche sagen, steckt wahrscheinlich ein Körnchen Wahrheit darin.

»Wirklich?«, sage ich. »Haben Sie schon mal den Namen eines Dämons ausgesprochen?«

Er mustert mich, dann betrachtet er Martina in ihrem grauen Trenchcoat. »Woher wussten Sie meinen Namen? Ich habe Sie beide hier noch nie gesehen.«

»Ich bin Rechtsanwalt, Max.«

Wenn ein fast zwei Meter großer Priester vor einem aufragt, ist das eine befremdliche Erfahrung, denn anstatt sich geborgen und getröstet zu fühlen, bekommt man es mit der Angst zu tun. »Sind Sie *mein* Rechtsanwalt?«

Er ist argwöhnisch und verwirrt. Max hat für seine diversen geringfügigen Vergehen wahrscheinlich mehrere Pflichtverteidiger gehabt, außerdem einen Fachanwalt für Kapitalverbrechen bei der Missbrauchsklage und ein paar Wirtschaftsanwälte für die darauffolgende Zivilklage gegen die Kirche – ich glaube, in Seattle führt die Kanzlei Jurkins und Powell die meisten Zivilprozesse bei größeren kirchlichen Missbrauchsfällen. Ich weiß nicht, ob er auf der Straße lebt, aber Martinas Nachforschungen zufolge hält er sich jeden Tag hier unter den Obdachlosen auf.

Max sieht mich mit sanften Augen an. Er hat viel durchgemacht. Er hofft, dass ich auf seiner Seite bin; dass ich nicht hier bin, um ihn zu verklagen, ihm eine Vorladung auszuhändigen oder ihn weiter zu verfolgen. Ich sollte es nicht ausnutzen, aber ich tue es trotzdem. »Bei Ihrem Fall ist die Berufung anhängig, korrekt?« Die Chancen stehen gut, dass einer seiner vielen Fälle noch in Berufung ist. Ich formuliere es als Frage, damit es keine Lüge ist, und ich deute an, dass ich sein Berufungsanwalt bin, ohne es ausdrücklich zu sagen.

»Dann kennen Sie meinen Dämon.«

Sein Dämon ist Sex. Laienhaft ausgedrückt: Er ist ein Perverser. Das Argument der Verteidigung vor Gericht lautete, dass er den nackten Messdiener aus religiösen Gründen ausgepeitscht hat. Eine Verteidigung religiöser Freiheit.

»Helfen Sie mir auf die Sprünge.«

»Lulumon«, flüstert Max, dann zittert er und greift sich in den Schritt wie ein Rocksänger, der einen Schmuddelsong bringt. Ich habe das schon bei dem Rapper Two-Buck Chuck in einem Musikvideo auf Lucys Handy gesehen. Wenn das ein großer Mann in einer Robe auf dem Pioneer Square macht, ist es nicht annähernd so cool. Jetzt murmelt er wirres Zeug, seine Augen rollen zurück, und seine Hand ist unten rum aktiv. Es ist echt unheimlich.

Martina weicht zurück. »Was zum Henker?«

»Ich glaube, das ist sein Dämon«, sage ich. Es ist eine Vermutung, aber ich denke, eine verdammt gute.

»Ja«, bestätigt Max. »Der, den ich dem Jungen ausgetrieben habe. Der, der mein Leben zerstört hat. Verderbtheit! Aber ich habe den Jungen gerettet.«

»Sie haben ihn exorziert.«

»Ja.«

»Indem Sie ihn nackt ausgepeitscht haben.«

»Natürlich. Damit er leichter rausging. Nicht, dass Sie das verstehen würden. Aber es hat nicht funktioniert! Am Ende musste ich den Namen sagen. Meine Brüder wussten, dass ich recht hatte. Sie wussten es! Aber als die Polizei kam, hat es ihnen die Sprache verschlagen. Sie haben mich dafür brennen lassen. Es ist okay. Ich habe dem Jungen ein solches Leben erspart.« Er schlägt sich so fest zwischen die Beine, dass er sich krümmt. Nach einem Moment zieht er zischend die Luft ein und richtet sich wieder zu seiner vollen Größe auf. »Es ist genug. Meine Erlösung ist gesichert.«

Ich bin ein pragmatischer Mensch. Ich glaube selten an etwas, das keinen logischen Sinn ergibt. Aber die Erklärung von Max ist einfach und überzeugend, wenn man an die Unterwelt glaubt. Der Junge war von dem Dämon

Lulumon besessen, er war ein sexuell abartiges Kind. Max hat den Dämon von ihm übernommen, und jetzt ist er der Perverse. »Sie haben für ihn Ihre Tugend geopfert.«

Max sieht mir in die Augen. Er leidet. Er hat sich mit seinem Schicksal abgefunden, ist aber auch seltsam im Reinen damit. Jetzt, da ich ihn ein wenig besser kenne, ist er mir nicht mehr so unheimlich.

»Die Leute sehen das anders«, sagt er.

»Sie sehen es gar nicht, oder?«

»Nein, aber das ist okay. Gott sieht es.«

Das geht mir ein bisschen zu weit. Ich weiß nicht, ob Max Swarmo ein Sittenstrolch oder ein tragischer Held ist. *Oder ein Mörder*, rufe ich mir ins Gedächtnis.

Während ich darüber nachgrüble, stellt Martina die Frage, von der ich wünschte, dass ich sie gestellt hätte. »Kommt es vor, dass Menschen aus egoistischen Gründen andere Menschen opfern?«

Max verstummt und denkt nach. »Sie reden von den Trollmorden.«

Martina ist jetzt ganz Detektivin. Sie hat ihr Notizbuch gezückt. Wahrscheinlich hält er sie für meine Ermittlerin. »So nennen wir sie jetzt, ja.«

»Huuu …« Er stößt einen langen Atemzug aus. »Ich weiß nicht, was unter der Brücke geschehen ist. Wohlgemerkt, ich weiß durchaus, was unter Brücken geschieht. Laster! Verkommenheit! Aber bei dieser Brücke muss ich passen.«

»Sie haben von dem Mädchen in dem Haus in Queen Anne gehört?«, fragt Martina.

Er brummt bejahend.

Martina stößt mich an.

»Also«, beginne ich und fummele mein Handy hervor. »Könnten Sie mir sagen, ob hier ein Dämon am Werk war, wenn ich Ihnen Fotos von …« Meine Stimme bricht. Mir wird bewusst, dass ich mir die Fotos von Samanthas Leichnam nicht mehr angeschaut habe, seit Bev in mein Büro gekommen ist. Jetzt, da ich Bev kenne, kann ich sie mir nicht mehr ansehen. Ich gebe Martina das Handy. Ich bin mir nicht sicher, ob es eine gute Idee ist, einem gequälten Mann die grausam zugerichtete Leiche eines jungen Mädchens im Schlafanzug zu zeigen, aber es ist zu spät. Sie zeigt ihm das Bild.

»Ist das ein Opfer, Swarmo?«, fragt sie barsch. Sie geht nicht feinfühlig vor. Sie findet ihn abstoßend, und das nicht zu Unrecht. Ich kann sie verstehen.

Während er das Bild von Samanthas abgetrennten Körperteilen betrachtet, die um ihren Kopf herum arrangiert sind, weiten sich seine Augen. Ich stelle mir vor, wie sich der perverse Sexdämon in ihm erhebt, um einen näheren Blick auf das ermordete Mädchen zu werfen, wie er Max erregt, ihn verwirrt. Es ist eine Zehn auf der Ekelskala. Ich will hier weg. Mehr als alles andere will ich, dass er aufhört, Bevs Tochter anzusehen. Es ist, als würde sie aufs Neue geschändet werden. Aber es wird Max Swarmo eine Reaktion entlocken, und er hält mich für seinen Anwalt. Gleich werden wir wissen, ob er unser Mann ist.

»Max?«, drängt Martina, damit er antwortet.

»Teufel!«

Max hat eine laute Stimme, die Predigerstimme eines Priesters. Sie ist wie meine Gerichtsstimme, nur dass Swarmo größer ist und eine größere Lunge hat. Er wendet sich von uns ab und steigt wieder auf seine Bank.

»Welcher Teufel?«, rufe ich aus meiner irdischen Position zu ihm hoch.

»Nein! Nein! Das Ohr eines Teufels ist länger als mein Schwanz!«

Da kann ich nicht mitreden – ich habe keine Ahnung, wie lang beides ist. Er tigert auf der Bank hin und her. Martina und ich rufen ihm gleichzeitig Fragen zu in der Hoffnung, noch eine gute Antwort aus ihm herauszubekommen, bevor wir ihn ganz verlieren.

»Ist es ein Opfer?«, fragt sie.

Ich bedränge ihn. »Dann gibt es also einen Dämon?«

Er tritt nach mir und brüllt unsinniges Zeug. Wir fallen langsam auf. Leute, die im Schneidersitz auf dem Gehsteig sitzen, sehen von ihrer Beschäftigung hoch. Gesichter spähen aus Zelten. Wir haben die volle Aufmerksamkeit der Passanten. Ein bärtiger Mann, dem Bauch nach zu urteilen ein Liebhaber von Brauereikneipen, macht einen großen Bogen um uns. Eine Asiatin mit Kind macht auf dem Absatz kehrt und geht einen Umweg.

»Hat Ihr Dämon Sie dazu gezwungen?« Martina zeigt auf das Handy.

Ich weiß, worauf sie mit ihrer Frage hinauswill; sie gibt ihm eine Ausrede, die er übernehmen kann. *Clever.* Er hat dieses Argument schon früher zu seiner Verteidigung vorgebracht – der Teufel hat mich dazu gezwungen. Wenn wir es wie eine brauchbare Entschuldigung klingen lassen, gesteht er vielleicht. Wir müssen ihn nur noch etwas mehr beruhigen.

»Mir können Sie es erzählen«, überschreie ich sein Gefasel. »Ich bin Anwalt!«

In dem Moment zieht er sich die Robe über den Kopf.

»Wir kriegen eine Show!«, quiekt Martina, und dann erhalte ich eine gute Einschätzung von der Mindestgröße eines Teufelsohrs.

Anträge

Swarmo ist ein Tatverdächtiger. Er ist verrückt, so viel steht fest. Er ist pervers, das ist ausgiebig belegt. Als Priester steht er sogar auf Rituale. Aber trotzdem kommt er mir nicht wie der kalkulierende Organisator unserer beiden Morde vor. Diese Morde waren akribisch geplant und sorgfältig ausgeführt, nicht chaotisch, von einem analytischen Geist erdacht, nicht von einem Theologen. Und abgesehen von der Penis-Rune waren sie nicht sexualisiert. Max hat auf das Foto reagiert – und wie! –, aber nicht wie ein Angeklagter. Angeklagte flippen nicht aus und rennen nackt auf dem Pioneer Square herum, wenn man sie mit ihren Verbrechen konfrontiert. Sie leugnen. Natürlich könnte er verrückt genug sein, um es doch getan zu haben. Die Dämonensache ist ein weiterer Aspekt … ich weiß nicht, was ich von seiner Behauptung halten soll, er sei besessen. Vielleicht hat der Teufel ihn wirklich dazu gezwungen. Das ist echt finsteres Zeug – nicht wie eine Fee oder ein sprechender Hund –, aber wie ich Gravestone schon sagte, bin ich in letzter Zeit offener geworden, was das Übernatürliche angeht. Es gibt genügend Anhaltspunkte, um Swarmo auf der Liste zu lassen, und noch spricht nichts gegen ihn als Täter. Das ist die Analyse, die ich durchführe, als die Richterin mich aufruft.

»Mr Becker?«

Ich schaue hoch. »Ja?«

»Wie lautet Ihre Antwort?«

Ich blicke mich um. Der Gerichtssaal ist brechend voll. Die Anhörung heute Morgen ist der erste große Dampfer-Antrag, und unsere Mandanten sind anwesend, um zu sehen, wie wir vorgehen. Darth Vapor, der Hippie und ihre Gefolgsleute füllen die Bänke auf der rechten Seite des Saals. Die Kläger sind ebenfalls da: Kinder mit entstellten Gesichtern und Frauen, die an Sauerstoffgeräten hängen. Sie und ihre Familien sitzen links. Es ist wie bei einer Hochzeit, wo die Familie der Braut auf einer Seite der Kirche sitzt und die des Bräutigams auf der anderen Seite des Ganges. Rhino ist als Beobachter hier.

»Bitte verzeihen Sie, Richterin Lewis. Könnten Sie die Frage wiederholen?«

Penner versetzt mir einen Stoß in die Rippen und flüstert mir aggressiv zu: »Na machen Sie schon, Becker, Sie sind dran!«

Richterin Lewis sieht mich über den Rand ihrer Brillengläser an. »In Ihrem Antrag auf ein Urteil ohne Verfahren fordern Sie mich auf, die Klage der Kläger abzuweisen, aber die Kläger machen schwere Verletzungen, laufende Behandlungskosten und sogar den Tod geltend. Streiten Sie diese Schäden ab?«

»Wir streiten nicht ab, dass die Kläger Schaden genommen haben, Euer Ehren. Wir vertreten die Position, dass die Produkte meiner Mandanten nicht die unmittelbare Schadensursache sind.«

»Wollen Sie mir sagen, dass die explodierenden Akkus Ihrer Mandanten *nicht* die Verbrennungen im Gesicht verursacht haben?«

»Nein, das sage ich nicht.« Es fängt schon schlecht an. Richterin Lewis mustert mich mit mehr Verachtung als der Vogel. »Ich sage, dass es keinen Beweis dafür gibt, dass meine Mandanten für die Explosion ihrer Produkte verantwortlich sind. Die Akkus in den Vape Pens könnten von den Opfern manipuliert worden sein.« Penner versetzt mir unterm Tisch einen Tritt. Ich sollte die Leute, die uns verklagen, nicht als »Opfer« bezeichnen, selbst wenn sie es sind. Dadurch wirken sie sympathischer. Den gleichen Fehler habe ich bei Bretts Verhandlung gemacht. »Es gibt auch kaum Beweise dafür, dass die Kläger die Gebrauchsanweisungen für die Produkte meiner Mandanten befolgt haben. Und wir wissen nicht, ob die Akkus ordnungsgemäß gelagert worden sind.«

»Ein Vape Pen befand sich in der Tasche seines Besitzers, als er explodiert ist und ihn praktisch kastriert hat. Man wird wohl davon ausgehen können, dass ein normaler Mensch sein Dampfgerät in der Tasche aufbewahrt, denn dafür ist sie schließlich da.«

Dagegen lässt sich schwer etwas einwenden. Volcanic und Vixen Vapor hätten sich auf eine außergerichtliche Einigung einlassen sollen, aber sie sind meinem Rat nicht gefolgt. Jetzt kämpfen wir an zwei Fronten – zerstörte Lungen *und* zerstörte Gesichter. Schlimmer noch, das schwache Argument mit den explodierten Akkus lässt auch die Hersteller der Liquids schlecht aussehen. Es zieht den ganzen Fall runter.

»Ich habe Ihre Falldarstellung gelesen, Mr Becker. Sie ist ein wenig diffus, und ehrlich gesagt finde ich, dass es noch viele Fragen gibt, die Sie und Ihre Mandanten beantworten müssen. Ich werde den Fall der Kläger nicht abweisen.

Es wird zur Verhandlung kommen, und dort können Ihre Mandanten den Geschworenen erklären, warum ihre Produkte explodiert sind.«

Ich verliere. Jetzt wäre ein guter Zeitpunkt, sich zu setzen, aber ich bleibe stehen. Ich versuche, etwas für unsere Mandanten zu retten. »Wenn die Klage nicht ohne Verfahren abgewiesen wird …«

»Wird sie nicht«, bekräftigt die Richterin.

»… dann beantragen wir hiermit, den Teil des Rechtsstreits, der die Lungenschäden betrifft, von der Fehlfunktion der Akkus zu trennen. Sie betreffen unterschiedliche Angeklagte und unterschiedliche Streitpunkte. Sie sollten getrennt verhandelt werden.«

Sie zögert nicht einmal. »Nein. Einige der Kläger haben Gesichtsverletzungen *und* Lungenschäden. Außerdem ist dies ein großer Fall, dessen Verhandlung Wochen dauern wird; wir werden sie nicht zweimal führen.«

Penner springt wie bei »Hau den Maulwurf« aus dem Stuhl. »Was ist mit meinem Antrag, Euer Ehren? Ich habe darum gebeten, die nachteiligen Namen meiner Mandanten nicht zu nennen und stattdessen ihre Steuernamen zu verwenden.«

Er kneift die Augen zusammen. Ich kann mir nicht vorstellen, dass sie seinem Antrag stattgeben wird. Mich hasst sie jetzt schon, und er ist noch unsympathischer. Sein Antrag ist neu und ungewöhnlich in einem Gericht, in dem neu und anders eher ungünstig ist. Es ist zu viel des Guten.

»Ich habe ihn gelesen, und ich mag ihn nicht«, erklärt Lewis. *Ach was.* »Aber die Fälle, die Sie anführen, Mr Penner, sind überzeugend, und ich denke, ich bin gesetzlich verpflichtet, Ihrem Antrag stattzugeben. Sie haben gründlich, stichhaltig und schlüssig erklärt, warum Namen nicht relevant sind. Außerdem werde ich Ihrem Antrag auf Zugang zu sämtlichen Krankenakten der Kläger stattgeben. Sie haben gezeigt, dass die angeblichen Lungenkrankheiten vielfältige Ursachen haben können. Sie erhalten hiermit die Erlaubnis, die möglichen anderen Ursachen während der Voruntersuchung näher zu beleuchten. Ich gebe Ihnen dafür sechs Monate Zeit.«

Sechs Monate. Das bedeutet, dass die Verhandlung frühestens acht Monate danach angesetzt wird. Anschließend folgen ein oder zwei Jahre mit Berufungen. Ich werde für die nächsten drei bis fünf Jahre von diesem Rechtsstreit vereinnahmt sein. Ach, jetzt ein wenig schnelle Vogeljustiz! Unwillkürlich stelle ich mir Richterin Lewis als große Schleiereule mit weißem, herzförmigem Gesicht vor. *Nur kurz mit dem Kopf nicken, und schon haben Sie uns vom Elend unserer Mandanten erlöst.* Aber das hier ist Gesellschaftsrecht. Es ist ein langer Prozess aus Verfahrensschwachsinn, Behinderung und Kompromissen, bei denen beide Parteien verlieren. Es hat wenig Ähnlichkeit mit der raschen, aufregenden und befriedigenden Rechtsprechung des Mitternachtsgerichts. Und gerechter ist es auch nicht, im Gegenteil.

Unsere Gegner wehren sich erfolglos gegen das Namen-Verstecken und Akten-Schnüffeln. Penner kommt mit seinen Anträgen durch; die Namen unserer Mandanten werden #45 LLC, #520 LLC und #76 LLC lauten, und er wird die Erlaubnis erhalten, die privaten Krankenakten der Kläger nach belastbarem Material zu durchwühlen. Meine Anträge werden formlos abgelehnt.

Nach einer langen Diskussion darüber, welcher Standard für die Vorladung von Zeugen aus anderen Bundesstaaten gilt, ist die Anhörung Gott sei Dank vorbei. Meine unzufriedenen Mandanten erheben sich und begeben sich zum Anhörungsbericht in einen Konferenzraum. Der Bericht wird nicht gut ausfallen. Penner und Rhino stecken in einer Ecke die Köpfe zusammen, wo man sie nicht belauschen kann. Ich sitze nur da und starre vor mich hin. Hinter Richterin Lewis hängen Porträts früherer Richter und Anwälte an der Wand, die auf uns herabblicken. Anders als die meisten Gemälde scheinen ihre Augen mich zu ignorieren. Dies ist eine Niederlage. Es ist das Gegenteil meines Auftritts vor dem Mitternachtsgericht im Wald auf dem Mount Si, wo alle Augen auf mich gerichtet waren, als ich um das Leben eines unschuldigen Wesens gekämpft habe. Hier bin ich dafür gestraft und gedemütigt worden, dass ich Profitgeier verteidige, die Nikotin an junge Menschen verkaufen. Im Gerichtssaal wird lautstark über die Tragweite der Entscheidung der Richterin diskutiert, doch niemand tritt an meinen Tisch. Die Menschen meiden Verlierer wie einen Aussätzigen. Viele wichtige Leute ignorieren mich, aber als der Saal sich leert, sehe ich, dass einer es nicht tut, und sein enttäuschtes Gesicht trifft mich am härtesten. Phil winkt mir vom Ende des Saales aus zu. *Immer der Unterstützer.* Ich hebe schwach die Hand, schenke meinem treuen Praktikanten ein trauriges Lächeln und winke zurück.

Frances Fury ist *nicht* immer die Unterstützerin. Sie kann sogar ziemlich nachtragend sein. Sie stellt nur die Besten ein, daher erwartet sie auch von uns, dass wir die Besten sind, was irgendwie logisch ist. Aber jeder kann mal versagen, und das verzeiht sie nicht. Ich erinnere mich an den hochgewachsenen Garth Davis, der den Fall mit dem Kleinwüchsigen verloren hat. Ich bin sicher in ihr großes Büro bestellt worden, weil ich den Dampferantrag verloren habe. Rhino hat wohl gleich nach seiner Rückkehr in die Kanzlei oder möglicherweise noch vor Verlassen des Gerichtsgebäudes vom Handy aus über meine schlechte Leistung bei der Anhörung zum Antrag auf ein Urteil ohne Verfahren Bericht erstattet. Ich mache ihm keinen Vorwurf – an seiner Stelle hätte ich das Gleiche getan.

Sie hat mich hereingerufen, und nun sitze ich zusammengesunken auf ihrem Besucherstuhl. Sie schweigt, seit ich mich gesetzt habe, um mich die Schwere meines Vergehens spüren zu lassen. Ich hasse die Leere des Raums. Er ist kahl. Keine Pflanzen, keine Fische und keine Stresskugeln. Die Einrichtung ist wie eine schallende Ohrfeige für Feng Shui. Nur ihr Jura-Diplom von der Universität von Washington hängt an der Wand. Angeblich schätzt sie eine schlichte Umgebung, damit sie sich konzentrieren kann. In ihrem Leben gibt es keinen unnützen Kram.

Ich schätze, ich sollte es hinter mich bringen, und daher spreche ich das Unausgesprochene zuerst an. »Es tut mir leid, dass ich den Antrag auf ein Urteil ohne Verhandlung nicht durchgebracht habe«, beginne ich.

Sie wedelt mit der Hand. »Pah. Der Antrag war von vornherein zum Scheitern verurteilt. Den Fall kann man nicht gewinnen. Uns bleibt nur die Schadensbegrenzung. Das ist nicht das Problem.«

Ich bin überrascht. Einen Fall zu verlieren ist fast immer das Problem in einer Kanzlei, die davon lebt, Fälle zu gewinnen. Ausschlaggebend ist in der Regel der Profit. »Nein?«

»Ach was. Die Tabaklobby verliert schon seit Jahrzehnten. Für sie ist es ein langsamer, stetiger Rückzug. Die Anwälte bremsen nur den Prozess. Ich habe viele Fälle erlebt, und die Dampferfirmen werden genauso durch den Dreck gezogen werden. Es geht lediglich darum, dass wir dafür bezahlt werden, sie so lange wie möglich vor dem Untergang zu bewahren.«

»Dann … gibt es denn überhaupt ein Problem?«, frage ich. Einen Moment lang wage ich zu hoffen, dass sie mich aus einem harmlosen Grund zu sich gerufen hat. Doch mein Moment der Hoffnung ist von kurzer Dauer.

»Ich übertrage die Dampfersache an Penner.«

Da geht sie hin, meine Karriere – zack, und weg. »Verzeihung, sagten Sie nicht, der Dampferfall sei nicht das Problem?«

»Ist er auch nicht. Ein Mann namens Sherman Epstein hat sich bei uns gemeldet. Er sagt, ein Mitarbeiter unserer Kanzlei namens Becker Daniels sei bei ihm zu Hause aufgetaucht und habe ihn geschlagen. Kommt Ihnen das bekannt vor?«

»Gravestone …«

»Dieser Epstein droht mit einer Klage. Ich weiß nicht, wer Becker Daniels ist, aber der Name hat verdächtige Ähnlichkeit mit Daniel Becker, meinen Sie nicht, Becker? Als wir ihn fragten, wie viel er verlangt, forderte er von uns, seine Steuerschulden zu begleichen. Wir erwägen eine außergerichtliche Einigung.«

»Ich kann das erklären.«

»Ich bin noch nicht fertig. Tom Yancey, ein Anwalt aus

dem Büro des Pflichtverteidigers – und ein persönlicher Freund von mir –, rief an und sagte, Sie hätten sich seinem Mandanten gegenüber als sein Anwalt ausgegeben, um ihn zu befragen.«

»Was? Ich weiß nichts von …«

»Er vertritt einen Mr Swarmo in einer strafrechtlichen Berufung. Schon mal gehört?«

»Oh.«

»Die Befragung des Mandanten eines anderen Anwalts ohne dessen Beisein ist ein Verstoß gegen unsere ethischen Richtlinien, Becker.«

»Ich habe mit ihm nicht über seinen Berufungsfall gesprochen.«

»Nein. Dem Anschein nach haben Sie seine Geisteskrankheit so gründlich untersucht, dass er auf dem Pioneer Square eine psychotische Episode hatte. Die Polizei hat ihn abgeführt, und er wurde wegen unsittlicher Entblößung angeklagt.«

All das ist wahr.

»Ihr unberechenbares Verhalten deckt sich mit unpünktlichem Erscheinen zu Besprechungen und dem Platzverweis von meinen geliebten Fußballfeldern, weil Sie sich als Spielerinnenvater einfach schrecklich aufgeführt haben.«

Ich höre nur die Worte »Vater« und »schrecklich«. Sie tun weh.

»Ich versuche, Gutes zu tun«, antworte ich. Sie wartet darauf, dass ich es erkläre, aber ich kann meiner Chefin nicht sagen, was ich zu tun versuche. Ich versuche, einen übernatürlichen Mord aufzuklären. Zwei Morde! Ich versuche, Feen und sprechenden Hunden und toten Wohnungslosen und jungen Meerjungfrauen zu helfen. Und doch bin ich für meine Chefin ein schrecklicher Vater, der nicht in der Lage ist, Nikotinverkäufer wirksam zu verteidigen.

»Ist es wirklich Ihr Ziel, hier Partner zu werden?«, fragt sie mich. Es ist keine gezielte Frage; sie möchte ernsthaft wissen, was zum Teufel ich mit meinem Leben anstelle.

Meine Antwort war immer Ja. Ich öffne den Mund in der Absicht, es zum tausendsten Mal zu wiederholen. Stattdessen höre ich mich sagen: »Ich weiß es nicht mehr.«

Frances Fury lehnt sich auf ihrem großen Stuhl zurück und verschränkt die Arme vor der Brust. Ihre Körpersprache teilt mir mit, dass das Gespräch beendet ist – sie würgt mich ab. *Oh nein …*

»Nun, ich werde Ihnen Zeit geben, darüber nachzudenken. Den Dampferfall sind Sie los. Und ich verlängere Ihre Beförderungszeit zum Partner. Wir werden Sie für ein weiteres Jahr beobachten, um zu sehen, wie Sie sich machen, bevor wir Sie als Partner in Betracht ziehen. Sie sind nicht ›draußen‹, Becker. Sie bekommen lediglich eine Auszeit. Lösen Sie Ihr Problem. Falls Sie trinken oder Drogen nehmen, suchen Sie sich Hilfe. Aber bringen Sie um Himmels willen Ihr Leben auf die Reihe.«

Glashaus

Ich habe Textnachrichten. Ich könnte sie mir von einer Text-zu-Sprache-App in meinem länglichen Leihwagen vorlesen lassen – er ist mit der neuesten Technik ausgestattet –, aber ich werfe nicht einmal einen Blick darauf, während ich mit dem Dinosaurierei die Westlake Avenue am Lake Union entlangfahre. Der See ist ruhig heute. Der Himmel spiegelt sich darin, grau mit einem Fleckchen blau. Ich spüre, wie sich meine weißen Knöchel am Lenkrad entspannen, als ich von Fury und Styles wegfahre und der Belltown Tower hinter mir immer kleiner wird. Ich frage mich, was Lucy heute Abend macht. Dann frage ich mich, was Bev gerade tut. Ich sollte die beiden miteinander bekannt machen. Lucy ist alt genug, um auf Jeremy aufzupassen. Sie würde gut mit ihm zurechtkommen, und ihm fehlt sicher die ältere Schwester. Es ist ein schöner Gedanke. Es passt. Bev und ich könnten in ein Konzert gehen. Im Paramount tritt ein Cello-Duo auf, das Rocksongs aus den 80ern spielt. Bev könnte das weiße Kleid anziehen, und ich könnte mir mein Lieblingshemd und meine Stiefeletten aus dem Lager holen. Es würde wie ein normales Leben sein.

Das ist mein Tagtraum. Es ist das, was gesunde Menschen tun. Es ist kein Albtraum, keine Halluzination. Ich sehe keine Monster oder jage Schatten hinterher. Ich bin gerade degradiert worden und fühle mich zum ersten Mal seit Langem entspannt.

Ich habe die ganze Autofahrt nach Hause, um mich an dem ruhigen Wasser und den Gedanken an Bev zu erfreuen. Fünfzehn Minuten. Es ist wie ein Eisbecher – man genießt ihn, aber man weiß, dass er bald leer sein wird. Wie ein Sonntagabend, wenn das Wochenende fast vorbei ist. Oder wie der letzte Tanz beim Abschlussball, wenn man mit dem Mädchen zusammen ist, das man wirklich mag. Als meine fünfzehn Minuten um sind, biege ich auf den Parkplatz des Yachthafens ein. Die *Lucinda* wartet sanft schaukelnd an ihrem Liegeplatz auf mich – ich bin zu Hause. Im Kühlschrank müsste noch eine Flasche Cider sein. Ich gehe über den Steg.

Oh nein. Jemand war hier, das spüre ich. Es ist auch nicht zu übersehen, daher weiß ich, dass es nicht Brett war. Das Licht ist noch an. Ich mache es immer aus – eine Angewohnheit, die ich von meinen sparsamen Eltern übernommen habe, die von Farmern aus der Zeit der Großen Depression abstammen. Jemand hat auf meinem Bett gesessen – auch das war nicht Brett – und eine Falte in die Decke gemacht. Ich streiche sie morgens immer glatt, bevor ich gehe. Der Eindringling ist jetzt fort. Ich drehe mich zu den Schränken um. Ich habe die Ermittlungswand hängen lassen und überfliege sie rasch. Zwei unserer vier Verdächtigen sind abgehakt – Gravestone und Swarmo. Bei dem Hexenjäger stehen keine Kontaktinformationen. Aber unser Vampir …

Scheiße!

Ich mache zwei panische Anrufe. Der erste geht an die Mailbox.

Den zweiten nimmt Martina entgegen. »Ja?«

»Ich habe Bev einen Schlüssel gegeben!«

»Wovon laberst du, Mann?«

»Ich habe Bev einen Schlüssel gegeben, falls sie es zu Hause nicht mehr aushält, wenn Jeremy in der Schule ist. Allein ist es ihr zu unheimlich.«

»Na Glückwunsch! Hast du mich angerufen, um mir zu sagen, dass ihr zwei was am Laufen habt?«

»Nein! Aber sie ist hier gewesen, während ich bei der Arbeit war.«

»Und?«

»Wir haben vergessen, die Ermittlungswand abzunehmen.«

»Jetzt mal langsam, ja, *du* hast es vergessen. Ich wusste überhaupt nicht, dass du Bootsschlüssel verteilst.« Martina hat natürlich recht. »Also, was weiß sie?«

»Sie kennt jetzt die Adresse des Vampirs.«

»Scheiße!«

»Genau. Ich fahre hin.«

»Nein, tust du nicht.«

»Oh doch.«

»Du weißt ja nicht mal, ob sie überhaupt hingefahren ist.«

»Sie geht nicht ans Telefon.«

»Dafür gibt's eine Million Gründe, Alter.«

»Ja, und einer davon ist, dass ihr ein Vampir gerade das Blut aussaugt!«

»Bleib, wo du bist. Rühr …«

Ich lege auf. Martina versteht das nicht. Sie fühlt sich für Bev nicht so verantwortlich wie ich. Vielleicht ist es ein Männerding, der letzte Rest eines ritterlichen Beschützerinstinkts meiner alternden Generation. Vielleicht fühle ich mich schuldig, weil ich eine alleinerziehende Mutter getäuscht habe, damit ich dieses Arschloch Brett verteidigen konnte. Vielleicht habe ich sie auch einfach nur gern. Wie dem auch sei, ich sitze wieder in dem rollenden Dinosaurierei und summe die Interstate 5 in Richtung Tacoma mit der iCar-Höchstgeschwindigkeit von neunzig Stundenkilometern entlang, die wegen des computergesteuerten Gaspedals nicht überschritten werden kann. Ich bin ein schrecklich verantwortungsbewusster Actionheld.

Ich erreiche den Block, in dem das Gebäude sein soll. Martina hat die Adresse irgendwie auf ihre geheime Rattenart herausgefunden: 1811 Dock Street. Vor mir stehen vier alte Backsteinhäuser. Früher hat Tacoma wegen der Zellstoff- und Papierfabrik und der Abdeckerei am Wasser gestunken. Das Wattenmeer der Commencement Bay verströmt noch immer täglich einen faulen Schlickgeruch, doch die Fabrik und die Abdeckerei gibt es nicht mehr. Die Gegend ist schöner geworden und wird jetzt entsprechend aufgewertet und saniert.

Ich parke das Ei, springe hinaus und eile den Block entlang, den Blick auf die Hausnummern gerichtet – 1801, 1821 und … 1901. Es gibt keine 1811 Dock Street. *Verdammt!* Die Häuser sind alle Geschäftsgebäude. Ich gehe noch einmal zurück. Nummer 1901 ist eine Hundetagesstätte namens Bellewuff, 1821 ist ein kleiner Konzertsaal, der für eine italienische Opernsängerin wirbt, und Nummer 1801 ist ein Glasladen namens Glass Houses. Dazwischen ist nichts außer einer Gasse. Wenn 1811 nicht existiert, wird Bev es auch nicht gefunden haben. Ich habe ihren Wagen auf der Straße nicht gesehen. *Gut!* Aber in der Nähe gibt es noch andere Parkmöglichkeiten. Ich betrete den Glasladen, um nach Nummer 1811 zu fragen. Die drei Verkäuferinnen mustern mich. Das Mädchen an der Kasse hat ein Septum-Piercing aus Glas, das unten aus den Nasenlöchern heraushängt, und trägt einen goldenen Ohrring in Form eines Tintenfisches, der ihr aus dem Ohr zu kriechen scheint. Sie fragt mich, ob ich wegen eines Glasbläserkurses gekommen sei.

»Nein. Ich suche eine Adresse, 1811 Dock Street.«

Sie hat den leeren Gesichtsausdruck von Menschen, die täglich mit Kunden zu tun haben – freundlich und nicht hilfreich. »Warum?«

Ihre Erwiderung ist keine Antwort, und ich habe es eilig.

»Weil ich die Nummer nicht an den Häusern finden kann.«

»Aber warum wollen Sie sie denn finden?«

Ich gehe ein Risiko ein und erzähle eine weitere Lüge. Mein Neujahrsvorsatz wird sein, mit dem Lügen aufzuhören, doch für den Moment ist es ein notwendiges Übel. »Ich bin Anwalt und habe dort einen wichtigen Termin. Ich darf Ihnen den Namen des Mannes nicht nennen, mit dem ich mich treffe. Anwaltliche Schweigepflicht, Sie wissen schon.«

»Tja, also, ich weiß nichts von einem Termin oder der Adresse oder einen Mann. Ich könnte Sally fragen, aber es wird einen Moment dauern. Sally ist hinten.«

Ich kann nicht so lange warten, bis Krakenschmuck eine Frau von hinten geholt hat. »Schon gut. Ich werde nebenan fragen.«

Ich stürze aus dem Glasladen und eile zu den Türen des

Konzertsaals. Abgeschlossen. *Verdammt!* Als Nächstes stürme ich in die Hundepension. Die Hunde fangen sofort an zu bellen und zu heulen, wie eine gute Alarmanlage. Ein Rottweiler kommt in großen Sprüngen auf mich zu. Ich dachte, Hunde müssten per Stadtverordnung eingesperrt oder angeleint sein, aber der hier läuft frei herum. Und er ist groß. Gleich wird er mir ein Stück Fleisch aus dem Leib beißen. Ich erstarre, doch er beschnuppert mich nur. Als er seine Neugier befriedigt hat, verstummen die anderen Hunde und gehen wieder zur Tagesordnung über.

»Tut mir leid«, sagt eine junge Frau, die neben einem Zimmerbrunnen kniet. »Sie werden nervös, wenn Fremde hereinkommen.«

»Immer?«

»Jepp. Jedes Mal.«

»Aber wechseln die Hunde nicht jeden Tag?«

»Das ist wie Gruppendenken. Wenn einer misstrauisch wird, werden es alle. Manchmal sind sie mehr wie Schafe als wie Hunde. Aber wenn Butch Sie okay findet, finden alle Sie okay.«

»Da bin ich aber beruhigt. Butch ist ein großer Hund, Sie sollten ihn im Auge behalten. Hundebisse sind bei Klägern beliebt.«

»Da kann ich ein Lied von singen; die Beiträge für meine Haftpflichtversicherung sind astronomisch, wenn Sie verstehen, was ich meine.«

»Das tue ich tatsächlich.« Ich hatte mal einen Hundebissfall. Fury und Styles haben den Besitzer einer Hühnerfarm vertreten. Der Hund des Nachbarn hat die Hühner in einem halsbrecherischen Tempo abgemurkst, zehn pro

Monat. Die Hühnerleute haben lange gebraucht, bis sie dahintergekommen sind; sie dachten, es seien Eulen oder Kojoten, weil der Hund so verdammt raffiniert vorging. Aber schließlich wurde der Übeltäter durch Handyaufnahmen entlarvt, auf denen zu sehen war, wie der Köter den Haken am Hühnerstall mit der Nase öffnete. Die Abhilfe war einfach – wir haben den Fall beigelegt, indem der Nachbar Schadensersatz für die Hühner und ein neues Schloss bezahlt hat.

»Es ist es wert«, fährt die junge Frau fort. »Die Hunde beschützen mich. Sie sind für mich wie Bodyguards. Die meisten Leute sind ja in Ordnung, außer sie sind betrunken oder high. Oder aggressiv – Hunde können das spüren. Oder der Hausmeister des Glasladens …«

»Der Hausmeister?«

»Die Hunde mögen ihn nicht. Er kommt nicht einmal hier herein. Der Manager von denen wollte uns hier deshalb schon raushaben, aber die Lage ist gut, und ich werde nicht verkaufen.«

»Sie sind die Besitzerin dieser schönen Hundepension?«

»Ja. Ich bin Kym Osako. Haben Sie einen Hund?«

»Nein.«

»Möchten Sie einen adoptieren? Butch kommt aus dem Tierheim, und ich versuche einen Monat lang, für ihn ein neues Zuhause zu finden. Falls es nicht klappt, muss ich ihn zurückgeben, und dann wird er drei Wochen später eingeschläfert.« Sie zeigt auf den Rottweiler. Butch weiß, dass wir über ihn sprechen, und richtet sich auf. Es ist Zeit, sich von seiner besten Seite zu zeigen – er will adoptiert werden.

»Ich lebe auf einem kleinen Boot«, sage ich, als wäre das eine gute Ausrede, das Leben eines Hundes nicht zu retten. Kym schenkt mir ein trauriges Lächeln, das wortlos sagt: »Sie sollten ihn trotzdem nehmen.« Vielleicht sollte ich das wirklich – er könnte ungebetene Gäste fernhalten. Außerdem, wer kann einem lächelnden Hund widerstehen? Gut, Katzenleute vielleicht. »Kym, können Sie mir sagen, ob es hier die Adresse 1811 Dock Street gibt? Laut GPS müsste sie hier irgendwo sein, aber ich finde sie nicht.«

Sie steht auf, geht ans Fenster und schaut hinaus. »Hm. Komisch. In dem 1800er Block gibt es nur zwei Gebäude, es sei denn, man zählt das Lagerhaus dazu.«

»Lagerhaus?«

»Hinter dem Laden, die Gasse runter. Ich glaube, sie bewahren dort ihre Ware auf, und der Hausmeister wohnt da, zumindest sehe ich ihn da zu jeder Nachtzeit.«

»Wirklich? Lebt er zurückgezogen?«

»Ja, schon.«

»Revierbezogen?«

»Wie? Keine Ahnung.«

Das ist interessant. Ich blicke durch das Fenster zu der Gasse. Jetzt verstehe ich das Problem mit der Adresse. Das Lagerhaus liegt auf einem sogenannten »Pfeifenstielgrundstück«, das heißt, dass der einzige Zugang die schmale Gasse zwischen den anderen Grundstücken ist. Das Lagerhaus befindet sich zwar hinter den anderen Grundstücken, hat aber eine Adresse in der Dock Street, als läge es dort, weil die »Pfeifenstiel«-Gasse es mit der Straße verbindet. Und ich schätze, die Hausnummer lautet … 1811.

Ich drehe mich wieder zu Kym um. »Wissen Sie was, ich denke, ich möchte mit Butch doch gern einen Probespaziergang unternehmen.«

Die Gasse ist sauber, aber es bleibt eine Gasse, daher bleibt sie unheimlich. Ich mag sie nicht. Butch mag sie auch nicht. Er hält sich dicht an meiner Seite und stößt mich im Gehen an, statt an der Leine zu ziehen, während seine starken Muskeln unter dem Fell spielen.

»Na, Butch, was meinst du?« Ich rede schon wieder mit einem Hund, aber dieser antwortet nicht. Er schaut mich nur mit seinem besten sabberzüngigen »Adoptier mich«-Gesicht an.

Das Lagerhaus sieht aus wie ein normales Lagerhaus, nur dass es keine Türen hat, was, wenn ich jetzt so darüber nachdenke, überhaupt nicht normal ist. Butch und ich gehen um das ganze Gebäude. Es ist riesig, fast einen Block lang. *Bev ist vielleicht gar nicht hier*, denke ich. Aber kann ich das Risiko eingehen? Ich schätze, die Chancen stehen fünfzig zu fünfzig. Ich hätte Kym und das wenig hilfreiche Mädchen aus dem Glasladen fragen sollen, ob sie eine hübsche Frau mittleren Alters gesehen haben, die sich ein wenig umgeschaut hat. *Dumm.* Es ist eine Tatsache, dass man einfache Dinge vergisst, wenn man unter Stress steht, ich habe das schon als Argument vor Gericht benutzt. Ich werfe einen Blick auf mein Handy. Keine Antwort von Bev. Ich wähle ihre Nummer. Immer noch nichts, aber dafür habe ich fünf Nachrichten von Martina. Sie wird mich nur anquieken, dass ich nicht herfahren soll, aber ich bin ja schon hier. Schließlich gebe ich dem gesunden Menschenverstand nach und öffne ihre Nachrichten. In dem Moment sehe ich die Tür.

Ich schwöre, dass die Tür noch nicht da war, als wir das erste Mal daran vorbeigegangen sind. Sie hat keinen Rahmen und ist praktisch unsichtbar, wenn sie geschlossen ist. Jetzt steht sie weit offen. Ich stecke das Handy ein und wickle mir die Leine noch fester um die Faust.

»Komm, Butch, tu mir den Gefallen, dann hast du bei mir was gut, versprochen.«

Butch ist ängstlich, aber tapfer. Er kommt mit. Ich spüre seine Anspannung. Es wäre kein guter Zeitpunkt für einen Passanten, eine plötzliche Bewegung zu machen oder ihn zu streicheln. Natürlich gibt es in dieser leeren Gasse keine Passanten, nur mich, Butch und die offene Tür.

Ich spähe hinein. Es ist zu dunkel, um etwas zu erkennen. Ich überlege, was ich tun soll – nach Bev rufen? Nach dem Lichtschalter tasten? Oder mich einfach umdrehen und gehen? Da Butch nicht durchdreht, schlussfolgere ich, dass niemand da ist, der sich auf uns stürzen wird, und trete ins Haus.

Als meine Augen sich an die Lichtverhältnisse gewöhnt haben, tauchen undeutliche Schemen aus dem Halbdunkel auf – Stacheln, Klumpen und bedrohlich wirkende Kugeln, fremdartige Formen, wie ich sie noch nie zuvor gesehen habe. Der Raum ist groß. Ich kann nicht sehen, wie groß, doch ich spüre das Gewicht seiner Luft und höre das ferne Echo von Butchs Hecheln und meiner eigenen Schritte. Ich taste mich ein Stück an der Wand entlang, bleibe aber nahe der Tür. Umrisse im Dunkeln schimmern im spärlich einfallenden Licht, erinnern mich an die zahlreichen glänzenden Augen im Wald. Butch und ich sind nicht allein.

»Hallo?«, sage ich.

»Hallo. Sind Sie der Anwalt, mit dem ich einen Termin habe?«

Er ist es!

Krakenohr muss ihm gesagt haben, dass ich komme. Ich habe sie ja praktisch darum gebeten, als ich mich ihr vorgestellt habe. *Echt unauffällig, Dan.* Ich antworte der Stimme sofort, damit ich gar keine Zeit habe, nervös zu werden. »Ich wollte nur kurz etwas fragen. Ist eine Frau namens …«

»Keine Namen, bitte.«

»Okay. Ist heute eine hübsche Frau mittleren Alters hier gewesen, die sich nach dieser Adresse erkundigt hat?«

»Der Glasladen bedient täglich im Schnitt fast hundert Leute, und Frauen mittleren Alters machen einen großen Prozentsatz unserer Kundschaft aus. Die Beschreibung könnte auf Dutzende von Menschen zutreffen, je nachdem, was Sie als mittleres Alter bezeichnen.«

»Könnten Sie das Licht einschalten?«, frage ich.

Der Raum wird schlagartig hell. Es ist ein Schock für die Augen, der mich vorübergehend blendet. Weiße, gelbe, blaue und grüne Strahlen schießen kreuz und quer durch die Halle. Ich habe mich geirrt, was die anderen Augen in der Dunkelheit betrifft. Das, was hier im Licht glänzt, ist viel verstörender als Augen. Der Raum ist dicht gefüllt mit elegant-grotesken Formen – gewunden, pflanzenartig, amöbisch, knorrig –, in Maus- bis Elefantengröße. Ich mache mich bereit zur Flucht, aber die glatten Gebilde bewegen sich nicht.

»Das ist Glas«, sagt er.

»Oh.«

»Was haben Sie in einem Glaslager denn erwartet?« Der Mann ist klein, dunkelhaarig und trägt einen Overall. An seinem Gürtel hängen abgenutzte feuerfeste Handschuhe und eine Schutzbrille.

»Keine Ahnung, vielleicht den Hausmeister?«

»Hmm.« Er grinst. Ich spähe durch das bunte Licht. Wir führen ein Wortgefecht. Jeder von uns beiden weiß mehr über den anderen, als der andere denkt, und jeder von uns weiß, dass der andere mehr weiß, als er wissen sollte. Er steht am Geländer eines erhöhten Laufstegs in der Mitte des Meeres von Glasfiguren, außerhalb der Reichweite des Rottweilers.

»Passen Sie auf den Hund auf«, sagt er. »Alles in diesem Raum ist zerbrechlich. *Und damit meine ich alles.*«

Er meint mich. Ich kontere mit meiner eigenen Warnung. »Mein Freund hier ist brav, solange Sie ihm nicht zu nahe kommen.«

Er nickt und legt noch eine Schippe drauf. »Gut, denn ich töte Tiere nur ungern, es sei denn, es ist notwendig.«

»Wie zum Beispiel, wenn Sie hungrig sind?« Ich bin nicht so mutig, wie ich klinge, aber ich habe einen Rottweiler und bin mit wenigen Schritten an der rettenden Tür.

»Dann wissen Sie also, wer ich bin?«

»Ich denke schon.«

»Und ich weiß, wer Sie sind.«

»Ach ja?«

»Der Über-Anwalt, nicht wahr?«

Mir wird eiskalt. Ja, er weiß mehr, als ich dachte. »Ich suche nur meine Bekannte.«

»Sind Sie sich der Gefahr bewusst, in die Sie sich gebracht haben?«

»Ich hab so eine gewisse Vorstellung, ja.« Und ich weiß, dass Martina gesagt hat, dass man sich nicht mit ihm anlegen soll.

»Und sind Sie sich des Dilemmas bewusst, in das Sie

mich gebracht haben?«

In dem Moment sehe ich eine junge Frau an der Tür. Es ist eine der Verkäuferinnen aus dem Glasladen. Sie hat den gleichen leeren Ausdruck in den Augen. Es ist kein Kundenservice-Blick, wie mir jetzt klar wird. Sie ist eine Gespielin. Sie sind alle Gespielinnen. Sie zieht die Tür zu. *Mist.* Das Licht geht aus, und alles wird schwarz. Ich hechte zur Tür, aber meine suchenden Finger finden nur glatte Wand. Dann fällt mir wieder ein, dass die Tür keinen Rahmen hat. Als ich das nächste Mal die Stimme des Mannes höre, erklingt sie direkt über uns. Ich kauere mich neben Butch.

»Menschen können keine Geheimnisse bewahren«, fährt er fort. »Oder Privatsphäre. Das ist ein echtes Problem. Ich weiß nicht, wie Sie an meine Adresse gekommen sind, aber ich kann nicht zulassen, dass bekannt wird, wer ich bin oder wo ich bin.«

»Anwälte können gut mit Privatsphäre umgehen, das versichere ich Ihnen. Wir sind gesetzlich dazu verpflichtet, das Mandantengeheimnis zu wahren.«

»Ich bin nicht Ihr Mandant.«

Dunkelheit. Mein alter Feind. Flüsternde Stimmen. Ich spüre, wie Panik in mir hochsteigt. Meine Stimme zittert. »Sie … könnten es werden.«

»Ich habe Anwälte. Nicht einmal die kennen mich, jedenfalls nicht richtig.«

Er geht über mir in Position. *Scheiße.* »Ich arbeite für den Donnervogel!«, platze ich heraus. Das ist geschwindelt. Ich arbeite *mit* dem Vogel, nicht *für* ihn; ich bin nicht Martina.

Schweigen. »Und was tun Sie für ihn?«

»Die Lage beruhigen. Ich suche den Troll-Mörder.

Meine Arbeit sollte zu unserem gegenseitigen Nutzen sein. Die Morde lenken eine Menge Aufmerksamkeit auf Seattles übernatürliche Szene.«

»Nur damit das klar ist, ich unterstehe dem Vogel nicht«, sagt er. »Ich respektiere ihn, so wie die Eule den Adler respektiert.«

»Eulen sind cool«, erwidere ich und streichele Butch den Kopf. Er ist angespannt und bereit zum Sprung. *Braver Hund.*

»Ich mache das Licht wieder an, dann können wir reden.« Er schnippt in der Dunkelheit mit den Fingern, und das Licht geht an.

Ich schaue nach oben, aber er ist nicht da. Er sitzt fünf Schritte entfernt auf einem lebensgroßen Glaswolf, knapp außerhalb der Reichweite von Butchs Leine. Als ich sehe, dass über mir kein Laufsteg ist, durchfährt mich ein Schauer. Er ist an der Wand entlanggeklettert. *Oder geflogen.*

»Ist jetzt alles klar zwischen uns?«, frage ich. Als Reiter eines Glaswolfs wirkt er nicht so bedrohlich, aber ich lasse mich nicht täuschen. Er hätte mich im Dunkeln töten können. Er hätte Butch töten können, und das wäre wirklich übel gewesen, weil der Hund mir vertraut hat.

»Erwarten Sie aber nicht, dass ich Gud'n Aamd sage, wie eine Comicfigur«, erwidert er.

»Ich hatte mal eine Spielzeuguhr, die das gemacht hat.«

»Wie kitschig.«

»Ja. Ich hatte auch eine Werwolf-Actionfigur.«

»Sie hatten eine Gruselpuppe?«

»Nein. Es war eine ›Actionfigur‹.«

»Sind Sie hergekommen, um mich zu fragen, ob ich der

Mörder bin?«

»Nein. Wir sind uns ziemlich sicher, dass Sie es nicht sind.«

»Wir?«

Uups. »Der Vogel und ich. Ich wollte mich nur davon überzeugen, dass meine Bekannte nicht in die Sache hineingerät. Sie hat keine Ahnung, was los ist, und sie hätte Ihnen zufällig … über den Weg laufen können. Ist sie doch nicht, oder?«

»War das die Frau mittleren Alters?«

War? *Oh Gott.* »Ja.«

»Rotbraunes Haar?«

»Ja. Sagen Sie mir, dass Sie sie nicht gefressen haben.«

»Sie ist im Laden.«

»Und …«

»Ich werde Sie zu ihr bringen«, sagt er. »Aber vorher möchte ich gern wissen, wie Sie von mir erfahren haben.«

»Ich sage es Ihnen, und dann stelle ich Ihnen die gleiche Frage. Einverstanden?«

»Einverstanden.«

»Ich habe ungewöhnliche Mandanten und Mitarbeiter. Sie leben am dunklen Rand von Seattle. Sie wissen viel.«

»Was sind das für Mandanten?«

Ich zögere und beschließe, Martina nicht zu erwähnen. »Nun, einer von ihnen ist zum Beispiel tot.« Ich schätze, ein Vampir kann Norman nichts anhaben, selbst wenn er herausfinden sollte, wer er ist. »Aber ich habe einen Eid geschworen, ihre Namen nicht preiszugeben.«

»Gut. Was mich betrifft, ich habe den Finger am Puls der Stadt, sozusagen. Leute – und Dinge – reden über Sie. Wie ich höre, vertreten Sie diese ›besonderen‹ Mandanten. Auch ich habe Beziehungen zu gewissen Geschöpfen, von denen einige ziemlich gut informiert sind.«

»Fledermäuse?«

»Seien Sie nicht albern. Das ist ein dummes Klischee.«

»Oh, tut mir leid. Welche dann?«

»Nager.«

Martina. »Kleine oder große?«

»Mäuse sind die kleinsten, Wasserschweine dürften die größten sein. Biber sind auch Nagetiere, haben Sie das gewusst?«

»Nein, das wusste ich nicht. Und Ratten?«

»Ja, natürlich. Kluge Tiere. Ungerecht behandelt. Aber genug von mir, das war schon zu viel. Sagen Sie mir, woher Sie gewusst haben, dass Sie hierherkommen müssen.«

»Nun, wie Sie selbst sagten, ich habe Beziehungen zu gewissen Geschöpfen. Doch wie ich schon sagte, ich muss das Mandantengeheimnis wahren.«

»Hmm.« Er nickt lange nachdenklich vor sich hin, bevor er spricht, wie ein alter Mann. Er ist wahrscheinlich alt, vielleicht sogar uralt. Es ist schwer zu sagen. Er sieht aus, als wäre er irgendwo zwischen sechsunddreißig und achtundfünfzig. Er hat eins dieser Gesichter mit ein paar Charakterfalten, aber keinen tiefen Runzeln. »Ich bin nicht Ihr Mann«, sagt er schließlich. »Ich würde niemals derart öffentliche und barbarische Taten begehen wie die, die Sie untersuchen.«

»Sie sind kein Hausmeister.«

»Nein.«

»Sie sind Sally«, sage ich. »Besitzer der gesamten Werkstatt. Und Sie haben dieses ganze Glas geformt, nicht wahr?«

»Salvatore. Mein Nachname tut nichts zur Sache. Und ich habe diese Objekte *geblasen*. Es ist eine interessante Tätigkeit. Dauert viele Jahre, bis man sie beherrscht. Eine gute Ablenkung, wenn man viele Jahre Zeit hat. Ich mache das jetzt seit dreißig Jahren. Davor habe ich fünfzig Jahre lang Cello gespielt und davor gemalt, gedichtet.«

Ich rechne im Kopf mit und bin schon bei über hundertfünfzig Jahren des Erlernens verschiedener Künste. Das Nachbargebäude ist ein Konzertsaal, und jetzt bin ich mir ziemlich sicher, dass es ebenfalls Salvatore gehört.

»Ich werde Sie in Ruhe lassen«, sage ich. »Ich habe mich davon überzeugt, dass es hier nichts für mich zu finden gibt, außer meiner Bekannten.«

»Und Kunst. Bitte sorgen Sie dafür, dass keiner Ihrer anderen Bekannten oder Mandanten hier herumschnüffelt, sonst werde ich Ihnen einen kleinen Besuch abstatten müssen.«

Eine weitere Drohung. Ich mag keine Drohungen, wie ich schon sagte, aber diese hier werde ich ihm durchgehen lassen. Der Kerl hat Kraft. Außerdem ist er ein Killer; bloß nicht *mein* Killer. Ich sinne kurz über die ethischen Folgen darüber nach, einen Serienmörder laufen zu lassen, doch dann fällt mir wieder ein, was der Vogel über das Töten in der übernatürlichen Welt gesagt hat. »Töten ist kein Verbrechen«, hat er erklärt. »Solange ich meine Beute fresse, breche ich meines Wissens kein Naturgesetz.« Ich bin mir ziemlich sicher, dass dieser Mann seine Beute frisst, daher ist es wahrscheinlich sein paranormales Recht, mich hier an Ort und Stelle zu verspeisen und weiter zu töten, wenn er Hunger hat.

»Ihre Kunst ist überwältigend«, sage ich. »Komm, Butch.«

Salvatore führt mich zu einer anderen Tür, die er mit einem Wink der Hand öffnet. *Heilige Scheiße.* Ich verlasse lebendig das Lager und frage mich, ob das sonst schon mal jemand geschafft hat.

Die Tür führt in den Laden. Bev ist dort und fragt eine von Salvatores Ergebenen aus. Sie ahnt nicht, welches Glück sie hat, dass sie nicht an Salvatores erster Verteidigungslinie vorbeigekommen ist.

»Bev!«

»Dan? Was machen Sie denn hier?« Aber sie weiß genau, was ich hier mache.

Es bedarf einiger Überzeugungsarbeit, sie dazu zu bringen, mit Butch und mir nach draußen zu gehen, wo wir ungestört reden können.

Ich komme ohne Umschweife zur Sache. »Sie haben die Adresse von meiner Ermittlungswand gestohlen.«

Sie sieht mich trotzig an. »Vielleicht.«

»Bev, die Sache ist extrem gefährlich. Sie sollten da nicht mit hineingezogen werden.«

Leider bringt mir meine Bemerkung nicht die »Lieb, dass du dir Sorgen machst«-Reaktion ein, auf die ich gehofft hatte. Nein, Bev ist stinksauer.

»Ich soll nicht mit hineingezogen werden? Machen Sie Witze? Dan, meine Tochter wurde ermordet. Ein Serienkiller hat bei mir Penisse aus Blut an die Wand gemalt. Ich bin längst mittendrin!«

Ich sehe jetzt, wie angespannt sie ist. Sie zittert und tut das wahrscheinlich schon, seit sie die Ermittlungswand gesehen und beschlossen hat herzufahren.

»Sie hätten fragen können.«

»Hätten Sie mir gesagt, was los ist?«

Sie ist zu klug; ich hätte es nicht getan. »Nein«, antworte ich aufrichtig. »Hören Sie, ich gebe mir wirklich Mühe, die Morde aufzuklären, aber …«

»Aber Sie wollen, dass ich mich da raushalte.«

Ich lasse es mir kurz durch den Kopf gehen. Es ist unfair, sie auszuschließen, doch ich kann sie auch nicht in die übernatürliche Welt einweihen. »Nein. Sie haben mehr als jeder andere das Recht, es zu erfahren. Wenn ich verspreche, Sie auf dem Laufenden zu halten, glauben Sie mir dann, dass ich Ihnen so viel erzählen werde, wie ich kann?«

»Ich weiß nicht. Kann ich das?«

Ich muss darüber nachdenken. Es gibt Dinge, die ich ihr nicht sagen kann, aber anderes schon. »Wir haben es mit sehr ungewöhnlichen Verdächtigen zu tun. Ich verspreche, Ihnen alles zu erzählen, was nicht verrückt, Fantasie oder reine Spekulation ist. Was halten Sie davon?«

»Wie der Mann hier?«

»Genau. Das sind keine normalen Menschen.«

»Auf Ihrer Wand wird er als ›Vampir‹ bezeichnet.«

»Er hält sich für einen.« Das ist keine Lüge. »Aber ich bin davon überzeugt, dass er nichts damit zu tun hat.«

»Ich möchte es erfahren, wenn Sie den Täter finden. Ich *muss* es wissen. Werden Sie es mir sagen?«

Es ist klar, dass sie aus den Mitarbeiterinnen des Glasladens nicht viel herausbekommen hat, doch ich bewundere ihren Mut. Sie kam mit der Absicht her, einen Vampir zur Rede zu stellen. Sie wusste nicht, dass er ein echter Vampir ist, aber ich gehe jede Wette ein, dass sie es mit dem Teufel aufnehmen würde, um für Samantha Gerechtigkeit zu erlangen. Sie ist eine bemerkenswerte Frau.

»Abgemacht.«

Butch zerrt an der Leine und schleift mich zurück zu Bellewuff. Der verwaiste Rottweiler mit der rosa Zunge ist wahrscheinlich einer der Gründe, warum ich nicht tot bin. Kym empfängt mich mit einem hoffnungsvollen Lächeln an der Tür.

»Ja«, sage ich. »Ich nehme ihn.«

Aussteiger

»Du bist ein dämlicher Idiot.«

Martina geht auf dem Achterdeck der *Lucinda* auf und ab, während ich am Heck sitze und schuldbewusst die Hand ins Wasser baumeln lasse.

»Ich weiß, aber …«

»Ich habe dir gesagt, dass du nicht hingehen sollst!«

»Ich weiß.«

»Du kannst von Glück reden, dass du nicht tot bist.« Sie zeigt mit dem Finger genau zwischen meine Augen. »Und du kannst von Glück reden, dass er nicht weiß, wer ich bin, denn sonst könnte er mich auf dich hetzen. Er hat die Nager nämlich unter seiner Kontrolle.«

»Das habe ich nicht gewusst, zumindest nicht, bis er es gesagt hat.« Das ist also der Grund, warum sie solche Angst vor ihm hat.

»So bin ich doch überhaupt erst an seine Adresse gekommen, du Blödmann, durch Ratten aus Tacoma!« Sie redet sich weiter in Rage, bis sie über Butch stolpert und sich an der Reling festhält. »Und was zum Henker ist das hier?«

Butch erhebt sich auf vier wacklige Beine. Er ist kein Bootshund. Noch nicht.

»Das ist ein Rottweiler. Sie geben gute Wachhunde ab.«

»Ach wirklich? Ist er ein ausgebildeter Wachhund?«

»Ähm – nein.«

»Ist mir auch egal, Mann. Aber es kann einfach nicht angehen, dass du wegen einer schwachsinnigen ›Fräulein in Nöten‹-Fantasie losziehst und Mörder zur Rede stellst!«

»Ich dachte, Bev könnte in Schwierigkeiten stecken.«

»*Du* warst in Schwierigkeiten und hast sie dir selber eingebrockt. Du musst denken, Mann. Benutz dein großes Anwaltshirn!«

Martina geht weiter wutschnaubend auf und ab. Butch folgt ihr und gewinnt ein Gefühl für das Schaukeln der Wellen. Er ist wirklich ein sehr großer Hund für dieses kleine Boot.

»Ich habe einen neuen Viererpack Cider gekauft«, bemerke ich. »Willst du einen?«

»Ja.«

Ich hole eine Flasche für Martina und eine für mich. Dies ist der alkoholgestützte Versuch, mich nach der Begegnung mit dem wandelnden, sprechenden Tod zu entspannen. »Er war es übrigens nicht.«

»Wer?«

»Salvatore. Ich bin mir zwar ziemlich sicher, dass er Leute umbringt, aber nicht Samantha. Und auch nicht den Mann unter der Brücke.«

»Den Techniker.«

»Techniker?«

»Die Polizei hat die Identität des Opfers unter der Brücke bekannt gegeben. Es war ein Typ namens Cyprus Hadidi. Er war das Gehirn hinter Megadata. Zumindest so lange, bis man es ihm aus dem Schädel entfernt und dem Troll in die Nase gestopft hat.«

»Heilige Scheiße.« Ich kenne Megadata. Vor einigen Jahren hat die Firma ehemalige Angestellte anderer Technologieunternehmen angeworben, darunter auch Bi-Di, um an Betriebsgeheimnisse heranzukommen. Es gab öffentliche Beleidigungen und Urheberrechtsklagen. Die süße Hippiefreundin meiner Frau gab wöchentliche Presseerklärungen heraus, in denen sie Megadatas Geschäftsführer scharf angriff. Fury und Styles waren damals nicht an den Rechtsstreitigkeiten beteiligt.

»Ja, der Hype hat sich gerade verzehnfacht, und mehr Publicity ist das genaue Gegenteil von dem, was wir erreichen wollen.«

»Außerdem gibt es viele Gründe, einen Millionär zu töten, daher könnten wir mit unseren Ermittlungen gegen Geisterjäger und Dämonenfänger meilenweit danebenliegen.«

»Jepp. Es bedeutet auch, dass es Dutzende von weiteren Verdächtigen gibt. Wir stehen wieder bei null.«

»Verdammt!« So viel zum Thema Entspannung. Ich drehe mich um und gehe in die Kabine.

Ich spüre, wie sich Wut und Resignation in mir breitmachen, gegensätzliche negative Gefühle, die nicht wissen, was sie miteinander anfangen sollen. Als ich vor der Ermittlungswand stehe, hat sie keine Chance. Mit drei frustrierten Armbewegungen reiße ich alles herunter.

Martina erscheint in der Kabinentür. »Was zum Teufel machst du da?«

»Ich mache Schluss. Ich bin fertig. Von wegen Amateurdetektiv! Ich sollte nicht mal das hier tun.« Ich zerfetze die Post-its und Zettel und trample darauf herum. Das ist natürlich sinnfrei und ein äußerst unanwaltliches Benehmen, aber scheiß drauf … ich bin frustriert. »Das war's! Keine Heldenfantasien mehr. Keine Monster und Bestien mehr, keine Geister und mutierten Freaks. Ich werde mich zusammenreißen und die nette alleinerziehende Mutter trösten, wie es sich für einen normalen, vernünftigen, erwachsenen Mann gehört. Ich werde sie schön zum Essen ausführen, damit sie für einige Stunden die große böse Welt vergisst, aber das ist alles. Mehr nicht. Ich kann die Probleme der Welt nicht lösen. Ich kann keine Verbrechen lösen, die nicht einmal die Polizei lösen kann. Ich bin kein Superanwalt. Ich bin zu nichts anderem fähig, als mich degradieren und beinahe umbringen zu lassen, und das gleich zweimal.«

Als ich fertig bin, bin ich nur vom Rumschreien außer Puste. *Ich muss wieder anfangen zu trainieren.* Ich blicke auf. Martinas schwarze Augen bohren sich in meine. Ihre Nase zuckt, und sie sagt kein Wort. Ich hasse es, wenn sie das macht.

»Was?«, frage ich schließlich.

»Ich bin einer der mutierten Freaks, oder?«

Oh Gott. Selbst wenn ich versuche, mir den Weg zur Normalität zurückzuerkämpfen, versaue ich noch alles. »So habe ich das nicht gemeint.«

»Doch, hast du. Und du hast recht; ich bin in jeder Hinsicht anders als du. Du hast es gerade gesagt – du bist ›normal‹, und ich bin ein Monster. Schön für dich! Wenn es mal ein bisschen ungemütlich wird, brauchst du dich nicht mehr mit den Bestien abzugeben und kannst einfach zu deinem Wolkenkratzer und deinen Anzügen und deinem zweiwöchentlichen Gehalt zurückkehren. Aber manche von uns können das nicht. Manche von uns leben auf der Straße, wühlen im Dreck, kommen gerade so über die Runden. Ich mache das nicht, weil ich mal für einen Tag

Privatdetektiv spielen will. Ich tue das, weil ich es tun muss.«

Die Ratte hat recht. Ich bin ein eingebildeter Anzug-Affe. Ich sehe die Stadt von einem Hochhaus und von einer Yacht aus, und ich jammere auch noch, dass sie zu klein ist. Martina ist ein Geschöpf der Straße, das einen Wurf in einem Keller und einen anderen allein aufzieht, während es eine verrückte Lebensschuld abzahlt, und ich plappere davon, dass ich der Welt einen großen Gefallen erweise, indem ich mit einer Ärztin ausgehe.

»Warum musst du es tun?«, frage ich. »Du hast mir nie erzählt, was du dem Vogel schuldest.«

Sie will es nicht erklären, aber ich sehe, dass sie drauf und dran ist, es zu tun. Ihre dunklen Augen sind feucht. Das kommt von ihrer menschlichen Seite; ich glaube nicht, dass Nagetiere weinen können. Ihre Scham ist peinlich für mich und schmerzhaft für sie, und dabei hat sie noch nicht einmal angefangen zu reden.

»Du musst es mir nicht erzählen«, sage ich. Ich brauche es nicht zu wissen, und vielleicht will ich es auch gar nicht.

Sie schnieft erleichtert, dann dreht sie sich um und flieht durch die Luke nach oben, bevor die Tränen fallen können.

Bev hat meine Einladung zum Essen angenommen und kommt etwas zu früh. Sie schickt mir eine SMS vom Parkplatz aus, und ich sage ihr, dass ich zu ihr rauskomme. Die Ermittlungswand liegt immer noch in meiner Kabine verstreut, und ich möchte nicht, dass Bev an die Morde erinnert wird; wir werden heute Abend versuchen, sie zu vergessen. Sie fährt einen Subaru Kombi. Schönes Auto, aber es ist und bleibt ein Kombi, so wie ihn alle Fußballmütter fahren. Zu meiner Überraschung sitzt Jeremy auf dem Beifahrersitz. Ich habe das ungute Gefühl, dass seine Mom und ich *nicht* schön essen gehen werden, aber ich freue mich, ihn zu sehen. Ich lächle und gehe zuerst zu seinem Fenster.

»Hey, Kleiner, schön, dich wiederzusehen. Danke, dass du deine Mutter hergebracht hast. Kommst du mit zum Essen?« Es ist gut, sich mit Kindern zu unterhalten. Dadurch lernen sie, mit Erwachsenen zu reden. Und Eltern finden es toll, wenn man ihre Kinder miteinbezieht. Winwin.

»Nein. Ich habe eine Aufführung.«

Bev schaltet sich ein. »Es tut mir so leid. Er hat eine Theatervorstellung in der Schule. Sie führen das Stück *The Dead Boys* auf, und er ist der böse Baum. Ich habe es vergessen, weil ich in letzter Zeit so, Sie wissen schon, beschäftigt war.« Wir tauschen einen vielsagenden Blick.

»Natürlich. Kein Problem.«

»Können wir das Essen verschieben?«

Ihre Augen sind gar nicht so anders als die von Martina – dunkel und feucht. Sie fühlt sich mies, weil sie denkt, dass sie mich enttäuscht. Sie selbst ist ebenfalls enttäuscht. Und diese Enttäuschung gibt mir auf eigenartige, egoistische Weise ein gutes Gefühl. *Sie wollte wirklich mit mir ausgehen.*

»Nein«, antworte ich. »Wir werden es nicht verschieben. Ich sagte, dass ich heute Abend mit Ihnen ausgehen werde, und das ist ein rechtsverbindlicher mündlicher Vertrag. Außerdem würde ich gern das Stück sehen. Was halten Sie davon, wenn ich Sie zu Dick's Drive-in auf einen Burger einlade, bevor wir zur Schule fahren?«

»Okay!« Sie strahlt. »Welches Dick's? Das an der 45th

Street oder das an der Space Needle?«

»Das in Wallingford an der 45th Street. Aber Sie fahren. Ich habe im Moment nur einen kleinen Einsitzer.«

»Ist das ein Sportwagen?«, fragt Jeremy eifrig.

»Wenn Eierwerfen ein Sport ist, dann ja.«

Das Stück ist lang und schlecht. Die Geschichte selbst ist gut, aber die Kinder sind lausige Schauspieler, denn – sehen wir den Tatsachen ins Auge – sie sind erst zehn. Doch sie sind unheimlich niedlich, und wir klatschen trotzdem. Ich habe das vor fünf Jahren schon einmal durchgemacht und weiß, wie es läuft: aushalten und dann dem Kind applaudieren. Ich applaudiere Jeremy. Ich finde, er hat seine Sache gut gemacht, obwohl die Figur des bösen Baums keinen Text hatte. Er hat nur geknurrt und mit den Ästen gewedelt. Ich bin mir nicht sicher, ob Bäume knurren, selbst wenn sie böse sind. Am Schluss stehende Ovationen. Einige Eltern freuen sich wirklich darüber, dass ihre Kinder fast ihren ganzen Text behalten haben. Andere sind einfach nur froh, dass es vorbei ist.

Bev dreht sich zu mir um und flüstert, während die anderen Eltern noch klatschen: »Danke, dass Sie mitgekommen sind. Ich bin Ihnen etwas schuldig.« Dann zwinkert sie, aber es ist nicht das Zwinkern einer Fußballmutter. Es ist durchtrieben und wissend und, wenn ich das sagen darf, verteufelt sexy.

Hey, was hat denn das zu bedeuten?

Nach der Aufführung gönnen wir uns in der Sweet Alchemy Ice Creamery noch einen Nachtisch. Da ich heute Abend bereits Burger und Pommes gegessen habe, muss ich ein bisschen aufpassen. Ich bin nicht mehr der schlechte Futterverwerter, der ich als Kind war, und ich will nicht dick werden. Ich bestelle mir eine kleine Portion Eis mit Karamellsauce, um den Schaden zu begrenzen, und erwische Bev dabei, dass sie das Gleiche tut.

»Sie achten auf Kalorien?«

»Immer. Ich bestelle mir, was ich mag, esse aber nur die Hälfte. Auf die Weise habe ich nicht das Gefühl, mir etwas vorenthalten zu haben.«

»Gute Technik.«

»Morgens mache ich Yoga und jeden zweiten Tag Cardio.«

»Joggen?«

»Schwimmen, morgens um fünf.«

»Großartig. Ich trainiere im Studio. Im Keller, wo ich arbeite, gibt es einen Fitness-Club.«

»Mein Krankenhaus hat freien Zugang zu einem Club in der Nähe, der ein Schwimmbecken hat. Mit meiner Nasenklammer sehe ich ziemlich lächerlich aus, aber das ist der Vorteil, wenn man morgens um fünf hingeht – kein Mensch sieht mich außer Leuten mit Badekappen und Schwimmbrillen, und die sehen genauso lächerlich aus.«

»Meine Mom hat gesagt, dass öffentliche Schwimmbäder schmutzig sind. Sind sie nicht wie ein Bakterienversuch in einer riesigen Petrischale?«

»Nicht, wenn der pH-Wert des Chlors richtig eingestellt ist. Aus dem Grund ist es wichtig, in ein Schwimmbad mit qualifiziertem Personal zu gehen, am besten in ein Sportbecken für Erwachsene. Sonst schwimmt man medizinisch gesehen in Kinderpipi.«

Ich lache. Sie lacht. Das ist das erste Mal, dass ich sie lachen höre. Es ist ein volles und echtes Lachen. Das besiegelt es – *ich mag sie*. Jetzt möchte ich wirklich herausfinden, was sie mir ihrer Meinung nach schuldet.

»Das ist ja ekelhaft«, sage ich.

»Sie haben gefragt.«

»Ja, da habe ich ein schlechtes Kreuzverhör geführt. Ein Anwalt sollte einem Zeugen keine Frage stellen, auf die er die Antwort nicht schon kennt.«

»Vielleicht brauchen Sie im Moment kein Anwalt zu sein. Nehmen Sie sich den Abend frei.«

»Was soll ich dann sein?«

»Seien Sie Sie selbst.«

Ich denke darüber nach. »Ich bin mir nicht mehr sicher, wer das ist.«

»Nun, Sie sind doch ein Vater, nicht wahr?«

»Jepp.«

»Und ein Bootskapitän.«

»So was in der Art, ja.«

»Vielleicht sollten wir eine Bootsfahrt machen, Kapitän.« Sie senkt den Kopf, um sich Eis in den Mund zu schieben, sieht mich aber durch ihr herabhängendes Haar an.

Schon wieder dieser vielsagende Blick.

»Warum nicht? Ja! Ich werde die Kombüse aufräumen müssen, bevor ihr an Bord kommt, aber eine Fahrt heute Abend wäre schön.« Ich sehe zu Jeremy. Er ist mit einem Eis mit Schokostückchen beschäftigt. Eiscreme läuft ihm übers Kinn. »Hey, Jeremy, ich brauche an Bord einen Steuermann. Bist du dabei?«

Er nickt heftig. Seine Eiswaffel nickt mit ihm und verteilt Schokoladentropfen auf seine Schuhe. Ich habe ihn glücklich gemacht. Bev lächelt. Ich habe sie glücklich gemacht. Verdammt, selbst ich bin glücklich. Alles ist gut.

Die *Lucinda* hat ihren Liegeplatz schon länger nicht

mehr verlassen, es sei denn, man zählt ihren Ausflug auf den Anleger während des Unwetters mit. Die durchhängenden Festmacherleinen sind grün vor Moder, und die verblasste Farbe zeigt ihre Wasserlinie der vergangenen Jahre an. Es wird eine Sonnenuntergangsfahrt werden. Wir bleiben auf dem Lake Union, er ist klein und überschaubar. Butch schläft unter dem Tisch und erholt sich von der Anspannung mit Salvatore. Ich stopfe die Zettel von der Ermittlungswand in einen Schrank, bevor ich Bev und Jeremy per SMS sage, dass es Zeit zum Ablegen ist. Sie kommen vom Auto den Anleger entlanggeschlendert, und ich helfe ihnen an Bord. Ich bin nervös. Ich hoffe, dass der Motor nicht mitten auf dem See streikt, aber er springt einwandfrei an und tuckert. Bev setzt sich neben mich ans Steuer, und Jeremy stellt sich an den Bug und schaut zu, wie das Wasser sich teilt, während wir durch die niedrigen Wellen pflügen.

Es hat was, auf dem Wasser zu sein. Es ist ein Gefühl der Freiheit von den Sorgen, die einen an Land geplagt haben. Man lässt die Komplikationen des Lebens hinter sich. Ein Boot wird nicht frech, selbst wenn es nach der eigenen Tochter benannt ist. Dem Wasser ist es egal, ob ein Kläger Strafschadensersatz fordert. Der See wird sich nicht von einem scheiden lassen, weil man zu viel zu tun hat, um sich ihm widmen zu können. Er ist mal sanft, mal ruppig, aber er meint es nicht so. Es kümmert ihn einfach nicht. Ich frage mich, ob ich mir die Schwierigkeiten der letzten Zeit durch das Kümmern eingebrockt habe. Vielleicht würde es mir besser gehen, wenn ich mich nicht so viel kümmern würde. Wenn ich wie ein großer See wäre, wenn ich mit dem wechselnden Wetter verebben und fließen würde und mich von meinen Gefühlen leiten ließe anstatt von Logik, wäre das Leben vielleicht einfacher. Wenn ich aufhören würde, mich für andere einzusetzen und mich um meinen eigenen Kram kümmern würde, könnte ich mich vielleicht auf meine eigenen Probleme konzentrieren.

Bev stellt sich neben mich ans Ruder. Jeremy ist nach unten auf Entdeckungstour gegangen, daher sind wir allein auf dem See. Ihr kastanienbraunes Haar flattert im Wind, und ihre Hand gleitet langsam an meinen Arm, während ich steuere. Ich sollte unseren seltsamen Nachmittag in der Glasbläserei ansprechen, aber ich möchte die Stimmung nicht verderben.

»Wir müssen jetzt nicht über finstere Dinge reden«, sagt Bev, als hätte sie meine Gedanken gelesen.

»Okay.«

»Ich möchte das hier draußen genießen, weit weg von allem. Zu Hause bekomme ich Angst.«

»Verständlich.«

»Ich fühle mich nicht mehr sicher. Ich möchte mein Haus nicht aufgeben, aber …« Sie legt den Kopf an meine Schulter. Jetzt ruhen beide Hände auf meinem Arm. Sie lehnt sich an mich.

In dem Moment taucht Jeremy wieder in der Luke auf. »Seht mal, was ich gefunden habe!«

Butch drängt sich mit heraushängender rosa Zunge an ihm vorbei. Ich hatte den Hund fast vergessen. Jeremy lächelt, als er ihn streichelt. Der Junge liebt ihn. Bev lässt meinen Arm los, damit Jeremy nicht sieht, dass sie sich an mich geschmiegt hat.

»Dan, ist das der Hund, den Sie in Tacoma ausgeführt haben?«

»Ja.«

»Was macht er hier?«

»Ich, äh … habe ihn für Sie mitgenommen.« Das ist geschwindelt, aber sie braucht Butch, und er braucht ein Zuhause. »Er ist besser als eine Alarmanlage und dient gleichzeitig als bewaffneter Wächter. Wenn Sie ihn nicht mögen, kann ich etwas anderes für ihn suchen.«

»Etwas anderes?«

»Er stammt ursprünglich aus dem Tierheim und sollte eingeschläfert werden. Er kann nicht zurück.«

»Sie haben ihn gerettet?« Sie sagt es mit einer Bewunderung, die ich nicht verdiene.

Die Wahrheit ist, dass ich Butch mitgenommen habe, um mich selbst zu schützen. Ich war egoistisch. Ich bin auch seinetwegen noch am Leben. Ich habe keinen Zweifel daran, dass Salvatore mich angegriffen und mir den Hals aufgerissen hätte, wenn Butch ihn nicht lange genug in Schach gehalten hätte, dass ich uns mit Anwaltslogik aus dem Lagerhaus bringen konnte.

»Butch hat in gewisser Weise auch mich gerettet. Ich war es ihm schuldig.«

»Ich liebe ihn!«, ruft Jeremy vom Heck, wo Butch fleißig nach Wellen schnappt, die aufs Deck klatschen.

»Nun, dann wäre das geklärt«, entscheidet Bev und wirkt resigniert und erleichtert zugleich. »Wir haben einen Hund. Das ist wunderbar, Dan. Sie sind so aufmerksam. Ich werde mich mit … Butch, nicht wahr? … besser fühlen.«

»Ja.«

»Mit Butch im Haus wird es mir wirklich viel besser gehen. Vollkommen sicher werde ich mich zwar erst fühlen, wenn der Mörder gefasst ist, aber solange ich weiß, dass Sie fest entschlossen sind, ihn aufzuspüren, habe ich Hoffnung.« An dieser Stelle bekomme ich die dicke Umarmung, und dann flüstert sie mir ins Ohr: »Sie sind wirklich ein Held.«

Verflucht

»Hi, Martina. Ich kann die Ermittlung doch nicht aufgeben.«

Ich halte das Handy auf Abstand, weil sie mich so laut anquiekt.

»Ja, also, es tut mir total leid, was ich gesagt habe … ja, sogar die Bemerkung über die mutierten Freaks … okay, vor allem die Bemerkung über die mutierten Freaks … du hattest recht … ja, stimmt, du hast es mir gesagt.«

Sobald ich meinen Stolz heruntergeschluckt und mich entschuldigt habe, können wir reden.

»Du hast Glück«, verkündet meine Ermittlerin. »Rate mal, wer heute Nachmittag auf der Gefangenenliste aufgetaucht ist?«

»Die Polizei hat den Mörder geschnappt?« Plötzlich bin ich aufgeregt. Die Polizei hat vielleicht gerade all meine Probleme gelöst! Gut, nicht *all* meine Probleme, aber die meisten. Die morgendliche Gefangenenliste ist eine Liste der Personen, die am Abend zuvor ins Gefängnis eingewiesen wurden. Da es sich um öffentliche Informationen handelt, ist sie für jedermann einsehbar. Meine Ratte hat täglich hineingeschaut – ausgezeichnete Ermittlungsmethode.

»So viel Glück nun auch wieder nicht«, sagt Martina. »Aber fast. Unser Hexenjäger wurde wegen Waffenbesitzes festgenommen. Als er beim Betreten eines Gerichtsgebäudes von den Sicherheitsleuten gefragt wurde, ob er Waffen bei sich trägt, meinte er, er hätte Klebeband und eine Machete dabei und würde jemanden suchen, den er kaltmachen kann.«

»Ist ja merkwürdig. Die meisten Killer erzählen nicht, was sie vorhaben.«

»Eben. Dann hat er sich den Mund zugeklebt, damit er nicht mit den Cops redet. Die Anklage lautet auf Tragen einer versteckten Waffe in einem Gerichtsgebäude. Die Polizei bringt ihn noch nicht mit den Morden in Verbindung, aber das könnte sich bald ändern.«

»Wunderbar!«

»Vielleicht sollten wir hinfahren und mit ihm über die beiden Morde sprechen, bevor es die Cops tun.«

»Warum lassen wir die Polizei nicht einfach ihre Arbeit machen?«

»Ich dachte, du wärst wieder dabei.«

»Bin ich auch, aber wenn die Polizei die Fälle löst, ist es vorbei, und wir gewinnen!«

»Die Polizei versteht die übernatürlichen Aspekte nicht. Sie denkt, dass er nur ein Kerl mit einem großen Messer ist. Sie stellt vielleicht nicht mal den Zusammenhang her. Die Anklage, die gegen ihn erhoben wurde, ist nur eine Ordnungswidrigkeit. Er könnte schon morgen auf Kaution rauskommen.«

»Wir könnten der Polizei einen anonymen Tipp über seine Online-Postings geben, in denen er über Hexenmord schreibt, vor allem über Enthauptungen.«

»Erst, wenn ich mit ihm gesprochen habe.«

»Okay, dann tu das. Sag mir Bescheid, wie es war.«

»Und du musst mit.«

»Wieso?«

»Das Gefängnis wird mich außerhalb der Besuchszeiten nicht mit einem Insassen sprechen lassen, aber einen Anwalt lassen sie vielleicht rein.«

»Also jetzt pass mal auf. Ich habe mich neulich schon fälschlicherweise als Anwalt des nackten Kerls ausgegeben, weshalb mir nun von der Kanzlei Disziplinarmaßnahmen blühen. Wenn ich das noch mal mache, könnte man mich bei der Anwaltskammer anzeigen. Zwing mich nicht, meine Lizenz zu riskieren.«

»Du rufst hier also an, um dich zu entschuldigen, und versprichst, wieder mitzumachen, und dann willst du nicht helfen?«

Mist.

Unser Mann sitzt fünfzehn Meilen südlich von Seattle in der Justizvollzugsanstalt der Stadt Kent. Es ist schon spät, und die Türen sind verschlossen. Wir müssen auf die Gegensprechanlage drücken und mit der Pfortenbeamtin reden. Ihre Stimme krächzt aus dem Lautsprecher.

»Ja bitte?«

»Ich möchte mit Edward Hammer sprechen.« Als ich zögere, versetzt Martina mir einen Stoß in die Rippen. »Ich bin Rechtsanwalt.« Ich drücke mich absichtlich vage aus, um die Behauptung zu vermeiden, ich sei Hammers Anwalt.

»Weiß er, dass Sie kommen?«

»Nein, aber es ist sehr wichtig. Er hat morgen früh eine Anhörung, nicht wahr?«

Schweigen. Sie sieht in der Liste der Gerichtstermine nach. »Richtig«, bestätigt sie schließlich. »Zeigen Sie Ihren Ausweis vor und kommen Sie herein.«

Ich halte meinen Anwaltsausweis hoch.

»Wer ist die Frau?«, fragt die Beamtin.

»Meine Ermittlerin«, antworte ich. Es ist üblich, dass Rechtsanwälte Ermittler mitbringen, die sich während des Gesprächs mit Mandanten oder anderen Zeugen Notizen machen.

»Okay. Aber sie muss sich auch eintragen.«

Wir unterschreiben im Besucherbuch. Die Pfortenbeamtin passt nicht auf, daher schreibe ich einen falschen Namen hin. Ich sollte nicht hier sein und mit inhaftierten Verdächtigen reden, die ich nicht vertrete. Die Frau reicht uns an einen Besuchsbeamten weiter, der uns den Gang entlang zu einer Kabine mit einem Stuhl und einem Plexiglasfenster führt, das uns von einem Stuhl auf der anderen Seite trennt.

»Warten Sie hier, ich hole ihn«, sagt der Beamte.

Martina zieht sich einen Stuhl aus der leeren Nachbarkabine heran, und wir setzen uns und warten. Die Löcher in der doppelt verglasten Scheibe sind groß genug, um sich durch sie unterhalten zu können, aber zu klein, um etwas hindurchzustecken – Drogen, Waffen oder Zettel, solche Dinge. Die Löcher sind in den beiden Scheiben außerdem versetzt angeordnet, damit Besucher und Insassen sich dadurch nicht anspucken können.

Unser Mann kommt und sieht müde aus. Die Haut um seinen Mund, wo das Klebeband gesessen haben muss, ist gerötet. Seine Lippen sind so tätowiert, dass es aussieht, als wäre ihm der Mund zugenäht worden, und seine Arme und der Hals sind mit weiteren Tattoos bedeckt. Er sieht wirklich aus wie ein Psycho. Man hat ihn gerade geweckt. *Gut.* Vielleicht ist er groggy – weniger aufmerksam und weniger argwöhnisch.

»Sind Sie mein Anwalt?« Er funkelt mich an.

Okay, vielleicht auch nicht. Ich zögere und kämpfe mit mir, ob ich wieder lügen soll. Das wird langsam zu einer schlechten Angewohnheit. Ich entscheide mich dagegen. »Nein. Ich bin zwar Anwalt, aber nicht Ihrer.«

»Ich kann Anwälte nicht ausstehen.«

Das höre ich oft, aber er ist wirklich unverblümt. »Das tun die wenigsten.«

»Und Ihr Atem stinkt. Ich kann Zwiebeln riechen.«

Beleidigend, aber irrelevant. »Tut mir leid, es hat auf der Fahrt hierher nur für Fast Food gereicht. Zwiebelringe – gute Nase. Das ist meine Ermittlerin.«

»Sie sehen aus wie eine Bullenlesbe«, sagt er zu Martina.

Wieder beleidigend. Wieder irrelevant, jedenfalls zum Teil. »Sie ist kein Bulle.«

»Bullen machen mir keine Angst. Sie dürfen mir nur nicht in die Quere kommen.«

Ich bin mir nicht sicher, was er damit meint, aber er verbirgt seine Gefühle nicht. Ich spüre seinen Zorn. Dieser Mann ist so angespannt wie eine Klaviersaite und legt eine Mordbereitschaft an den Tag, die ich so bei Gravestone oder selbst Swarmo nicht gespürt habe. Ich habe keinen Zweifel daran, dass er mit seinem Buschmesser jedem magischen Wesen, das ihn verärgert hat, die Scheiße aus dem Leib hacken würde. »Wir suchen nach einer sehr gefährlichen Person, und aus Ihren Posts wissen wir, dass Sie ebenfalls nach jemandem suchen, den Sie für gefährlich halten.«

»Eine Hexe …« Er flüstert das verhasste Wort auf der anderen Seite der Trennscheibe, als würde er seine Mission verkünden – oder seine Obsession, wenn man nach seinen Posts im Internet geht.

Martina hat ihn online gefunden, wo er anders als alle anderen über Hexen spricht. Aufrichtige Sorge und Feindseligkeit steigern sich bei ihm zu einem Mix aus Hass und Abscheu. Als ich seine Beiträge las, fiel mir auf, wie ehrlich und ernsthaft er mit dem Thema Hexen umgeht. Er sucht Informationen in dem gleichen Maße, wie er sie anbietet. Er gibt Tipps, wie man eine Hexe erkennt, und führt sieben Punkte auf, wie man sich bei der Begegnung mit einer Hexe verhalten soll: »Ergreif die Flucht« ist seine erste Wahl, und »Töte sie« ist Möglichkeit Nummer vier. Die meisten Informationen, die er gibt und um die er bittet, sind statistischer und praktischer Natur und nicht irgendwie abstrus. Es gibt keinen Hinweis auf Spaß oder Faszination, dafür aber viele Links. Er schreibt einen wohlwollenden Kommentar unter eine Webseite, die von über fünfundsiebzigtausend angeblichen Hexen spricht, die zwischen 1500 und 1660 in Europa hingerichtet wurden. Er bemerkt in einem Post, dass Deutschland die in Europa höchsten Todeszahlen hat und Irland die niedrigsten. Er hat auch eine Seite verlinkt, die Schritt für Schritt erklärt, wie man einer Hexe den Garaus macht – sie nicht einfach nur tötet, sondern sie vernichtet. Neben Verbrennung wird dort bemerkenswerterweise auch Enthauptung aufgeführt. Er erklärt, wie Flüche funktionieren; anscheinend braucht die Hexe einen persönlichen Gegenstand ihres Opfers. Er bittet außerdem seine Leser, mit ihm privat Verbindung aufzunehmen, falls sie Informationen über eine bestimmte Rumänin haben. In seinem letzten Post findet sich ein Link zu einem Nachrichtenartikel über Samanthas Ermordung. Da gingen bei uns sämtliche Alarmleuchten an.

»Ich dachte, wir könnten uns gegenseitig helfen«, sage ich. Seiner Online-Persönlichkeit nach zu urteilen ist er der Typ, der mit Informationen handelt, also biete ich ihm welche an. »Wir haben an zwei Tatorten Runen gesehen, mit eigenen Augen. Die Polizei hat diese Einzelheiten noch nicht freigegeben.«

Er nickt. Ich spüre, dass ihn das beeindruckt. »Manche Leute halten mich für verrückt. Sie auch?«

»Nein. Wir denken, dass sich jemand mit dem Übernatürlichen eingelassen hat.«

»Mit dunkler Magie«, korrigiert er mich.

»Genau.« Dunkle Magie scheint ein Unterbereich des Übernatürlichen zu sein. Ich erinnere mich, dass Brett es vermieden hat, überhaupt über Magie zu sprechen. Die Gnomin wurde getötet, weil sie Magie gewirkt hat. »Ihre Posts sind sehr vernünftig und stimmen mit unseren Theorien überein. Andere Hexenseiten tun das nicht.«

»Die meisten Leute denken, Hexerei wäre wie ein Disneyfilm. Sie halten sie für einen Witz. Aber es ist nicht komisch. Glauben Sie mir, ich weiß es. Also, Sie haben sich über mich informiert, aber ich kenne Sie nicht. Was für ein Interesse haben Sie an der Sache, Anwalt?«

»Ich bin Daniel, und das ist Martina. Wir untersuchen die Verwendung von Magie …« Ich halte inne, um meinen Worten noch mehr Gewicht zu verleihen. »Wurde das Mädchen auf dem Queen Anne Hill getötet, weil es eine Hexe war?«

Er zuckt zusammen. »Sie meinen, wurde es *von* einer Hexe getötet?«

»Nein. Ich meine, wurde es getötet, weil es eine Hexe *war*?«

»Glauben Sie wirklich« – er verzieht das Gesicht zu einer Grimasse – »an Hexen?«

Er hat meine Frage zweimal mit einer Gegenfrage beantwortet und wirkte dabei merkwürdig angespannt. »Ich bin ganz offen, was ihre Existenz angeht. Überzeugen Sie mich.«

»Erzählen Sie mir von den Runen, dann sage ich Ihnen, was Sie wissen wollen.«

Eine solche Kooperation habe ich ehrlich nicht erwartet. Es ist möglich, dass er den Mord begangen hat und herausfinden will, was wir wissen. Oder vielleicht ist er auch einfach nur vertrauensselig. So oder so, wir erzählen es ihm. Er runzelt schweigend die Stirn und nickt vor sich hin, bis wir fertig sind. Diesmal stellt er keine Frage.

»Das Mädchen war keine Hexe«, erklärt er mit absoluter Überzeugung. »Es war das Opfer einer Hexe.«

Ich bin so überrascht, dass ich mit der Frage herausplatze, die ich mir aufgespart habe. »Dann haben Sie sie nicht mit der Machete getötet?«

»Guter Gott, nein. Für was halten Sie mich?«

»Verzeihung. Es ist eine Standardfrage für Verdächtige, die mit einer Machete und Klebeband festgenommen werden. Ich musste sie stellen. Wir haben überlegt, falls Sie sie für eine Hexe gehalten haben und …«

»Ich war überhaupt nicht in der Stadt, als das Mädchen geopfert wurde. Ich war in New Mexico. Ich bin anschließend hergekommen, weil ich die Hexe gesucht habe, die es getan hat. Das Klebeband und das Buschmesser sind für sie. Ich werde sie fesseln und die Exorzismusriten an ihr vollziehen.«

Er wirkt sehr aufrichtig und entschlossen, und er sagt es so, als wäre es vollkommen normal. Er versucht nicht, mir die Idee zu verkaufen. Er glaubt es einfach. Seltsamerweise bin ich geneigt, es ebenfalls zu glauben.

»Warum erzählen Sie uns das alles?«

»Weil ich es muss.«

Martina schaltet sich ein. »Wir sind auch hinter ihr her. Wo ist sie?«

»Hier in Seattle. Ich verfolge sie bereits seit zehn Jahren, und ich bin mir endlich sicher. Sie hat mit dem Morden angefangen, um neue Kräfte zu erlangen, und sie geht dabei nicht gerade unauffällig vor.«

Ich führe Martinas Frage noch etwas weiter. »Wenn die Morde erst in Seattle begonnen haben, warum sind Sie ihr dann schon seit zehn Jahren auf den Fersen?«

»Weil sie mich verflucht hat ...«

Seine Geschichte ist faszinierend. Martina und ich hören zu, und bis auf Verständnisfragen unterbrechen wir ihn nicht. Er ist Edward Hammer, sechsunddreißig Jahre alt und stammt ursprünglich aus Texas. Er hat einen Abschluss als Bauleiter, hatte eine Frau und einen Sohn – *hatte* – und arbeitete als stellvertretender Aufseher eines Bautrupps bei einer Reihe von Wohnbauprojekten in Wichita Falls. Dann zog nebenan eine rumänische Familie ein. »Ausländerpack«, nennt er sie. Unnötig zu sagen, dass sie nicht miteinander auskamen. Es gab Diebstahlsvorwürfe und Streit über die Grundstücksgrenze. Die Rumänen haben einen gammeligen Wohnwagen in der gemeinsamen Einfahrt abgestellt und hatten viele Freunde und Verwandte zu Gast, die ständig kamen und gingen. Sie machten draußen Feuer, sangen bizarre Beschwörungen, feierten in dem Wohnwagen Orgien und rauchten »Gott weiß was«, erzählt Ed. Die Hecke in der Einfahrt auf der Seite der Hammers ging ein.

Eds Hund verschwand. Dann, eines Nachts, sah er, wie die Frau allein draußen saß und sich mit dem Feuer unterhielt, und eine andere Stimme antwortete. »Aber es war niemand da.«

Ed sagte, er habe es nicht mehr ausgehalten. Er zeigte die Familie beim Wohnungsamt an, weil sie keine Zulassung für den Wohnwagen hatte, und log ihrem Vermieter vor, dass sie Marihuana anbauen würde. Er tischte den Behörden eine ganze Reihe von Lügen auf und streute unter den Nachbarn falsche Gerüchte über Drogenhandel, damit sie ihm dabei halfen, die Leute loszuwerden. Und es funktionierte. Sie wurden zwangsgeräumt.

Als sie abfuhren, stand Ed in seiner Einfahrt und sah zu, erzählt er uns. Die Frau blieb stehen und blickte ihn an, und dann sagte sie etwas auf Rumänisch und warf eine Handvoll zerstoßener Kräuter in den Wind. Sie wirbelten empor und landeten auf ihm. Sie wirkten harmlos, sagt er, nur Blätter und Flocken. Aber da ging der Ärger erst richtig los.

Seinen ersten Wutausbruch hatte er auf der Baustelle, als er seinem Chef ins Gesicht sagte, er sei ein fauler Hund, und sich minutenlang vor versammelter Mannschaft über dessen Fehler und Schwächen ausließ. Er wurde gefeuert. Kurz darauf erklärte er seinem Schwiegervater, dass seine Tochter nur darauf warte, dass er stirbt, damit sie sein Haus erben könne. Das entsprach zwar der Wahrheit, aber er hätte es ihm nicht sagen dürfen – sie wurden umgehend enterbt. Anfangs wusste er nicht, was über ihn gekommen war. Er kritisierte seine Frau gnadenlos – ihre Entscheidungen, ihre Intelligenz, ihr Gewicht, alles. Das zerstörte ihre Beziehung. Später übersetzte er, was die Rumänin gesagt hatte: »Keine Lügen mehr.«

Da muss ich nachhaken. »Sie können nicht lügen?«

»Ganz recht. Sie haben ja keine Ahnung, wie belastend das ist.« Er hält inne und verzieht traurig das Gesicht. »Oder vielleicht doch, weil Sie Anwalt sind. Wie dem auch sei, nachdem sie mich verflucht hatte, fing ich an, allen die Wahrheit zu sagen, aber wie sich herausstellte, wollte die nicht jeder hören. Ich bin wie ein wandelnder Shitstorm. Ich wurde bei der Arbeit rausgeschmissen, und meine Frau verließ mich, bevor ich wusste, was los war. Inzwischen habe ich es etwas im Griff, aber es ist immer noch unmöglich, ganz damit aufzuhören. Ich habe sogar versucht, mir durch das Tattoo selbst einen Maulkorb zu verpassen, damit die Wahrheit nicht rauskann, aber ich bin kein Zauberer, und es hat nicht funktioniert. Meine Familie spricht nicht mehr mit mir. Ich verliere einen Job nach dem anderen. Ich habe mich geprügelt …«

Martina hat genug gehört. »Wie heißt sie?«

Ed zuckt zusammen. Er will es nicht sagen. Es ist wie beim Namen der Gnomin oder dem eines Dämons – allein schon durch das Aussprechen des Namens kann man das Böse in sein Leben holen. Aber er kommt nicht dagegen an. »Saiph«, murmelt er. »Saiph Balan. Doch sie wird diesen Namen nicht benutzen, weil sie weiß, dass ich hinter ihr her bin, und sie weiß, dass ich sie töten werde.«

»Woher weiß sie das?«

Er schnaubt. »Woher wohl? Weil ich es ihr sagen musste. Als ich sie das erste Mal gefunden hatte, habe ich gezögert. Sie fragte mich, was ich da mache. Bevor ich handeln konnte, habe ich ihr meinen ganzen Plan für ihre Ermordung erklärt, und sie entkam. Beim nächsten Mal werde ich nicht zögern.«

Unsere Besuchsstunde ist viel zu schnell vorbei, und der Beamte erlöst Ed von dem Elend, uns weitere Fragen so ehrlich beantworten zu müssen. Es ist klar, dass er uns überhaupt nichts verraten hätte, wenn er nicht dazu verflucht wäre, jede Frage wahrheitsgemäß zu beantworten. Er teilte dem Beamten mit, dass er uns nicht noch einmal sprechen möchte, worauf wir für das Gefängnis ein Besuchsverbot auferlegt bekamen. Doch wir haben genug Informationen erhalten, um Saiph Balan aufzuspüren. Ed Hammer scheidet zwar streng genommen als Tatverdächtiger nicht aus – objektiv gesehen ist er ein gottverdammter Irrer mit einer Machete –, aber ich glaube ihm. Nennen Sie es Anwaltsinstinkt. Er hat zwei der Runen, die er an seiner Hauswand in Texas entdeckt hat, als Sternbilder beschrieben, wie ich sie in Samanthas Zimmer und Martina sie am Troll gesehen hat – Phil hatte recht mit dem Schwan –, und jetzt verlagert sich unser ganzes Augenmerk auf seine Erzfeindin, die Hexe.

Jahrmarkt

Saiph Balan, auch unter dem Namen Bellatrix Bisset bekannt, arbeitet bei einem Wanderjahrmarkt eine Stunde südlich von Seattle auf dem King-County-Festplatz in Enumclaw. Sie versteckt sich in aller Öffentlichkeit – sie ist die gottverdammte Wahrsagerin des Jahrmarkts.

Als Ed in dem Gerichtsgebäude mit seinem Buschmesser und dem Klebeband festgenommen wurde, wollte er dort die Bestände des Stadtarchivs von Seattle durchforsten. Leider suchte er an der falschen Stelle, aber er ist ja auch kein Anwalt. Er hätte im Bundesarchiv nachschauen sollen, nicht im Stadtarchiv. Der Name Balan erscheint auf den Einwanderungspapieren unserer Hexe, wo auch ihr Beruf angegeben ist: »Inhaberin einer kleinen Firma« mit Namen Balan Exotische Öle, die ursprünglich aus Frankreich stammt. Jede Firma, die in Seattle tätig ist, muss beim Staat Washington ein Gewerbe anmelden, um eine Geschäftslizenz zu erhalten. Ich habe Phil darauf angesetzt, und seine Suche nach den Geschäftslizenzen in Washington der vergangenen zehn Jahre erbrachte genau eine Firma mit »exotischen Ölen«, einen diesjährigen Neuzugang namens Bisset Exotische Öle, der mit dem Drei-Sterne-Jahrmarkt unterwegs ist und gerade in der Gegend von Seattle gastiert. *Guter Junge, Phil.* Aber das ist noch nicht alles. Bisset Exotische Öle ist ein kleines, in Texas gegründetes

Unternehmen, das Salben, Lotionen und – jetzt kommt's – Tränke verkauft. Als Besitzerin wird eine gewisse Madame Bellatrix Bisset genannt, ein fantasievoller neuer Vorname, gepaart mit einem alliterativen französischen Nachnamen – ein Künstlername für ihre Wahrsagerei. Der Jahrmarkt ist seit knapp drei Wochen in der Stadt, dem ungefähren Zeitrahmen der Morde. Es passt alles zusammen. Und wenn man dem ehrlichen Ed Glauben schenken darf, tragen die Morde seinen jahrelangen Nachforschungen zufolge die Handschrift einer Hexe, die ihrem Teufel ein Opfer darbringt. *Heilige Scheiße.* Oder sollte ich »unheilige« Scheiße sagen?

Heute Abend habe ich Lucy. Mir ist vollkommen bewusst, wie idiotisch dieses Timing ist, aber ich werde den mir gesetzlich zustehenden Abend mit meiner Tochter nicht ausfallen lassen. Ich darf sie als Vater nicht enttäuschen, egal, wie sehr es mich drängt, eine Mordserie aufzuklären. Zum Glück weiß ich, wie ich beides unter einen Hut bringe: Ich werde mit ihr heute Abend zum Drei-Sterne-Jahrmarkt gehen.

Natürlich ist mir klar, dass es gefährlich werden könnte, ich bin ja nicht blöd. Deshalb kaufe ich mir jetzt eine Waffe. Ich weiß noch, wie sehr ich mir eine gewünscht habe, als Brett das erste Mal in meinem Schlafzimmer aufgetaucht ist. Ich frage mich flüchtig, ob ich besser oder schlechter dran wäre, wenn ich das Monster meiner Kindheit in der Nacht auf dem Boot angeschossen hätte. Jetzt werde ich es nie erfahren, weil ich ihm stattdessen geholfen habe. Ich kann auf legalem Weg keine Waffe kaufen, da es eine Wartezeit gibt. Man kann nicht einfach in einen Laden spazieren und sie noch am gleichen Tag mit nach

Hause nehmen. Es wird eine Hintergrundüberprüfung durchgeführt, damit der Verkäufer weiß, dass man nicht vorbestraft ist oder kürzlich Patient einer psychiatrischen Klinik war. Dauert etwa eine Woche – zu lang. Victor Gianopoulos besorgt mir eine nicht registrierte Smith and Wesson, die kleiner ist als meine Hand. Gebrauchtwagenhändler kennen Leute aus allen Schichten, darunter auch einen, der bereit ist, eine Schwarzmarktwaffe unter der Hand gegen Bares zu verkaufen. Victor erhält fünfzig Dollar Provision, er ist schließlich Geschäftsmann. Als Teil des Deals zwinge ich ihn, das rollende Ei gegen ein besseres Auto einzutauschen – einen kanariengelben Chevy Camaro.

Doch die beste Waffe des Menschen ist das Gehirn, und mein Anwaltsgehirn ist eine logische Präzisionsmaschine, daher haben Martina und ich auch einen soliden Plan. Es wäre schön gewesen, Madame Bisset einfach der Polizei zu übergeben, aber mit welcher Begründung? »Nehmen Sie sie fest, sie ist eine Hexe«, kann ich mich sagen hören. »Unser Zeuge ist ein Verfluchter, der aus magischen Gründen absolut ehrlich ist.« Nein. Das werden sie uns nicht abkaufen. Wir brauchen etwas Handfestes, etwas wie Beweismaterial oder, noch besser, ein Geständnis.

»Der Camaro ist absolut genial!« Lucy ist beeindruckt. *Yes!* Ich bin wieder der coole Dad. Wird Eve angepisst sein? Na, das hoffe ich doch! Sie wird sich bei ihrer Bi-Di-Konkubine Remi auf dem trendigen Küchensofa bei Bio-Tofu darüber beschweren.

»Also, heute Abend gehen wir zu den Drei Sternen.«

»Oh. Wow. Warum? Ist das nicht dieser Jahrmarkt in Enumclaw?«

»Ich habe etwas mit einem der Schausteller zu besprechen, aber ich besorge dir ein Ticket, mit dem du alle Fahrgeschäfte benutzen darfst, dann kannst du dich amüsieren, während ich beschäftigt bin.«

»Wenn du arbeiten musst, darf ich dann ein paar Freunden schreiben, dass sie uns dort treffen sollen?«

»Klar. Was immer du willst.«

Perfekt. So hat sie keine Langeweile und ist außer Gefahr. Der Bereich mit den Fahrgeschäften befindet sich auf der anderen Seite des Jahrmarkts, weitab von den Verkaufsständen, wo Bisset exotische Öle und Tränke verkauft und Madame persönlich die Zukunft weissagt. Während Lucy auf der Achterbahn und dem Riesenrad ist, werde ich mir die Zukunft vorhersagen lassen. Wenn wir mit ihr richtigliegen, wird die Kanzlei mir mein sprunghaftes Verhalten verzeihen und verstehen, dass ich einer Nebentätigkeit nachgehe, um eine Serienmörderin zu stoppen. Es wird der Kanzlei sogar gute Presse einbringen. Ich werde ein Held sein!

Ich trete im Camaro leicht aufs Gas, wahrscheinlich, um meine Tochter zu beeindrucken, aber ich bin auch nervös und begierig darauf, eine Mörderin zur Rede zu stellen. Martina kommt mit ihrem eigenen Wagen. Wenn ich Lucy zu den Fahrgeschäften gebracht habe, werde ich sie treffen.

»Wo bist du mit deinen Freunden verabredet?«, frage ich meine Tochter, als wir auf den großen Parkplatz einbiegen.

»Oh, keine Ahnung. Sie melden sich per SMS, wenn sie da sind.«

»Wer kommt denn alles?«

»Katie und ein paar andere Leute. Ich weiß nicht genau.«

Hmm. Das ist nicht gerade präzise, aber ich habe Wichtigeres zu tun. »Okay. Hier hast du ein bisschen Geld.« Ich gebe ihr zwei Zwanziger, während wir den langen Weg vom Parkplatz zum Eingang gehen. Dort trennen wir uns mit einer raschen Umarmung. Ich werde Martina in zehn Minuten am Stand mit den frittierten Gewürzgurken treffen, dann machen wir uns auf zu unserer Mörderin. Ich habe keine große Erfahrung mit Schusswaffen, aber ich trage die Smith and Wesson geladen im Holster unter der Jacke, falls es zum Schlimmsten kommen sollte. Martina hat ihre Krallen.

Stroh bedeckt den Boden des Jahrmarktgeländes. Der abgestandene Geruch von altem Popcorn, fettiger Frittiergestank und der süße Plastikduft von Zuckerwatte steigen mir in die Nasenlöcher. Martinas Nase muss durchdrehen. Der Lärm von Kindern, die vor Begeisterung kreischen und Wutanfälle bekommen, summenden Gasgeneratoren, Drehorgelmusik und Marktschreiern, die per Megafon ihre Ware anpreisen, ist ein kollektiver Angriff auf die Ohren. Peng-peng-peng! Ich zucke zusammen und ducke mich, bevor mir klar wird, dass es nur platzende Luftballons sind. *Mann, bin ich nervös.* Lucy war eine beruhigende Ablenkung, aber jetzt, da sie weg ist und ganz Kind sein darf, bleibt mir nichts anderes übrig, als mich wie ein Erwachsener zu benehmen. Erwachsensein ist hart. Man ist für alles verantwortlich, und Verantwortung ist ein 24-Stunden-Job. Es gibt ein Alter, in dem man das Gefühl hat, als würden sämtliche Probleme der Welt jetzt die eigenen sein. Genau darum geht es bei der Arbeit als Anwalt –

man übernimmt die Probleme anderer Leute, und meistens sind es die schlimmsten. Wir sind die Hausmeister der Gesellschaft und räumen hinter ihr auf. Wir suchen Meinungsverschiedenheiten und stürzen uns freiwillig in jeden Konflikt. Und wir verlangen dafür ein Stundenhonorar. Letzte Woche waren es Dampferkrankheiten. Diese Woche sind es Morde.

Als ich an der Imbissbude eintreffe, isst Martina gerade eine frittierte Gurke. Sie dreht sie mit ihren kleinen Händen wie einen Maiskolben und knabbert die Panade ab. Es sieht widerlich aus, aber sie versichert mir, es sei »echt leckeres Zeug, das man nur einmal im Jahr isst«. Ich rufe ihr ins Gedächtnis, dass wir es in den Vereinigten Staaten zu einer Tradition gemacht haben, einmal im Jahr an Thanksgiving Truthahn, Cranberrys und Kürbiskuchen zu essen.

»Nee, das kommt da nicht ran«, sagt Martina. »Bist du bereit?«

»Nein.«

»Ich auch nicht. Aber wir sind hier.«

»Ich habe eine Pistole mitgebracht.«

»Erschieß dich nicht. Und mich auch nicht. Das mit der silbernen Kugel ist Schwachsinn. Stinknormales Blei hat auf uns Gestaltwandler eine verheerende Wirkung.«

»Ich hatte nicht vor, irgendjemanden zu erschießen.«

»Das hat niemand. Und dann passiert es doch.«

»Ich werde sie nur im Notfall ziehen.«

»Das Zelt der Wahrsagerin ist bei den Verkaufsständen hinter den Imbisswagen.«

Ich blicke an der Reihe der Wagen entlang. Sie sind wie die Vereinten Nationen des Essens. Thailändisch, Griechisch, Mexikanisch, Fish and Chips – das wird England sein – und sogar der gute alte amerikanische Hotdog-Stand mit Namen Neiner Neiner Weiner. Ich bin mir nicht sicher, ob Hotdogs eine Erfindung der USA sind, aber sie wurden als heimisch angenommen, vor allem durch die Baseballstadien. Ich habe keinen Hunger. Ich könnte jetzt nichts essen, selbst wenn ich es müsste. Ich würde es wieder erbrechen. Beim bloßen Geruch von Essen dreht sich mir der Magen um.

»Los, gehen wir, bevor ich's mir anders überlege.« Mir wird bewusst, dass ich bei unseren Ermittlungen bisher ziemlich unverfroren vorgegangen bin – ich habe gelogen, Verrückte geködert und einen Vampir zur Rede gestellt. Aber jetzt habe ich wirklich das Gefühl, dass wir nah dran sind, möglicherweise nur wenige Hundert Meter von einer Serienmörderin entfernt. Vor Gericht hatte ich schon mal Lampenfieber, aber so ging es mir bei einem Rechtsfall noch nie. Ich bin aufgeregt und habe Angst, eine tückische Kombination, die einen übereifrig und unruhig macht, wie einen gefährlichen Hund. Impulsiv. Unlogisch. Ich muss mein Anwalts-Ich wiederfinden, bevor wir den Spießrutenlauf entlang der Imbisswagen antreten.

»Ich habe die Cops auf Kurzwahl, falls etwas schiefgeht«, bemerkt Martina. »Die können mit Waffen umgehen.«

Wir setzen uns in Bewegung. »Lass mir nur zwanzig Fragen, bevor du irgendetwas tust. Nach einem Kreuzverhör aus zwanzig Fragen gesteht bei mir jeder.«

»Sie hat sich nicht selbst mit einem Wahrheitsfluch belegt, Alter. Wenn du Pech hast, erzählt sie dir einen Scheiß.«

»Wir haben zwei Geheimwaffen. Im Film gibt es meistens nur eine. Wenn wir es richtig anstellen, wird sie reden.«

»Wir sind hier aber nicht im Kino. Und achte darauf, dass keine scharfen Gegenstände in Reichweite sind. Sie ist eine Schlächterin, schon vergessen?«

Ich denke an die Fotos. An die Kraft und die Rohheit, die notwendig sind, um einen anderen Menschen zu zerstückeln. *Zwei Menschen.* Unwillkürlich durchläuft mich ein Schauer. Ich habe wirklich Angst. Nicht so, dass ich mich unter der Decke verkriechen möchte, sondern rational besorgt, dass mir die Kehle aufgeschlitzt wird. »Das ist mir durchaus bewusst.«

Saiph Balan macht unsere Theorie zunichte, dass der Mörder ein Mann ist. Sie muss stark sein. Ihr Alter würde etwas anderes vermuten lassen – ihren Papieren zufolge ist Madame Bisset fast siebzig –, aber manche alten Menschen sind noch mit Ende sechzig zu harter Arbeit fähig, und warum sollte jemand, der seinen Namen geändert hat, nicht auch sein Alter ändern?

Das Wahrsagerzelt befindet sich am äußersten Ende der Verkaufszeile bei den anderen altmodischen Gewerben und angestaubten Vergnügungen, die nur noch aus nostalgischen Gründen dabei sind. Ein weißbärtiger Gewichtsrater ist nicht weit, und seltsamerweise steht nur drei Buden entfernt ein großer, stämmiger Messerwerfer, der nichts Gutes verheißt. Unmittelbar neben Bisset werden die Öle und Tränke verkauft. *Bingo.* Der Stand wird von einem älteren Mann betreut.

»Dann mal rein mit dir«, sagt Martina und gibt mir einen Klaps auf den Rücken. Ich weiß, dass sie sich Sorgen macht, weil sie mich nur selten berührt.

»Hast du noch einen anderen Eingang gesehen?«

»Nein. Das Zelt ist schwer und rundum geschlossen. Ich komme vorne rein.«

»Schick mir in fünf Minuten eine SMS, nicht früher und nicht später. Fünf Minuten.«

»Oder wenn du laut um Hilfe schreist. Und achte darauf, dass du ihr nicht den Rücken zudrehst, Dan. Wenn sie dich angreift, schütze deinen Hals. Normalerweise schützt man automatisch das Gesicht oder den Bauch, aber schütze zuerst deinen Hals. Einen Stich in den Bauch oder ins Auge kann man überleben.«

»Wie tröstlich. Danke.«

»Polizei auf Kurzwahl?«

Ich überprüfe mein Handy. »Jepp.«

Sie prüft ihres. »Jepp.«

Wir schinden beide Zeit. Ich wünschte, Butch wäre hier. Mit dem Rottweiler an meiner Seite würde ich mich besser fühlen. Ich hätte ihn mir von Dennis als Assistenzhund ausbilden lassen sollen. Idiotischer Gedanke. Ich zögere das Unausweichliche hinaus. Ich muss da jetzt durch und eins der Probleme der Welt lösen. Ich habe mit einem Vampir gesprochen, der wahrscheinlich mehr als zwei Leute umgebracht hat. Da werde ich das hier ja wohl auch noch hinkriegen.

»Dann mal rein«, sage ich und greife nach der Zeltlasche. Und schon bin ich drin.

Wahrsagerei

Madame Bisset hat einen Haufen Metall im Gesicht und am Körper – Piercings, aber nicht von der dünnen modernen Art. Sie sehen aus, als wären sie schon vor Jahrzehnten gestochen worden, und einige sind im Laufe der Zeit eingewachsen und in der Haut verschwunden. Ich schätze, dass es zwanzig bis dreißig an verschiedenen Körperstellen sind – Wangenpiercings, ein Nasenpflock, Ringe an der Stirn, ein Spike durch die Unterlippe, der bei jeder Mundbewegung auf und ab hüpft, und andere an originellen Stellen wie der Haut zwischen den Fingern ihrer linken Hand. Hinter dem Ohr hat sie ein Tattoo eines Weichtiers – eine Schnecke vielleicht –, aber es verschwindet in ihrem Kopftuch, daher kann ich es nicht genau erkennen. Ihr schmaler Hals ist fast vollständig mit dunklen, wirbelnden Wolken tätowiert, sodass ihr bleiches, rundes Gesicht aussieht wie ein Golfball auf schwarzem Tee. Jede Wahrsagerin könnte so aussehen, und es könnte alles nur Kostümierung sein, aber nicht bei ihr, denn das verrät mir die Rune.

Ich bemerke sie, als Madame die Hand ausstreckt, um mich zum Tisch zu führen. Die Tätowierung befindet sich auf ihrem Handrücken – drei große Punkte in einer Reihe und davon ausgehend vier kleinere, zwei weiter oben, zwei weiter unten. *Der Orion!* Es ist ein Sternbild. Ich ertappe mich dabei, nach der Smith and Wesson zu greifen, und kann mich gerade noch bremsen. *Noch nicht.*

Martina und ich brauchen irdische Beweise, bevor wir die Polizei rufen, nichtmagische Beweise, keine mystischen Hieroglyphen. Wir müssen genug handfeste Hinweise finden, um der Polizei einen begründeten Verdacht zu liefern, dass sie die Täterin ist. »Begründeter Verdacht« ist der Standard, den die Cops erfüllen müssen, um einen Richter zu überzeugen, damit dieser ihnen einen Durchsuchungsbefehl für ihren Wohnwagen gibt und eine DNA-Probe nehmen lässt. Und ich bin mir zu siebenundsiebzig Prozent sicher, dass die Polizisten, wenn sie ihre Habseligkeiten durchsuchen und ihre Körperflüssigkeiten testen, irgendetwas finden werden, um ihren Hexenarsch festzunageln.

Es ist schon toll, was die Kriminaltechnik heutzutage kann. Erst kürzlich haben Hilfssheriffs in Bellingham einen dreißig Jahre alten Mordfall mit einer Coladose gelöst. Der Verdächtige warf sie letzten Monat in den Müll, und die Polizei holte sie wieder raus und entnahm der Spucke am Rand seine DNA. Dann glich sie sie mit tiefgefrorenen Flüssigkeiten ab, die man dem Opfer entnommen hatte, das vor Jahrzehnten vergewaltigt und in den Fluss geworfen worden war. Und voilà! Bye-bye, Arschloch; wir sehen uns im Knast.

Bei dem Gemetzel, das an unseren Tatorten geherrscht hat, werden sich zumindest Blut- und Schweißspuren des Opfers finden lassen. *Aber wir brauchen den Durchsuchungsbeschluss.*

»Willkommen«, begrüßt mich Saiph Balan und trägt ihren Akzent dick auf, der während ihrer Zeit in Texas eigentlich verwässert sein sollte. Sie klingt entfernt wie meine Vampir-Uhr, und ich erschauere gegen meinen Willen.

»Hi. Ich würde mir gern die Zukunft vorhersagen lassen, aber richtig, keine Show. Für eine zuverlässige Weissagung bin ich bereit, jeden Preis zu zahlen.« Ich ziehe ein Bündel Geldscheine hervor. Wenn es eins gibt, was Jahrmarktvolk versteht, dann ist es Bargeld. Ich werde sie bezahlen, damit sie mir zeigt, wie sie arbeitet. Wenn ich Glück habe, wird sie einige ihrer Handlungen von den Tatorten wiederholen.

Sie beäugt das Geldbündel. Seltsamerweise wirkt sie zögerlich. Sie sieht auch ein wenig müde aus. Und alt. Nicht das Bild eines kräftigen Schlächters. Ich frage mich, wie ein einzelner Mensch einen Leichnam hochheben und … *zwei Täter*, wird mir klar. Jahrmarktleute halten zusammen. Meine Gedanken rasen. Der Messerwerfer! Die Hinweise und Zusammenhänge kommen zu schnell. Ich habe bisher nicht an die Möglichkeit gedacht, dass sie Hilfe gehabt haben könnte. *Dumm.*

»Ah, ein wahrer Gläubiger. Und Sie sind sicher, dass Sie es wirklich wissen wollen?«

Ich muss sie davon überzeugen, dass ich genug Ahnung habe, um es ernst zu meinen. »Ja. Und ich glaube, dass Sie es können. Sie haben die Kraft der Sterne.« Ich zeige auf Orion.

Sie nickt. »Erst das Geld.«

Ich beobachte, wie sorgfältig sie alles herrichtet. Jedes Teil ist an seinem Platz, genau wie an den Tatorten. Keine billigen Räucherstäbchen oder Kerzen. Sie legt ein Muster aus Gegenständen. Es ist fast mathematisch, wie Zahlen oder Sonnensysteme. Wir rufen die andere Seite an. Es ist eine verstörende Vorstellung, dass sie dies auch neben Samanthas Leichnam getan hat, dass sie Cyprus Hadidis Körperteile genauso sorgfältig arrangiert hat. Das hier ist eine Miniversion. Ich beobachte, wie es im Kleinen geschieht. Als sie anfängt, Runen zu zeichnen, unterdrücke ich ein Keuchen.

»Geht es Ihnen gut?«, fragt sie.

»Ja, ja. Was bedeuten diese Symbole?«

»Wenn wir um etwas bitten, bieten wir etwas an.«

Sie teilt das Geld, das ich ihr gegeben habe, gewissenhaft in zwei Hälften und legt eine davon in eine angeschmorte Metallschale. Dann sticht sie sich ins Gesicht, streckt die Hand über den Tisch aus und pikst mir mit derselben Nadel in die Wange. Wir beugen uns einander zugewandt über die Schale, sodass unser Blut auf das Geld tropft. Es ist mehr als befremdlich. Und unhygienisch. Als sie sich zurücklehnt, ein Streichholz aufflammen lässt und damit die blutigen Geldscheine in Brand steckt, bin ich schockiert. Sie hat gerade die Hälfte ihres Honorars verbrannt! Das würde sie todsicher nicht tun, wenn alles nur Show wäre.

Mir wird klar, dass wir mein Geld und mein Blut an einen dunklen Ort schicken. »Wen bitte ich um einen Gefallen?«

»Meinen Wohltäter.«

Nicht tröstlich. »Werde ich … in seiner Schuld stehen?«

»Nein. Unsere Bitte ist klein, und wir haben bereits ein Opfer dargebracht, indem wir geblutet und unsere Gesichter mit Narben gezeichnet haben.«

»Was ist das für ein Wohltäter?«

»Etwas, das mehr ist als wir.«

Sie will seinen Namen nicht sagen. Ich weiß, dass das ein ungeschriebenes Gesetz des Übernatürlichen ist, daher dränge ich nicht weiter. Mein Handy vibriert. Es ist Martina. Ich antworte heimlich mit »n« – noch nicht.

»Wie weit können Sie in die Zukunft sehen?«

»Das kommt darauf an. Je weiter ich in die Zukunft schaue, desto unklarer wird sie. Die Anzahl möglicher Zukünfte wächst mit der Zeit, wie ein Baum, der Äste bildet. Einfache Menschen haben weniger. Sie kommen mir … komplizierter vor. Viele Äste. Bei Ihnen beginnen wir mit der nahen Zukunft und bewegen uns dann auf die ferne Zukunft zu.«

Wenige Augenblicke später ist »Bellatrix« bereit, und wir fangen an. Es ist nicht wie im Film. Sie singt keine Beschwörung, und es gibt auch keine Kristallkugel. Wir sitzen da und warten auf eine Antwort. Sie hat das Muster gelegt. Wir haben Blut und Geld geopfert. Es ist ein Almosen im Vergleich zu zwei Menschenleben, aber wir verlangen nicht viel – nur ein paar Informationen über meine Zukunft. Worum sie wohl gebeten hat, als sie zwei Menschen abgeschlachtet hat? *Etwas Großes.*

»Ich sehe Sie«, beginnt sie. Sie blickt durch mich hindurch, als wäre ich nicht da, an mir vorbei in die Ferne, obwohl es in diesem engen Raum keine Ferne gibt. »Sie sind hier in meinem Zelt.«

Nicht sonderlich erhellend.

»Jetzt stehen Sie. Sie sagen mir, ich soll warten, und …« Ihr Gesicht verzerrt sich, dann sieht sie mich misstrauisch an. Plötzlich erhebt sie sich.

Mir wird klar, dass sie in die nahe Zukunft schaut – sehr nah. Sie hat gerade gesehen, warum ich hier bin. Sie weiß, dass ich gegen sie ermittle. Ich habe ihr selbst den Tipp gegeben, indem ich sie dafür bezahlt habe, ihre eigene Wahrsagerei zu nutzen. *Dumm!*

Ich springe auf. »Warten Sie!« Ich fummele die Smith and Wesson aus dem Holster und umklammere sie in meiner Panik so fest, dass meine Knöchel weiß hervortreten. Zum Glück kann ich den Abzug nicht finden und schieße mir nicht in den Fuß. Sie steht mir unbeweglich gegenüber. Wieder ist es anders als im Film. Sie betrachtet mit abschätzendem Blick die Waffe. Ich ziele über ihre rechte Schulter, damit ich sie nicht versehentlich erschieße, falls sie losgeht. Obwohl, wenn ich an die Fehlbarkeit unseres Strafrechtssystems denke und an die Möglichkeit, dass diese Hexe mit den Morden davonkommt, wäre ein klein wenig Selbstjustiz vielleicht nicht unangebracht. Es ist klar, dass sie die Morde begangen hat. Ich könnte es jetzt hier auf der Stelle beenden. *Leb wohl, Miststück.* Wir brauchen Beweise – das ist die amerikanische Methode –, aber jetzt, da ich ein Instrument heißer Sofortjustiz in der Hand halte, frage ich mich, ob die amerikanische Methode die beste ist. Als Anwalt habe ich einen Eid geschworen, die Gesetze des Staates Washington zu befolgen. Als persönlicher Freund der Mutter ihres ersten Opfers will ich sie erschießen.

»Setz dich wieder hin, du elende Mistkröte.«

Sie setzt sich.

»Martina!« Ich brauche meine Ermittlerin. Ich zittere, und mein Zorn, meine Furcht und das Adrenalin verbinden sich zu einer explosiven emotionalen Mischung. Ich sollte Entscheidungen treffen, wenn ich ruhig bin und logisch denken kann – das ist meine Stärke, nicht Spontaneität. Ich hole tief

Luft. Sie holt tief Luft. Das hier ist schwerer, als ich es mir vorgestellt habe, und ich habe nicht gedacht, dass es leicht werden würde. *Nicht wie im Film.*

»Saiph Balan«, sage ich ihren Namen. Jetzt habe ich keine Angst mehr, sondern nur Wut im Bauch. »Ich bin hier, um Sie zu verhaften.«

Es entsteht eine Pause, während sie über die Tragweite der Tatsache nachdenkt, dass ich ihren richtigen Namen kenne. »Sind Sie von der Polizei?«

»Nein. Ich bin Anwalt.« Das klingt dämlich.

»Haben Sie einen Ausweis?«

»Ich führe eine Jedermann-Festnahme durch.«

Martina erscheint. *Gott sei Dank.* Diese Ansprache geht mir wirklich gründlich daneben.

»Hast du sie?«

»Ja.«

»Deine Hand zittert.«

»Ich weiß.«

»Gib mir die Pistole, damit du sie nicht aus Nervosität erschießt.«

»Okay. Schreien Sie nicht, Balan. Wir wollen diese Waffe nicht benutzen müssen.« Ich überreiche Martina die Pistole. Sie lässt sie sinken, behält sie aber als Mahnung in der Hand. Ich bin froh, dass ich das Ding los bin. Ich habe mich damit nicht stärker gefühlt, sondern unbeherrscht. Ich setze mich Saiph Balan gegenüber, so wie ich im Laufe meiner Karriere schon Dutzenden von Zeugen bei eidesstattlichen Aussagen gegenübergesessen habe, und bereite mich darauf vor, sie zu befragen. Sie wartet und versucht, uns einzuschätzen; sie wirkt verwirrt und ängstlich oder tut zumindest so. Dem Aussehen nach ist sie zwischen fünfzig und siebzig – es ist schwer zu sagen. Ich behalte ihre Hände im Auge.

»Keine Magie«, warne ich sie. »Ich merke das, wenn Sie versuchen, einen Zauber zu weben.«

Ich würde das ganz sicher nicht mitkriegen, aber es ist ein wichtiger Bluff. Ich bin nicht scharf darauf, für den Rest meines Lebens hypnotisiert oder blind oder gezwungen zu sein, die Wahrheit zu sagen.

»Keine Magie«, flüstert sie zustimmend.

»Sie sind eine Hexe.«

Sie schüttelt den Kopf. »Ich bin eine Schwindlerin. Ich gebe es zu. Dieses alberne Kostüm und die Tarotkarten sind nur Show. Ich werde Ihnen Ihr Geld zurückgeben.«

»Edward Hammer sagt, Sie seien echt.« Damit kriege ich sie.

Sie zögert. »Ich kenne diesen Namen nicht.«

»Ich denke doch. Ein Nachbar aus Texas. Klingelt da was?«

»Ich war nie in Texas. Höre ich mich so an, als käme ich aus Texas?«

Sie knickt nicht ein. Tja, war wohl nichts. Und mit der Pistole konnte ich anscheinend auch nicht überzeugen.

»Martina, kannst du mir mal helfen?«

»Normale Drohungen werden sie nicht zum Reden bringen«, sagt Martina. »Wenn sie sich seit Jahren versteckt, ist sie es gewohnt, Lügen zu erzählen. Sie braucht etwas … Paranormaleres.«

Ich beobachte, wie Martinas Hände schmaler werden. Ihre Nägel werden lang und spitz. Zuerst ist Saiph Balan sich nicht sicher, was geschieht, doch dann verändert sich Martinas Gesicht. *Heilige Scheiße!* Ich habe das erst einmal gesehen, gewissermaßen, unter ihrem Mantel. Diesmal fällt der Mantel herab, und sie tut es unverhüllt, damit Saiph Balan es sehen kann. Ich sehe es ebenfalls, und es ist grauenhaft. Ihr nackter Körper verzerrt sich, wird hier dünner, bläht sich dort auf, Knochen knacken, Haare sprießen. Ihr Kinn zieht sich zu einer Schnauze in die Länge, und ihre beiden Schneidezähne wachsen auf die Größe von Gemüsemessern an.

Saiph weicht zurück und fällt über ihren Stuhl, aber sie kann nirgendwohin. Hastig kriecht sie rückwärts an die Zeltwand.

»Nicht schreien«, warne ich sie. »Sonst frisst sie Ihr Gesicht.«

Martina ist voll im Riesenrattenmodus. Diesmal schrumpft sie nicht auf Schädlingsgröße. Sie ist ein eins fünfzig großer Nager, der sich auf die Hinterpfoten aufgerichtet hat, den grauen Mantel um sich auf dem Boden, und sieht aus, als könnte sie einen mit einem Pfotenhieb ausweiden. Meine Partnerin redet nicht – keine menschlichen Stimmbänder. Sie ragt nur bedrohlich mit ausgefahrenen Krallen über unserer Hexe auf und funkelt sie mit ihren dunklen Rattenaugen an. Balan steht Todesängste aus. *Endlich kommen wir voran.*

»Jetzt ist Schluss mit lustig, Hexe«, sage ich härter, als ich mich fühle.

»Sind Sie hier, um mich für Hammer zu töten?«

»Dann wissen Sie also, dass Ed Sie umbringen will?«

»Er verfolgt mich.«

»Und Sie wissen auch, dass er Ihnen den Kopf abhacken wird, weil Sie eine Hexe sind? Eine richtige Hexe, keine Schwindlerin. Kein Zirkusmedium mit einer billigen Glaskugel. Eine echte, magische, bösartige, zauberwirkende Hexe.«

Saiph nickt, aber sie hört nicht richtig zu. Sie starrt Martina an. »Was ist das?«, fragt sie.

»Das ist meine Partnerin«, sage ich. Martina leckt sich die Pfoten, als hätte sie Hunger. Aber sie hat ihre Aufgabe erfüllt, und jetzt lenkt sie ab. Balan muss reden, nicht starren. Ich hebe den grauen Mantel auf und lege ihn Martina behutsam über den pelzigen Leib. »Zeit, dich zurückzuverwandeln, Partnerin.«

Diesmal schaue ich nicht hin. Martinas Verwandlung kommt mir wie etwas sehr Persönliches vor, wenn sie nicht der Einschüchterung dient. Außerdem ist sie nackt. Einige unerträgliche Augenblicke später trägt sie wieder ihren Mantel, und Balan und ich sitzen erneut auf den Stühlen.

Jetzt wird die Hexe gesprächig. »Ich wollte Hammer nicht quälen. Ich wollte nur …«

»Sie wollten Rache, weil er Sie aus dem Haus werfen ließ.«

»Aber doch nicht so viel. Ich konnte ja nicht ahnen, dass der Zauber ihn in den Wahnsinn treiben würde. Es schien mir eine wohlverdiente und geringfügige Strafe zu sein.«

Geringfügig? Sie hat das Leben des Mannes zerstört. Wahrscheinlich gehört sie zu den Menschen, die eine Zerstückelung ebenfalls als geringfügige Strafe betrachten würden. »Sollen wir ihm sagen, wo Sie sind?«

»Nein! Ich schwöre, dass ich sein Leiden längst beendet hätte, aber ich habe den Schuh verloren.«

»Den Schuh?«

»Ich habe einen persönlichen Gegenstand von ihm genommen, um den Zauber zu wirken. Schuhe sind sehr persönlich. Wenn ich ihn zurückgeben würde, könnte ich den Fluch beenden, aber ich habe ihn verloren. Ich kann ihn jetzt nicht mehr umkehren.« Sie schaut zwischen mir und Martina hin und her. »Hat er Sie geschickt?«

Martina antwortet. »Nein. Wir sind wegen der Opfer hier. Wegen der Morde.«

»Morde …« Wieder flüstert sie und sackt in sich zusammen, den Blick auf den Boden gerichtet. Sie sitzt in der Falle. Ich kenne diese Reaktion. Wir brauchen sie nicht auszutricksen. Sie wird gestehen.

»Sie wissen, was ich getan habe?«

»Ja«, bestätige ich. »Wir wissen, dass Sie Runen der Sternbilder am Tatort hinterlassen. Sie haben die Leichen arrangiert. Wir kennen sämtliche Einzelheiten.«

»Nach so langer Zeit?«

Seltsam. Die Morde sind noch keinen Monat her. Vielleicht hat sie irgendwelche absonderlichen Drogen genommen – sie können dem Zeitgefühl des Konsumenten einen Streich spielen.

Martina setzt die Befragung fort. »Wir wissen bereits, was passiert ist. Uns interessiert nur der Grund, *warum* Sie es getan haben.« Das ist ein Ermittlertrick. Eine List. Wir haben keine Ahnung, was geschehen ist, wir vermuten es nur. Wir tun so, als würden wir ihr Gelegenheit geben, eine Entschuldigung vorzubringen, aber in Wirklichkeit geben wir ihr die Gelegenheit zu gestehen, ein Motiv zu liefern und Einzelheiten zu bestätigen.

Sie seufzt. »Den Ersten habe ich mit dreizehn getötet, als ich ein junges Mädchen war. Einen ukrainischen Soldaten. Er hat mich vergewaltigt. Meine Tante habe ich getötet, weil sie alt und leidend war. Den Unschuldigen bedaure ich am meisten. Der Junge hat es nicht verdient. Aber er war mein Letzter. Er hat meine drei vollgemacht.«

»Ihre drei?«, fragt Martina nach.

Ich vermute, dass das drüben in Europa, in Rumänien, passiert ist. Wir sind noch nicht bei unseren Morden, aber wir haben festgestellt, dass sie eine Mörderin ist. *Bingo.* Ich spüre, wie mein Herz heftig klopft. Das ist Zorn.

»Es waren drei«, sagt Balan.

»Nur drei?«

»Nur drei.«

Das ergibt keinen Sinn. Ich will mich einschalten und sie zu Samantha befragen, aber Martina ermutigt Saiph fortzufahren, anstatt sie wegen unserer Opfer zur Rede zu stellen. »Warum drei?«

»Ein Unschuldiger, ein Feind und ein Mensch, den man liebt. Das gilt für jeden, der die Kräfte erlangen will.«

»Die Hexenkräfte.«

»Nennen Sie sie, wie Sie wollen. Ja.«

Mir reicht's. Ich schäume vor Wut und unterbreche sie. »Hör zu, Hexe! Ich will wissen, warum du das unschuldige Mädchen auf dem Queen Anne Hill getötet hast!«

So verhält man sich nicht als Anwalt. Martina legt mir die Hand auf die Schulter, um mich zurückzuhalten. Gut, dass ich die Pistole nicht mehr habe.

Saiph zieht ängstlich den Kopf ein. »Das Mädchen aus den Nachrichten?«

»Ja, genau«, bestätigt Martina.

»Sie ist nicht von mir.« Sie sagt es so sachlich, dass ich

mir sofort zu zweiundachtzig Prozent sicher bin, dass sie die Wahrheit spricht.

Ich kann den Mund nicht halten. »Was zum Teufel meinen Sie damit, ›nicht von mir‹?«

»Sie meint, dass Samantha das Opfer von jemand anderem ist«, erklärt Martina.

Geschockt setze ich mich hin. Die Bedeutung dieser Offenbarung ist klar, aber ich fasse sie trotzdem in Worte. Ich muss hören, wie ich es laut ausspreche, damit ich weiß, dass es nicht nur ein verrückter Gedanke ist. »Es gibt noch eine weitere Hexe …«

Saiph Balan lehnt sich zurück. »Sie dachten, ich sei es gewesen.« Sie stößt ein Schnauben aus, als sie endlich versteht, warum zwei Verrückte ihr in ihrem Zelt mit vorgehaltener Waffe gedroht haben, ihr Gesicht zu fressen. Ihr wird klar, dass wir nicht wegen Ed Hammer hier sind. Und dass wir nicht die leiseste Ahnung haben, wovon wir reden.

Unser verwirrendes Gespräch nimmt ab hier einen höflicheren Ton an. Zumindest bin ich höflicher. Es geht in eine vollkommen andere Richtung als erwartet, und ich muss mich darauf einstellen. Kein zorniger Actionheld Dan mehr – er war gefährlich und erfolglos. Jetzt ist Anwalt Dan gefragt.

Martina verstaut die Waffe in einer der vielen Taschen ihres grauen Mantels. Saiph Balan sitzt zusammengesunken auf ihrem Stuhl, aber ihre Augen sind nicht mehr vor Angst geweitet. Sie wirkt eher resigniert. Sie will nicht reden, doch wir halten den Trumpf in der Hand – wir können Ed jederzeit sagen, wo sie ist.

»Okay, Saiph, Sie werden uns jetzt ganz genau erklären, wie und warum Hexen töten.«

Und das tut sie. Es ist eine lange, weitschweifige Geschichte. Wie sich herausstellt, ist sie äußerst mitteilsam, wenn man ihr keine Waffe vor die Nase hält. Es ist faszinierend. Saiph hat das Handwerk als Kind von einer ausgestoßenen Tante gelernt, die von ihrer Familie gemieden wurde, sich aber heimlich zwischen ihren Reisen im Wald mit ihr traf. Saiph hat ihre schrullige Tante geliebt und geheime Dinge gelernt, die sonst nirgendwo gelehrt wurden. Doch Saiphs dunkle Jugendkünste waren auf Zaubertricks und einfache Illusionen beschränkt. Bis sie den Soldaten umbrachte. Er habe sie vergewaltigt, sagte sie. Als er zurückkam, um es noch einmal zu tun, legte sie sich bereitwillig hin, schlitzte ihm aber die Kehle auf, während er mit ihr zugange war. Ihre Tante erklärte ihr, dass sie seinen Tod nutzen solle. Die junge Saiph holte den Leichnam und vollführte das Ritual, das ihre Tante ihr beibrachte – eine Opfergabe, ein Menschenleben für ihre dunkle Gottheit. Und ihre Macht wuchs. Als ihre geliebte Tante krank wurde, wies sie Saiph an, sie zu töten und ihren Leichnam zu opfern: »Führe eine alte Hexe einer letzten Verwendung zu.« Und ihre Kräfte wuchsen um das Zehnfache – je stärker die Liebe, desto mächtiger das Opfer. Nachdem sie einen Feind und einen geliebten Menschen getötet hatte, brauchte sie nur noch einen Unschuldigen, um von ihrem Wohltäter die volle Herrschaft über ihre Kräfte zu erhalten. Seinen Namen will sie natürlich nicht nennen. Es ist ein Teufel. Kein Dämon, sondern ein Teufel, genau wie Swarmo gesagt hat. Sie erzählt uns, dass die Kräfte eine Verführung, eine Sucht seien. Sobald sie einen Vorgeschmack darauf bekommen hatte, wollte sie mehr. Als sie siebzehn war, reiste ihre Familie zu einem Fest nach

Brasov, wo sie einem jungfräulichen Jungen begegnete. Sie lud ihn zum Sex in ihren Wagen ein, wo sie ihn stattdessen umbrachte. Sex – die Versuchung, die Gute und Böse gleichermaßen lockt. Armer, liebestoller Junge. Dieses dritte Opfer vollendete ihre dunkle Taufe. Sie erhielt einen geheimen Namen, den sie uns nicht verraten will.

Wir lenken Saiphs Aufmerksamkeit auf die Einzelheiten der Hexerei, das Ritual. Ich frage sie, warum sie mein Gesicht verletzt hat. Selbstverstümmelung scheint eine geringe Opferform zu sein. Ich nicke und verstehe jetzt die vielen Piercings und Tätowierungen an ihrem Hals und in ihrem Gesicht. Leichte Entstellungen im Tausch gegen kleine Gefälligkeiten von ihrem Gott.

Es gibt keine Zeitvorgabe für die Opfer – die Morde müssen nicht zwingend bei Vollmond um Mitternacht während des Sabbats begangen werden. Aber unsere Verdächtige ist schnell, sagt Balan. Anscheinend kann sie es gar nicht erwarten.

Jede Hexe hat ihr persönliches Symbol, das sie an jeder Opferstelle hinterlassen muss. Wieder will Saiph uns ihres nicht verraten. Ich weiß auch nicht, welches Symbol das persönliche Symbol unserer Hexe ist. Es könnte der Schwan sein – oder die Genitalien oder die verdammten Kringel. Ich werde Martina bitten, die Fotos von Samanthas Zimmer durchzugehen, um zu schauen, welche der Symbole auch am Tatort bei dem Troll vorkamen. Das bringt mich auf eine Idee.

»Können Sie das übersetzen?« Ich wähle eins der Fotos aus Samanthas Zimmer auf dem Handy aus. Es ist die Aufnahme einer Reihe von Runen. Ich zeige Saiph das Foto. Sie nickt und erkennt es sofort. *Bingo.*

»Es ist Griechisch. Thessalisch. Es bedeutet: ›Und wenn ich dem Mond befehle, wird er herabsteigen, und wenn ich den Tag zerstören will, verharrt die Nacht für mich, und bitten wir um Tageslicht, wird das Licht nicht weichen, und will ich das Meer befahren, bedarf ich keines Schiffes, und will ich durch die Luft gehen, werde ich aller Schwere enthoben.‹«

»Was ist das?«

»Eine Beschwörung. Den Mond herabziehen, um zu fliegen. Sehr ehrgeizig.«

Wow! Das ist ernste Magie. Jetzt ist es doch fast wie im Film. »Fliegen Sie?«

Saiph berührt unbewusst eine große Narbe über ihrem linken Auge. »Früher, ja.«

Ich bin fasziniert. Ich möchte sie fragen, wie schnell und wie hoch, aber wir kommen vom Thema ab. Martina bringt uns zum Kernproblem zurück. »Wissen Sie, wen wir suchen, Saiph?«

Madame Balan schüttelt den Kopf. Ich weiß nicht, ob ich ihr glauben soll, und frage mich, ob Hexen geheime Schwestern sind, ob Zirkelmitglieder ihre Mithexen decken oder ob sie einen Verschwiegenheitspakt mit Blut unterzeichnen. Lässt sich unmöglich sagen. Aber wenn Balan diese Hexe kennt, verrät sie es nicht. Und wir werden ihr jetzt auch nicht ins Bein schießen oder Hammer gegenüber ihre verborgene Identität preisgeben, um es aus ihr herauszubekommen. Ich muss einen anderen Ansatz, eine andere Methode finden, damit sie weiterspricht.

Ich beuge mich vor und senke die Stimme. Vielleicht hat sie Angst, dass ihre bösen Schwestern irgendwie mithören. »Erzählen Sie uns, was Sie können«, fordere ich sie auf. »Wenn es Ihnen wirklich leidtut, einen Unschuldigen getötet zu haben, wenn es Sie bis heute quält, geben Sie uns etwas. Unsere Hexe hat bisher zwei Morde begangen. Sie können ein Leben retten und wären erlöst.«

Das gibt ihr zu denken. Moral und Reue regen sich in ihr. Sie hat ein langes, schweres Leben geführt, das sehe ich ganz deutlich. Die Vorstellung, ein großes Unrecht wiedergutzumachen, ist verlockend.

»Ich tippe auf eine junge Frau«, sagt sie. »Sie ist in Eile, und Ungeduld ist eine Eigenschaft der Jugend. Man muss an viele Orte reisen, um die exotischen Gegenstände zu besorgen, die man für die Rituale braucht. Man muss auch mit anderen sprechen, die über altes Wissen verfügen.«

»Wir leben im einundzwanzigsten Jahrhundert«, rufe ich ihr ins Gedächtnis. »Wenn man gute Computerkenntnisse hat, kann man heute so gut wie alles übers Internet bekommen und sich per Videokonferenz mit Menschen auf der ganzen Welt unterhalten.«

»Die notwendigen Utensilien sind auch teuer.«

»Aber Sie sind nicht reich, oder?«

»Ich war es, aber jetzt bin ich still. Ich belästige meinen Wohltäter kaum noch. Ich verstecke mich nur.«

»Warum benutzen Sie Ihre Kräfte nicht mehr?«, hakt Martina nach. »Vielleicht könnten Sie sich Hammer vom Leib halten, indem Sie ihn mit einem anderen Zauber belegen oder eine unsichtbare Barriere errichten oder irgend so einen Scheiß.«

Unsere gebändigte Hexenmeisterin lächelt schwach. »Es gab einmal eine Zeit, da besaß ich die Macht, es einen Menschen bereuen zu lassen, der eine Waffe auf mich richtete. Aber Macht hat ihren Preis. Das Streben danach erschöpft die Seele. Und diese alte Seele ist müde.«

In dem Moment ruft eine Stimme vom Eingang des Zelts, das Essen sei fertig. Es ist der Messerwerfer oder der Hutmacher oder einer der anderen Jahrmarktleute in der Verkaufszeile.

»Wir sind fertig«, sage ich sowohl zu Martina als auch zu Saiph Balan.

Martina nickt, und wir ziehen uns zurück. Ich behalte die alte Hexe im Auge, als wir zum Ausgang gehen. Ich bin mir zu vierundachtzig Prozent sicher, dass sie keine Bedrohung mehr darstellt, aber man kann nie vorsichtig genug sein.

Der Grasmarkt

Lucy steht nicht am Haupteingang, wo wir uns verabredet haben. Sie antwortet auch nicht auf meine SMS. Mann, das kann ich jetzt gar nicht gebrauchen. Mein Herz rast immer noch – ich bin aufgeputscht von meiner Auseinandersetzung mit Saiph Balan –, und ich bin kurz davor, ein klein wenig auszuflippen, weil ich nicht weiß, wo meine Tochter ist. Ich male mir eine Million Szenarien gleichzeitig aus, darunter Lucy an eine Holzwand gekettet, vor der ein dämonischer Messerwerfer bereitsteht und Madame Balan vor Lachen gackert. Wie blöd muss man sein, die eigene Tochter zu einem Jahrmarkt mitzunehmen, auf dem eine mörderische Hexe arbeitet? Gut, zumindest hat sie früher gemordet. Ich kann nicht einfach nur warten. Ich muss etwas tun, und ich habe keinerlei Bedenken, eine gestaltwandelnde Ratte auf die Suche nach ihr zu schicken.

»Geh hinter den Scheunen gucken«, schlägt Martina vor. »Da treffen sich die Jugendlichen.«

»Der Grasmarkt. Da treffen sich die *schlechten* Jugendlichen, aber doch nicht Lucy.«

»Hast du sie an den Verkaufsständen gesehen, als wir zurückgegangen sind?«

»Nein.«

»Bei den Wurfbuden?«

»Nein.«

»Den Fahrgeschäften?«

»Nein«, gebe ich zu. Ich hasse es, wenn ich von einem Nichtjuristen mit meinen eigenen Waffen geschlagen werde. »Okay, okay. Ich werde nachsehen. Kannst du noch mal alles abgehen und mich dann hier wieder treffen?«

»Klar, kein Problem.«

»Und scheu dich nicht, deine Nase zu benutzen.«

»Mach ich, keine Bange.«

Neben dem eigentlichen Jahrmarkt gibt es noch ein Rodeo, ein Amphitheater für Freiluftkonzerte und die Scheunen. In den Scheunen findet eine Tierschau der Landjugend statt. Der richtige Ausdruck ist »Nutzvieh«. Ich weiß nicht viel über Tierschauen, aber ich glaube, dass die Veranstalter des Jahrmarkts Preise für das fetteste Schwein, das flauschigste Schaf und Ähnliches verleihen. »Grasmarkt« ist ein treffend benannter Bereich zwischen den Holzscheunen und dem Maschendrahtzaun des Jahrmarkts – ein Magnet für Kiffer, Junkies und Gruftis, oder wie diese Generation heutzutage Haschisch rauchende, sozial benachteiligte Kinder aus bildungsfernen Randgruppen sonst nennt.

Ich bahne mir einen Weg durch die Gehege mit Kühen, Ziegen, Schweinen, Schafen und Lamas. Ich wusste nicht, dass die jungen Leute auch Lamas ausstellen. Das gab es noch nicht, als ich als Kind auf Jahrmärkte ging. Irgendwo hier drin ist ein Hinterausgang, durch den sich die Jugendlichen hinausstehlen. Lucy wird nicht dort sein, aber Martinas Logik war so bezwingend, dass ich zumindest nachschauen muss. Wahrscheinlich wartet Lucy bei meiner Rückkehr am Haupteingang und wundert sich, warum *ich* zu spät bin.

Schließlich frage ich einen langhaarigen Jungen, wo der Grasmarkt ist. Er weiß es, will es mir aber nicht sagen. Als ich ihm fünf Dollar gebe, spuckt er es aus. Man muss dafür durch die Schweinegehege. Na reizend. Ich kämpfe mich durch Schweinemist und öffne die Tür mit einem lauten Knarren. Ein erwachsener Aufseher in einer grünen Weste, der in der Nähe steht, erwischt mich und ruft, dass ich da nichts zu suchen hätte. Ich fühle mich schuldbewusst, aber ich werde mich von ihm nicht aufhalten lassen.

»Es ist alles in Ordnung. Ich bin Rechtsanwalt.« Das macht den Leuten meistens Angst, weil sie nicht verklagt werden wollen. Wenn ich mich vage genug ausdrücke, denkt er vielleicht, dass ich für den Jahrmarkt arbeite und mich davon überzeugen will, dass in der toten Zone nichts Gefährliches vor sich geht, für das man den Jahrmarkt haftbar machen könnte.

Er nickt. Ich darf passieren und schiebe mich durch die Tür.

Wenn Sie jemals das Licht eingeschaltet und gesehen haben, wie die Kakerlaken davonstieben, werden sie verstehen, welche Wirkung ein Erwachsener auf eine Gruppe von Jugendlichen hat, die er bei etwas Illegalem erwischt. Ich brauche einen Moment, um die sich auflösende Menge mit den Augen abzusuchen. Doch dann sehe ich meine Tochter – sie ist diejenige mit der Dampfwolke um den Kopf. Ich kenne auch den Jungen bei ihr – Calvin von der Party. Lucy hält einen Vape Pen in der Hand. Als die Wolke sich verzieht, blicken wir uns an. Calvin macht Anstalten, sich zu verdrücken und meine Tochter mit dem Dampfgerät im Stich zu lassen, aber Lucy hält ihn am

Arm fest.

»Ist schon gut, mein Dad vertritt die Dampferfirmen.«

Moment mal – was? »Nein, es ist nicht gut. Zum einen bist du noch minderjährig.«

Lucy stöhnt und verdreht die Augen. *Äh … Hallo?* Warum ist sie denn so aufsässig? Was ist mit meinem fürsorglichen Engel geschehen, der seinen Dad liebt und respektiert?

Ich hole Luft und ermahne mich, nicht meine Anwaltsstimme zu benutzen. »Weißt du, wie viele Krankheits- und Todesfälle in den USA durch das Dampfen verursacht werden?« Okay, ich habe nicht versprochen, keine Anwaltslogik zu benutzen.

»Nein, aber ich habe das Gefühl, dass du es uns gleich sagen wirst.« Sie wirft Calvin mit dem schlechten Einfluss einen entschuldigen Blick zu. Ich bin ihr peinlich.

»Das werde ich allerdings.« Ich gebe die Zahlen der Statistik wieder, aber Lucy hört mir nicht zu. Sie formuliert in Gedanken bereits ihr Gegenargument.

»Sirene dampft auch …«, erklärt sie, als wäre das alles, was sie zu sagen braucht.

»Ach ja? Gut, kann sein. Aber sie ist auch ein Rockstar.« Sobald diese Tatsache meinen Mund verlässt, wird mir klar, dass sie nicht gerade meine Position unterstützt.

»Ja.«

Da mir nichts mehr einfällt, spiele ich die Elternkarte aus. »Wir gehen. Wir unterhalten uns im Auto. Gib dem Dampferknaben seinen Pen zurück.«

»Es ist nicht seiner«, sagt sie. »Er gehört mir.«

Der Pen ist rot, ihre Lieblingsfarbe. *Heilige Scheiße.* Sie ist der schlechte Einfluss. »Calvin, mach dich vom Acker, bevor ich die Jahrmarktpolizei rufe, damit sie dir eine Vorladung ausstellt.« Es gibt keine Jahrmarktpolizei, aber die Drohung ist gut. Er geht. »Lucy, gib mir den Pen.«

»Nein«, sagt sie scharf und trotzig.

»Oooh doch«, erwidere ich gedehnt.

Sie verdreht erneut die Augen, seufzt und händigt mir schließlich den Vape Pen aus. Er ist klein und lässt sich leicht in der Hand verbergen. Ich kenne diese Dinger. Verdammt, ich verteidige sie sogar. Aber das Gerät in der Hand zu halten, das meine eigene Tochter umbringen könnte, ist so, als hielte ich eine Mordwaffe in der Hand. Ich deute mit dem Kinn zur Hintertür, und Lucy marschiert mit gesenktem Kopf darauf zu. Wir gehen in die Scheune, laufen zurück durch den Schweinemist und treten hinaus auf den Jahrmarkt. Ich werfe den Vape Pen in den ersten Mülleimer, an dem wir vorbeikommen.

»Dad!«

Der schlechteste Vater der Welt

Als wir vor Eves Haus halten – oder vielmehr vor *unserem* Haus, das Eve irgendwie behalten hat –, fragt mich Lucy, ob ich ihrer Mom das mit dem Dampfen sagen werde und, wichtiger noch, dass sie mit Calvin »gevaped« hat. Ich treffe mich gleich mit Martina am Boot, um die Informationen zu besprechen, die wir von Saiph Balan erhalten haben, aber vorher bin ich als Vater gefragt.

»Ja, ich komme mit zur Tür. Und ich werde Mom erzählen, was ich gesehen habe.«

Lucy zieht eine Schnute. »Das verstehe ich nicht. Ich habe dir vertraut. Warum willst du mich verpetzen? Bitte sag ihr nichts. Ich dachte, wir wären ein Team gegen sie.«

»Was? Nein. Deine Mom und ich sind keine Feinde. Wir haben uns geliebt und lieben uns immer noch. Okay, nicht als Paar, aber wir erziehen dich immer noch gemeinsam. Nur eben getrennt.«

Sie stöhnt. »Dann gib mir wenigstens einen Vorsprung, ja? Ich will in mein Zimmer gehen, damit ich mir euren Streit nicht anhören muss.«

»Du glaubst, dass wir streiten?«

»Oh ja, das werdet ihr.«

Sie hat recht. Eve und ich streiten immer, egal, ob mit Grund oder ohne. Ich frage mich flüchtig, ob es schwierig ist, mit einem Menschen verheiratet zu sein, der mit Streiten seinen Lebensunterhalt verdient. *Wahrscheinlich.* Wie dem auch sei, wir geben ihr ein schlechtes Beispiel. »Nun, diesmal nicht. Wir werden ein höfliches Gespräch über das Thema führen. Kurz, aber höflich.«

»Ich will trotzdem einen Vorsprung.« Mit diesen Worten steigt meine Tochter aus dem Wagen und sprintet auf das Haus zu. So schnell habe ich sie bisher nur auf dem Fußballplatz rennen sehen.

Ich schäle mich aus dem Camaro. Ich bin langsamer als Lucy. Das amerikanische Muscle-Car hat eine geringe Bodenfreiheit, und so gestaltet sich das Aussteigen für einen steifen Mann mittleren Alters ein wenig schwierig. Mir wird bewusst, wie verspannt ich durch die Gespräche mit den Verdächtigen bin; jedes war auf seine Art nervenaufreibend, und das mit Balan war mit Abstand das schlimmste. Ich habe noch nie in meinem Leben einen Menschen mit einer Waffe bedroht. In den Schultern sind die Verspannungen am heftigsten, und meine Oberschenkel sind die reinsten Sprungfedern. Ich stelle mich auf den Rasen und dehne mich, als würde ich im Park Tai-Chi machen. Lucy ist mir ungefähr eine Meile voraus. Vielleicht habe ich sie auch gehen lassen – schwer zu sagen, denn in meinem Kopf herrscht ein einziges Durcheinander.

Während ich zur Tür gehe, übe ich meine »Lucy dampft«-Rede. Eve sieht mich kommen und empfängt mich draußen. Sie will nicht, dass ich ins Haus komme.

»Hallo, Daniel.«

»Hi, Eve. Ich wollte kurz mit dir über Lucy sprechen.«

»Ja, sie ist eben an mir vorbei. Was hast du mit ihr gemacht?«

»Nichts.«

»Das hat aber ganz anders ausgesehen.«

»Komm, hab Nachsicht mit mir. Ich hatte einen ziemlich schrägen Abend.«

»Ach? Was war denn los?«

Wenn sie nur wüsste. »Ich habe sie auf dem Jahrmarkt beim Dampfen erwischt.«

»Dampfen? Oh mein Gott.« Eve lässt sich diese Information durch den Kopf gehen. Es gefällt mir nicht, wie sie die Stirn in Falten legt – da ist fieser Sarkasmus im Anmarsch. »Aber das ist ja kein Wunder. Wo mag sie das nur herhaben?«

Da ist er, der Sarkasmus. »Sirene scheint auch zu dampfen.«

»Das war der Rockstar, den du für die Party angeheuert hast, nicht wahr? Der dich so cool wirken ließ?«

Ich habe sie nicht angeheuert, aber das ändert nichts. »Ja, genau.«

»Ganz zu schweigen davon, dass du dich für die Dampfer-Industrie einsetzt.«

»Ich bin nur ihr Anwalt.«

»Dan, du hast dich dafür entschieden, Leute zu verteidigen, die Nikotin an Kinder verkaufen. Mach dir das mal klar.«

»Ich habe mir den Fall nicht ausgesucht, er wurde mir zugeteilt.«

»Und du konntest ihn nicht ablehnen?«

Das hätte ich tun können. Es wäre kein guter Karriereschritt gewesen, aber ich hätte Nein sagen können. Ich lasse Eves Frage unerwidert. In dem Moment fällt mir auf, dass wir allein sind. Eves Freundin lauert nicht im Eingang. Kein E-Auto in der Einfahrt.

»Wo ist Remi heute Abend?«

»Was? Keine beleidigenden Bemerkungen diesmal?«

»Vergiss es. Ich habe mich nur gewundert, dass sie nicht hier ist.«

»Es geht dich wirklich nichts an, wo Remi ist, aber wenn du es unbedingt wissen willst, sie trifft sich zu einem Gespräch mit Di Deneb.«

»Ooh, das klingt ungefähr so spaßig wie die Umarmung mit einem Kaktus.«

»Sie wird meine Beförderung ansprechen, Dan. Sie sagt, es sei die perfekte Nacht für eine Vollendung – der Schwan wird genau über uns stehen.«

Der Schwan? »Das Sternbild?«

»Ich weiß, dass du nicht daran glaubst, aber Remi ist keine Sklavin der Logik. Natürlich kann Di auch mal zickig sein, doch sie lieben sich wie Schwestern. Remi spürt Dinge, anstatt sie zu analysieren.«

Eve vergleicht mich mit ihrer neuen Tussi – ich bin der Sklave der Logik. *Als ob das etwas Schlechtes wäre.* Ich muss mir das nicht anhören, aber manchmal vergessen Ex-Frauen in der Aufregung über eine neue Beziehung ihr Publikum. Vielleicht hofft Eve ja auch unbewusst, dass ich mich jetzt schuldig fühle, weil ich sie vernachlässigt habe. Aber da bin ich drüber weg. Stattdessen fühle ich mich wie mein Logiksklaven-Ich – mein Kopf arbeitet auf Hochtouren und fügt Puzzleteile zusammen. *Remi liebt Di wie eine Schwester.*

»Das ist toll. Viel Glück.«

»Es ist übrigens ein Geheimnis. Sie sollte es nicht einmal mir erzählen. Also, sprich mit niemandem darüber.«

»Klar. Wem sollte ich es auch erzählen?«

»Noch mal zu Lucy. Wegen dir hat sie mit Dampfen angefangen, und ich kann jetzt zusehen, wie ich das wieder in Ordnung bringe.«

»Das ist nicht fair.«

»Na, du bist doch Mister Logik! Irgendwie ist sie auf die Idee gekommen, Dampfen sei cool, obwohl sie bei mir keinerlei Dampferpropaganda ausgesetzt ist. Also, welcher Elternteil hat ihr deiner Meinung nach wohl den Eindruck vermittelt, dass das Paffen einer nikotinhaltigen Flüssigkeit die perfekte außerschulische Aktivität ist, hm?«

Sie hat recht. Lucy ist durch mich mit dem Dampfen in Berührung gekommen. Ich kann nicht einmal Calvin die Schuld geben. Wahrscheinlich könnten seine Eltern sogar *mir* die Schuld geben, dass er dampft.

»Ich habe ihr gesagt, dass ich es nicht zulasse, und ich habe den Vape Pen weggeworfen.«

Eve seufzt. »Toll. Du hast den einfachen Teil erledigt. Ich werde mir den sozialen und emotionalen Teil vornehmen. Aber könntest du bitte in Zukunft davon absehen, sie weiteren lebensbedrohlichen Aktivitäten auszusetzen?«

»Ja.«

Ich habe die Auseinandersetzung verloren. Einen Streit zu gewinnen hat nichts mit Erziehung zu tun, aber als Anwalt kann man sich das nur schwer abgewöhnen. Meine Instinkte sagen mir, dass ich die Diskussion fortführen soll, bis ich alle Argumente vorgebracht habe. *Diesmal nicht.* Es gibt wichtigere Dinge, als recht zu haben. Zum Beispiel Lucys Wohlergehen. Und die andere Sache, die an mir nagt.

»Kennst du eine Frau namens Beverly Reed?«

»Die Mutter des armen Mädchens, das ermordet wurde?«

»Ja.«

»Nicht persönlich, nein.«

»Oh.«

»Aber Gary, ihr Mann, hat bei Systemic Software gearbeitet. Die Firma hat mit Bi-Di ein gemeinsames Projekt entwickelt. Remi hat ihn gekannt.«

Ich hole tief Luft. Die Informationen stürmen wieder zu schnell auf mich ein. »Kann ich mal deinen neuen Mitarbeiterausweis sehen?«

»Meinen Ausweis?«

»Den mit dem Bi-Di-Symbol darauf.«

»Warum?«

»Nur so aus Neugier. Ich habe gehört, dass … keine Ahnung. Ich bin nur … so beeindruckt. Nochmals herzlichen Glückwunsch.«

»Dann fährst du jetzt?«

»Ja.«

Eve geht ins Haus, gräbt in der Tasche ihres Mantels hinter der Tür und kommt dann wieder auf die Veranda. »Hier ist er.«

Sie hält mir ihren neuen Mitarbeiterausweis hin wie ein Kind, das gerade eine Medaille gewonnen hat. Er gleicht meinem Ausweis von Fury und Styles in der Hinsicht, dass er gleichzeitig als Schlüsselkarte dient, nur dass er leuchtend gelb ist – oberes Bi-Di Management. Ich werfe einen langen Blick auf das Firmenlogo …

cb

Ich bedeute Eve, dass ich mir den Ausweis genau ansehen möchte. Und als sie ihn mir in die Hand legt, drehe ich mich um und renne los.

Krähen

»Wir müssen uns mit dem Donnervogel in Verbindung setzen!«

Ich belle meine Ermittlerin durchs Telefon an. Martina erklärt mir ruhig, dass der Vogel telefonisch nicht erreichbar ist. Halbgötter sind anscheinend sehr beschäftigt, und dieser hier hat kein Handy, also gibt es keine direkte Verbindung zu unserer geflügelten Lieblingsgottheit. Aber ich habe eine Idee. Ich lege auf und rufe stattdessen Phil an.

»Okay, Phil, was hast du über Krähen herausgefunden?«

Mein Praktikant blickt mir von meinem Laptopbildschirm entgegen. Er sitzt auf der anderen Seite der Stadt in seinem Collegewohnheim und benutzt die Face-2-Face-App. Hinter ihm sehe ich das »Notorious RBG«-Poster – Ruth Bader Ginsberg, die berühmte Verfassungsrichterin, per Photoshop in eine berüchtigte Gangsta-Rapperin verwandelt. Typisch Jura-Nerd. Ein Sweatshirt der Washington Huskys, des Uni-Sportvereins, hängt an einem Haken. Auf seinem Schreibtisch steht ein gerahmtes Foto von ihm und seiner Mom bei seinem Highschool-Abschluss. *Was für ein netter Junge.* Er hat den Gesichtsausdruck, den er immer bekommt, wenn er gleich eine lange Erklärung über etwas vom Stapel lässt, was keiner langen Erklärung bedarf.

»Mach es kurz«, ermahne ich ihn. »Ich habe es eilig.«

»Okay, also Krähen sind Rabenvögel, eine Vogelfamilie, zu der auch Raben, Elstern, Eichelhäher und mehrere andere Arten gehören. Krähen verfügen über erstaunliche Fähigkeiten, sie merken sich zum Beispiel menschliche Gesichter, und sie sind nachtragend – sie sollen Leute angegriffen haben, die sie in der Vergangenheit schikaniert haben. Sie erkennen sich auch selbst im Spiegel wieder. Sie gehören zu den wenigen bekannten Nicht-Säugetieren, die Werkzeug benutzen. Sie können sprechen. Und sie halten Beerdigungen für ihre Toten ab.«

»Okay, das sind nützliche wissenschaftliche Fakten. Gute Arbeit. Und hast du Legenden über Krähen gefunden, in denen es um ihre Anzahl ging, so wie ich dich in meiner SMS gebeten habe?«

»Ja, das habe ich tatsächlich. Es gibt einen sehr alten Kindervers, der ›Krähenzählen‹ heißt.«

»Lass hören.«

»Seit dem 18. Jahrhundert sind viele schriftliche Versionen des Verses entstanden, und davor hat er ganz sicher in mündlicher Form existiert. Ausgehend von den Krähen, die Sie an den Häusern des Opfers und Ihrer Tochter und bei der Gerichtsverhandlung gesehen haben, die Sie erwähnten, habe ich die Variante gewählt, die am ehesten dazu passt.«

Ich merke ihm seine Enttäuschung darüber an, dass ich ihm nicht gesagt habe, bei welcher Verhandlung ich Krähen gesehen habe, aber er hält sich wie immer zurück und versucht nicht, mir Näheres zu entlocken. Phil sagt uns nun den Vers übers Internet auf. Er hat eine gute Sprechstimme. Er hat einmal erwähnt, dass er in einer

A-cappella-Gruppe ist, und er ist natürlich im studentischen Debattierclub. Es ist jedenfalls eine glänzende Darbietung.

Eine steht für eine schlechte Botschaft,
Zwei stehen für Freude,
Drei für eine Hochzeit,
Vier für eine Geburt,
Fünf für Reichtum,
Sechs für einen Dieb,
Sieben für ein Urteil,
Acht für Leid,
Neun für eine Lüge,
Zehn für Geschichte,
Elf für Liebe,
Und Zwölf für ein Rätsel.

Nach Samanthas Tod saßen acht Krähen an Bevs Haus. *Leid.* Sieben bei Bretts Verhandlung. *Urteil.* Elf am Fenster meiner Tochter. *Liebe.* Wow. Ein Kindervers als Leitfaden für Krähenomen. Gute Arbeit, Praktikant.

»Du meintest, sie erkennen Gesichter?«

»Ja.«

»Ich muss eine bestimmte Gruppe von Krähen finden, die mich erkennt. Irgendwelche Vorschläge? Sind Sie revierbezogen? Muss ich wieder dorthin, wo ich sie gesehen habe?«

»Nicht zwingend. Sie sind ziemlich mobil. Aber Sie könnten es an ihrem Schlafplatz am Bothell Campus der Uni versuchen.«

»Das klingt nicht sehr vielversprechend. Wie wahrscheinlich ist es, dass meine Krähen an diesem speziellen Schlafplatz sind?«

»Ein Schlafplatz, sechzehntausend Krähen.«

Ich trete das Gaspedal durch, und wir schaffen es in Rekordzeit nach Bothell. Der Schlafplatz der Krähen liegt tief in einem dreiundzwanzig Hektar großen Feuchtgebiet – Sumpf und Wald mitten im Bothell Campus. Das Feuchtgebiet zieht Krähen aus der ganzen Umgebung von Seattle an. Ich hatte keine Ahnung davon. *Jeder Anwalt sollte einen Phil haben.*

Dennis führt mich knurrend und mit gesenktem Schwanz über den Campus. Der wortgewandte Irish Setter möchte nicht in diese bizarre Vogelsache hineingezogen werden, doch ich habe ihm bei seinen Problemen mit Simon geholfen, und er erwidert die Gefälligkeit. Ich habe ihn an der Leine, aber das ist nur Schau. Er würde sich von mir nicht zurückhalten lassen. Er ist ein Alphamännchen.

Wir treffen bei Sonnenuntergang ein, und die Krähen sammeln sich bereits. Pechschwarze Vögel säumen die Dächer der Campusgebäude wie dunkle Zinnen auf mittelalterlichen Mauern. Der ganze Himmel ist von ihnen übersät. Falls sie beschließen, mich anzugreifen, werden sie eine beängstigende Masse aus Schnäbeln und Krallen bilden. Wir beobachten, wie sie aus allen Richtungen herbeiströmen. Es scheint ein abendliches Phänomen zu sein. Ich bin mir nicht sicher, was es bedeutet – der Kindervers ging nicht bis sechzehntausend.

»Was sagen sie, Dennis?«, frage ich.

Dennis schaut mich mit hängenden roten Schlappohren an. »Ich spreche nicht viel Rabisch, aber ich habe im Lauf der Jahre ein paar Brocken aufgeschnappt. Meistens sagen sie: ›Pass auf!‹, ›Wo fliegst du hin?‹, ›Hast du meine Gefährtin gesehen?‹, ›Wer ist deine Gefährtin?‹ Solche Sachen.«

»Ich muss mit ihnen reden.«

»Was willst du sagen?«

»Frag sie, ob sie mich von einer früheren Begegnung wiedererkennen. Kannst du das?«

»Ich kann es versuchen, aber ohne Gewähr.«

Dennis läuft auf die Grasfläche zwischen dem North Creek und dem dazugehörigen Sumpf. Dort reckt er die Schnauze in den Himmel und stößt ein heiseres Bellen aus, das mit ein bisschen Fantasie als das Krächzen einer Krähe durchgehen könnte. Keine Reaktion. Er versucht es noch einmal in einer leicht veränderten Tonlage. Immer noch nichts. Sein Stimmumfang ist aufgrund seiner Anatomie begrenzt, weshalb er mehr Sprachen versteht als spricht. Mir ist klar, dass die ganze Aktion vergeblich sein könnte. Der Setter wendet den Blick zu mir.

»Ihre Sprache ist schwerer als Möwisch«, sagt Dennis.

»Krähen sind klüger. Versuch es bitte weiter.«

»Dein Satz ist zu kompliziert. Ich werde es mit etwas Einfacherem probieren.«

Dennis nimmt einen neuen Anlauf. Diesmal stößt er eine kurze Abfolge von Krächzlauten aus und jagt eine Krähe auf einer nahen Bank. Die Reaktion erfolgt umgehend. Die Krähe kreist und schwirrt krächzend um Dennis herum. Ein halbes Dutzend weiterer Vögel kommt auf ihre Schreie hin herbei, und gemeinsam stoßen sie im Sturzflug wie ein Jagdgeschwader auf den Irish Setter hinab. Dennis macht, dass er wegkommt, rast zu mir zurück und kauert sich zwischen meine Beine.

»Dein Auftritt, Mann«, hechelt er.

»Du meine Güte! Was hast du gesagt?«

»Grob übersetzt: ›Du bist dumm und hässlich, und deine Eier sind lecker.‹«

Ich wappne mich, während die Krähen kreisen, um von Neuem auf meinen unverschämten Hundefreund loszugehen. Doch diesmal sehen sie mich und machen kehrt, flattern zurück in den Schwarm, wo Hunderte andere sich ihrem Kreisen anschließen. Es werden mehr und immer mehr, tausend vielleicht. Schon bald ist es ein kreiselnder schwarzer Tornado mit Dennis und mir in seinem Inneren. *Es sind so viele.* Das lärmende Gekrächze übertönt uns, sodass wir nur warten und beobachten können.

Eine Krähe löst sich von den anderen. Sie segelt in einem eleganten Bogen herab, bremst dann den Flug und landet auf einem Ast über uns. Ich warte, aber es ist die einzige Krähe, die kommt. *Eine steht für eine schlechte Botschaft.* Sie krächzt mich an, während der Rest des Schwarms sich auflöst und schreiend ins Feuchtgebiet fliegt.

»Was hat sie gesagt?«, frage ich Dennis.

»Sie kennt dich.«

»Perfekt!«

»Und vielleicht hast du etwas nach ihr geworfen?«

»Oh Gott, es ist eine der Krähen von Bevs Haus. Sag ihr, dass ich mit dem Donnervogel reden muss.«

»Mit dem Donnervogel?«

»Es ist eine Vogelhalbgöttin.«

»Ich weiß nicht, wie man das übersetzt.«

»Versuche es mit Gottvogel.«

Dennis stößt einen Laut aus, und die Krähe wippt mit dem Kopf. Ich bin mir nicht sicher, ob es ein Nicken ist.

»Versuch es mit Space Needle – der Turm in der Stadt, von dem einmal im Jahr ein Feuerwerk hochgeht.«

Dennis gibt weitere Laute von sich. Ich erkenne ein paar Fetzen Möwisch. Er gibt sich wirklich Mühe, aber der Vogel tritt nur von einem Fuß auf den anderen.

Schließlich dreht Dennis den Kopf zu mir und sieht mich mit traurigem Hundeblick an. »Ich habe es versucht.«

Wir verschwenden wichtige Zeit. »Schon gut. Danke, Dennis.«

Ich schaue den Vogel an. Er starrt zurück, die Augen tiefschwarz wie die einer Ratte. *Wie Martinas Augen.* Er krächzt erneut und schüttelt die Federn. Er weiß, dass ich mich bemühe, irgendwie mit ihm zu kommunizieren, und ich glaube wirklich, dass er sich bemüht zu antworten. In letzter Zeit habe ich die Intelligenz der Tiere besser verstehen gelernt. Diese Krähe ist ein denkendes Wesen. Ich weiß zwar nicht, was sie denkt, aber sie versucht, eine Verbindung zu mir herzustellen, und dafür muss ich ihr Anerkennung zollen.

»Danke für deine Zeit, Vogel«, sage ich. »Du bist nicht dumm oder hässlich. Deinen Eiern wird nichts geschehen. Und es tut mir leid, dass ich einen Kiefernzapfen nach dir geworfen habe.«

Die Aufzugspräsentation

An der Ampel vor der Kreuzung Westlake Avenue und Mercer Street lasse ich den Motor aufheulen. Die ersten Regentropfen rollen die Windschutzscheibe herab, und das graue Pflaster draußen wird langsam nassschwarz. Die Straßenlaternen sind verschwommen. Wolken verbergen den Mond. Der Regen in Seattle macht alles dunkler. Martina auf dem Beifahrersitz ist unruhig; ihre Nase zuckt, die Finger spielen mit dem obersten Mantelknopf.

»Remi Binder?«

»Remi Binder.«

»Die nette Hälfte des Bi-Di-Unternehmens? Sie scheint mir nicht der Typ zu sein.«

»Sie hat noch nicht versucht, dein Gehirn zu begrabschen.«

»Das hat sie gemacht?«

»Ja.«

»Meine Fresse.«

»Alles in Ordnung?«, frage ich.

»Ja, schon, aber wir sind auf uns allein gestellt, Kumpel«, antwortet sie. »Kein Vogel. Keine Polizei.«

»Stimmt. Die Polizei würde uns nicht ernst nehmen. Und ich habe Phil verboten herzukommen. Es könnte echt gefährlich werden. Der Junge unterstützt uns nur am Computer.«

Ich sage Martina nicht, dass ich mit dem Gedanken gespielt habe, Salvatore um Hilfe zu bitten. Sie wäre nur sauer gewesen, und Sally hat klargemacht, dass er nie wieder kontaktiert werden will. Außerdem hatte ich letztendlich das Gefühl, dass es die größte Schnapsidee aller Zeiten wäre, zwei Killer aufeinander loszulassen.

Meine Partnerin nickt. Sie findet auch, dass wir die Polizei aus dem Spiel lassen sollten. »Falls du dich irrst, sind wir in die teuerste Wohnung von Seattle eingebrochen.«

»In dem Fall wäre die Polizei ein Problem, keine Hilfe. Aber wenn ich recht habe, retten wir ein Leben, du bezahlst deine Schuld ab, Bev erfährt Gerechtigkeit, und für mich ist Schluss mit dem übernatürlichen Geschäft.«

»Oder wir werden in Frösche verwandelt.«

»Wir haben es bereits mit einer Hexe aufgenommen.«

»Alter, die war im Ruhestand.«

Stimmt. Saiph bringt ihrem Gott zwar keine großen Opfer mehr dar, um Riesenkräfte zu erlangen, aber ich hatte den Eindruck, dass sie uns auf dem Höhepunkt ihrer Macht mit einer Handbewegung hätte erledigen können – schließlich hat sie Hammer ruiniert, indem sie ihm ein paar Kräuter aus dem Gewürzregal entgegengepustet hat.

Unsere Mörderin hat gerade einem höllischen Halbwesen zwei Menschenleben geopfert. Sie könnte inzwischen eine wirklich mächtige Zauberin sein.

»Dann pass bloß auf, dass sie keinen Schuh von dir in die Finger kriegt.«

Als wir an Dick's Drive-in an der Space Needle vorbeifahren, frage ich mich, ob Cyprus Hadidi sich dort seine Tüte Pommes gekauft hat, bevor er am Troll ermordet wurde. Ich parke den Camaro nur wenige Blocks entfernt, und wir eilen durch den Nieselregen an den Gebäuden des Pacific Science Centers vorbei, einem weiteren Überbleibsel der Weltausstellung 1962. Als wir um die Ecke biegen, ragt die Space Needle in der Dunkelheit auf, Seattles dünne Version des Eiffelturms, nur dass auf ihrer Spitze die kultige fliegende Untertasse steckt. Dahinter liegt die Einschienenbahn, die durch das Museum of Pop Culture fährt – ein riesiger klumpenförmiger Bau mit unterschiedlichen Oberflächen und metallischen Farben. Es ist ein hässlicher Haufen Blech am Fuße der Space Needle. Von Weitem sieht es aus, als hätte die Space Needle gekotzt.

Unten an der Space Needle sind keine Sicherheitsleute, und es sind auch keine nötig. Da der Fahrstuhl oben ist, hat niemand Zugang zu den oberen Plattformen. Die Außentür zum Vorraum des Aufzugs verfügt über einen Zugangsmechanismus per Schlüsselkarte. Ich ziehe Eves Ausweis durch. Ein grünes Lämpchen leuchtet auf, und die Tür öffnet sich mit einem Klicken.

»Wir sind drin.«

Das große Bi-Di-Logo an den Fahrstuhltüren ist identisch mit dem kleinen auf Eves Ausweiskarte. Es besteht aus einem kleinen d verbunden mit einem b – zwei Kreise mit einem aufrechten Strich dazwischen. Es ist dieselbe Form wie die pornografische Rune, die nachträglich mit Cyprus Hadidis Blut in Samanthas Zimmer gemalt wurde.

»Weißt du, was das ist?«

Martina reißt die Augen auf. »Heilige Scheiße. Es ist ein Schwanz mit Eiern.«

»Es ist das Zeichen unserer Hexe. Ich wette, dass es an den Tatorten so verändert worden ist, dass es wie eine vulgäre Schmiererei aussieht, um die Verbindung zu Bi-Di zu verschleiern.«

»Saiph hat gesagt, dass eine Hexe ihr Zeichen hinterlassen muss, wenn sie ein Opfer darbringt.«

»Genau. Und ich denke, dass sie es beim ersten Mal versäumt hat. Wenn man stark unter Stress steht, vergisst man die einfachsten Dinge.«

Wir treten vor den Aufzug. Ich ziehe die Karte meiner Ex durch, bevor ich den Mut verliere. Ein leises »Bong« ertönt. Der Aufzug kommt. Falls ein Mitarbeiter im Aufzug ist, werden wir vorgeben, dass Eve uns geschickt hat, um mit Remi zu sprechen. »Es ist ein Notfall«, werde ich sagen und den Ausweis vorzeigen. Aber da ist kein Mitarbeiter. Als die Tür aufgleitet, sehen wir nur eine leere Kabine. In einem guten Krimi würde jetzt stehen, dass der leere Aufzug uns lockt, aber das tut er nicht. Seine erschreckende Leere weckt in mir den Wunsch, mich umzudrehen und zu fliehen.

»Los, rein«, drängt Martina. »Bevor ich es mir anders überlege.«

Sie hat auch Angst. Ich habe noch nie erlebt, dass sie Angst hat, und das wiederum macht mir Angst. Das Betreten des Aufzugs fällt so schwer wie oben das Betreten des Glasbodens. *Eine Serienmörderin wartet.* Mach es oder lass es. Ich bin bei diesem Fall der leitende Anwalt. Meine Entscheidung könnte ausschlaggebend dafür sein, ob die Frau, die mir meine Ehefrau genommen und mir Schokoladenkekse gebacken hat, einen weiteren Mord begeht und ob Martina und ich leben oder sterben. Ich hole tief Luft und führe meine Partnerin in den Aufzug.

Auf dem Weg nach oben vermeiden wir es, uns anzusehen, und starren wie verlegene Fremde die beleuchteten Knöpfe an. Völlig normales Fahrstuhlverhalten.

»Bist du dir ganz sicher?«, fragt Martina.

Ich bin seit Jahrzehnten als Anwalt tätig und habe in der Zeit gelernt, dass nichts sicher ist. Gute Fälle können durch ein falsches Wort an die Geschworenen den Bach runtergehen. Schlechte Anwälte können jederzeit gewinnen. Manchmal müssen Unschuldige ins Gefängnis, und Verbrecher kommen davon. Man kann nicht alles wissen, aber das heißt nicht, dass wir nicht trotzdem nach Gerechtigkeit streben.

»Um ehrlich zu sein, ich kann dir nicht mit Sicherheit sagen, was passiert ist, aber ich kenne die Fakten, und wenn man sie aneinanderreiht, dann zeichnen sie ein ziemlich vernichtendes Bild.«

»Na, dann fang mal an zu malen.«

»Remi Binder ist mystisch – ein Kernmerkmal des Täterprofils oben an unserer Ermittlungswand. Sie praktiziert ganz offen spirituelle Künste wie Gedankenlesen und Astrologie, genau wie Saiph Balan. Sie war in der Nacht des zweiten Mordes nicht weit vom Tatort entfernt – ich habe sie am nächsten Morgen in meinem alten Haus gesehen, das nur ein paar Blocks weiter hügelaufwärts liegt. Sie hat meiner Frau gegenüber ausdrücklich das Sternbild Schwan erwähnt, das mit Hadidis Blut am Tatort beim Troll gezeichnet wurde. Sie sagte, seine Position heute Nacht am Himmel sei perfekt für eine Vollendung. Außerdem ist sie jung und reich, genau wie Saiph Balan unsere Hexe beschrieben hat. Sie hat genug Geld, um die ganze Welt zu bereisen, um exotische Zauberzutaten zu kaufen und sich mit Meistern der dunklen Künste auszutauschen. Ihre Internetkenntnisse verleihen ihr Zugang zu weiterem altem Wissen, Geschichte, Legenden und Informationen von Hexenblogs im Dark Web. Das Bi-Di-Logo wurde an beiden Tatorten gefunden, es ist ihr Symbol. Saiph hat uns gesagt, dass eine angehende Hexe drei Opfer braucht – einen Unschuldigen, einen Feind und einen geliebten Menschen. Remi kannte Samanthas Vater, er hat mit Bi-Di bei einem Projekt zusammengearbeitet. Das gab ihr Zugang und Gelegenheit. Samantha ist die Unschuldige. Cyprus war der kreative Kopf bei Megadata, eine Firma, die von Bi-Di verklagt wurde. Er war der Feind. Remi hat ein enges Verhältnis zu ihrer Mitgründerin Di Deneb. Di wird der geliebte Mensch sein, den sie opfert. Wahrscheinlich diese Nacht, wenn der Schwan genau über uns steht.«

Insgeheim hoffe ich, dass Remis knallharte Geschäftspartnerin ihr nächstes Opfer sein wird, denn sonst ist es Eve. *Oder, Gott behüte, Lucy.* Die Panik, die dieser Gedanke in mir auslöst, wirft meine Logik durcheinander, und ich muss den Kopf schütteln, um wieder klar denken zu können.

In vierzig Metern Höhe und nach einem Fünftel der Strecke erreichen wir die erste Plattform. Wir holen beide tief Luft und fragen uns, ob der Aufzug anhalten wird. Aber er fährt weiter.

»Obwohl Remi Binder keine Kämpferin ist, hat sie es irgendwie geschafft, einer der mächtigsten Menschen der Welt zu werden. Und was wollen Menschen, die Macht haben?«

»Keine Ahnung«, meint Martina. »Wahre Liebe? Mehr Zeit für die Familie?«

Ist sie nicht ein Schatz? Trotz ihrer harten Schale ist Martina eine fürsorgliche Mutter mit einem bodenständigen Ansatz und, wie ich vermutet habe, einem weichen Kern.

»Nein. Leute mit Macht wollen noch mehr Macht. Diese Frau hat alles, was man für Geld kaufen kann. Also, was gibt es sonst noch?«

Martina folgt meiner Logik und nickt mit dem Kopf. »Magie.«

»Ganz genau. Stell dir jemanden vor, der den Gipfel der Macht erreicht hat und dann eine Macht entdeckt, die sie noch übersteigt. Remis Hippienummer nach dem Motto ›Liebe und Frieden‹ ist zu schön, um wahr zu sein, genau wie bei Scooby-Doo. Sie trägt immer einen dämlichen Hut oder ein Kopftuch, genau wie Saiph Balan. Es ist Zeit herauszufinden, was für Tattoos sie darunter versteckt.«

Meine Ermittlerin späht auf die beleuchteten Knöpfe. »Du bringst da ein sehr überzeugendes Argument vor, Daniel, aber du bist ein gottverdammter Anwalt. Du bist ein Profi darin, deinen Standpunkt zu verkaufen. Remi wirkt hochgradig verdächtig, das gebe ich zu, doch wenn diese Fahrstuhltüren aufgehen, muss ich fest davon überzeugt sein, dass eine Managerin aus der Computerbranche eine Hexe werden will.«

Ich bin dran. Es ist Anwaltszeit. Dies ist der Moment, in dem ich ein letztes ausschlaggebendes Beweisstück brauche, das so überzeugend ist, dass es meinen Geschworenen umhaut. Und ich habe tatsächlich eins.

»Remi Binder hat an der Spitze dieses Turms in einem gestaltwandelnden Kleid eine Rede gehalten, an deren Ende sie gesagt hat: ›Technik ist die neue Magie!‹«

Remis Kopf

Die Untertasse oben auf der Space Needle besteht aus drei Etagen – zwei zum Wohnen, eine für die Instandhaltung. Ich rufe den Grundriss des Umbaus auf, der bei der Stadt eingereicht worden war und den Phil mir während der Herfahrt geschickt hat. Wir erreichen die Firmenetage, auf der die Party stattgefunden hat. Der Aufzug hält mit einem Ruck, und für den Bruchteil einer Sekunde fühlen wir uns schwerelos. Es ist unwirklich. Ich nehme vor den Türen einen hüftbreiten Stand ein, die Ausgangshaltung, die ich mir durch lebenslangen Mannschaftssport angewöhnt habe. Martina hat die Hand in der Manteltasche. *Die Pistole.* Wir sind bereit für einen Kampf, falls es dazu kommen sollte. Aber das ist nicht der Plan. Der Plan besteht einfach darin zu stören. Wir stellen Remi zur Rede, wir warnen Di, ihr nicht zu trauen, und dann machen wir, dass wir hier wegkommen. Wir verlassen die Hippiehexe mit folgender Drohung: Halte dich von meiner Familie fern und hör mit der Totenbeschwörung auf, sonst stellen wir dich vor der Welt bloß und sagen der Polizei, was wir wissen. Sie wird ins Gefängnis kommen. Sie wird alles verlieren, und sie hat viel zu viel zu verlieren. Es ist ein Bluff; wir wollen es der Welt nicht verraten. Aber das weiß sie ja nicht.

Martina und ich starren angespannt auf unsere grimmigen, verzerrten Bilder in den glänzenden Metalltüren.

Nach einem qualvollen Moment der Verzögerung gleiten die Türen auf, und wir hören … beruhigende Musik. Ich habe die Hände schützend vor den Kopf gehoben. Martinas Nager-Spürsinn für Gefahr ist aktiviert. Ihre schwarzen Augen suchen den Raum ab. Die Etage liegt im Halbdunkel – passive Solarbeleuchtung, wenn sie nicht genutzt wird, daran erinnere ich mich aus Phils Recherchen. Nachhaltig und verantwortungsbewusst, sagt Eve. Die Räumlichkeiten wirken verlassen. Wir könnten sie durchsuchen, aber die Uhr tickt, und wir sind hier, um einen Mord zu verhindern.

»Di Denebs Privatwohnung ist in der obersten Etage«, sage ich zu Martina.

Sie nickt. »Dann los.«

Ich drücke auf den Knopf für die oberste Etage, aber er leuchtet nicht auf. Wieder ziehe ich Eves Karte durch. Immer noch nichts. Die Mitarbeiter scheinen Zugang zu der Firmenetage mit den Konferenzräumen zu haben, nicht aber zu Dis Wohnung. Ist auch irgendwie verständlich.

»Kein Glück. Aber es gibt eine Treppe.«

Wir verlassen den Fahrstuhl und rennen über den Glasboden. Mir wird mulmig. Es ist, als würde man auf Luft laufen. *Als würde man fliegen*. Der Boden dreht sich in die entgegengesetzte Richtung und sorgt für ein bizarres Zeitlupengefühl.

Die Tür oben an der Wendeltreppe ist verschlossen. »Scheiße!«

Martina schnüffelt bereits herum. »Jedes Gebäude hat Kriechräume.«

»Ich glaube nicht, dass es hier große Luftschächte gibt, durch die wir hindurchkriechen können.«

»Du nicht.« Sie reicht mir die Pistole.

»Oh.«

Sie zieht sich bereits aus. Selbst in einem Notfall wie diesem habe ich das Gefühl, dass ich den Blick abwenden sollte, und drehe mich um. »Bitte beeil dich.«

»Vergiss den Aufzug«, sagt sie. »Ich werde die Tür hier öffnen.« Das sind die letzten menschlichen Worte, die sie spricht, bevor sie sich verwandelt. Augenblicke später ist sie fort.

Das Warten ist qualvoll, aber es gibt mir einen Moment Zeit, unseren hastig entworfenen Plan zu überdenken. Jetzt, da wir vor Ort sind, drängen sich mir andere Ideen auf. Die erste ist einfach – ich könnte Eve anrufen und sie anflehen, Di Deneb anzurufen und sie zu warnen. *Gute Idee.* Ich reiße mein Handy aus der Tasche und tue es. Sie geht nicht dran. Keine Überraschung. Stattdessen schicke ich ihr eine SMS. Die Antwort bricht mir das Herz, war aber zu erwarten: »Wo ist mein gottverdammter Ausweis?« Es ist vollkommen ausgeschlossen, dass meine wutschnaubende Ex den Abend ihrer Geliebten im Auftrag ihres verrückten Ex-Mannes stören wird, nachdem ich ihren Mitarbeiterausweis an mich gerissen habe. Das war nicht gut durchdacht.

Idee Nummer zwei – da ich schon mal hier bin, könnte ich einen Brand legen und die Alarmanlage auslösen. Das würde alles unterbrechen, was oben passiert. Es könnte allerdings auch alle umbringen, und jetzt ist Martina irgendwo in den Eingeweiden des Gebäudes. Aber die Sprinkler müssten doch angehen, oder? Und die Feuerwehr würde kommen. Es könnte funktionieren. Aber ich habe weder Feuerzeug noch Streichhölzer, und ich …

In dem Moment öffnet sich mit einem Klicken die Tür. Ich drücke sie nach innen auf und halte den Mantel bereit, aber ich sehe Martina nicht. Ich schaue nach unten. Sie ist immer noch eine Ratte. Tarnkappenmodus. *Clever.* Dem Grundriss zufolge ist die oberste Etage kreisförmig. Ein Sicherungskasten mit kleinen Schaltern, die selbst eine Ratte umlegen könnte, steuert die Verriegelung der Türen der Space Needle und den Fahrstuhl. Ich öffne alle Türen und rufe den Aufzug; ich möchte hier oben nicht festsitzen. Martina schaut zu mir hoch und fiept, aber ich weiß nicht, was sie sagt. Vielleicht kann sie mich verstehen.

»Ich gehe nach rechts«, sage ich. »Du nach links.« Ich zeige nach links, um meine Absicht zu verdeutlichen. Sie dreht sich auf den Nagerpfoten um und huscht nach links. *Gut.*

Ich überprüfe und entsichere die Pistole. Sie ist bereit. Ich bin es auch. Vielleicht benutze ich sie diesmal; der Gedanke an Samantha macht mich zornig. Ich muss dieses Gefühl verdrängen. Wut ist ein schlechter Ratgeber. Angst auch. *Logik.* Das ist meine Stärke.

Die Wohnung ist ein riesiger Donut, ein fortlaufender Bogen aus Wohnraum, der sich um Treppenhaus, Schränke und Bäder in seiner Mitte zieht. Diese Etage dreht sich nicht. Das Licht ist an, heller als unten. *Sie sind hier.* Ich verlasse die Treppe und mache mich vorsichtig im Uhrzeigersinn auf den Weg durch die Wohnung. Der erste Bereich ist ein Wohnzimmer. Es ist mit bunten Möbeln eingerichtet, die nach 60er Jahren aussehen, nur dass die Sofas und dreibeinigen Couchtische leuchtend gelb und blau sind anstatt lindgrün und dunkelorange. Ich höre synthielastige Dubstep-Musik, mit schweren Bässen und wenig Gesang, alles in dissonantem Moll. Ich versuche mich zu erinnern, ob das die Musik war, die bei Eve am Spaghettiabend gelaufen ist. Sie passt nicht zu Remis fröhlicher Fassade. Vor dem munteren Hintergrund farbenfroher Schalensessel wirkt sie total gruselig.

Als ich im Fenster einen bewaffneten Mann erblicke, der durch diesen surrealen Raum schleicht, mache ich vor Schreck einen Satz. *Heilige …!* Aber es ist nur mein Spiegelbild. Ich wische mir den Schweiß von der Stirn und frage mich, wie es Martina ergeht.

Die nächsten Räume sind das Esszimmer und die Küche. Der Übergang wird durch den Wechsel des Fußbodenbelags von altem Linoleum zu Holz mit schlangenförmigen Einlegearbeiten markiert. *Wirbelmuster.* Durch die Musik höre ich Geräusche – das Summen eines riesigen Gastro-Kühlschranks, kochendes Wasser. Immer noch kein Zeichen von Remi oder Di, aber die Wohnung ist groß, und es war gerade erst jemand hier. Niemand lässt einen kochenden Topf lange allein. Mein Herzschlag beschleunigt sich. Langsam gehe ich weiter. Ich nehme die Pistole fester in die Hand und achte darauf, den Finger nicht an den Abzug zu legen, bevor es sein muss.

Dann sehe ich sie. Remis Kopf ragt über eine hohe Küchentheke. Ihr Blick ist ins Esszimmer gerichtet, direkt auf mich.

Ich hebe die Waffe und zische ihren Namen. »Keine Bewegung, Remi …«

Sie rührt sich nicht. Aber sie nimmt mich auch nicht zur Kenntnis. Ihre ausdruckslosen Augen starren an mir vorbei, starren leer und ziellos in die Ferne. Ich blicke mich in der Küche um, doch ich brauche einen Moment, um zu begreifen, was ich sehe.

Der Topf ist riesig. *Ein Kessel.* Auf der unteren Theke liegen Küchengeräte verstreut – Messbecher, ein Sieb, ein Schneidebrett, eine Handsäge. *Eine Säge?* Die Spritzer auf dem Sägeblatt sind rot. Die Flecken auf dem Schneidebrett sind rot. Das kochende Wasser ist rot. Remis Hals ist … rot.

Oh mein Gott!

Ihr Kopf ragt nicht über die Küchentheke, er *sitzt* auf ihr. Servierfertig auf einer Platte, um genau zu sein. Meine Gedanken überschlagen sich. *Das ist alles falsch.* Es ist nicht wie in einem Actionfilm, in dem der Held die Lage rettet. Es ist ein Horrorfilm, und ich spiele mit.

»Anwalt?«

Ich fahre herum und ziele mit der Pistole, den Finger am Abzug. Jetzt wird es ernst. Ich habe Todesangst.

Di Deneb sieht mich von der anderen Seite des Esszimmers aus an. Sie trägt einen engen dunklen Jumpsuit mit noch dunkleren Flecken – nass glänzenden Flecken. Ihre Hände sind blutverschmiert. Und sie tanzt, wiegt sich im Takt der disharmonischen Dubstep-Musik. *Wie eine Schlange.*

»Was machen Sie hier?«, fragt sie. Ihre Stimme ist ruhig, obwohl sie es nicht sein sollte.

Ich hebe die Pistole. »Kommen Sie keinen Schritt näher.«

»Okay. Ich stehe hier gut. Wie geht es Ihrem Daumen?«

»Was?«

»Ihr Daumen. Tut er noch weh?«

Sie hebt langsam die rechte Hand und ballt sie zur Faust. Ich hätte ihr sagen sollen: »Keine Bewegung.« Den Befehl habe ich an Remys Kopf verschwendet. Di wiegt sich mit ausgestreckter Hand hin und her. Sie streicht dreimal mit dem Daumen vom obersten Knöchel des Zeigefingers bis zur Spitze, vor und zurück, und dann drückt sie zu. Fest.

Sofort spüre ich in meinem eigenen Daumen einen heftigen Schmerz. Es fühlt sich an, als würde er zurückgebogen werden und gleich aus dem Gelenk springen. Ich reiße die Hand an die Brust, und die Pistole fällt polternd aufs Parkett. *Oh Scheiße!* Ich schaue hinab. Meine linke Hand funktioniert noch. Ich strecke sie nach der Waffe aus.

»Machen Sie sich deswegen keine Gedanken, Anwalt«, sagt Di. »Sie haben nichts fallen lassen.«

Ich richte mich wieder auf. Meine Hand ist leer. Keine Pistole.

»Ich mache Sie nervös«, fährt sie fort. »Gehen Sie zurück.«

Ich trete zurück. Ich denke, dass ich es freiwillig tue, aber es kommt mir unlogisch vor, mich von meiner eigenen Waffe zu entfernen. Ich drehe mich zu der Arbeitsplatte um. Dort liegen Messer.

»Sie haben Durst«, sagt sie.

Statt nach einem Messer greife ich nach einem Glas Wasser. Mir wird bewusst, dass ich einer mörderischen Hexe gegenüberstehe und etwas zu trinken in der Hand halte, anstatt mich zu verteidigen. *Sie ist in deinem Kopf, Dan,* sage ich mir. Es klingt merkwürdig, wie ein Echo. Ich bin eine ferne Stimme, die mir von weit weg einen Rat gibt. Ich weiß, dass ich etwas tun muss. Sie weiß es auch und unterbindet jeden Versuch. Ich muss etwas tun, womit sie nicht rechnet. Ich schleudere ihr das Wasser entgegen.

Es spritzt ihr auf den tätowierten Hals und ins Gesicht.

»Scheiße, was soll das!« Sie ist sauer. Ich muss etwas richtig gemacht haben. Aber ihr höhnisches Grinsen verrät mir, dass ich keineswegs gewonnen habe. »Idiot. Dachten Sie etwa, ich würde schmelzen?«

Sie schmilzt zwar nicht, aber sie tanzt auch nicht mehr oder macht Vorschläge. Ich habe meinen Willen zurück. Ich werfe einen Blick zu der Pistole. Sie auch. Wir stürzen uns beide gleichzeitig darauf. Di Deneb ist jung und sportlich. Ich war zu meiner Zeit auch sportlich, aber das ist lange her. Obwohl ich die Schusswaffe zuerst erreiche und mit der linken Hand zu fassen kriege, packt Di mein Handgelenk und rammt mir das Knie in die Rippen. *Kickboxen.* Ich liege am Boden, aber ich habe die Pistole. Di dreht mir das Handgelenk auf den Rücken, umfasst mich wie ein Schraubstock und tastet mit der anderen Hand, während ihr gepierctes Gesicht sich gegen meines presst. Ich kann sie riechen. Ihr Atem strömt mit einem dumpfen metallischen Geruch über mich hinweg. Eisen. Blut. *Sie hat rohes Menschenfleisch gegessen.* Darunter liegt ein sauberer, süßer Duft – Aprikosen-Peeling.

Plötzlich löst sie sich von mir und tritt zurück. »Keine Bewegung!«

Das ist eine seltsame Bemerkung, denn die Waffe halte ich. Aber sie hält auch etwas, einen persönlichen Gegenstand von mir. Mein Handy. In unserer Zeit gibt es nichts, was persönlicher wäre. Man könnte sagen: Wenn einem das Handy genommen wird, wird einem die Seele genommen, und eine Hexe hat mir meins gerade aus der Tasche gefischt. Es ist Zeit, sie zu erschießen.

Aber als ich mich bewegen will, kann ich es nicht. Meine Beine sind in der unbequemen Haltung wie eingefroren, und meine Arme reagieren nicht. Ich bin gelähmt. *Nein!*

Di streicht sich das Haar aus der Stirn. Sie hat mich mit einer Bewegung geschlagen und ist noch nicht mal ins Schwitzen geraten. Lässig nimmt sie mir die Pistole aus der Hand, geht zu dem Topf mit kochendem Blut und lässt sie hineinfallen. Dann dreht sie sich um, knallt mein Handy auf die Ecke der Arbeitsplatte und zerschmettert dabei den Bildschirm. Anschließend überlegt sie, welches Messer sie nehmen soll, wählt das Hackbeil, steckt es zurück und nimmt das Gemüsemesser.

Sie stellt sich hinter mich, sodass ich sie nicht sehen kann. Das ist der schrecklichste Moment meines Lebens. Sie wird mir die Eier abschneiden. Ich hoffe bei Gott, dass sie mich vorher umbringt, aber Gott ist nicht hier, und Di Deneb mag mich nicht. Sie wird mich nicht vorher töten. Als ihre Hand an meinem Gürtel zieht, verlässt mich der Mut. Ich bin nicht gefühllos. Ich werde es spüren.

Es gibt Augenblicke im Leben eines Anwalts, in denen die Zeit sich verlangsamt, in denen die Wahrheit plötzlich offenbar wird und das Gehirn die Fakten mit der Klarheit des Rückblicks abhakt. Dies ist ein solcher Moment.

Ich habe mich geirrt, was Remi betrifft. Di Deneb ist die Hexe. Die meisten Hinweise, die mich zu Remi geführt haben, gelten auch für Di – ihre Jugend und ihr Vermögen, das Logo, die Bekanntschaft mit Samanthas Dad. Ich hätte sie als Verdächtige in Betracht ziehen sollen. *Dumm.* Ich war blind vor … was? Eifersucht? Angst um meine Familie? Das, was ich Martina im Fahrstuhl erklärt habe, hätte genauso gut von Di handeln können. Und jetzt, da ich darüber nachdenke, gibt es noch mehr Indizien, die Remis tätowierte Mitgründerin belasten, viel mehr. Die Runen, die wir übersetzt haben, waren eine Mondbeschwörung über das Fliegen. Di Deneb ist besessen vom Fliegen. Sie nahm ihre Mitarbeiter zum Fallschirmspringen mit. Sie hat auch etwas Seltsames gesagt, von wegen, dass die Selbstmörder, die von der Space Needle gesprungen sind, nicht fliegen konnten. Und sie hat Flügeltattoos auf dem Rücken. Saiph Balan hatte Entstellungen in Form von Tätowierungen und Piercings, die kleine Opfer an ihre Gottheit darstellten. Di Deneb hat sie ebenfalls. Zusätzlich zu den Menschenleben hat sie Teile von sich selbst geopfert. Außerdem bilden Dis Piercings das Bi-Di-Symbol – zwei Metallkugeln in der Nase und ein Stab, der senkrecht aus ihrer Augenbraue herausragt.

Jetzt ergibt alles einen Sinn. Ich würde mich am liebsten treten, aber ich kann mich nicht bewegen.

Ich bin Di Deneb zweimal begegnet. Beide Male hat sie mich herausgefordert, weil sie mich als würdigen Gegner angesehen hat. Sie wollte mich schlagen. Sie hat mir den Daumen ausgerenkt und darüber gelacht. Sie brachte eine Menschenmenge dazu, mich zu übertönen. Das ist kein Mord, aber es fasst ihre Persönlichkeit zusammen. Killerinstinkt. Sie ist eine Kickboxerin, eine Gamerin, eine Technik-Tycoonin. Sie ist einer der mächtigsten und ehrgeizigsten Menschen der Welt. Und was wollen Menschen mit Macht? Ich habe es selbst gesagt – mehr Macht. Ich habe Di Denebs Rede auch gehört. Sie hatte buchstäblich den höchsten Punkt in Seattle erreicht, aber sie wollte noch höher hinaus. Es gibt »keine Decke«, sagte sie, für die, »die fliegen wollen und bereit sind, alles dafür zu tun«. Und wie nannte sie ihr grandioses Heim? Einen »Absprungpunkt«.

Dann erinnere ich mich daran, wie die Fahrstuhltüren in

der Lobby im Erdgeschoss aufgegangen sind – der Schaft und die Kreise des aufgemalten Bi-Di-Logos spalteten sich in der Mitte und trennten sich, genau wie es Cyprus Hadidi angetan worden war. *Sie hat ihn entmannt.*

In den letzten Augenblicken des Lebens hat man Zeit, über seine Fehler nachzudenken. Ich habe viele Fehler gemacht, aber der schlimmste war wahrscheinlich, eine wirklich nette Frau wie Remi des Mordes zu verdächtigen. Und ich hätte die Polizei rufen sollen. Scheiß auf die Publicity, die Halbgötter, das Übernatürliche und meinen Job. Das hier ist nicht der Gerichtssaal. Ich muss nichts beweisen, was über jeden begründeten Zweifel erhaben ist. Ich bin jetzt kein Anwalt. Und ich bin ganz sicher kein Actionheld. Ich hätte das gesamte Seattle Police Department mit einer Bombendrohung zu diesem Wolkenkratzer anrücken lassen sollen. Aber ich habe es nicht getan.

Und jetzt bin ich tot.

Das Einzige, was vielleicht noch entsetzlicher ist als eine Hexe, die einem ein Messer an den Schritt hält, ist eine ein Meter fünfzig lange Monsterratte. Martina erscheint und springt mit einem Satz über mich hinweg. Hinter mir ertönt ein ohrenbetäubendes Kreischen und Fluchen.

Als ich mich endlich wieder bewegen kann, bilden sie und die tätowierte Hexe ein wildes Knäuel aus Fell und rudernden Armen. Martinas Zähne blitzen auf. Das Gemüsemesser hebt und senkt sich. Blut spritzt. Mein kaputtes Handy liegt ein Stück weiter auf dem Boden. Mit einem Hechtsprung stürze ich mich darauf und schiebe es mir in die Tasche. Ich habe meinen persönlichen Gegenstand wieder. Es ist Zeit zu gehen.

»Martina! Sie ist zu mächtig! Hau ab!«

Ich warte den Bruchteil einer Sekunde, um mich zu vergewissern, dass meine Partnerin auf mich hört. Sie tut es, Gott sei Dank, und humpelt blutend davon. Auch Di Deneb blutet; sie hat lange, klaffende Wunden in ihrem ohnehin entstellten Gesicht. Sie rollt sich knurrend herum. Ich öffne den Mund, um Martina zu sagen, dass sie zur Treppe laufen soll, aber Di winkt mit der Hand, und die hallende Musik wird so laut, dass sie mich übertönt. Eine weitere Handbewegung, und das Licht geht aus. Ich weiß nicht, ob es Magie oder Technik ist, und ich will es auch gar nicht wissen. Ich beherzige nur meinen eigenen Rat und renne Martina hinterher.

Martina ist verletzt. Ich will den Arm um sie legen, um ihr zu helfen, aber wo tut man den Arm hin, um eine Riesenratte zu stützen? Wir laufen zur Treppe oder zum Aufzug, um das zu nehmen, was zuerst kommt. Beides hat eine Notbeleuchtung. Wenn man im Dunkeln von einer Hexe verfolgt wird, erscheint einem ein heller Ort wie eine rettende Zuflucht. Ich rechne jeden Augenblick damit, ein Gemüsemesser im Rücken zu spüren, aber ich schaue nicht zurück. Ich renne einfach weiter und helfe Martina, so gut ich kann. Wir hatten keine Zeit, um zu reden und uns auszutauschen. Ich weiß nicht, wo sie gewesen ist oder was sie gesehen hat. Ich bin einfach nur dankbar, dass sie da war, als ich sie gebraucht habe. Wir wissen jetzt, wer die abtrünnige Hexe ist. Es ist zu spät, um Remi Binder zu retten, aber wenn uns die Flucht gelingt, können wir Di … irgendwo anzeigen.

Martina bricht vor dem Aufzug zusammen. Die Treppe scheidet aus. Ich drücke mit dem Daumen auf den Knopf und bin froh, dass ich das verdammte Ding hochgeholt habe. Doch die Türen gehen nicht auf. Stattdessen leuchtet der Pfeil nach oben. Ich brauche einen Moment, um zu begreifen, dass der Fahrstuhl automatisch wieder ins Erdgeschoss zurückgefahren ist. *Nein!* Uns bleibt nichts anderes übrig, als zu warten.

Schließlich drehe ich mich und stelle mich der Dunkelheit. Das schwache Licht des Bedientableaus erhellt einen zwei Meter breiten Halbkreis um uns herum. Martina zieht neben mir die Luft ein. Mit jedem mühsamen Atemzug dehnt ihre pelzige Flanke sich aus und zieht sich wieder zusammen. Sie blutet am Hinterleib. Nun, sie hat einen dicken Rattenhintern, und ich hoffe, dass das kleine Gemüsemesser kein lebenswichtiges Organ getroffen hat. Bevor sie ins Krankenhaus geht, wird sie sich wieder in einen Menschen verwandeln müssen. Ich hocke mich neben meine Wer-Partnerin und keuche ebenfalls, aber vor Angst und Erschöpfung. Sie hätte verschwinden können. Sie hat gesehen, was sie sehen musste. Wir konnten Remi nicht retten, aber wir hatten Gewissheit. Martina hätte einfach davonhuschen können, doch sie ist meinetwegen geblieben. Mein Arm liegt über ihr, während der Aufzug nach oben fährt, um uns zu retten – dreiundvierzig Sekunden nach Phils Recherche. Es kommt mir wie eine Ewigkeit vor. Es ist zu lange, denn … die Hexe ist da.

Sie erscheint in der Dunkelheit wie der Schatten eines Wolfes, der am Rand des Lagerfeuerscheins entlangschleicht. Etwas blinkt auf. Diesmal ist es nicht das Gemüsemesser; es ist das Hackbeil. *Oh Gott.* Gegen eine junge, kickboxende Serienmörderin mit einer Klingenwaffe habe ich keine Chance, doch zumindest bin ich unverletzt. Ich stelle mich vor Martina. Der Fahrstuhl kommt – vielleicht noch zwanzig Sekunden –, aber das spielt keine Rolle mehr. Selbst wenn wir hineinkämen, würde sie uns folgen und uns in der Kabine abschlachten. Ich muss ihr am Lichtrand entgegentreten, damit Martina entkommen kann. Nur dass ich es nicht tue, weil Di Deneb mir mit ihrem Beil aus der Dunkelheit entgegentritt.

Blut tropft ihr vom Gesicht. Sie hat vier lange Furchen an der Wange, und die Nase ist gebrochen – Martinas Werk. Eins ihrer Nasenlöcher ist aufgerissen, die kleine Stahlkugel verschwunden. Wenn es in den Halloweenläden moderne Hexenmasken gäbe, von einer echten Hexe, keine Karikatur, würde ihre grausige Visage darauf sein. Sie ragt über uns auf, ein Fleisch gewordener Albtraum, meine personifizierte Angst vor der Dunkelheit, während sie sich Blut von der Oberlippe leckt und die Musik mit einem schnellen Wink ihrer freien Hand verstummen lässt. Sie wird sprechen. Eine Mordrede. Oder ein Fluch. Ich weiß nicht, was schlimmer ist. Ich kann jetzt wieder den Regen hören, der gegen die hohen Fenster trommelt. Der auffrischende Wind heult, und ich spüre, wie der Turm schwankt. Es ist eine spöttische Melodie, unterbrochen von Donnerschlägen in der Ferne.

Dann geht die Fahrstuhltür auf, und Di Deneb bleibt stehen. Sie blickt an uns vorbei. Als sie spricht, ist es weder ein Fluch noch eine Rede.

»Wer …?«

Ich blicke auf. Ein Mann tritt aus dem Aufzug. Er könnte in den Vierzigern sein, wie ich. *Seltsam.* Einen Moment lang wage ich zu hoffen, dass er ein Polizist ist, aber er trägt ein kariertes Hemd und ist nicht mit einer Pistole bewaffnet, sondern mit einem Gürtel, den er immer wieder mit einem leichten Klatschen in die Handfläche schlägt.

Dis rotes Gesicht wird weiß. »Dad?« Sie hält das Hackbeil hinter den Rücken, wie eine Jugendliche, die einen Vape Pen versteckt.

Der Mann geht langsam um uns herum und auf sie zu. »Du bist unartig gewesen, Diane, nicht wahr?«

»Du bist … tot.«

»Ich bin zurückgekommen, weil du ungezogen warst.«

»Du bist ein Geist.«

»Wirklich?« Er klatscht den Gürtel in die Hand. Es klingt verdammt echt.

Di wirkt panisch. Ich kenne den Ausdruck. Sie versteht nicht, was vor sich geht, und sucht nach einer Erklärung. »Das Ritual. Ich habe es vermasselt und stattdessen dich heraufbeschworen. Scheiße!« Sie wirbelt herum und verschwindet in die Dunkelheit.

Sobald sie fort ist, dreht der Mann sich zu uns um.

»Meine Güte, Danny«, sagt er. »Hast du dir in die Hose gemacht?«

Sein Gesicht kommt mir bekannt vor. Nein, es verändert sich. Es *wird* bekannt.

»Brett! Aber woher …?«

»Phil hat mich angerufen, der Bursche aus deinem Büro. Er meinte, du brauchst vielleicht Hilfe.«

»Du hast ihr Angst gemacht.«

»Das ist mein Job. In ihrem Fall schien mir der brutale Vater das Beste zu sein. Los, gehen wir. Sie wirkt echt böse, Mann. Sie kommt garantiert zurück.«

Ich fasse es nicht. Brett ist gekommen. Der Kerl, den ich

mein Leben lang gehasst habe, ist gekommen, um mir zu helfen. Wer hätte das gedacht? *Phil, natürlich*. Es gibt Leute, die mich mögen. Zwei von ihnen sind gerade hier und riskieren ihr Leben für mich, weil ich ihnen geholfen habe. Sie erwidern den Gefallen. Anderen zu helfen birgt eine Macht, die vielleicht größer ist als Magie. Aber Brett hat recht. Di Deneb wird zurückkommen. Sie ist nur einen abgetrennten Kopf davon entfernt, das obszöne Ritual zu vollenden, das sie heute Nacht durchführt. Sie verzaubert und versteinert jetzt schon die Leute. Es ist nicht auszudenken, wie mächtig sie sein wird, wenn ihr drittes Opfer vollendet ist. Und sie ist reich; sie wird die besten Anwälte haben, die man für Millionen von Dollar kaufen kann. Sie wird den Fall mit Magie und Geld gewinnen und damit durchkommen.

»Geh«, sage ich zu Brett. »Bring Martina ins Krankenhaus, aber achte darauf, dass sie sich vorher in einen Menschen verwandelt.«

»Ja, ich weiß, ich weiß. Aber du bleibst nicht hier.«

»Nein, ich komme gleich nach. Es gibt noch einen anderen Weg nach unten.« Gibt es nicht, aber das weiß er nicht, und Martina kann es ihm nicht sagen, weil sie eine Ratte ist. »Jetzt geht!«

Ich schiebe sie beide in den Aufzug und drücke auf den Knopf. »Wir sehen uns unten«, sage ich.

Und dann bin ich allein. Im Dunkeln. Mit einer wütenden Hexe.

Hexe

Die Wohnung ist ein finsterer Kreis, und ich mache mich in die entgegengesetzte Richtung auf, in die Di Deneb geflohen ist. Im Dunkeln kann ich nicht schnell laufen und gehe vorsichtig, aus Angst, gegen stilvolle Retro-Möbel zu stoßen. Die Musik ist wieder an, der Soundtrack für meine Nachtwanderung. Bei jedem Schritt spüre ich, wie der Boden vibriert. Wie Urwaldtrommeln dröhnt mir die Musik in den Ohren, sodass ich keinen klaren Gedanken fassen kann. Mein Handy-Display ist kaputt, leuchtet aber noch schwach. Ich halte es vor mich hin und kann etwa einen Meter weit sehen. Jeder oder *alles*, was nach mir sucht, kann genau erkennen, wo ich bin, aber durch die Schwärze zu tappen kommt nicht in Frage. Es gibt kein Mondlicht – dafür sorgen die düsteren Wolken und der strömende Regen draußen, und der heranziehende Donner macht das Gewitter nur noch heftiger.

Ich schiebe mich vorsichtig durch einen offenen Bereich mit einer Hantelbank, einem Ständer mit Kompakthanteln und einem Sandsack – ein Trainingsraum. Kickboxen. Als ich am hinteren Ende um eine Trennwand gleite, bin ich plötzlich in einem Schlafzimmer und taste mich an einer niedrigen Kommode und einem runden Bett vorbei. *Hier schläft eine Hexe.* Das Bett sieht nicht anders aus als jedes andere auch, außer dass es rund ist. Sie würde dafür maßgeschneiderte Bettwäsche brauchen, die noch teurer wäre als Nordstrom, aber sie kann sie sich leisten. Dieser ungebetene, belanglose Gedanke lenkt mich ab; ich sollte mich auf das konzentrieren, was ich tue. Ich zwinge mich, stehen zu bleiben und zu lauschen. Bei der Musik kann ich keine Schritte hören. Ich drehe mich um und halte das Handy hoch. Ich kann nur ein erschreckend kurzes Stück weit sehen. Falls etwas kommt, wird es mich angreifen, bevor ich reagieren kann. Es bringt nichts zurückzuschauen. *Vorwärts.*

Der nächste Raum ist ein Arbeitszimmer oder eine Bibliothek, er scheint teuer und elegant eingerichtet zu sein. Am Rande meines Lichts sind undeutlich Wandbehänge zu erkennen. Ich bleibe stehen. Irgendetwas stimmt nicht. Ich lasse das Handy sinken, denn ich wäre beinahe über Sachen gestolpert, die auf dem Boden liegen. Ich hocke mich hin, strecke die Hand aus und fühle etwas Kaltes, Weiches und Nasses. Ich schrecke zurück und schwenke langsam das Licht des kaputten Displays darüber. Körperteile. Zwei gebeugte Arme zeigen in einem unendlichen Kreis aufeinander. Andere Teile sind aneinandergelegt. Eingeweide erstrecken sich in einem schneckenförmigen Wirbel. Ein Paar Beine steht aufrecht in der ersten Ballettposition, eins endet an der Wade, das andere über dem Knie. Alles ist in Mustern angeordnet. Es ist Remis Leichnam. *Ich bin im Opferraum.* Mir wird klar, dass Di ihr schauerliches Werk nicht in der Küche verrichtet hat, als wir eingebrochen sind. Sie war hier. Die Küche diente nur zur Vorbereitung. Der Kopf war für seine Ausstellung in diesem Raum noch nicht fertig.

Aber das Verstörendste an dem Raum sind die Kabel. In sämtlichen abgetrennten Körperteilen stecken die Enden elektrischer Kabel, die kreuz und quer wie Schlangen über den Boden laufen und sich zu einem einzelnen Strang verflechten, bevor sie nach oben in einen großen Computerbildschirm hineinführen, der am anderen Ende des Raumes an der Wand hängt. Der Monitor sieht aus wie ein Prototyp – viereckiger Kasten ohne Markenzeichen. Kein Stil. Rein funktional.

Was zum Teufel?

Ich gehe darauf zu. Er zieht mich an. Irgendwie ist er wichtig. Alles im Raum führt in ihn hinein. Neugier ist menschlich, und Rechtsanwälte zählen zu den neugierigsten Menschen überhaupt. Neugier ist auch der Katze Tod. Der Bildschirm ist trüb und irgendwie schwärzer als schwarz. Er scheint das spärliche verfügbare Licht aufzusaugen und nichts davon zurückzugeben. Ich halte das Handy hoch. Da ist eine Form auf dem Bildschirm, ein Gesicht vielleicht. Mein Spiegelbild, wie bei dem Fenster? Zuerst *bin* ich es – großäugig, besiegt, entmutigt, seelenlos. *Sehe ich wirklich so aus?* Sobald ich daran zweifle, verändert sich das Bild. Es verschwimmt und schärft sich dann zu etwas anderem, Pixel ordnen sich neu. Ich habe nichts angefasst. Vielleicht wird er durch Bewegung aktiviert? Eine Schnauze erscheint. Sie hat kein Kinn. Es kommt. Aus der Dunkelheit schält sich das breite Maul einer Hyäne mit den schadhaften Zähnen eines fleischfressenden Meth-Süchtigen und Schlitzen, wo bald die Augen sein werden.

»Jüngerinnen?«

Eine Stimme! Ich springe von dem Bildschirm zurück. Da ist etwas Böses drin. Ich schaue mich um. *Das Opfer gilt diesem Monitor.* Er ist eine Verschmelzung von Technik und dunkler Magie. Plötzlich will ich nicht, dass die Augen sich öffnen. Ich strecke die Hand aus, um die Kabel herauszuziehen, aber die Dunkelheit wölbt sich nach außen und versengt mir mit dem Summen einer wütenden Hornisse die Hand. Ich reiße sie zurück.

»Antwortet mir, Jüngerinnen«, befiehlt das kinnlose Ding.

Ich antworte nicht, aber andere tun es. Kleine Fenster öffnen sich – zwei, nein, vier, jetzt sind es sieben. Jedes zeigt das vernarbte, erwartungsvolle Gesicht einer Frau. Das zähnefletschende Ding wird zu einem grausigen Hintergrundbild. Die Fenster sind beschriftet – Mailand, Recife, Xi'an, Dresden … *Städte.* Es ist eine Online-Videokonferenz.

Die Frau in dem Dakar-Fenster spricht. »Dakar ist hier.«

»Kalkutta ist hier«, sagt das Kalkutta-Fenster. Ein Computersprachenprogramm übersetzt, während ihre Lippen sich bewegen, und überträgt asynchron ihre verzerrten Stimmen.

»Ulan-Bator ist hier.«

Die vielen unterschiedlichen Gesichter umspannen den Globus, und die Folgerung daraus ist erschütternd – Dis Verbrechen sind nicht drei Morde einer einzelnen Hexe. Es ist eine kollektive Anstrengung. Di Deneb arbeitet mit Hexen auf der ganzen Welt zusammen. *Es ist ein Online-Zirkel.* Der Gedanke eines gemeinsamen globalen Opfers, seiner möglichen Macht …

Ein weiteres Fenster poppt auf – Seattle. Aber das Gesicht, das dort erscheint, ist nicht Di Denebs. Es ist meins.

»Wer bist du?«, verlangt die widerwärtige Kreatur, die hinter allem steckt, zu erfahren.

Ich stoße ein Jaulen aus und springe verzweifelt zurück. Ich wünschte, das Ding würde vergessen, dass es mich gesehen hat, aber ich bin kein Zauberer, und ich kann die Kabel nicht aus dem Kasten ziehen. Da ich nicht weiß, was ich sonst machen soll, trete ich gegen die Körperteile. Als ich die abgetrennten Arme, Beine und Hände in alle Richtungen durch den Raum schleudere, lösen sich die Kabel. Die Fenster schließen sich, und die Dunkelheit verblasst, falls man das überhaupt so sagen kann. Es erklingt kein dramatisches Brüllen, keine klagende Ermahnung, damit aufzuhören. Stille senkt sich herab. Ich schaue nicht noch einmal auf. Stattdessen hechte ich zu dem runden Durchgang und stürze in den nächsten Raum.

Es ist ein großer Saal. Ich weiß nicht, wo Di Deneb ist, aber sie hat ein Beil, und ich bin nicht scharf darauf, ihr zu begegnen. Ich hoffe, dass sie sich vor dem Gespenst ihres Vaters versteckt. *Aber wo?* Ich weiß es nicht, doch ich weiß, was ich tun werde. Ich werde dieses Opfer verhindern. Es wird nicht geschehen, nicht in Seattle, in meiner Stadt. Selbst wenn Di in der Lage sein sollte, die Kabel wieder zusammenzufügen, sitzt das letzte Stück dieses schaurigen Puzzles immer noch auf einer Servierplatte in der Küche.

Im nächsten Raum absolviere ich einen Schreckensmarsch durch die Schatten. Ich fühle mich wie ein Kind, das man in den finsteren Keller geschickt hat und das nach der Lampenschnur tastet, nur um festzustellen, dass sie nicht funktioniert. Ich gehe langsam vorwärts und erschrecke mich vor jedem Objekt, das mein schwacher Lichtkegel erfasst. Jeder dunkle Umriss könnte eine kauernde Gestalt sein. Schränke und Möbelstücke sind Verstecke. Wenn ich hinschaue, bewegt sich nichts, doch sobald ich wegsehe, scheint sich alles zu bewegen.

Mit klopfendem Herzen betrete ich einen weiteren Raum und halte mir die Hände vor den Hals, wie Martina es mir gesagt hat. Mein Herz beruhigt sich erst, als ich in der Schwärze bis zehn gezählt habe und immer noch am Leben bin. Die Hexe ist nicht mehr mit dem Gemüsemesser bewaffnet, hat Spott und Kastration hinter sich gelassen. Jetzt ist sie wütend und fühlt sich bedroht und schwingt das schwere Hackbeil. Bei erster Gelegenheit wird sie mich mit einem Schlag an die richtige Stelle töten. Ich weiß nicht, ob mich das trösten oder beunruhigen soll – zumindest würde es schnell gehen –, aber als neben mir eine Gestalt aus der Dunkelheit auftaucht, stoße ich einen spitzen Schrei aus und halte das Handy vor mich wie ein Kreuz gegen das Böse. Eine überlebensgroße Steinskulptur eines Jungen, der selbstgemachte Flügel hält, ragt über mir auf. Als mir klar wird, dass es nicht die Hexe ist, umarme ich erleichtert das Kunstwerk und halte es für eine Weile fest, unfähig, es loszulassen.

Ich weiß nicht, ob ich weitergehen kann, bis der Donner mich aufrüttelt. Die Space Needle wackelt. Angeblich ist sie erdbebensicher gebaut, aber es ist trotzdem ein beängstigendes Gefühl, wenn sie sich bewegt. Ich schleiche weiter.

Ein Raum nach dem anderen.

Ich weiß nicht, wo sie ist und sich versteckt. In einem Badezimmer. Einem Schrank. Einem Sarg. Vielleicht habe ich Glück, obwohl ich in letzter Zeit keines hatte. Die Küche sieht anders aus, wenn man in der Dunkelheit aus der anderen Richtung kommt. Ich erkenne sie fast nicht wieder, aber Remis Kopf ist noch da und begrüßt mich. Ich erschrecke von Neuem, doch ich habe keine Luft mehr, um zu schreien – ich habe sie gefühlt minutenlang angehalten. Remi sieht unverändert aus, ihr Ausdruck eingefroren in der Zeit. Sie sieht nicht friedlich aus; überrascht vielleicht. Ich hoffe es. Ich hoffe, dass ihr Tod plötzlich und unerwartet kam. Sie war ein wirklich guter Mensch – ein Blumenkind des Friedens und der Liebe, das andere gern berührte, tröstete und umarmte und ihnen Kekse gebacken hat. In einer Welt voller Konflikte hatte sie Erfolg durch Empathie. *Und ich habe sie im Stich gelassen.* Trotz meiner arroganten »Ich bin ein kluger Anwalt«-Scheiße habe ich diesen Fall nicht richtig und vor allem nicht rechtzeitig analysiert.

»Es tut mir so leid, Remi«, sage ich. Und dann packe ich sie an den Haaren und renne los.

Mit drei Schritten bin ich an den wandhohen Fenstern und taste mich an ihnen entlang, suche nach einer Tür zur Aussichtsplattform. Durch die nassen Scheiben und den strömenden Regen kann ich verschwommen die Lichter der Stadt erkennen. Sie sehen aus wie Sterne. Ich eile an den Fenstern entlang, drei Meter, sechs Meter. Es muss eine Tür zu der Plattform geben. Stattdessen taucht Di Denebs Gesicht vor mir auf.

Ich schreie.

Männer meiner Generation sollen nicht schreien, aber ich tue es, lange und laut, als das Beil niederfährt. Es trifft mit einem scharfen Klirren aufs Glas, und als sie erneut auf die Scheibe einschlägt, fliegen Splitter. *Sie ist draußen!* Sie ist größer. Nein, sie ist über mir, erhöht. Sie hängt an dem nach außen geneigten Fenster wie eine Spinne an der Wand, starrt mich mit hasserfüllten Augen an und hackt blindwütig auf das dicke Glas ein. Aber Phil zufolge bestehen die Fenster der Space Needle aus 6,3 cm dickem, mehrschichtigem Verbundglas. Sie kann nicht zu mir durch. Dann bekommt die Scheibe einen Riss.

Ich habe mich geirrt!

Wasser strömt herein, und ich fliehe, eile wieder an den Fenstern entlang. Die Hexe schlittert mit einer unheimlichen Geschwindigkeit hinter mir her, genauso schnell wie ich. *Scheißmöbel.* Ich renne.

Ich erreiche die Tür zur Aussichtsplattform als Erster und überlege, Di auszusperren, aber es gibt kein Schloss. Wozu auch – *wer würde hier oben einbrechen?* Stattdessen stürze ich hinaus auf die Plattform und zur Brüstung. Sie besteht ebenfalls aus Glas, ist drei Meter hoch und neigt sich nach außen, sodass ich über dem Nichts zu schweben scheine, als ich an sie zurückweiche. Doch ich habe lieber Seattle unter mir als Di hinter mir, und sie kommt.

Der Regen hat ihr das Blut von den Wangen und der Nase gewaschen, aber sie sieht immer noch entsetzlich aus. Strähniges Haar hängt ihr ins zerfetzte Gesicht, und der nasse Jumpsuit klebt an ihrem muskulösen Körper. *Die Muskeln eines Schlachters.* Sie springt vom Fenster und landet auf allen vieren, das Beil klappert auf die Plattform. Dann erhebt sie sich.

Ich bin auch nass und zittere, aber nicht vor Kälte. Schrecken und Bedauern haben mich fest im Griff. Ich will nicht sterben. Ich habe eine Tochter. Ich möchte miterleben, wie Lucy ihren Abschluss macht und einen Partner findet. Im Moment wäre ich sogar mit Calvin zufrieden. Das alles werde ich verpassen. *Bev hatte auch eine Tochter.* Das ist der Grund, warum ich hier bin.

»Ich weiß, dass Sie das brauchen«, rufe ich über den heulenden Wind hinweg. Ich weiß es nicht mit Gewissheit, aber ihr wütendes Knurren macht mich zu achtundachtzig Prozent sicher, dass ich recht habe. Sie zögert. Sie fragt sich, was ich vorhabe. Ich weiß es selbst nicht so genau, aber ich habe eine Idee. Als Rechtsanwalt habe ich gelernt, dass Ideen ohne Pläne gefährlich sind, doch im Moment bin ich kein Anwalt. Ich bin ein Vater. Ein Partner. Ein Freund. Ich bin einfach nur ein Mann mit einer verrückten Idee, der das Richtige tun will. *Entschuldige, Remi.* Ich schwinge Remi Binders Kopf an den Haaren kurz vor und zurück, um Schwung zu holen, dann schleudere ich ihn über die Glasbrüstung, so hoch ich kann.

Di Deneb stürzt sich mit einem überraschten Schrei nach vorn, wirft das Beil beiseite und streckt die Arme aus, sodass ihr großes Flügeltattoo zu sehen ist. Unfassbarerweise klettert sie das nasse, geneigte Glas hoch und springt dann oben von der Brüstung dem abgetrennten Kopf der Frau hinterher, die sie geliebt und abgeschlachtet hat. Ich schaue ihr nach. Sie ist historisch gesehen der vierte Springer, der sich von der Space Needle stürzt.

Es folgt ein Moment der Ungewissheit, in dem ich beinahe zu hoffen wage, dass sie in den Tod gestürzt ist. Dann sehe ich sie wieder. Sie steigt nach oben, den Kopf in den Armen geborgen. Sie fliegt nicht auf einem Besen. Ihr sind keine Flügel gewachsen. Wie es scheint, funktioniert das nicht so. Das Tattoo ist symbolisch; der Aufstieg ist echt. Sie schwebt vor mir in der aufgewühlten Luft, schaukelt im Wind vor und zurück und grinst zufrieden, dass sie wieder einmal gewonnen hat.

Sie lacht mich hinter der Glasscheibe an und ruft mir zu: »Überraschung, Anwalt! Ich kann fliegen!«

»Wie ein Vogel«, sage ich, aber in dem Donner hört sie mich nicht.

Gebogene Krallen von der Größe von Fleischerhaken packen sie im Genick und an den Schultern, bohren sich in sie hinein und reißen sie aus ihrem Flug. Ein Beutegreifer schlägt plötzlich und heftig von oben zu, und ich kann nicht umhin zu bemerken, dass Di Denebs letzter Gesichtsausdruck der von … Überraschung ist.

Der Donnervogel schießt außer Sicht, während Di sich in seinem Griff windet. Wie sich herausstellt, ist es schwer, sich auf einen Zauber zu konzentrieren, wenn man aus der Luft geschnappt wird. Ich bin mir ohnehin nicht sicher, ob sie eine Halbgöttin verfluchen könnte. Ehrlich gesagt bin ich mir über vieles nicht mehr sicher. Und ich bin erschöpft.

Ich lasse mich auf die Plattform sinken und sitze einfach nur da, während der Regen auf mich herabströmt.

Solo

Ich bin gefeuert. Nicht irgendwie freigestellt oder abgesägt, sondern aus wichtigem Grund gekündigt. Frances hat mich vor zwei Wochen zu sich ins Büro bestellt, um es mir persönlich mitzuteilen. Ich habe nicht einmal widersprochen. Sie hatte ja recht, als sie meine Vergehen aufzählte – und das waren nur die, von denen sie wusste. Zunächst einmal habe ich meinen Status als Rechtsanwalt ausgenutzt, um mir Zutritt zum Gefängnis in Kent zu verschaffen und Hammer unter Vorspiegelung falscher Tatsachen zu sprechen, obwohl er nicht mein Mandant war – in der Hinsicht bin ich Wiederholungstäter, denn bei Swarmo habe ich das Gleiche getan. Außerdem habe ich einen meiner Vorgesetzten wiederholt mit abwertenden Spitznamen bedacht – Rhino. Dann bin ich zwei Tage lang nicht zur Arbeit erschienen. Und als wäre das alles noch nicht genug, habe ich eine alte Frau auf einem Jahrmarkt mit einer Waffe bedroht; anscheinend hat der Messerwerfer mich angezeigt. All das habe ich getan, nachdem meine Chefin mich ermahnt hatte, mich zu bessern und mein Leben auf die Reihe zu kriegen. Ich muss sagen, dass es ziemlich überzeugend war, die Gründe für meine Entlassung von einer der besten Anwältinnen des Staates zu hören. Selbst ich hätte mich gefeuert. Um dem Ganzen die Krone aufzusetzen, bewertete Fiona meine ethischen Verstöße und erklärte sie für begründet.

Frances war sehr freundlich, als sie mich vor die Tür setzte. Sie nannte mich beim Vornamen und erzählte mir von einem Verwandten, der drogenabhängig war. Ich habe sie nicht korrigiert – ein Drogenproblem ist eine bessere Erklärung als die Wahrheit –, aber jetzt wird mich in dieser Stadt ohnehin keine Anwaltskanzlei mehr einstellen, die etwas auf sich hält.

Auf dem Weg nach draußen begegnete ich Penner im Flur. Es tue ihm leid, dass ich rausgeschmissen werde, sagte er, aber wichtiger sei, dass er den Dampferfall gewinne, berichtete er mir begeistert.

»Eine neue Studie des Zentrums für Krankheitskontrolle hat Vitamin-E-Acetat als möglichen gemeinsamen Nenner bei den Dampferkrankheiten identifiziert. Es wurde merkwürdigerweise in der Lunge nachgewiesen, obwohl es ein Zusatz in Lotionen oder ein Nahrungsergänzungsmittel ist. Der Studie zufolge wird Vitamin-E-Acetat dem Liquid von Schwarzmarktherstellern beigefügt. Illegale Hersteller versetzen legales Liquid mit THC, dem aktiven Wirkstoff von Marihuana, der dafür sorgt, dass die Konsumenten high werden. Sie mischen Vitamin-E-Acetat als Streckmittel für das THC hinein, um die Kosten zu reduzieren, so wie Drogendealer Kokain mit neutralen Substanzen verschneiden. Aber Vitamin-E-Acetat ist anscheinend nicht neutral. Es ist ein gängiger und harmloser Zusatz in Lotionen oder als Vitamin, aber sich damit einzureiben oder es zu schlucken ist etwas völlig anderes, als es einzuatmen – die Lunge ist empfindlich, und, entschuldigen Sie meine unwissenschaftliche Sprache, das Zeug klebt wie Sau und kleistert sie richtig übel zu. Für unsere Mandanten ist das eine gute Nachricht. Kriminelle verunreinigen das Produkt. Das ganze Lungendebakel ist möglicherweise gar nicht ihre Schuld! Oder zumindest besteht ein gewisser Zweifel daran, wessen Schuld es ist.«

Als Penner fertig war, habe ich die Achseln gezuckt. »Wow, das ist echt stinklangweilig«, habe ich zu ihm gesagt, und dann habe ich Fury und Styles für immer verlassen.

Heute betrete ich meine neue Einzelkanzlei im obersten Stock der Stadtverwaltung. Das gedrungene Gebäude hat natürlich nur zwei Etagen. Die Miete ist billig, weil das Innere veraltet ist, der Gipskarton Risse hat, die Toilette noch nicht funktioniert – wir nutzen erst mal die entsprechenden Räumlichkeiten im Coffee Stop nebenan – und der in die Jahre gekommene Backsteinbau nicht erdbebensicher ist. Die offizielle Verhaltensregel bei einem Erdbeben lautet, ins Freie zu laufen und sich so weit von dem Gebäude zu entfernen wie möglich. Ich musste bei der Stadt eine Haftungsverzichtserklärung unterzeichnen, in der ich versichere, sie nicht zu verklagen, falls das Gebäude einstürzt. Obwohl ich verschiedene Möglichkeiten kenne, Verzichtserklärungen zu umgehen.

Ich schiebe die quietschende Tür mit dem Fuß auf. »Phil! Kannst du mir helfen, die Kisten reinzutragen? Ich habe den Minivan offen gelassen und darf da nur fünfzehn Minuten parken.«

Ich habe Phil eingestellt. Er arbeitet auf Teilzeitbasis, weil er noch studiert, aber er hat rund um die Uhr Bereitschaft und scheint es zu mögen. Ich habe ihm ein hervorragendes Zeugnis für Fury und Styles geschrieben, doch es scheint, dass ich keine gute Referenz mehr bin. Außerdem meinte er, er würde lieber für mich arbeiten als für eine große Kanzlei; unsere Fälle sind anscheinend aufregender. Und ich fahre nun einen Minivan aus Victors Gebrauchtwagenpark. Der Camaro hat Spaß gemacht, und das iCar war sozial verantwortlich, aber ich übernehme diese Woche die Fußball-Fahrgemeinschaft für Lucys Team; ich habe gegen meine Platzsperre Berufung eingelegt und erhielt eine Begnadigung – eine rote Karte kann nur dann gezeigt werden, wenn man sich auf dem Platz oder am Spielfeldrand aufhält, und ich war streng genommen auf dem Parkplatz, daher war der Offizielle nicht zuständig. Lucy lebt bei mir, während Eve sich von den schrecklichen und äußerst verwirrenden jüngsten Ereignissen um ihre Chefin und Liebhaberin und ihren Mitarbeiterausweis erholt. Es war schwer für meine arme Ex. Ich will sie trösten, aber das ist nicht mehr meine Aufgabe, und ich kann ihr nicht erklären, was passiert ist. Sie ist wieder bei ihren Eltern im Osten. Das Gute ist, dass Megadata ihr bereits einen Job angeboten hat.

Als Phil zum Auto läuft, schaue ich bei Dennis rein.

»Alles gut, Kumpel?«

»Ich habe einfache Bedürfnisse«, erklärt der Irish Setter. »Internetzugang, ein Abonnement von BBC News und das Deluxe-Dreisitzer-Hundesofa von Petsmart. Obwohl, ich könnte auch einen Tennisball gebrauchen.«

»Du sollst ihn bekommen.«

»Oh, und lass bitte keine der handelsüblichen Hundeleinen herumliegen, damit deine Angestellten oder deine Tochter gar nicht erst auf die Idee kommen, sie mir anzulegen. Sie schnüren einem die Luft ab, und außerdem sind sie erniedrigend. Ich habe meine eigenen Halsbänder mit Klettverschluss in Zitronengelb und Türkis mitgebracht.«

»Okay.«

Dennis bedient für mich an einem umgebauten Hundetisch im Hinterzimmer das Telefon. In dem Raum steht auch ein Hundebett, denn er dient ihm sowohl als Büro als auch als vorübergehendes neues Heim. Simon ist gestorben, daher bleibt Dennis bei mir, bis wir für ihn etwas Besseres gefunden haben. Er meint, dass es langfristig wahrscheinlich keine gute Lösung ist, da wir beide Alpha-Männchen seien, aber für den Moment fühlt er sich wohl, und ich kann die Hilfe am Telefon gut gebrauchen, bis ich eine menschliche Rezeptionistin gefunden habe.

Bis dahin bin ich meinem mehrsprachigen Freund unglaublich dankbar. Irgendwie hat er unsere Nachricht an die Krähen übermittelt. *Eigenartige Tiere, Krähen.* Ich bin froh, dass ich mich entschuldigt habe. Sie haben sich für uns mit dem Donnervogel in Verbindung gesetzt.

Die Launen der Halbgöttin sind mir immer noch nicht ganz klar. Sie hat sich nicht in unsere irdischen Ermittlungen eingemischt und zeigte auch kein Interesse daran, sich mit dem grauenvollen jenseitigen Wesen anzulegen, das Di in dem Monitor beschworen hat. Doch als ich die Hexe in die Luft gelockt habe, stürzte sich der Vogel auf sie und machte kurzen Prozess. Es gibt hier einige ausgesprochen unirdische Zuständigkeitsgrenzen, die ich noch nicht verstehe. Di Deneb verstand sie auch nicht. Aber ich bin mir ziemlich sicher, dass der Himmel die Domäne des Vogels ist.

Phil ist zurück, daher sagt Dennis kein Wort mehr und benimmt sich wieder wie ein Hund.

»Sehen Sie mal, wen ich draußen gefunden habe«, sagt Phil lächelnd. »Ich habe sie gleich zur Arbeit eingeteilt.«

Lucy kommt hinter ihm herein und trägt den Karton mit meinem Aquarium mit den künstlichen Fischen und den gläsernen Antistressbällen. »Hi, Dad. Wo soll das hin?«

»Stell es einfach irgendwohin. Hier sind zwanzig Dollar fürs Mittagessen. Fährst du mit Calvin in die Stadt?«

»Geht dich nichts an. Aber … ja.«

»Und es wird nicht gedampft?«

Sie verdreht gespielt die Augen. »… es sei denn, ich will noch eine zweistündige Gardinenpredigt und ein peinliches Treffen mit Calvins Eltern. Ich weiß.« Sie kommt auf mich zugehüpft, zupft mir den Zwanziger aus den Fingern und gibt mir einen schnellen Kuss auf die Wange. »Danke.«

Engel. Erziehung ist eine Lebensaufgabe. Sie hört nicht mit einem hässlichen Streit oder einer aufrichtigen Versöhnung auf. Das sind nur Stationen auf dem endlosen Weg.

»Hab dich lieb«, rufe ich ihr nach, während sie sich winkend für die nächsten Stunden verabschiedet und ich mir Sorgen darüber mache, welche Gefahren in der Stadt lauern mögen. *Wenigstens ist sie aus dieser seismischen Todesfalle raus.*

»Ich dich auch«, ruft sie von der Treppe. Und dann ist sie weg, um sich mit ihrem Freund zu treffen.

Ich treffe mich nachher mit Bev. Sie hat die schlimmste Trauer überwunden und sieht ein Licht am Ende ihres stockdunklen Tunnels. Es hat sehr geholfen, dass wir die Mörderin gefunden haben. Bev hat nicht gefeiert, sondern einfach das emotionale Kästchen abgehakt, indem sie sich ausweinte und dann mit Jeremy Samanthas Sachen einpackte, um damit abzuschließen. Beeindruckendes Gefühlsmanagement. Sie ist der vernünftigste Mensch, der mir je begegnet ist – praktisch, einfühlsam, klug, ruhig. Für mich ist das interessant, denn der Standard für den »vernünftigen Menschen« ist eine theoretische Person, auf der das Recht der Vereinigten Staaten zum großen Teil beruht, und obwohl ich meine gesamte Karriere der Analyse des menschlichen Verhaltens nach diesem Ideal gewidmet habe, habe ich nicht damit gerechnet, den »vernünftigen Menschen« in leibhaftiger Form zu finden. Oder damit, mich in ihn zu verlieben. Ich habe versucht, Bev einiges von dem zu erklären, was passiert ist, obwohl ich alles in irdischen Begriffen ausgedrückt habe. Sie hat mich sogar auf Ärztinnenart getröstet, als ich von Gefühlen überwältigt wurde und anfing zu weinen. Ich habe nämlich auch viel durchgemacht, und daher tun wir uns im Moment gegenseitig gut, hoffentlich auch für länger.

»Ich bin dann auch weg«, reißt Phil mich aus meinem Tagtraum von Bev. »Aber Sie könnten hier drin wirklich einen Rat gebrauchen, was die Einrichtung betrifft. Ich habe da einen Freund ...«

»Ich weiß. Du hast viele Freunde. Tu nichts, bis ich mich hier zurechtgefunden habe. Keine Eigeninitiative. Ich möchte hier nicht am Montag reinkommen und ein neu gestyltes Büro vorfinden.«

»Was immer Sie sagen, Chef.« Er lächelt, als er geht. »Aber denken Sie mal über Perserteppiche nach.«

Ich weiß nicht, wie viel der Junge über ... alles weiß, und ich frage nicht danach. Er auch nicht. Er ist klug genug, es besser zu wissen. Das, was er weiß, behält er für sich, und das ist eine gute Politik angesichts der besonderen Art von Mandanten, die bereits mit uns Kontakt aufnimmt.

Apropos Mandanten, da ist jemand unten an der Sprechanlage. Wir haben noch nicht auf, aber ich antworte trotzdem.

»Daniel Becker. Kann ich Ihnen helfen?«

»Das hast du bereits.«

»Wer ist denn da?«

»Ein alter Freund. Lass mich rein, Danny, damit ich mich nicht durch ein Fenster schleichen muss.«

Brett. Ich drücke auf den Summer.

Er kommt in menschlicher Form. Dem Himmel sei Dank, denn ich habe diesen Monat genug Angst für ein ganzes Leben ausgestanden.

»Nett hier.«

»Danke. Es ist ein Drecksloch.«

»Schöner als meine Wohnung. Na jedenfalls, ich hörte, dass du gefeuert worden bist. Mach dir deswegen keine Sorgen. Ich bin fünfmal gefeuert worden.«

»Du bist nicht gerade mein Vorbild.«

Er lacht. »Ich war bei Martina.«

Ich nicke. Zwischen den beiden herrscht eine unerwartete Gestaltwandler-Bindung. Sie haben keine Beziehung oder so, aber sie sprechen dieselbe Sprache. Sie verstehen sich auf einer Ebene, zu der ich keinen Zugang habe. Und sie trinken das gleiche Bier.

»Was machen ihre Verletzungen?«

»Sie wird's überleben. Aber sie kann keine Babys mehr bekommen, zumindest nicht in ihrer Rattenhaut, und das ist schlimm.«

Ich zucke zusammen. Einer der Messerstiche ging durch ihre Gebärmutter. Als sie sich verwandelte, wurde es kompliziert, und es musste einiges entfernt werden. Ich fühle mich mies, aber diesmal kann ich mir nicht die Schuld geben. Ich habe sie da nicht reingezogen. Und jetzt ist sie von ihrer Schuld befreit, das ist also eine gute Sache.

Es entsteht ein peinliches Schweigen, während Brett dasteht und grinst wie der Idiot, der er ist. Ich weiß nicht, was er will. Manchmal taucht er einfach so auf. Wenigstens kam er durch die Vordertür.

»Ich schätze, ich sollte mich bei dir bedanken«, sage ich.

»Das brauchst du nicht.«

»Nein. Ich meine, ich möchte es.«

»Okay, dann raus damit.«

Er lässt mich schmoren. Ich muss es aussprechen. »Brett, ich bin dir dankbar, dass du für mich da warst, als ich dich gebraucht habe.«

»Du hast mir geholfen. Ich habe dir geholfen. Ich betrachte die Schuld als abbezahlt.« Er grinst. »Loyalität, Mann. Deshalb hänge ich mit dir rum.«

»Wir hängen nicht miteinander rum.«

»Das sagst du andauernd, aber wir tun es gerade.«

»Stimmt.« Ich lasse den Moment auf mich wirken. Es ist schön, beinahe tröstlich. Dann spricht Brett weiter.

»Ja, ich war da, als du dir mit zehn in die Hose gemacht hast, und ich war da, als du dir vor drei Wochen wieder in die Hose gemacht hast. Der Kreis hat sich geschlossen.«

»Nicht dein bestes Argument, aber ich denke, ich verstehe, was du sagen willst.« Ich kann nur den Kopf schütteln. Wir alle haben Bekannte, die wir nicht besonders mögen, Leute, die uns peinlich sind oder Probleme bereiten. Die schon immer einen schlechten Einfluss auf uns hatten. Arschlöcher, die wir nicht aus unserem Leben löschen können. Er ist so jemand. Außerdem hat er mir das

Leben gerettet. »Ich muss zugeben, dass es eine gute Idee war, dass du die ganzen Schaulustigen in die Space Needle gelassen hast, nachdem die Hexe …«

»… zerplatzt war?«

Es ist keine Übertreibung – der Vogel hat Di Deneb aufs Pflaster fallen lassen, um ihr alle Knochen zu brechen, wie eine Möwe, die eine Muschel auf die Felsen fallen lässt, um ans Fleisch zu kommen.

»Ja, etwas in der Art. Die bunte Menschenmenge, die durch die Wohnung gelaufen ist, hat den Tatort nach Kräften verunreinigt.« Soweit ich das beurteilen kann, sind wir aus dem Schneider – der ganze Vorfall sieht jetzt wie ein bizarrer Mord mit anschließendem Suizid aus, und Beweise unserer Anwesenheit werden in der Masse anonymer Finger- und Fußabdrücke untergehen.

»Ja, und es hat auch vielen von den Leuten Angst gemacht! Es war herrlich.«

Ich verdrehe die Augen. Typisch Brett, dass er sich wie Brett verhält. Er sieht so selbstzufrieden aus, dass ich nicht darüber hinweggehen kann. »Nur dass du es weißt, ich habe keine Angst mehr vor dir.«

Der Feind aus meinen Kindertagen lächelt mich an, aber es ist nicht das böse Grinsen, mit dem er mich im Dunkeln bedacht hat, als wir klein waren. Es ist hoffnungsvoll. »Heißt das, dass ich jetzt dein Freund sein kann, Danny?«

Ich strecke die Hand nach den Antistresskugeln im Umzugskarton aus und beschließe dann, dass ich sie nicht brauche. »Ja, Brett. Wir sind Freunde.«